本书受吉林省社会科学院出版资助

本书为国家社科基金青年项目（项目批准号：14CZW067）
"满族说部的当代传承研究"成果

满族说部的当代传承研究

邵丽坤　著

中国社会科学出版社

图书在版编目（CIP）数据

满族说部的当代传承研究／邵丽坤著 . —北京：中国社会科学
出版社，2019.11

ISBN 978 - 7 - 5203 - 3968 - 1

Ⅰ.①满…　Ⅱ.①邵…　Ⅲ.①满族文学—文学研究—中国
Ⅳ.①I207.921

中国版本图书馆 CIP 数据核字 (2019) 第 019571 号

出 版 人	赵剑英
责任编辑	安　芳
责任校对	张爱华
责任印制	李寡寡

出　　　版	中国社会科学出版社
社　　　址	北京鼓楼西大街甲 158 号
邮　　　编	100720
网　　　址	http://www.csspw.cn
发 行 部	010 - 84083685
门 市 部	010 - 84029450
经　　　销	新华书店及其他书店

印　　　刷	北京明恒达印务有限公司
装　　　订	廊坊市广阳区广增装订厂
版　　　次	2019 年 11 月第 1 版
印　　　次	2019 年 11 月第 1 次印刷

开　　　本	710 × 1000　1/16
印　　　张	17.25
插　　　页	2
字　　　数	273 千字
定　　　价	75.00 元

凡购买中国社会科学出版社图书,如有质量问题请与本社营销中心联系调换
电话:010 - 84083683

目　　录

前　言

一　研究价值与意义

党的十八大报告提出了"建设优秀传统文化传承体系，弘扬中华优秀传统文化"的任务。满族说部传扬的英勇无畏地与大自然和人类社会中的黑暗、邪恶势力进行斗争的英雄主义精神，舍生忘死地为国家安危、氏族生存奉献智慧与生命的爱国主义、集体主义精神等核心内容，与中华优秀文化的核心内容高度契合，是"多元一体"的中华民族文化的重要组成部分。满族说部主要功能是慎宗追远，讲唱满族说部，是满族先民弘扬自强不息、爱国爱族、骁勇坚忍的民族精神的重要方法；传承说部，是当代满族，特别是东北满族世家，对子孙后代进行爱国、爱族、爱家教育的手段。而且满族先民的核心生活区域是祖国东北的白山黑水间，在与严酷的自然环境的长期抗争和东北本土的其他族系民族的此消彼长的长期磨合过程中，在反抗俄、日侵略的浴血斗争中，形成了丰富的民族文化和顽强不屈的民族精神。对满族说部当代传承问题的关注与研究，必然要对满族说部的传承特征、满族说部的传承人、满族说部与东北其他少数民族的口传文学的比较及在当代的建构方式等问题进行深入的探讨。这既是满族说部研究的一个重要视角，也有助于满族说部在当下及未来的传承与保护，对于拓展对中华民族优秀传统文化的认识、构建优秀传统文化的传承体系，具有重要的现实意义。

二　研究方法

文献梳理法。文献资料包括学术专著、学术论文、已经出版的三批"满族口头遗产传统说部丛书"、内部刊物、报刊上发表的关于满族说部的资料以及传承人的录音带、访谈记录及各种手抄本等。

田野调查法。田野调查目前被人类学、民俗学与民族学学科广泛使用。就本书而言，对"满族说部的当代传承问题"的关注离不开对传承人的调查及对当今传承方式的跟踪考察，田野调查的方法贯穿课题的始终。

统计学的方法。对一些采集的数据及根据文献梳理得来的数据，要适当地采取统计学的方法，比如通过表格或者绘图得出结果的方法，以便论点更加清晰明了。

三　满族说部研究概述

在"满族口头遗产传统说部丛书"大规模出版之前，满族说部曾以民间故事，或者神话等形式出版过。比如《尼山萨满》《天宫大战》和傅英仁讲述的《东海窝集传》，早就有所披露或出版。正如有研究者所言，满族说部的研究还很薄弱，早期的研究史其实就是搜集史："满族说部的搜集情况不一，应始于 20 世纪初，此阶段跨度较大，从 1900 年一直到'文革'结束。第二个阶段是 80 年代的繁盛；第三个阶段是 90 年代的沉寂；第四个阶段是 21 世纪满族说部的重现。"①

随着丛书的大规模出版及社会各界对满族说部的重视，被列入国家级非物质文化遗产的满族说部，对其研究可以说是一个逐渐走向深入与多元的过程，从最初只在个别专家学者的著作或者论文中见到关于满族说部的文章，到现在的丰富性与开拓性的见解，与几批"满族口头遗产系列丛书"的出版有密切的关系。截至 2017 年 10 月，满族说部已经出版三批丛书。满族说部自大批出版以来，竞相掀起了研究的热潮，其研究成果也取得了较好的影响。同时，满族说部立有多项国家社科基金课题以及其他级别的课题，涌现出一批高质量的专著、论文，研究队伍日益壮大。

2008 年以前，满族说部的文章多是对"满族说部"这一民族文化遗产介绍性与抢救性的文章，也有个别学者具有开拓性意义的研究：比如周惠泉的《满族说部与人类口传文化》（《社会科学战线》2007 年第 4 期）；王卓的《论清代满族文人文学与民间文学的分野》（《社会科学战

---

① 高荷红：《满族说部搜集史初探》，《满语研究》2008 年第 2 期。

线》2005 年第 3 期）。富育光先生，作为满族说部的传承人及研究专家，发表了一系列有影响的论文，为满族说部的研究奠定了坚实的基础。

2008 年以后，成果逐渐多元化，已经取得的研究成果，大体集中在以下几个方面。

第一，对满族说部基本概念及基本理论问题的研究。就以往的研究来看，由于满族说部的研究是一个新兴的领域，满族说部这个称谓对于学术界也比较陌生，随着第一批、第二批满族说部丛书的出版，相关的学术研究陆续开展。截至 2017 年初，收录于中国知网的相关性论文及报纸的报道达百余篇。代表性的研究成果主要有富育光先生在 1999 年《民族文学研究》第 3 期上发表的《满族传统说部艺术——"乌勒本"研考》，这是较早的对何为"满族说部"、满族说部的性质与分类等问题，进行分析与论述。此外，富育光先生的《"满族说部"调查》，周惠泉先生的《论满族说部》《说部渊源的历史追寻与金代文学的深入研究》，王宏刚的《田野调查视野中的满族说部》，关纪新的《文脉贯古今　源头活水来——满族说部的文化价值不宜低估》，高荷红的《满族"窝车库乌勒本"辨析》等，针对基本的概念和基本范畴等基础理论问题，都进行了探讨和论述。2012 年 5 月，吉林省社会科学院《东北史地》主编王卓的《满族说部的称谓与性质》，在《社会科学战线》杂志上发表。文章就满族说部的称谓与性质两个问题集中进行了探讨。文章指出，满族说部的称谓与国内其他少数民族的长篇口传叙事故事不同，不是本民族的语言而是汉语，并且是由满语称谓汉译而成。另外，被作为文学研究对象加以研究的满族说部，具有十分珍贵的历史价值，是具有一定史诗性质的满族民间口传故事。除了对其基本概念进行理清，王卓主编对满族说部的分类问题也进行了进一步的探讨，并在《东北史地》上发表。依据满族说部调查、搜集、整理和研究的奠基者，及满族说部的主要传承人富育光先生提出的三分法和四分法，王卓就掌握的几十本说部文本来分析，倾向于四分法。四分法的提出，有助于更细致地划分满族说部的类别。对这些基本问题的研究，有助于日后深入地开展关于满族说部的研究工作。

第二，针对具体的文本进行深入细致的分析。隋丽的《满族文化源头的性别叙事——以〈天宫大战〉、〈东海窝集传〉为例》一文以满族说部中的《天宫大战》和《东海窝集传》为研究对象，运用性别文化的阐释方法，探寻满族先民文化源头的性别叙事模式及其文化内涵。吕萍的《民族兴盛的历史画卷——论满族说部〈雪妃娘娘和包鲁嘎汗〉》《满族说部之佳作——〈雪妃娘娘和包鲁嘎汗〉》中提及，该书43万字，不仅内容丰富，形象生动，情节感人，而且在反映满族的历史、军事、风俗等方面，有如一部小百科全书，具有很高的研究价值。谷颖的《满族说部〈恩切布库〉与〈乌布西奔妈妈〉比较研究》，两部作品都讲述了女神带领族人建立文明社会的艰辛历程，反映了满族先民在不同历史时期的生活状态，通过对两部史诗的比较研究，能够清晰地辨识两位女神不同的性格特征，更能透视出史诗所反映的深刻文化内涵；《满族说部〈恩切布库〉的文化解读》，不仅展示了满族先人早期社会生活图景、宗教文化内涵，也是一部颇具特色的文学作品；《满族说部〈西林安班玛发〉史诗性辨析》，《西林安班玛发》是满族说部"窝车库乌勒本"重要文本之一，它不仅承载了满族先民丰富的萨满文化，也在产生时代、文本形式、主体内容、传播流变等方面表现出鲜明的史诗性。2012年5月，江帆教授在《社会科学战线》上发表的《满族说部对历史本文的激活与重释——以〈雪妃娘娘和包鲁嘎汗〉为例》，文章通过对和满族说部有关联的历史本文与衍生的叙事文本之间关系的探析，阐释了历史本文怎样由满族说部的创作者创化为艺术叙事，以及满族说部叙事如何在与族群历史语境的互动中彰显出多元化的文化史意义。2013年，邵丽坤在《古籍整理研究学刊》上发表的《〈天宫大战〉与〈恩切布库〉之比较研究》，是对文本研究的进一步细致深入的探讨。

第三，满族说部中的神话研究，近些年来引起关注。较早对满族说部神话进行研究的文字出现在富育光先生出版的著作《萨满教与神话》一书中，对北方的萨满教创世神话、祖先英雄神话等进行了深入、翔实的论述，其中提及的《天宫大战》《乌布西奔妈妈》等就是萨满教中著名神话。近几年来的博士论文也出现了以萨满神话为选题的现象，如谷颖：《满族萨满神话研究》（东北师范大学，2010年）；张丽红：《满族说部之女神研究》（吉林大学，2014年）；李莉：《神话谱系演化与古代社会变迁——中国北方满—通古斯语族神话研究》（吉林大学，2014年）。几篇博士论文从不同视角切入，例如从神话学、原型批评理论等方面，运用文献解读和综合比较的方法，对满族神话进行深入研究，为满族说部的深入研究奠定了一些基础。

第四，满族说部的传承与保护问题。富育光先生的《满族说部的传承与保护》一文中提到，满族世代根深蒂固的氏族祖先崇拜观念以及维系和凝聚氏族力量的精神支柱——穆昆制，是满族传统说部永葆无限生命力的源泉，也是其得以传流至今的奥秘所在。凡讲唱本家族族源历史或家族英雄传奇类的说部，被原传袭家族视为祖传遗产，至今多由有直系血亲关系的后裔承继和保护，有清晰的传承谱系；大宗满族说部则包罗万象，涉及满族及其先世文化历史的各个方面，是满族说部艺术流传的主流，有的具有几个朝代的传承史，成为北方民族的共同精神财富。满族说部早期在民间靠满语传承与保护，晚清乃至民国以来，满语渐废，渐渐转变为以汉语汉文传播传承，两种语言文字的传承形式，都需要加以保护。高荷红的《关于当代满族说部传承人的调查》《满族说部传承圈的研究》，通过访谈传承人，对满族说部的传承特点有了进一步的了解。周惠泉、孙黎的《满族说部的历史渊源与传承保护》一文中说，根据国家级第一批非物质文化遗产名录的分类，满族说部属于第一类即民间文学。而少数民族口耳相传的民间活态文学在保护非物质文化遗产热潮中的崛起，将为中国文学史的学科建设提供新的重要资源。为此，保护的意义十分重要，静态与动态的保护与传承要结合。2012 年，何新生的论文《满族说部的活态展演》，也明确指出，满族说部毕竟是语言艺术，如果仅仅停留在资料及文本上，从文化价值的角度看还是很可惜的，因此，活态的传播与传承是当务之急。静态与动态结合的方式，必定会使满族说部得到更完整的保护。尤其是近几年来，邵丽坤以国家社科基金青年项目的中期成果发表的一系列论文，主要围绕满族说部的当代传承问题展开，其中有在《光明日报》上发表的《满族说部需要多元化传承》；在《中国社科报》上发表的《创新满族说部的传承与发展》；在《满族研究》杂志上发表的《论满族说部传承的危机及其在当代的建构》；在《社会科学战线》杂志上发表的《满族说部的传承模式及其历史演变》等，对满族说部传承方式的演变及在当代传承方式的建构等问题进行了深入的思考。

此外，随着研究的深入，陆续有学者关注满族说部的神话部分即

"窝车库乌勒本"研究，比如王卓研究员的《论"创世"题材满族说部的文本体系》，发表在《民族文学研究》2014年第1期。文中指出："《天宫大战》、《乌布西奔妈妈》、《恩切布库》、《西林安班玛发》这四部'窝车库乌勒本'文本，具有鲜明的体系化特征：《天宫大战》为创世神话，蕴含着诸多文化母题与故事原型，规定着其他文本的主题与人物及情节模式；《乌布西奔妈妈》为东海创世神话，主题上重复了《天宫大战》的创世与救世二重母题，情节模式上对《天宫大战》原型进行了置换变形，这一模式，为单独表现救世主题的《恩切布库》和《西林安班玛发》两个文本所再现，而且这个模式，还影响到《苏木妈妈》等其他一些满族说部的主题与情节结构。"对"窝车库乌勒本"的研究与关注，中国社会科学院的高荷红在其文章中早有专门的论述：《满族说部"窝车库乌勒本"研究——从天庭秩序到人间秩序的确立》（《东北史地》2012年第3期）；《"窝车库乌勒本"叙事特征研究》（《民族文学研究》2012年第4期）；《"窝车库乌勒本"与满族文化关系研究》（《满族研究》2013年第3期）；《满族萨满史诗"窝车库乌勒本"研究》（《民族艺术》2014年第5期）。长春师范学院的谷颖的博士论文《满族萨满神话研究》，把"窝车库乌勒本"作为满族萨满神话的一部分研究。近年来，高荷红博士集中就满族说部的记忆与书写问题进行研究，主要代表性成果有《记忆·书写：满族说部的传承》（《贵州民族大学学报》2016年第5期）；《从记忆到文本：满族说部的形成、发展和定型》（《西北民族研究》2016年第4期）等。

另外，少数民族典籍的翻译工作近几年来越来越受到重视，不仅有国家的基金立项和支持，学者们也陆续发表了论文。满族说部的部分内容也逐渐被纳入民族典籍的翻译工作中。大连民族学院外语学院刘艳杰的《中国少数民族文化典籍英译研究——以满族说部之创世神话〈天宫大战〉英译为例》一文，通过对满族创世神话《天宫大战》的英译研究，来探讨少数民族典籍翻译过程中的翻译目的、方法以及策略等一系列问题。大连民族学院教育学院的田春燕的论文《浅议少数民族文学典籍英译中宗教文化元素的翻译补偿——以〈尼山萨满〉英译为例》，对宗教因素在《尼山萨满》英译中的作用进行探讨，以此推进少数民族文学的译介工作。满族说部的英译典籍翻译工作在逐渐开展与深入，当然，满语文的翻译工作，一直是最直接的问题。黑龙江大学满语言文化中心的鄂雅娜的论文《满语文学翻译中语境的作用——以〈尼山萨满〉为例》一文，通过对《尼山萨满》两种汉译本诸多实例的对比和分析，来探讨语境对满语文翻译的作用和影响，而且，翻译的过程中，译者会有一定的倾向性，倾向性的差异导致翻译的不同。

截至 2017 年，共出版三本专门研究满族说部的文集。2009 年，富育光先生主编的《金子一样的嘴——满族传统说部文集》，在学苑出版社出版。该书选录了 2009 年以前，发表在国内期刊和报纸上有关研究和评述满族说部的一些有代表性的文章，并汇集成书。富育光、王兆一、周惠泉、曹保明、郭淑云、郎樱等国内知名学者的论文都在此列。此外，也有学术新人的研究成果。该书可以说是研究满族说部初始阶段的代表性成果，对满族说部的基本定义及基本理论问题有了初步的探讨，对具体文本的分析和说部的传承与保护问题都有涉猎。近几年来，《满族古老记忆的当代解读——满族传统说部论集（第一辑）》和《满族传统说部论集（第二辑）》出版，这两部论文集对满族说部的研究起到了重要的推进作用，从多个视角与领域深化了满族说部的研究。

其中，《满族古老记忆的当代解读——满族传统说部论集（第一辑）》（长春出版社 2012 年版）与满族说部学会的成立密切相关。2011 年 8 月 9 日，"吉林省满族说部学会成立暨首届满族说部学术研讨会"召开，会上发言的论文把满族说部的研究推向了一个高潮。会后，经过满族说部学会部分成员的辛勤努力，整理出版了文集第一辑。从该文集收录的论文中可以看出，近年来对满族说部研究取得较为突破性的进展。文本研究进一步拓展，除了对具体的文本《雪妃娘娘和包鲁嘎汗》《天宫大战》等进行细致的分析解读外，也对满族说部的组成部分"定场歌"等问题进行了专门研究。其次，历史文化研究继续深入，最重要的进展就在于从海洋文化的角度对满族说部进行了研究。此外，理论构建方面也有一定进展。王卓研究员在富育光等人相关论述的基础上，提出满族说部基础理论的研究论文，对满族说部的称谓、性质以及分类问题进行了专门的、有益的探讨和研究。该文集可以说是近年来满族说部研究的代表性成果。2016 年，满族说部学会推出《满族传统说部论集（第二辑）》。

近年来，关于满族说部的学术著作陆续出版，其中，2011 年 7 月，中国社会科学院民族文学研究所助理研究员高荷红博士的著作《满族说部传承研究》，在中国社会科学出版社出版。《满族说部传承研究》一书是对满族说部全景式的研究，涵括了从满族说部相关概念的界定到满族说部搜集史的研究，从满族说部传承人、传承方式的研究到满族说部文本情况的介绍。作者并结合多次田野调查的研究成果和满族说部传承的特殊性，在此书中提出了"书写型"传承人的概念，阐述了满族说部传承圈及文化圈之间的关联。我们发现，伴随着满族在历史、社会乃至文化上的巨大变迁，满族说部的传承衍生出独特的演化模式：由口传到书写的转变，从氏族秘传到共同地域的广泛传递，由满语演唱到满汉混合语的演述，从而实现多族群的共享。该书通过大量的田野访谈和田野研究，31 位满族说部传承人的生平及传承经历得以较圆满地呈现，具有开拓性的意义。此外，2016 年，长春出版社推出国家出版基金资助项目"满族说部系列研究丛书"，其中有《满族说部文本研究》《满族说部口头传统研究》和《满族说部英雄主题研究》，有评论者说："捧读丛书，笔者认为这是一部既具有历史厚度，又具有文化热度的研究佳作。首先，具有浓厚的文化自觉意识。其次，具有鲜明的理论前沿意义。再次，具有材料搜集翔实、内容安排恰当、条分缕析的内容属性。最后，洋溢着浓厚的现实关怀，具有鲜明的问题意识。"① 另外，王卓、邵丽坤的《满族说部概论》，于 2014 年 12 月出版，主要是对满族说部的基础理论问题进行集中、细致的梳理。

吉林省社会科学院《东北史地》杂志社主编王卓研究员于 2013 年 3 月，由吉林文史出版社出版了《清代东北满族文学研究》一书，同时该书也被列为"东北文化研究丛书"。该书所论及的既有民间文学又有作家文学，既有对清代东北地域满族文学的论述也有山海关内外满族文学的比较。作为古老的长篇口传文学——满族说部，被放置在清代东北满族文学大的框架之中，提出在清代东北满族的文学生活并没有从日常生活当中独立出来的特殊历史背景下，满族说部记载了大量满族民间的历史记忆与文化记忆，是口传形态的历史文本与文学文本的综合形态。该书

---

① 赵楚乔、修然：《立体研究系列梳理——简评"满族说部研究丛书"》，《光明日报》2017 年 6 月 27 日。

为满族说部研究提供了清代满族文学的完整学术框架，讨论了满族说部的称谓、性质、分类等基础理论问题，为满族说部研究提供了基础性的知识体系和理论规范；还依照故事发生的时间和性质，确定了已经出版的 28 部满族说部的产生时间和归类。该书的论据除了依据历史文献和文本分析，还引入作者童年时期作为满族说部聆听者的个人经验，独特的视角与方法，使得该著作独树一帜。

吉林省社会科学院文学所副所长杨春风，于 2013 年 3 月由吉林文史出版社出版了吉林省哲学社会科学规划项目研究成果《满族说部与东北历史文化》。这部专著视域较广阔，在研究满族说部中所反映的各朝代的民间历史文化记忆时，注意了同这一时期的历史记载的官方文献之间的比较，使书面的、官方的历史记载与口头的、民间的历史记忆之间互相印证，彼此补充，不但加深了满族说部的可信度，而且充分说明满族说部具有的历史价值，对正史起到补充的作用。

2013 年 3 月，郭淑云教授的《〈乌布西奔妈妈〉研究》一书由中国社会科学出版社出版，该书为国家社科基金成果文库项目。《乌布西奔妈妈》是满族先世女真时期流传下来的著名萨满史诗，流传在黑龙江乌苏里江流域东海女真人之中。鉴于《乌布西奔妈妈》具有多学科研究的意义与价值，作者力图运用跨学科的研究方法，注重史诗学、文学、历史学、宗教学、民间文艺学等多学科视野下的观照，从不同的学科全方位解读《乌布西奔妈妈》的价值与意义。该书共分为九个章节，内容包括：《乌布西奔妈妈》的史诗性及其特点，《乌布西奔妈妈》的传承、采录、整理与研究，《乌布西奔妈妈》与东海女真人的历史文化渊源，《乌布西奔妈妈》与部落社会，《乌布西奔妈妈》与萨满，《乌布西奔妈妈》与萨满文化，《乌布西奔妈妈》与渔猎文化，《乌布西奔妈妈》与航海活动，《乌布西奔妈妈》的文学性解读等内容。

满族说部研究同时获得国家的多项课题立项。较早获得国家社科基金立项的有郭淑云的"满族史诗《乌布西奔妈妈》研究"，仅就这几年的立项成果来看，主要有辽宁大学江帆教授的"满族说部研究：叙事类型的文化透视"获得 2006 年国家社科基金立项；中国社会科学院高荷红的"口述与书写：满族说部传承研究"，获得 2009 年国家社科基金青年项目立项；《东北史地》杂志主编王卓研究员申报的"满族创世神话谱系及其

历史演变研究"、吉林省社会科学院文学所副所长杨春风研究员申报的
"满族说部中的神话与史诗研究",同时获得 2013 年度国家社科基金文学
类立项;2014 年吉林省社会科学院民族所助理研究员邵丽坤获得国家社
科基金青年立项,申报题目为"满族说部的当代传承研究"。

　　满族说部是一个丰富的宝库,从不同的视角观察研究会有不同的发
现。例如杨春风的论文《从"满族说部"看母系氏族社会的形成、发展
与解体》《满族说部中的肃慎族系婚俗》,苏静的《满族说部"收服英
雄"母题研究》等,都是从不同的侧面看出说部蕴含着不同的文化母体。
而且,由于满族说部具有文艺学、文化学、民族学、宗教学、历史学等
多方面的研究价值,必将为人类文化的丰富性与多样性尽展风采,因此,
我们完全有理由相信未来的说部的研究视域与理论深度会更上一层楼。

　　通过对满族说部研究的梳理,可以发现,满族说部的研究主要集中
在文本研究、价值研究、历史文化研究、保护与传承研究、记忆与书写
等方面,但是对满族说部的当代传承问题,还较少有专门细致的学理性
的分析与探讨。本书以"满族说部的当代传承研究"为切入点:第一,
将满族说部的核心精神放在中华优秀文化的框架之内,赋予满族说部传
承新的意义——弘扬中华优秀文化、增强中华民族认同感;第二,从传
承方式及特征、传承人、满族说部的传承模式在当代的探索及演变几个
方面,集中进行探讨;第三,首次对满族说部的当代传承问题进行专门
研究,对满族说部传承体系的当代建构提出在保护传统传承方式的基础
上,进行教育传承及多元化传承等的探索和大胆进行开发性传承的意见
与建议。

第一章

满族说部形成的条件及价值

满族说部属于民间的口传艺术，不但历史久远，而且内容丰富、气势磅礴。它以自己独特的方式，记录家族或者氏族发生的重大历史事件，而且讲述者必须要忠于史实，不得隐晦或夸大。其内容更是包罗万象，甚至天地以及万物的形成、朝代兴起更迭、对英雄的高度颂扬、对满族民俗生活的细致展现等，都在讲述之列。但洋洋大篇的满族说部不可能是一蹴而就的，必有促使其形成的土壤及因素。

第一节　满族说部形成的条件

一　讲古氛围的影响

满族说部源于讲古的习俗。满族说部以丛书的形式陆续出现在世人面前，面对如此浩繁的大部头口述文本，不禁让人发出疑问，满族说部是如何产生的呢？经过一批长期从事田野考察的业内专家调查，满族说部是在满族"讲古"的土壤上生根发芽的，而且满族的讲古习俗还曾一度具有旺盛的生命力及蓬勃的气息。

讲古，在满族的民间又叫"讲祖""说古"，或叫"说古趣儿"，满语叫"乌尔奔"，即传说和传闻的意思。"讲古"在往昔的满族是一项比较普遍的民俗活动，只要有满族人聚居的地方，就有"讲古"活动。而且，这些活动不是自觉的文学创作，"在民间看来，就如同吃饭穿衣一样平常，是生活本身的一项有机活动"①。此外，讲述的时间有很多是农闲

---

① 张其卓、董明整理：《满族三老人故事集》，春风文艺出版社1984年版，第578页。

的时候，满族民间故事的采录者曾这样记述满族民间故事的讲述时空："冬季是农闲的季节，寒夜又那么漫长，于是躺在温暖的炕头上或是围坐在火盆边，嘴里吧嗒着旱烟袋，也许手里纳着鞋底等活计，手不闲，嘴也不闲地讲述着。夏季挂锄时节，夜晚坐在大树底下，或在庭院里以此来消磨暑天的酷热。秋季扒苞米或扒蚕茧，需要人手多，讲故事会吸引来劳动帮手，还会忘记了疲劳。"①

有研究者指出："在满族使用本民族母语——满语的时代，满族民间讲古主要包含两大类别：一是广泛流传于满族民间的神话、传说、故事和谣谚等短篇口头叙事，即人们寻常所说的'故事'或'瞎话儿'；一是具有独立情节和完整结构体系，内容恢宏的长篇叙事，即我们今天所说的'满族说部'。"②

对于满族民间的讲唱活动，尤其是早期的史料记载，十分匮乏。俄国学者史禄国先生在《满族的社会组织——满族氏族组织研究》《北方通古斯的社会组织》两部著作中，用其亲身的田野实践，为我们留下了难得的记录。史禄国受"俄国科学院和俄国中亚和东亚民族调查委员会的委派，于1912年开始对通古斯人进行民族调查，并于1915年来到阿穆河两岸，在这里的通古斯部落和满族人中待了约18个月"③，"1912年和1913年在俄国后贝加尔和1915—1917年在我国东北多次进行民族志学、考古学和语言学调查。"④ 史禄国先生曾对当时存在于满族民间的讲古习俗进行了忠实的记录："讲述传说和故事是满族人喜闻乐见的一种消遣方式。这里有一种半专业的故事能手，他们在人们空闲的时候表演。满族人把幻想性的故事（他们称为'说古'）与历史性的故事相区别，他们通常更喜欢历史性的故事。只有在冬天，满族人才为了听故事聚在一起，他们在下午和晚上花很长时间听故事能手讲

① 张其卓、董明整理：《满族三老人故事集》，春风文艺出版社1984年版，第589页。
② 江帆：《论满族说部的生成与播衍》，《西北民族研究》2010年第4期。
③ ［俄］史禄国：《满族的社会组织——满族氏族组织研究》，商务印书馆1997年版，前言第1页。
④ ［俄］史禄国：《北方通古斯的社会组织》，内蒙古人民出版社1985年版，序言第1页。

述。他们更喜欢男故事能手而不是女故事能手。"① 著名民族学研究专家、满族说部国家级传承人富育光先生肯定了满族听故事的民众"更喜欢男故事能手而不是女故事能手"的说法，他还认为这样的记述"十分真实，完全证明了史禄国先生确实参与了民间活动，感触才会如此真切。满族人性格十分奔放，很少受中原礼教的束缚，讲唱说部，无拘无束。满语本身就幽默含蓄，绘声绘色。若是男人讲古，当然要比女人更随意，情趣横生，尤增魅力"②。史禄国先生在另外一本著作《北方通古斯的社会组织》中，也比较详尽地记述了"通古斯"③ 语族这一特殊的活动即讲唱活动，按学术界的惯例，这一语族中也包含了满族。这本著作中提及了通古斯人爱讲故事、爱听故事的事实。"通古斯人的另一个性格特点，即他们喜好愉快地度过就寝前的几个小时。通古斯人一般乐意谈谈笑笑度过晚上时间。妇女们经常在燃烧着木柴或小油灯微弱火光下做活。往往因为受较长的故事或议论的吸引通宵不寐，一般是过半夜很久之后才就寝。"④ "通古斯人爱听故事。有各种年龄、性别和风格的讲故事人。优秀的讲故事人受到人们的赞赏……他们讲的故事有好多种类，即多少被遗忘的叙事历史传说、狩猎故事、恋爱故事以及关于动物和萨满教的故事。"⑤

满族的"讲古"活动有着较为久远的历史，可以追溯到金代的文献记载。女真金代旧俗，"贫者以女年及笄，行歌于途。其歌也，乃自叙家世、妇工、容色，以伸求侣之意。听者有求娶欲纳之，则携而归，后方具礼偕来女家以告父母"⑥。这则文献记载可说明，在金代的民间就有"行歌于途""自叙家世"的讲古习俗。又据《金史》卷六十六记载：

女真初无文字，及破辽，获契丹、汉人，始通契丹、汉字，于

① ［俄］史禄国：《满族的社会组织——满族氏族组织研究》，商务印书馆1997年版，第166页。
② 富育光：《满族说部的传承与保护》，《社会科学战线》2007年第5期。
③ "通古斯"：据《民族词典》记载，通常将操通古斯语群的民族称为通古斯北支，将以满洲族为中心的诸民族称为南支，两支总称为通古斯。
④ ［俄］史禄国：《北方通古斯的社会组织》，内蒙古人民出版社1985年版，第493页。
⑤ 同上书，第504页。
⑥ （金）宇文懋昭撰，李西宁点校：《大金国志》，齐鲁书社2000年版，第289页。

是诸子皆学之。宗雄能以两月尽通契丹大小字，而完颜希尹乃依仿契丹字制女直字。女直既未有文字，亦未尝有记录，故祖宗事皆不载。宗翰好访问女直老人，多得祖宗遗事……天会六年，诏书求访祖宗遗事，以备国史，命勖与耶律迪越掌之。勖等采摭遗言旧事，自始祖以下十帝，综为三卷。凡部族，既曰某部，复曰某水之某，又曰某乡某村，以别识之。凡与契丹往来及征伐诸部，其间诈谋诡计，一无所隐。事有详有略，咸得其实。①

从这条史料中可以看到：在金代，就有皇帝下诏，委托宗室名士去民间求访祖宗遗事，并且把搜集的材料，汇成三卷的史实。完颜勖、耶律迪越就是负责这项事情的人。可见，"讲古"在金代初期就已经成为一项习俗，而且引起了上层统治者的重视。满族说部《乌布西奔妈妈》中乌布西奔向乌布林族人讲述开天的古趣，以及神殿的威容，娓娓动听。其中包括阿布卡赫赫三姊妹女神创世，养育了万物的生命之根、生命之源，以及众神的职能。

> 众族人个个如痴如醉，
> 惊诧万状。
> 收敛了不恭的疑容，
> 收敛了骄蔑的眼神，
> 收敛了卑伪的鬼智，
> 收敛了咆哮的厮拼。②

族人皆被乌布西奔讲述的创世女神的伟大功绩深深感染，表现出崇敬之情。满族说部《两世罕王传》中也讲述了"清太祖努尔哈赤不仅能歌善舞，而且擅长讲故事。每当征战之余，他总是开场讲古，讲的多是本族杰出的历史人物故事、父老传说，讲得声情并茂，建州兵将听了士

---

① （元）脱脱：《金史》卷66，《始祖以下诸子传》，中华书局1975年版，第1558页。
② 鲁连坤讲述，富育光译注整理：《乌布西奔妈妈》，吉林人民出版社2007年版，第78页。

气大振，勇猛异常。当乌拉、叶赫、科尔沁等旧部联军攻打他时，他边
饮酒边与众将在楼垛里津津乐道着先人的英雄故事，指示建州兵各个迅
猛如虎，以少胜多，杀退了九部联军"①。

而"满族的讲古，不仅仅是一般的娱乐活动，而且是进行族教、家
教的一个重要形式，甚至带有某种宗教色彩。讲述的内容多是以本族、
本姓的族源历史，神话传说以及开基的英雄人物传说为主，除此还有各
类民间故事、民俗典故等等"②。

此外，"讲古"习俗对满族文字资料的形成起到了推动作用。比如在
"完颜金到后金两代，女真人中各部落和分部落中皆有'阿兰玛法'或称
'阿兰尼妈牙玛'，意思是专门从事搜集传说记述大事的人。他们的职责
就是把该部落或部族人们口口相传的族源神话，英雄传说记载下来"③。

这些被称为"阿兰玛法"和"阿兰尼妈牙玛"的人，其实就是满族
说部忠实的记录者与传承人。而且，普通的民众受讲古风俗的影响，也
在闲暇之余讲说过去的本民族的古趣儿。崇禄讲述、赵东升整理的满族
说部《碧血龙江传》第十八章中提及，由于战争的原因，使得大家同甘
苦、共患难，朝夕相处，把不熟悉的人紧密地联系在一起。在战事不太
紧张的情况下，大家争相讲述自己本地的古趣儿，其中有红罗女和白花
公主的故事。红罗女和白花公主经过时间的推移，有不同的版本，但是
不管怎么变化，在人们的心目中，她们作为满族令人崇敬的女英雄这一
点，始终没有改变。而且这里整理者加入了自己的评价："尊敬祖先，敬
重本民族的杰出人物，追溯历史，正本清源，这是满人的传统性格。正
是有了这种性格，满人中的忠义之士才不畏强敌，不甘屈辱，舍身忘我，
视死如归。"④

而根植于满族讲古沃土上的满族说部传承人，从小就在这样的氛围
里长大。富育光讲述、于敏记录整理的《萨大人传》中，记述了萨布素
就经常用讲古的方式来教育部族，以身试法，他的爷爷哈勒苏对其性格

① 富育光、王宏刚：《论满族民间文学的传承方式》，《民族文学研究》1986 年第 5 期。
② 王宏刚、金基浩：《满族民俗文化论》，吉林人民出版社 1991 年版，第 189 页。
③ 马亚川：《浅谈满族民间文学》，《北方民族》1992 年第 1 期。
④ 崇禄讲述，赵东升整理：《碧血龙江传》，吉林人民出版社 2009 年版，第 304 页。

的形成至关重要。当了将军后，也记忆犹新，并常常以此激励自己。比如爷爷哈勒苏教育他要爱护小动物、敢于吃苦、不怕苦难、勇敢尚武、诚实守信等。就在这样的讲古习俗里，产生了说部的主要传承人。满族说部传承人具备共性的传承特质，例如超群的记忆力及其讲述能力、了解当地的风土人情、具备较强的书写能力等。传承人身上具备的这些特质不是偶然产生的，与其生活氛围和居住环境有很大关系。比如，这些传承人大多在讲古的氛围里长大，痴迷于听故事、讲故事，或者用各种方式记录故事。由春风文艺出版社出版的《满族三老人故事集》中，张其卓先生撰文记载了三位民间故事家，都是从小就有听故事的习惯，李马氏每天晚上都缠着母亲讲故事，如果不讲就不睡觉；佟凤乙为了听外祖父讲故事，揪住胡子不放，还被母亲打了；李成明就连在父亲给祖父上坟的路上，也央求父亲讲故事。而且几位故事家都有直系血亲或者旁系血亲的故事传承人：李马氏主要沿袭外祖母、母亲到自己的传承路线；佟凤乙沿袭外祖父、父亲（或母亲）的传承路线；李成明沿袭从祖父到父亲的传承路径来传承民间故事。民间故事家的讲述活动不仅是业余或者闲暇时候的娱乐，也有教育后代的作用，李成明的父亲曾就读于八旗官学，带着家业中兴的理想，用故事来启迪后辈的心灵，起到教育的作用。

满族说部的著名传承人马亚川从小就在讲古的氛围里长大，而且他传承的故事多为"女真故事"。这不但与其居住地有关，还与居住族人多有讲古、叙祖的风俗有关。马亚川居住在哈尔滨市双城（今双城区）希勤乡希勤大队，老地名叫"新营子正红旗五屯"。该屯与当年阿骨打修建的皇帝寨子距离并不太远。所以，马亚川从小目光所及，便都是历史的足迹，心里每天装的就是各种各样的历史故事。除了地域之便，还与本地讲古、叙祖的习俗有关。"'叙祖'即是民族长者们闲暇无事，总爱凑到一堆，没完没了地宣讲古事。抽着土烟、盘腿围坐，互说互讲，自开天辟地始，古往今来，自开天辟地始，侈述终年。"① 马亚川传承下来的许多关于女真的说部故事，就是从老人讲古、叙祖时记下来的，这也可

---

① 马名超：《满族故事家马亚川保存的女真叙事文化史料》，载《黑龙江民间文学21》，中国民间文艺家协会黑龙江分会 1990 年版，第 426 页。

以看作马亚川传承金代故事的根脉。

尤其是马亚川的外祖父赵焕，本身是位厨师，常年走南闯北、见多识广。很多时候马亚川都被带在身边，走街窜屯的经历对他影响很深，也因此听到并记忆了很多轶闻趣事。最为可贵的是，赵焕曾经珍藏过一帙钞本，就是《女真谱评》，这份特殊的卷稿，马亚川年轻的时候看过，还记得一些已经消失了的女真词语，这对其传承这部说部起到了重要的作用。

同样，家族爱讲故事、擅长讲故事的氛围，对傅英仁的影响也比较深刻。在他三岁左右的时候，只要一哭闹，他的奶奶就会把他抱在怀里，讲故事或者唱小调儿，傅英仁便立刻停止哭闹，很快入睡。而且，傅英仁的母亲、父亲、三祖父、祖母，甚至舅爷都是讲故事的能手，在当地颇有名望。祖母的故事包罗万象，是当地比较有名的故事妈妈，最擅长讲古，用故事来教育后人。傅英仁日后成为满族著名的民间文学家，与祖母对其的影响是分不开的。傅英仁的父亲则主要给他讲述宫廷见闻、官场轶闻以及文人雅事等，目前则主要讲述一些生活的故事，也即萨满传说。傅英仁的母亲也是当地一位德高望重的老萨满。还有一位，也是对傅英仁影响最大的人，就是他的三爷傅永利。三爷知道的东西最多，不但会讲述民间故事、传说历史，以及风土人情，尤其能讲述满族的长篇说部故事，例如《红罗女》《东海窝集传》《老将军传》，以及《金兀术》等几部说部故事。三爷对傅英仁有不可磨灭的影响。傅英仁相当多的满族知识，都是从他三爷那里学来的。

傅英仁的舅爷郭鹤令，不但是郭姓家族的大萨满，而且满汉齐通。他知道许多满族神话故事，都传给了傅英仁。

讲古氛围对传承人有重要的影响，不仅在满族中存在，锡伯族中也有类似的情况。何钧佑从小就在祖辈、父辈的身边聆听锡伯族的故事，耳濡目染。当代满族说部著名传承人富育光先生曾多次深情回忆自己的童年及家庭氛围和周围环境对传承说部的重要影响，他说：

　　我从小在奶奶、父母和族中长辈膝前长大，直到二十二岁考入大学，才远离开黑龙江畔大五家子故乡。那里地处边陲，保持着满族人固有的语言和习俗。想当年最诱人的盛举，就是聆听妈妈、玛

法、萨满和族中推选的师傅们讲唱说部"乌勒本",沁人肺腑,听也
听不够。我就是在那温馨、古朴的氛围中被熏陶,度过难忘的少年
和青年时代。我受长辈影响,非常尊敬为家族讲唱说部的人,把他
们看成圣人,跟随学说学唱"乌勒本"。那时,只要尽心,机会很
多。因为家族隔三岔五就有盛会,不仅阖族乐聚,就连附近的鄂伦
春、达斡尔、汉族叔叔大爷们,都划船、骑马赶来,热闹异常。凡
有此事,我都在奶奶怀里专心默记古歌古谚。我打小聪明伶俐,痴
迷学习,总像个小大人一样努力效仿,学说"乌勒本",晚上睡觉奶
奶从我衣裳里掏出不少提示助记用的小石子,备受奶奶、爸爸的慰
藉和宠爱。又因为我从小在奶奶身边长大,对我影响甚大。我非常
崇拜奶奶,她总是全家族德高望重的满族说部"乌勒本"传人。她
每逢说唱说部,总喜欢我在身边。奶奶出身名门,记忆力和口才好,
能歌善舞,从她娘家带来过来好几部满族说部。我父亲富希陆先生,
从小受她教育,不图官宦,安守农村,用满文为同族写谱书和萨满
神本,讲唱"乌勒本"。她的二女婿,即我的二姑夫张石头,在她培
养下也成为"乌勒本"说部传人,在瑷珲和孙吴两县颇有名气。我
就是在这样的家庭中成长起来,从小学说《音姜萨满》和《萨大人
传》说部段子,受到本族二爷和叔叔们夸奖……①

不得不承认,满族讲古的文化氛围,对满族说部传承人的熏陶与培
育至关重要,他们对民族与家族的热爱,通过传承满族说部得以弘扬。

二 说书艺人的传播与推动

在满族说部形成、流传的过程中,说书艺人起到了不小的推动作用,
因为许多说部故事就是在书场上被说书艺人精彩讲述的。"民间说唱的技艺
化,进而就是程式化,再进而就是商品化、职业化。这是大多数说书品种
走过的一条道路。反观满族说部各个书目不同的具体形态,有的刚刚把若
干相关的民间故事连缀起来,有的则已经把成套的民间故事系统化,有的

---

① 富育光:《做满族说部的忠实传承人》,载张学慧、王彦达主编《富育光文集下卷》,吉
林人民出版社 2017 年版,第 375—376 页。

已经发展成具有严密的人物和情节结构的高度程式化的说书艺术。"①

　　以傅英仁先生传承的《南北罕王传》为例，它代表了满族说部书目中一个的形态，即在民间搜集故事，把它改造成文字，这样的说部仅仅把若干相关的故事连缀起来，再传播到民间。傅英仁介绍说："该书是一个宫廷讲述本。清末宫廷中有一个专门为帝王讲述故事的讲评班，其曾祖就在此班中。这些讲述者十五岁被选入宫，二十岁还家。入宫时在训练班里学习三个月，然后分成南北两派，南派讲汉族的历史故事；北派讲努尔哈赤的故事。傅先生的曾祖属于北派，和其曾祖同讲这部书的，还有现在河北的一位老人的祖父。"② 傅英仁的曾祖和另一个传承人河北老人的前辈共事于朝廷，他们还曾一同回忆、补充了该说部的内容。该书在乾隆朝就被禁止，可见其成书较早。从该书的内容上看，具有文人创作的痕迹，例如它有回目，把不同时期的关于努尔哈赤的故事连缀起来，使得它初步具备章回小说的整体性和连贯性的特点，经过分析确认该说部是在搜集民间故事的基础上，经过文人修饰而形成的。原因如下："首先《南北罕王传》中的故事本身具有民间文学的特点。它是由许多努尔哈赤小故事组合而成，还没有形成铺张点染一个人物，一个事件的书面文学风格，这些小故事也表现了口语化，情节单纯等民间文学的特点……其次统治者对该书的扼杀反证了它是民间创作的结果。如果是御用文人创作，那么它的内容绝不会表现那么多与统治者要求不同的内容。第三，如果是先创作成书，然后在民间流传，那么这种创作必定在充分接受汉文化影响以后。按满族历史考察，那要发生在入关以后。而满族入关不久就分散各地，在各地搜集到的类似故事，如一些重待汉族工匠的故事，小罕在辽东贸易市场上的故事等等，显然有别种口传路线，因此基本可以断定《南北罕王传》是在搜集民间故事传说的基础上，经过文人修饰而成的。该书由它的传承人保存下来，并在民间传播。"③

　　除此之外，《女真谱评》和《萨布素将军传》（《老将军八十一件

　　① 戴宏森：《满族说部艺术管窥》，载周维杰主编《抢救满族说部纪实》，吉林人民出版社2009年版，第321页。
　　② 孟慧英：《满族民间故事传承人故事承继路线》，载《民间文学论集3》，中国民间文艺研究会辽宁分会1985年版，第130页。
　　③ 同上书，第132页。

事》），也应该属于此类，即在搜集民间故事的基础上，通过文人的修饰，把相关的民间故事连缀起来，使之系统化。

到了清代，满族说部受到汉族说书艺术的影响，为其自身带来了不小的改变。根据富育光先生在满族说部《〈萨大人传〉传承情况》一文的记述，清咸、同至民国年间，有"从吉林、盛京先后到瑷珲求财落脚，类似小雷公的艺人，尚有扇子刘、小彩凤、堂笑天诸老板。出游自家闯红江湖书段子之外，因受满洲宣讲乌勒本故事影响，都曾到过满洲人家，去听萨公传等北方人物故事。有心者竟锦上添花，冠以新名，自成一派，使满洲一些内传说部由此出了名，传播开来。考萨布素故事等能够风靡北方，从前述多位艺人的钟情可见，满族传统说部艺术为清代以来我国北方书场汇入清新活水，在北方的影响是深远的"①。

在清代的瑷珲，不仅仅是《萨大人传》在说书场上被传讲，《飞啸三巧传奇》也是一例。《飞啸三巧传奇》最早有不少名字，如《飞啸传》《穆氏三杰》《飞啸三怪》，还曾叫《新本三侠剑》。《飞啸三巧传奇》这个传本的定名，是清代二等笔帖式郭阔罗氏的家族传下来的，而且这个传本内容最丰富、感人。"因为这个传本是由卜奎传到瑷珲城，当时城里有个书场，有人在此专讲《飞啸三巧传奇》，听说的人很多。"② 在北方的边陲小镇瑷珲，为什么会出现职业艺人以说部为题材，在书场中进行表演，富育光先生是这样解释的："只有像瑷珲这一点大镇子里边，才会有从吉林、沈阳（当时称奉天）或哈尔滨来的说书艺人……为了挣钱，学了一些满族话，也学说部，有时也加入一些满族话，一加入满族说部的内容，满族人都爱听。他们用别的名字，自己擅长的方式来讲说部，对说部也有一定的促进作用。但是在交通不便的村屯还是以氏族传承为主。"③ 在黑龙江的大镇子里有说书场子，有时候讲说部，在吉林的乌拉街也存在这种情况。乌拉街是满族古老的历史名镇，也是明代扈伦四部之一的乌拉部所在地，这里不但留有清代三百余年打牲乌拉总管衙门的

---

① 富育光讲述，于敏记录整理：《萨大人传》（上），吉林人民出版社 2007 年版，第 4 页。

② 富育光讲述，荆文礼记录整理：《飞啸三巧传奇》（上），吉林人民出版社 2009 年版，第 1 页。

③ 转引自高荷红《满族说部传承研究》，中国社会科学出版社 2011 年版，第 98—99 页。

古建筑遗迹，还蕴藏着丰富的满族文化遗产。满族传统说部《松水凤楼传》，又名《德青天》《德青天断案》。这是一部扬善惩恶、弘扬正义的说部故事。据富育光先生介绍："乌拉街素以盛产大蒜、白菜名噪东北。每年初秋到冬季，来自四面八方的车马远客，汇聚满街筒子。市内也最繁华、最热闹，饭馆商铺更是生意兴隆。这时也是徐明达和弟子们最忙碌时候，东北大鼓《德青天》就开张啦！不仅如此，从吉林江城年年都来一伙叫'四海堂'的说书班子，他们也是许明达的好朋友、远方弟子，来乌拉街选择临街廉价小房，草草地装饰成清茶馆，海报一贴出，夜晚来听《德青天》的人，络绎不绝。海报上的书名常变换，叫《德青天断案》，或叫成《德公案》。长凳摆满茶馆小屋，听众挤得站在门口大道上听。"① 通过讲东北大鼓的形式，该说部得到进一步传播，让更多的人熟识。

此外，自康熙朝以来，《东海沉冤录》在我国北方长期流传过程中影响日广。"该书引起多方喜爱，究其因就在于东海在大清国上下人等心目中，是一块既遥远又富饶，既野蛮又神秘的所在。东海地区广袤无垠，有漫长的海岸线，山富树果，海藏鱼盐，物产丰饶，气候宜人，向称北国巴蜀。故而成为世代栖生福址，招来八方生民。也正因如此，金元明以来东海向成为各路兵家、地方政权、各部族争相窃据、染指、火并之患难深重之域。清道光朝之后沦为外国属地，倍加对其增添崇仰、痴恋、神往之情。东海故事因其生动奇特，不单满族人家喜爱听，汉人和其他各界人士也喜欢听，不胫而走，不分尊卑，书肆客满，甚至在民间传讲。乾隆帝为体察下情，在宫中宣听子弟书、八角鼓书目外，还有风靡一时的《东海传》，即《东海沉冤录》。过去，京师和吉林、卜奎市井街头演唱中有说《大明公主哭东海》、《东海古谣》、《大仓豪族》等书段子者，都是由《东海传》书名派生而来的。"②

后来，通过说书艺人的传讲，该说部据说还传到了关外，据富育光先生回忆："适逢 1947 年春节，孙吴小镇人口不多，但地处去往逊克、

---

① 富育光：《满族传统说部〈松水凤楼传〉流传于采录》，《满族说部学会通讯》（内刊）2012 年第 3 期。

② 富育光：《"满族说部"调查（一）》，《社会科学战线》2007 年第 3 期。

瑷珲、黑河交通要枢，商贾行旅密集，畸形繁华。小城茶肆栉比，除讲《杨家将》、《三侠剑》、《包公传》、《童林传》等评书曲艺外，南街口'三合茶社'开播小段《东海风尘录》，即《东海沉冤录》原型故事。讲此书老板就是从张石头处传学去的。此人外号刘大板儿，讲唱河间大鼓，自弹弦，夫人唱。夫人可非同寻常，誉传小城，系日伪时期本镇'新街基'的一位名妓筱黛玉。解放后，与刘大板儿从良同居，长相美丽，嗓音甜脆，取艺名'筱美花'。此书由刘大板儿改说唱路子，夹叙夹唱，别有一番风韵。富希陆先生和姐夫张石头曾于1947年秋至1948年冬多次听他们合演，客座兴隆。据传，这对伉俪后来回乡求财，又将此书带回关里去了。"①

上述提到的在书场讲述的几部满族说部，都是情节跌宕起伏、内容丰富、人物个性鲜明、比较成熟的说部故事。我们见到的已经出版的版本中，这几部说部基本都采用了章回体的形式，而且，书中扣子很多，可见受汉族说书艺术的影响很深。但是，并不是所有的说部都能以说书的内容来表现，这里有一个"从说唱到技艺性说唱（也就是说唱艺术）的发展过程，有一个从民间文学的自然状态到民间文学的应用状态的发展过程。作为长篇技艺性说唱就可以称之为说书了"。这里当然有文人的参与与介入，这也是满族说部在传承过程中的一个特有现象。

三　文人雅士的介入

迄今为止，满族说部已经出版了三批，几十部洋洋大篇的说部出现在世人面前，可以说是民间口传文学的一个奇迹。而说部之所以能流传到今日，与传承人是分不开的，尤其是满族说部在一定的时期内依附于一定的传承人，才得以流传。从每部说部故事的传承或者采录情况来看，它流传至今的一个重要原因与文人雅士的参与密切相关。也正是这些文化人的参与，使满族说部得以完善，甚至逐渐走向成熟。尤其是从满族说部最初的自然状态到在书场中表演的应用状态来看，必定有文人的打磨与润色，才使满族说部更加熠熠生辉，吸引众多听众痴迷、难忘。这些文人雅士有的曾被流放北疆，或者在当地为官，他们大多满汉齐通，

---

① 富育光：《"满族说部"调查（一）》，《社会科学战线》2007年第3期。

有着极高的文化素养。满族说部就是在他们的手中得到发展和完善，这些文人雅士起到了文化推手的作用。这点与普通民间故事的传承方式不同，普通民间故事在流传中很少有文人雅士的参与。富育光先生有过这样的论断："满族说部虽为数十万或近百万言泱泱巨篇，绝非文化愚氓者所为。它集多种条件和因素而凝生，有着广泛的社会基础和深厚的文化底蕴。事实如此，考满族说部的创始者，虽为荷马史诗型人士，更有满汉齐通的大家、朝廷的学士、编修将军。他们博古通今，甚或通阿尔泰语系诸民族语言、风俗，本身都是才智多能者。"① 就瑷珲地区而言，它不但是清代的重镇，而且自康熙朝在彭春、郎坦、副都统玛拉的影响下，全军将士利用业余时间学习满文，还设立官学。黑龙江的官学一直坚持到同治年间，培养出北方众多的文化人士。就是这些满汉齐通的大家和文化人士，传承了大量的说部故事。

令人备受推崇的《东海沉冤录》，全书跨度较大，包括明清两代的东海故事，尤其是书中对东海生活及习俗的生动描绘，史书基本没有记载，那一时期关于东海的历史记录全凭口传。这部长篇说部由宫廷到民间，涉及无数的细节，必定经过了无数人的修补和润色才得以成型。这些人士也是该说部的重要传承人，在他们的一代代努力与传播下，《东海沉冤录》愈发光彩照人。其最初的讲述者是后金开国大将，世居珲春的舒穆禄氏杨古利。尤其是舒穆禄家族世代居住在东海窝集部锡霍特山南麓一带，世世代代同当地的原住民长期接触，懂得他们的爱好、掌握他们的故事也是在情理之中。杨古利的侄女后嫁给了宁古塔的虽哈纳为妻。舒穆禄格格嫁给富察氏家族后，便把她从小听到的故事带到了富察氏家族。富察氏家族的一支托雍额，随萨布素驻守瑷珲后，又把该说部带到了瑷珲，常常讲给各地前来戍边的八旗将士听。但是富察氏家族传讲的该说部，还属于雏形阶段。在瑷珲的军营中，还有位清廷的著名人士马喇，他掌握一部跟《东海沉冤录》虽然名字不同，但是内容相似的说部——《血荐情缘传》。马喇曾在清廷的重要部门任职过，而且通晓好几种语言，对东海等地的状况十分熟悉。他讲述的《血荐情缘传》内容丰富，自成体系，而且增加了好多细节。各地八旗将士返回故乡后，也在本地竞相

---

① 富育光：《满族说部的传承与保护》，《社会科学战线》2007 年第 5 期。

讲述。富察氏家族在反复聆听马喇讲述的故事后，与自己本家族讲述的故事传本相融合，后来形成了早期的《东海沉冤录》。而如今，我们看到的已经出版的《东海沉冤录》，就是富察氏家族珍藏的传本，中间也经过几次修补和润色。最主要的一次传讲，就是萨布素请来马喇大人，马喇大人聆听后，提出了意见，还耐心地教授了不少唱调和故事。可以说，该说部初成于清廷的著名人士之后，经过历代传承人的不断润色、加工与补充，形成现在规模的说部故事。后来，该说部还在北方书场上经常表演，可见受欢迎的程度。

除《东海沉冤录》之外，富察氏家族掌握的另一个说部《飞啸三巧传奇》的形成过程也是经过博学人之手，丰富而成。该说部有两个版本，咸丰初年的版本，是该书最早的版本，是瑷珲的一位副都统衙门关雁飞传下来的。另一个版本是郭氏传本，内容更丰富。已经出版的《飞啸三巧传奇》采用的就是郭氏传本，是富希陆先生的母亲富察美容听父亲郭振坤先生讲述的。郭先生是晚清著名的遗老，曾在光绪末年的盛京衙门任过笔帖式。在民国年间，给有钱人家做过家庭教师，主要教授满文和汉文。闲暇时候常听郭詹爷①讲述满族说部。郭詹爷可以算是该说部的主要传承人。但是从全书来看，该说部中有许多扣子，非常像后来汉族的评书，这种技巧，一定是经过博学人士打磨过，而且还必须了解清代的宫廷秘史和臣僚的生活，据说书人传讲，这位饱学之士可能就是英和。英和是清代嘉庆、道光年间的著名人士，曾任过户部的尚书等职，后被流放到黑龙江的齐齐哈尔和瑷珲，在那里生活了一段时间。跟随他一同前往瑷珲的还有个叫严忠孝的人，也是一位内廷的名士，做过巡抚。后因得罪上司，被入狱囚禁。英和大人将其救出，他随英和前往了瑷珲。这部说部中就有英和与严忠孝的影子。也是这些清廷的名士使该说部熠熠生辉，成熟、完善。

除了在朝廷为官的满汉名士之外，满族的文化人士也是说部重要传承人。满族说部之所以留下如此众多的鸿篇巨制，与满族的文化人士息息相关，他们怀着对民族文化的热爱，争相传颂本民族的故事。这些文

---

① 詹爷：詹，本是清代的官名，这里专指在满族的家庭中或集市、城镇中一些有名望的文化人士。他们能说会道，擅于助人为乐。

化人士，既是说部的传承人、保护者，也是民族文化的园丁，用心血与汗水培育着民族文化的花蕾。满族著名传统说部《鳌拜巴图鲁》得以流传，就源于满族的有识之士对民族文化的保护与挚爱。其流传离不开几个关键人物，其一就是罗汝中，镶黄旗人，老姓罗关哈喇，追溯该部族的血缘，源于瓜尔佳哈喇望族中古氏族部落中的一支。在家族婚姻中，也禁止两姓通婚，而且两个姓氏的望族，一直交往过密，所以，满洲瓜尔佳氏家族涌现的著名说部《鳌拜巴图鲁》，罗关氏也心心挂念。罗汝中对该故事尤其痴迷，一心探求关于鳌拜的逸闻故事，后来结识了一位有名气的大家——刘福来先生，人称"刘铁嘴"，曾在京师的书场中讲过该段子，而且很受欢迎。罗汝中先生会讲该故事，还和自己的母亲有关，母亲的娘家人就是刘铁嘴的三夫人，罗汝中把该故事记了下来。为了追寻细节，还拜访过刘铁嘴的徒弟唐福顺，补充了一些重要的细节，使该说部逐渐丰满、完善。除了上述传承人，还有一位著名文化人士关世英，也是一位著名的文化传承人，吉林乌拉街满族镇北兰人，该家族的族谱中记载了其家族最早为满洲瓜尔佳镶黄旗人，后被分拨正红旗。在他和族人的意识里，与鳌拜就是同宗，所以特别擅长讲述《鳌拜巴图鲁》的故事。就是这些人士怀着对民族文化的热爱与不断所求，使该说部流传至今，大放异彩。

四 其他民族对说部的推动作用

满族说部的形成与传播，离不开其他兄弟民族对说部的热爱。例如《雪妃娘娘和包鲁嘎汗》很早就在北方一带流传，"凡康熙朝北戍瑷珲的满洲八旗诸姓氏，许多家族都知道并能传讲此传说。追其源，他们多是从住在黑龙江中下游地区费雅喀、索伦、赫哲等地的朋友那里听来后，又在本族中传讲开来。当年率军戍北的清军将领萨布素、马喇等人，还从费雅喀人口里记录了《雪娘娘与大丘坟》故事"①。《雪娘娘与大丘坟》就是《雪妃娘娘和包鲁嘎汗》的异名，在传承中，还有其他的名字：《孤女离恨》《黑水狼儿传》《宝福晋与包鲁嘎》。因为说部流传地域不同和讲述者的个人喜好，说部内容各有所侧重和变异而已。此外，还有位费

---

① 富育光：《〈雪妃娘娘和包鲁嘎汗〉传承概述》，载富育光讲述，王慧新记录整理《雪妃娘娘和包鲁嘎汗》，吉林人民出版社 2007 年版，第 1 页。

雅喀人即乌德林老玛法十分擅长讲述《大丘坟》的故事，因其讲述的故事生动感人，赢得了黑龙江沿岸各族群众的爱戴和敬重，后来该说部传给杨氏家族即杨青山的爷爷，之后又传给了杨青山。杨青山在庚子俄难的时候逃到大五家子安居，他常年给各族，其中包括满族、达斡尔、鄂伦春人讲唱本说部，使该故事被众多族众知晓，扩大了其影响。

还有一个最典型的例子就是《尼山萨满》的流传情况。《尼山萨满》不光是满族知晓，在其他民族中也广为流传。在满族族众中流传，有多个异名，被称为《阴阳萨满》《阴间萨满》《音姜萨满》《尼姜萨满》。在其他民族中，例如赫哲族、鄂温克族、鄂伦春族、达斡尔族、锡伯族等都有流传，最为可贵的是，在其他少数民族中的流传是以本民族的语言活态传承，受到大家的广泛喜爱。而且各自的叫法也各不相同，"在达斡尔族中流传《尼桑萨满》，鄂伦春族中流传《尼海萨满》、《尼顺萨满》、《尼灿萨满》，鄂温克族中流传《尼桑萨满》、《尼苏萨满》、《尼桑女》。这些不同名字的故事，都是《尼山萨满》在这些民族中的传播，内容大同小异，甚至情节完全一致。所以出现这种罕有的文化交融现象，是因为有着北方诸民族所形成的特定历史文化机缘……《尼山萨满》型故事在北方诸民族中相互融会贯通，完全是与清康熙朝以来北方诸民族社会历史的重大发展紧密相关的。激扬慷慨的历史，造就了各民族亲密无间的团结互助，形成各民族有史以来广泛的凝聚、接触与联系，促进北方各民族最大的文化交流与融合"①。

1930 年，我国著名的民族学家凌纯声先生开始对松花江下游的赫哲族进行田野调查，还搜集到 19 个民间故事。其中有一个故事叫作《一新萨满》。凌纯声先生还强调，前 18 个故事都是赫哲族的故事，只有《一新萨满》是从满语故事《尼山萨满》翻译成赫哲语的。即使看似简单的翻译，也为《尼山萨满》在赫哲族中的传播起到了重要的作用。

满族说部故事除了在满族及其他民族中流传，也在其他国家流传。比如根据《东海沉冤录》衍生的故事《大明公主哭东海》，以及《东海古谣》等，都是从该说部衍化而来的。这些"故事特别招人听，有欢乐，

---

① 富育光：《〈尼山萨满〉与北方民族》，载荆文礼、富育光汇编《尼山萨满传》（上），吉林人民出版社 2007 年版，第 11 页。

使人捧腹大笑；有悲伤，令人撕心裂肺。讲得活灵活现，真实感人，百听不厌。不单单满族人高兴听、汉人爱听，不少俄罗斯人、高句丽人、日本人也极有兴趣听，不仅听人讲唱，还到处传诵这些故事"①。

满族说部得以形成和流传，与讲古氛围的熏陶，说书人、文人雅士以及各民族的推动和传播有一定的关系，正是在多方的努力与影响下，促使其成熟与完善，也加快其传播速度和影响面。

第二节　满族说部的价值

一　进行族教家教的方式

据富希陆先生在《瑷珲十里长江俗记》中记载："富察氏家族，辽金至有清一代，爱国卫边，多慷慨忠义之士。慎终追远，继往开来，当思安寝美食来之不易。训育子孙，咏颂乌勒本雅鲁逊，乃祖制家规，不可疏怠。早在清初还在吉林乌拉之时，便谨遵掌家祖太奶奶遗命：'每岁春秋，恭听祖宗乌勒本，勿堕锐志。'乌勒本皆咏己事，不言外姓哈喇轶闻趣话。盖因祭规如此。凡所述故事，与神案谱牒同样至尊，享祖奠，春秋岁列阖族祭仪中。"② 满族说部在过去是训育儿孙的宝典，每当在阖族聚会等特殊节日，就会传讲满族说部。说部故事中的人物都是本氏族崇敬、敬仰的祖先，其英雄业绩激励后世子孙奋发向上，不堕锐志。所以，对族人讲唱说部，不仅仅是讲家史，颂根子，也是教育子孙的一种方式。比如富察氏家族的祖先萨布素，其一生"深受祖父哈勒苏的影响，倔强幽默，豪爽乐观。喜欢用自身从孩提到将军苦辣酸甜的人生趣事，还有对那些一生中提携他的男女老少的衷情怀恋，现身说法，启迪亲朋，使说部倍加撼人心魄"③。对于其名字的由来，萨布素在当上将军后，曾回忆与祖父哈勒苏有关："我小时候，不愿穿衣服，更不愿穿鞋，总是光着腔和两只小脚丫在地上跑来跑去的，跑得特别快，见到大人就追，特别

---

① 富育光：《东海沉冤录·引子》，载富育光讲述，于敏记录整理《〈东海沉冤录〉》（上），吉林人民出版社 2007 年版，第 3 页。

② 富希陆撰，富育光整理：《瑷珲十里长江俗记（节选二）》，《东北史地》2015 年第 1 期。

③ 富育光讲述，于敏整理：《萨大人传》（上），吉林人民出版社 2007 年版，第 6 页。

喜欢追我爷爷。只要看到爷爷在前边走，我便在后面一边追，一边'玛发、玛发'地叫着。要是在屋地上跑，小脚丫没事儿，因地面很平。可一到了外头，光顾跑了，也不往地上看呀。有时会被小石子儿、小土疙瘩硌着，疼得直咧嘴。于是，爷爷该申斥奶奶和额莫了：'你们怎么不给孩子穿鞋呢，那不硌脚吗？'完了又冲我喊：'萨布，萨布①！'我一跑过去，爷爷马上告诉说：'萨布，素儿！'即是穿上鞋，跑得快。结果一来二去的，这'萨布'，'素儿'便被叫成'萨布素'了，成了我的名字。这个名儿真的代表了我的性格，也是爷爷的性格。就是不管做什么事情，那都是雷厉风行、喊哩喀喳，像刮旋风一样，既认真又快，从不拖泥带水。"② 这虽然是个看似随意取来的名字，却带有特殊的意义。名字当中渗透着爷爷对萨布素的谆谆教诲，萨布素也没有辜负爷爷的期望，做事情雷厉风行，从不拖泥带水。

例如萨布素时常对自己身边的人回忆起自己的童年，他从小的家教十分严格。童年时期，对萨布素影响较大的共有四个人，这也是他精神力量的源泉。第一位是萨布素的母亲，她不仅贤淑美貌，而且生活节俭，善于骑射，武艺高强，是一位典型的优秀的满族女性形象。第二位是严父虽哈纳，他时常告诫萨布素家族的世世代代是武将出身，不要有辱门风，一定要勤学苦练。在萨布素十二三岁的时候，就能跟随父亲狩猎。萨布素自幼受"鲤庭之训"，最终成为一代名将，可见父亲的严格教育，作用还是很大的。第三位就是萨布素的爷爷哈勒苏，为人正直、善良、刚正不阿，深得皇太极的赏识。他把自己的几个孩子培养得跟猛虎一样，一直追崇尚武精神。这种精神对萨布素的一生也有极为重要的影响。还有一位是汉族的师父周子正。③

萨布素受其严格家教的深刻影响，从小就注意锻炼体魄、习弓箭，训练马上的功夫。尤其是体魄的训练，从襁褓时期就已经开始。这时候

---

① 萨布：满语，鞋。

② 富育光讲述，于敏整理：《萨大人传》（上），吉林人民出版社 2007 年版，第 161—162 页。

③ 周子正，大明朝赫赫有名的官员，姓周，名顺，字子正，山东即墨人氏。在辽沈之战中见局势不利跑到宁古塔。他亲自教授萨布素"四书""五经"、汉学之类的知识，使萨布素从小打下了很好的汉学与文学功底。

的婴儿看似什么也不懂，却能慢慢地感知世界，可以根据其身体的素质，因材施教。长大以后，爷爷教诲萨布素要热爱小动物、做个诚实守信的孩子等，都可以看作训育儿孙的宝典。

富察氏家族传承的另一个重要说部即《扎呼泰妈妈》，被誉为"育子课本""育儿经""妈妈经"。此说部不但在东北一些地区广为流传，妇孺皆知，而且被看作最为适合向儿孙传讲的一部优秀长篇说部。《扎呼泰妈妈》又名《顺康秘录》《三艳记》。该说部虽涉及众多人物、事件，但是随着时间的推移，孝庄皇太后在该说部中的比重越来越突出。"满族传统说部《扎呼泰妈妈》，便是以孝庄皇太后为楷模，演绎而成的泱泱说部'乌勒本'，必然被视作传世珍品了。被视为满族创建大清，第一位'母仪天下'的皇后和皇太后，辅佐太宗，并亲手抚育皇儿顺治六龄即帝位，成为大清定鼎燕京开国第一帝，又亲手抚育皇孙康熙八岁承继大统，开创康乾盛世，睿智多谋，功耀千秋。唱讲其史传之满族鉴于此，说部名称不约而同地喜欢用满族民间敬颂萨满教女神'扎呼泰妈妈'之名，冠以本说部。"① 遵循古制，满族女性掌管家内的一切大小事务，包括儿孙的培养与教育任务等，怀着崇敬的心情认真聆听《扎呼泰妈妈》就是虚心向其学习育儿的经验，努力做个合格的、令人敬重的好妈妈，同时也能教育在座的子孙，从小严格要求自己，做个合格的满族"巴图鲁"。

而满族说部进行族教、家教的方式，整理者也深有体会，王宏刚在整理傅英仁先生讲述的《萨布素将军传》时说："在听讲中，我们逐渐感受到，满族说部不是一般的娱乐性的民间传说故事②，而是有凝重的英雄崇拜的文化情愫，是进行氏族自我教育的庄严方式。所以，傅老在讲到萨布素成功时，会开怀大笑；在讲到萨布素厄运时，会哭泣悲伤，甚至几天都难以自拔，因为说部中老将军的命运已与傅老的命运融为一体。"③

---

① 富育光：《满族说部的传承与采录——〈鳌拜巴图鲁〉、〈傅恒大学士与窦尔敦〉、〈扎呼泰妈妈〉》，《东北史地》2013 年第 2 期。

② 民间传说故事：东北俗称"讲瞎话"，多是娱乐性的。

③ 傅英仁讲述，程迅、王宏刚记录整理：《萨布素将军传·后记》，吉林人民出版社 2007 年版，第 595 页。

二 具有重要的民俗学价值

满族说部最初通过口耳相传的方式流传，其中不仅有对祖先、英雄及族群历史的记录与描写，满族的生产生活方式和五彩斑斓的生活在其中也被忠实记录，具有可贵的民俗学价值。

例如，满族说部中介绍了狗的作用，除了能看管货栈，还能运输货物。在《雪山罕王传》中就记载了用狗来帮助人们打理货栈的情形。狗们满语叫作"音达浑"，它们非常听主人的话，还能听懂主人用满语、乞列迷和赫哲等语唱的歌，这些歌有韵有节，非常好听。这些话是告诉狗群无论是吃饭、睡觉还是看守货仓，不能撕咬和吠叫，也不能随便吃外人给的食物，以免中毒；还要保护好家人，遇见危险要懂得躲避等。而最主要的是这些狗群不仅能看家护院，还能把货物分类管理，逐个发放，从不凌乱。它们除了忠心耿耿地看守各种物件，静守存放的货物外，在主人的调教下，还能看管一些活物。这些活物有天上飞的，地下跑的，历朝历代都喜欢从北方各地货栈中运回各种活的物产，既可保鲜，又可饲养，还能供大人们观赏的奇货，要保持这些物产奇货在千里迢迢的路途中不死不烂，活着运到目的地，这就靠货栈主人的经营之道。但是人力毕竟有限，脏活、累活甚至是细活也基本要靠狗来帮忙。帮忙打理客栈的师爷每天出门之前，都要把灯笼摆在地上，他走后，狗们就把灯笼叼出去，每个灯笼下边的活物，就是要照管的对象。它们负责给小动物们送水、送饭、饮奶等各种活计。它们能巧妙地侍候各种兽类，比如小海豹、小海狮、小海象、小白狐等，各种小动物与狗群能够和谐共处，货栈也在狗群的帮助下顺利经营。

在《飞啸三巧传奇》中，则着重记述了狗拉爬犁的情形。北方的狗有力气，都有半人高，前边有头狗带领。头狗很聪明，基本什么都知道，只要人一吆喝，或者喊出声来，它就知道要干什么，其他的狗都听头狗的。二三十条狗来拉一个爬犁，爬犁的形状好比大船，能装不少东西。每条狗的脖子上都戴着一个皮子做的箍，小狗们一使劲儿就能拉动爬犁。

《萨大人传》中，记述了女真人在小孩儿出生时候的各种古俗，具有较高的价值。女真人有个习俗，生小孩儿前，门上单独挂布勒喀①的，预示着要接生女孩儿；挂带有彩皮彩条儿小弓箭的，象征着要接生男孩儿。此外，还要给奥都妈妈②和乌莫西妈妈③上香，摆上贡品。"从宁古塔野外采来刚刚吐蕊的小花儿、南葫芦头折来的果松枝儿和石头甸子的香蒿枝儿、龙头崖上生长的香树枝儿、南山坡高树上的冬青枝叶，还有茯苓叶儿、五味子儿、百合叶儿、黄芪叶儿、茵陈叶儿以及专门到石头坑子采集的一些白芍药花蕾、花叶均匀地扑在产房的地上。顿时，一股清淡的幽香充满了产房，使得产妇的心情格外舒畅，好像又回到了郁郁葱葱的山野之中，这也是女真人的古俗。"④

北方一些民族生孩子还有一个古俗，就是要在依山傍水的地方搭建一顶新帐篷。将生孩子所有必备品拉到那里，再由亲人护送产妇到帐篷里生育儿女，之后还要住上七八天。因为那里空气新鲜，产妇心情明快，可以减少分娩时的痛苦和紧张。孩子出生后，需要用江水为婴儿擦洗全身，这样，孩子便可吉祥长寿。做饭、熬粥和饮用的水，全用各种野草榨出的汁，这样的风俗在萨布素出生的时候还存在。而且，人们把孩子出生看作一件特别神圣的事情，所以孩子出生前要尽量准备齐全，包括特制的长寿袋，这个袋子是为了避免产妇生孩子的时候着凉，用来铺在下面的垫子。这个袋子要用山里的白辛草、马兰草、雁来红、星星草、红根草五种草编制而成。还要用百兽皮做成马那干，即用来包裹孩子的小外衣和小包袱皮。百兽皮多是灰鼠、花鼠等鼠类的皮剥下来后，用刀子把小毛刮净，刮到很薄的程度，再将这些皮张连缀起来。不同的鼠类，颜色不同，各色的鼠皮穿连起来，不但美丽，还轻薄吸水。每个孩子出生都要准备几张这样的马那干，不仅是女真人，鄂伦春人、索伦人也是如此，亲朋好友一同来帮忙、准备这些事宜，迎接新生命的到来。

而且，新生儿出生还要举行盛大的祭祀仪式，由萨满来主持，在婴儿出生的第九天举行。祭祀开始，需杀三头鹿，接连祭祀三天，被称为

① 布勒喀：满语，彩条。
② 奥都妈妈：满语，即女神。
③ 乌莫西妈妈：满语，子孙神。
④ 富育光讲述，于敏整理：《萨大人传》（上），吉林人民出版社 2007 年版，第 132 页。

神鹿祭，也可以用猪或者其他的野生动物来祭祀，以此来感谢众神灵。鹿被杀死之后，将鹿头和鹿骨分别埋在院子四个角落的墙下，鹿肉分给参加祭祀的人们吃，剩下的则扔到野外，给众牲吃。祭祀的主要活动有："首先将产妇生孩子时所用的那些已经沾上血污的东西，如垫在身底下的用五种草编织的长寿袋呀、包孩子用的马那干呀以及其他布帛等，都在神的面前一块儿烧掉。据传，这些东西若随便扔出去，神会怪罪的，容易出罗乱。接着在萨满的神鼓声中，烧一锅温水，给新生儿洗一个恩都力木克①澡，象征着孩子更加健康、平安。这种祭祀有三层意思：一是为了清室、静室。把生孩子使过的一些脏了的用品清理干净，使屋子更加整洁。二是为了对祖先、神灵表示承谢。因为生儿在女真人心目中，那是祖先和神灵保佑赐给的贵子，所以要献牲。全家跪下叩头说：'神灵保佑，祖先神保佑，母子平安，全家平安，吉祥万福。感谢我的祖先，我们献上牲灵，请诸神和神仙享用吧'。三是请保护本族儿孙健康的女神、子孙神、智慧神降临神堂，永远住到这个家来。在一间净室选出一个地方设神堂，供上乌莫锡妈妈、奥都妈妈、万历妈妈的神位。这一切进行完之后，全族喝团圆酒，吃祭祀肉，一连三天的隆重家祭才算结束。"②

此外，《萨大人传》还记录了满族人欢迎客人的古老仪式，即篝火宴等盛况。这也是北方特有的习俗，是十分讲究的。"夜里，笼起篝火，点起火把，所有参加的人围着篝火席地而坐。男男女女、老老少少。或三三两两、或五七个人围成一圈儿，每人手中拿着刀子、叉子、筷子。酒一般是装在葫芦里，或者装在动物的吹胞里。这种装酒的吹胞是怎么做的呢？很简单，就是将动物的尿脬吹大、晒干，尤以牛、熊的尿脬最大，然后便可以用它盛很多的酒了。篝火宴的肉类分好多种，有天上飞的各种禽类，从沙半斤一直到大雁、天鹅；有水中的多种鱼类，如江鱼、湖鱼、海鱼；有森林中的兽类，像獐、狍、鹿、豹子等。尤其值得一提的是，吃篝火宴的兽类都得是活的，包括禽类和鱼类，没有吃死的。禽类装在笼子里，鱼放在水槽子里养着，待篝火宴开始后，当场现杀。吃一

---

① 恩都力木克：满语，神水。
② 富育光讲述，于敏整理：《萨大人传》（上），吉林人民出版社 2007 年版，第 138 页。

会儿后，人们便围在篝火旁载歌载舞，有时还边吃边唱边跳。"①

《萨大人传》对一些女真古俗都有比较详细、完整的记录，也是留给后人宝贵的文化遗产。满族说部最初口耳相传的方式，同时也属于口头传承的范畴，而口头传承往往成为地方性生产、生活知识的传播渠道。"生产生活知识的谱系包括无数细节，都是由口头传承来完成记忆和传承的。如果因此说口头传承在人类早期文明演进过程中发挥了很大的作用，应当是符合实际情况的。"②

不仅是上述列举的两个说部作品，洋洋大篇的满族说部，就是对东北往昔生活的生动描绘、被誉为东海史诗作品的《乌布西奔妈妈》，犹如"由一幅幅画卷构成的一组东海风俗画，再现了东海女真人的风土人情和生活习俗，表现出鲜明的地域特征。作品作为渔猎经济的产物，保留了诸多古老的渔猎生产生活习俗，如抓海蟹、叉海参、捉海狸、捕貂、采山果、挖参、打鱼、熬海盐等生产习俗；食鱼干、生肉，批皮为衣，茅草为巢，人死风葬，冬用狗爬犁、滑雪板为交通工具等生活习俗。《乌布西奔妈妈》反映了东海女真人的社会生活，保留了大量的东海古俗，如俗尚裸体，以体健为美和以泥土涂身的文身习俗，体现了原始人类的审美观念；物候纪年、野猪牙纪岁、裂革记事，以哑语、哑舞和长调为各部落联络方式等，带有浓厚的原始文化意蕴，再现了东海女真人古老的风俗及向文明迈进的漫长历史进程中的演变足迹"③。而且，《乌布西奔妈妈》还记述了与女真不同部落的一些特殊习俗。所以，该作品具有不可替代的民俗学研究价值。

除了记录女真的一些古老习俗及生产生活状况，满族说部中也保留了大量的动植物知识，对于其中的实用和药用以及特殊价值，都通过口耳相传的方式代代相传。

尤其在《乌布西奔妈妈》中，有着较为集中的体现。例如在祭祀跳神的时候焚烧的"温嘎"，就是一种草本植物，长成后生小穗状花蕾，叶茎清香明目，可入药，有兴奋驱虫除瘟疫的作用。东海女真人常在入秋

---

①　富育光讲述，于敏整理：《萨大人传》（上），吉林人民出版社 2007 年版，第 95 页。

②　朝戈金：《口头传统概说》，《民族艺术》2013 年第 6 期。

③　郭淑云：《〈乌布西奔妈妈〉研究》，中国社会科学出版社 2013 年版，第 9 页。

采割晾晒，祭祀时焚香祭神用。

吉伦草：生长在日北海东岸一带的一年生草本植物。根据其生长状况可以看到草原草质和土质情况。

卡丹花：属于菌类的一种，是萨满祭祀的吉祥花卉。

沙吉科尔花：也属于菌类，沙吉科尔是满语，为祥瑞之意，也在萨满祭祀的时候被采用。

桂兰"塔布乐"：塔布乐，满语醉痴之意。相传毒蛇喜欢在一种名叫桂兰香的野草上歇息，所以萨满寻采桂兰香制迷幻药。

乌头草：具有麻醉、致幻的作用。

耗子尾巴草：一种脱魂野草，据传采此种修长纤细的塔头甸子里的草，装入枕内，萨满可梦游出神。

桂罂草、海龙草、海香叶：都是一种类似大烟的致幻药物。

狼毒：多年生草本植物，丛生，头状花序。狼毒花根系大，吸水能力强，能够适应干旱寒冷的气候，生命力强。狼毒根入药，有大毒，能散结、逐水、止痛、杀虫，外用治疗癣、瘙痒、顽固性皮炎、杀蛆。

此外，还有各种可以食用的植物，如山里红、亚格达、甜果豆等。有研究者①依据《乌布西奔妈妈》文本中涉及的各种动植物名称，做了较为完整的分类及解释。

而且，《乌布西奔妈妈》中，还涉及大量的动物，其中包括各种鱼类及海洋的哺乳动物，还有陆地上的各种动物，尤其是文中对海祭场面的描绘，涉及了大量的鱼类。

> 乌布西奔命人在海滨搭建海神坛神幢，
> 敲响象征东海形貌的雄鲸肚囊皮椭圆鼙鼓。
> 从远海捕来神牲——
> 宰杀大海狮九尊，
> 宰杀大海象九尊，
> 宰杀大海豹九尊，

---

① 参见郭淑云《〈乌布西奔妈妈〉研究》，中国社会科学出版社 2013 年版，第 323—336 页。

宰杀白鲸一尊，

宰杀香鲸一尊，

宰杀灰鲸一尊，

宰杀鳟鱼、鲑鱼、比目鱼、海花鱼、胡瓜鱼、狼鱼、鳔鱼百尊。

还宰杀有乌布西奔

鱼池驯养的各色鱼种。

鱼血汇入大海，

大海变得殷红；

鱼肉投入海中，

引来翻滚的海牲拼争……①

仅就列举上述的例子而言，无论是植物还是动物，大多与萨满及萨满祭祀相关。萨满不但有主持各种祭祀的神圣职能，还能够治病救人，懂得各种各样的知识。尤其是各种植物的药用及食用价值，都是萨满通过自己的实践得到印证的。上述提到的各种植物，除了具有治病作用，许多还具有致幻及麻醉作用，尤其是致幻作用，只有萨满才能够较好地掌控和使用。这从另一个侧面也证明了，萨满史诗《乌布西奔妈妈》即神龛上的故事，不但由萨满传承，其主人公乌布西奔妈妈也是一位德高望重的大萨满，通过后世的口口相传，萨满的光辉业绩及各种各样的丰富知识都被传承下来。这也是口头传承一个重要的作用，各种各样的知识及其细节，由口头传统来记忆和传承。

三　蕴含着丰富的历史文化内涵

满族说部，是满族根性文化的体现，也是满族民众的生存史与心灵史。满族历史悠久，汉、魏、晋、南北朝时期的挹娄、勿吉，隋唐时期的靺鞨，辽宋时期的女真，明清时期的满洲，都同属于肃慎族系，在波澜壮阔的历史进程中，产生了众多的历史事件和英雄人物。满族说部就是满族先民一直用自己独特的方式，记述着本民族的历史与过去，他们把本民族的记忆用口耳相传的方式，流传下来，讲述各个氏族的渔猎生

---

① 鲁连坤讲述，富育光译注整理：《乌布西奔妈妈》，吉林人民出版社 2007 年版，第 131 页。

活、兴衰起落、征战迁徙及各个氏族流传的英雄传说。因此，讲述祖先的历史和事迹，也是满族说部一直以来的主要内容。传统的说部讲唱的场合比较严肃，一般在祭祀或者家族、氏族重大节日的时候讲述。满族说部的出现也与满族的萨满教崇拜密切相关。所以讲述的时候无论是讲唱者还是听者，必须虔诚、严肃。满族说部与一般的满族讲述的民间故事不同，娱乐与消遣不是讲述的主要目的，通过讲述祖先的历史对族人及后世子孙进行爱家、爱族的教育，鼓励其奋勇向上、勇敢坚强，是主要目的。正如有论者所指出的那样，在"大量的民间文学、口头传说中反映了对祖先和本民族英雄人物功勋业绩和崇拜；其次就是对祖先创业的崇敬和怀念；再次是风俗习惯曲折地反映了满族心理状态"①。

满族说部保留有民族历史的记忆，中国社会科学院研究员、中国民族民间文化保护工程专家委员会副主任刘魁立说："满族传统说部是非常珍贵的文化遗产。过去我们往往更注重的是用文字、书本等教育方法传授知识，实际上不然。不论是对每个人，还是对整个人类来说，口传心授的知识也是非常重要的。……说部确实是一部北方民族的百科全书……就表现形式而言，这里有传说、有故事、有若干史实的影子，总起来看是口传心授的，又是家族的历史，在这里整个民族历史的记忆保存得相当丰满。"②

从史学角度看，它为东北史的研究提供了鲜为人知的丰富的资料。由于特殊的历史和文化原因，对东北史的记载较少，使得东北史的研究很难深入。满族说部丛书系列的出版，其文本记录了东北的全部历史，从风土人情到民族变迁等，具体可感，生动翔实。从民族学的角度看，满族说部构成了满族悠久、成熟的文化。从中可以窥见满族的变迁及生存史，它怎样一步步成为一个两度问鼎中原，并成为优秀的民族变迁史。从文学的角度来看，藏族的优秀长篇体史诗《格萨尔》、蒙古族英雄史诗《江格尔》、柯尔克孜族的《玛纳斯》被称为中国三大史诗，由于满族说部相对晚出，北方民族曾一度被学界认为是没有史诗的民族，"满族说部'乌勒本'（ulabun，传、传记）中也有英雄史诗，如《乌布西奔妈妈》

---

① 金基浩：《略论满族的共同心理素质》，《中央民族学院学报》1987 年第 6 期。

② 周维杰主编：《抢救满族说部纪实》，吉林人民出版社 2009 年版，第 312 页。

和《恩切布库》等"①。满族说部的出现，宣告了我国北方民族没有史诗的历史的彻底结束，对我国以往文学史研究提出了挑战，有的学者甚至建议，应该重新改写文学史，充分考虑到中国民族多元一体化的格局和面貌。

除此之外，满族说部内容也蕴含了中华文化一体的博大思想。尤其是《比剑联姻》中，讲述了满族先世靺鞨人创建渤海国，与同时代的中央唐王朝彼此交往的一段佳话，从而歌颂了中央以红罗女为代表的一大批英豪的果敢智慧、英勇顽强、敢于同各种邪恶势力做斗争的民族性格，具有很强的吸引力。而且，满族说部也体现了鲜明的民族精神和民族特色。正如谷长春先生在"满族口头遗产传统说部丛书"序言中所说，该丛书"所选的作品，都是满族各氏族传承人讲述的优秀传统说部的忠实记录，反映了满族及其先民自强不息、勤劳创业、爱国爱族、粗犷豪放、骁勇坚韧的民族精神，具有很强的思想震撼力和艺术感染力，可以说是我国民间文学中的宝贵珍品，具有较高的科学价值"②。这些可贵的民族精神，在满族说部中被体现得淋漓尽致。满族说部记述了满族先民不畏艰险、开拓进取的豪迈气概，它同时也勾画了勇敢并富有牺牲精神的英雄群像。无论是神祇英雄、帝王英雄还是市井英雄，他们当中有豪气冲天的男性英雄，也有巾帼不让须眉的女性。尤其是女性英雄形象，可以成为民族英雄史上最具特色的篇章。她们当中有创世的女神、大萨满，也有皇帝的妃子，还有民间的具有侠义精神的女性，例如红罗女、绿萝秀、飞啸三巧等，这些人物在说部中被塑造得鲜活生动，富有艺术感染力。也正是这些英雄群像，构成了满族的民族精神，他们不畏强敌、勇敢、坚强，用自己的生命谱写民族的壮丽诗篇。

作为东北地区有着较为久远传承历史的满族说部，是民族文化的遗产，也是中华文化的宝贵财富。

---

① 朝戈金、尹虎彬、巴莫曲布嫫：《中国史诗传统：文化多样性与民族精神的"博物馆"（代序）》，《国家博物馆》（全球中文版）2010 年第 1 期。

② 谷长春：《满族口头遗产传统说部丛书·总序》，《社会科学战线》2006 年第 6 期。

四　满语言文化遗存在说部中被较好保存

仔细翻阅目前出版的三批"满族口头遗产传统说部丛书"①，可以发现一个现象，那就是满语词汇在说部中大量出现。这为研究满语言的历史文化价值，提供了很多的材料。而且，在说部中保留的大量满语词汇，不是杂乱无章地出现，经过分析与梳理，可以看出其中蕴藏的规律与特点。

首先，亲属称谓及人名、地名直接以满语出现，出版的汉语文本就是满语的音译。

比如达玛法（高祖），翁库玛发（曾祖），妈妈（奶奶），玛发（爷爷），阿浑（兄），阿沙（嫂子），阿玛（父亲），额莫（母亲），爱根（丈夫），萨里甘（妻子），格格（姑娘、小姐）等。在汉语普遍使用的情况下，这些满语称谓的保留，犹如为满族说部注入了血液和灵魂，也是随着时代变迁，说部依旧留有本民族特征的一个明证。例如由富育光先生讲述、曹保明整理的《雪山罕王传》的头歌中，就有这样一段话，其中保留了大量的亲属称谓：

> 各位妈妈里②，玛发里③，阿木达④，阿木吉达⑤，阿浑⑥，阿沙⑦，衣（和）穆昆朱色窝莫西⑧，窝西浑格木谙达⑨，西沙云⑩。
> 祖龛上的达紫香香烟飞上了天空，
> 这是千万只报喜鸟带着众位子孙们的祝福，
> 迎请众神降临这欢乐的吉祥帐包，

---

① 截至 2017 年 10 月 30 日，第三批丛书已经出版 11 本。
② 妈妈里：满语，即众奶奶。
③ 玛发里：满语，即众爷爷。
④ 阿木达：满语，即众伯母。
⑤ 阿木吉达：满语，即众伯父。
⑥ 阿浑：满语，即兄。
⑦ 阿沙：满语，即嫂。
⑧ 穆昆朱色窝莫西：满语，即族中的众儿孙。
⑨ 窝西浑格木谙达：满语，即各位尊敬的朋友。
⑩ 西沙云：满语，即你好啊。

品享美酒供果，

还有从山上新采来的大榛子，

山里红、雅格达、依尔哈木克，甜美芳香，

请众神祇尽兴地品尝享用吧，

和你们的儿孙们尽情地品尝享用吧，

和你们的儿孙们尽情地同欢共乐……①

此外，与亲属有关的姓氏基本以满语出现，如瓜尔佳哈拉（关姓）、尼玛察哈拉（杨姓）、萨克达哈拉（张姓）、吴扎哈拉（吴姓）。

除了亲属的称谓，人名也多是以满语词汇出现，我们以已经出版的说部丛书的书名为例，例如《乌布西奔妈妈》《雪妃娘娘和包鲁嘎汗》《萨布素将军传》《尼山萨满传》《恩切布库》《苏木妈妈》《西林安班玛发》等。

山河名称：脑温江（嫩江）、松阿里（松花江）、萨哈连乌拉（黑龙江）、锡霍特阿林（山）、兴根里阿林（兴安岭）。

关于官职或机构的称谓：哈番（官）、笔帖式（清代职名，各衙署中之低级官员，掌管翻译及各种文字事宜）、穆昆达（族长）、噶珊达（村长）、呼伦达（部落的头领）、牛录（清初八旗组织的基层建制）、艾曼（部落）、昂邦（大臣）。

各种舞蹈的名称：朱勒格玛克辛（古舞、蛮舞）、窝陈玛克辛（祭舞）、多伦玛克辛（礼舞）、乌克逊玛克辛（族舞）、德勒玛克辛（身舞）、乌朱玛克辛（头舞）、飞沙玛克辛（肩舞）、顿吉玛克辛（斗舞）、党新玛克辛（连手舞）、胡浑玛克辛（乳舞）等。

各种食物的名称：沙林（肉酱）、西叉（肉糜）、苏拉莫（肉条子）、库如（奶饼子）、都莫（打糕）、乌达（奶糕）等。

在满族说部中，最为丰富的满语文化遗产体现在"窝车库乌勒本"中，"窝车库乌勒本"即神龛上的故事，最初完全用满语来讲述。随着满语的逐渐式微，后来出现汉字注音的满语文本、满汉兼用的文本及纯汉语文本。《乌布西奔妈妈》的流传与采录过程就证明了这一点。最初用纯

---

① 富育光讲述，曹保明整理：《雪山罕王传》，吉林人民出版社 2016 年版，第 3 页。

满语讲唱、已经出版的《乌布西奔妈妈》附录二中出现了富育光先生用汉语标音记录的满语文本，我们看到的出版的版本基本是汉语文本。在这类故事中，主人公多是神或者富有神力的萨满，所以其名字多是用满语来表达。比如，满族创世三女神阿布卡赫赫、巴那姆赫赫、卧勒多赫赫，乌布西奔妈妈、恩切布库等，都是满语称谓。

　　除了神的称谓，连贯的满语词汇以及语法在"窝车库乌勒本"中体现得最为突出。例如在满族的创世神话《天宫大战》的开篇，就是白蒙古老人用满语来讲唱博额德音姆①飒飒满传讲的"神龛上的故事"。她是一位本氏族中已经逝去的大萨满，但是其魂魄还能传讲神龛上的故事。她不但是一位才艺卓绝的歌舞神，还是一位记忆神，所以，关于她的神话传说很多。

　　　　萨哈连乌拉　都音　佛勒滚　托克索
　　　　满朱　巴林哈拉　蒙库禄玛发
　　　　窝车库乌勒本　昂阿给孙勒勒
　　　　德力给衣　顺恩都力额勒顿　格色巴那　姑巴其　若索赫
　　　　博额德音姆　安班萨玛　额勒　瓦吉黑牙莫　格木　阿木孙突
　　比赫
　　　　穆克德浑衣　库瓦兰　德勒　格木　比拉哈
　　　　安班阿斤　蒙温阿苏　巴哈莫吉赫
　　　　额姆格里　沙音辛搭哈
　　　　西　额勒　奥莫都伦巴　特莫雅鲁赫
　　　　箔　德力格奥姆　拙蒙温巴　德勒其　西　布莫　阿苏吉哈
　　　　西　阿苏　巴哈莫吉哈
　　　　唐古　蒙温　阿林车其克必
　　　　热箔纯嘎　夫勒尖　乌朱　布勒痕
　　　　德色　瓦吉黑牙莫　格木　它库兰
　　　　德色　西其　恩都力尼玛琴　衣　吉勒冈　衣吉斯浑　达哈
　　斯浑

―――――――――

　　①　博额德音姆：女真语，原来土语的意思是"回家来的人"。

东其莫　布哈

额姆给衣　库瓦莫　乌春勒克

其玛力　库瓦莫　乌春勒克

其玛力　莎衣康霍绰　依能给

汉语译文：

黑龙江四季屯满族白蒙古老人讲"窝车库乌勒本"，即神龛上的故事。

犹如东方的太阳神光，

照彻大地。

博额德音姆

安班萨满哪，

现在，

所有的供果，

都摆上了祭坛，

千网得来的安班阿斤，

已经供献上了。

这是你的海中坐骑，

我们是从两千里外的东海给你网来的。

还有百只、千只山雀，

美丽的红顶鹤，

都是你的使者。

它们听从你的神鼓的声响，

一声鸣唱，

鸣唱明天，美好的日子。①

　　除了《天宫大战》，在《乌布西奔妈妈》等文本中保留的满语也极为丰富，从其开篇的流传及采录始末中我们可以看出一个大致的脉络。

　　满族说部中出现大量汉语转写的满语词汇，人名、地名以及官职名

---

① 富育光讲述，荆文礼整理：《天宫大战·西林安班玛发》，吉林人民出版社 2009 年版，第 2—3 页。

称，甚至大量集中在神龛中的故事中出现，并不是偶然的。正如有研究者指出的那样："虽然这些满语人名以汉文转写的形式保留在民间口头叙述这一特殊形式上，但是它不仅仅是口头叙述的惯性，实际上铭刻着满族文化的内核和满族人保护民族文化遗产的顽强精神。"① 正是这种精神，在往昔纯粹用满语讲授的"窝车库乌勒本"中最为突出。所以，在此类说部文本中大量出现满语词汇，满语词汇也保存得最为原始、完整。因为神龛上的故事，主要在萨满祭祀中由大萨满讲唱，极其庄重、严肃，还曾被视为神谕，被珍视和较好保存。这些生动的满语词汇，不但可以体现满族性格、满族精神，也体现满族的审美取向。它们以固有的姿态，坚强地流淌在本民族人的血脉里。笔者曾访问过说部著名传承人赵东升先生，为何在整理的说部中不自觉地会流露出满语词汇，比如人名或者地名。他说他从小生活的区域就是讲满语的环境，这不是有意为之，而是渗透在骨髓中的民族文化意识不自觉的流露。

---

① 汪立珍：《当代满族口头文学文本中保留的满语词汇》，《满语研究》2004 年第 2 期。

第二章

满族说部的传承问题

第一节　满族说部的传承概述

一　已出版的三批满族说部丛书传承概述

已出版的三批满族说部丛书，按内容大致可分为四类：

（一）窝车库乌勒本

俗称"神龛上的故事"，是由氏族的萨满讲述，并世代传承下来的萨满教神话和萨满祖师们的非凡神迹。窝车库乌勒本主要珍藏在萨满的记忆与一些重要的神谕及萨满遗稿中，如黑水女真人创世神话《天宫大战》，东海萨满创世史诗《乌布西奔妈妈》，瑷珲地区流传的《音姜萨满》（《尼山萨满》）、《西林大萨满》等。

目前说部丛书中出版的《天宫大战》《乌布西奔妈妈》《恩切布库》《西林安班玛发》属于"窝车库乌勒本"，俗称"神龛上的故事"。

《天宫大战》是由富育光讲述的，主要流传的地域在黑龙江畔大五家子、下马场、蓝旗沟，孙吴县四季屯、大桦树林子、小桦树林子等满族族姓中，另外，经考证，其传播的区域遍布黑龙江、乌苏里江及东海窝集部等流域。有数百年的传唱史。原来曾全部用满语讲唱，被奉为"天书"和"神书"。其主要内容讲述了人类创世之初，经历两种力量的生死搏斗，最终真善美与光明获得胜利。

《天宫大战》有多种传本，主要集中在黑龙江一带的满族族姓中，但是都不及白蒙元的传本完整。富育光讲述的《天宫大战》，是其先父从白蒙元处听到的，并做了记录，后传给了富育光先生。共分"九腓凌"，即九个章节。

　　《乌布西奔妈妈》作为东海女真的创世神话，2007 年公布于众，在满族的口碑文学中有重要的位置。它的传承形式比较特别，不是以文字形态流传于世，而是用独特的象形符号流传的。符号图画就是故事内容的主要提示。《乌布西奔妈妈》部分史诗的内容，在 90 年代初富育光先生的著作《萨满教与神话》中就有所披露，随后，来华访问的学者在我国学者的陪同下，一同踏查俄国远东地区的锡霍特山墓地，寻找昔日女真人的古代文明遗存。

　　《乌布西奔妈妈》的流传，主要集中在东北东部一带，清代的时候就比较有影响。在黑龙江和吉林多以《妈妈坟的传说》《娘娘洞古曲》《祭妈妈调》等讲述和咏唱形式流传着。我们所能看到的此说部文本得以传承至今，与鲁连坤有着重要的关系。《乌布西奔妈妈》的讲述文本比较复杂，它包括东海创生神话、三百女神神系神话、东海地区的原始文化、环日本海及北太平洋海域的故事等内容。

　　出版的《恩切布库》由富育光先生讲述，此次出版的稿本同《天宫大战》一样，来自黑龙江省孙吴县四季屯满族白蒙元处。白蒙元讲述《恩切布库》在 1940 年前后，经由富希陆先生记录并保存。在黑龙江的孙吴县四季屯、霍尔莫津、大桦树林子、小桦树林子等地区广为流传，最初在黑龙江以北的精奇里江一带流传，至今已有数百年的传承史。

　　恩切布库是满族及女真人最初的创世母神。为了大地的复苏，阿布卡赫赫命白鹊女神传口谕给恩切布库，命她伴着春雷、春风、春雨，从地心的熔岩中迸发而出，复生于花蕊中，成长为大英雄，率领众生开疆扩土。

　　《西林安班玛发》也是满族传统的乌勒本的主要内容，是满族萨满史诗《天宫大战》的子篇。《西林安班玛发》被习惯称为"西林色夫"，是满族神话中的技艺神、文化神、医药神和工艺神，也是"窝车库乌勒本"中不多的男性神。富育光先生的奶奶郭霍洛·美荣，她的先世伯父和爷爷都是当地有名的萨满。该部书稿就是由郭霍洛·美荣家族传承下来的萨满咏唱长歌。

　　（二）包衣乌勒本

　　即家传、家史。如富察氏家族富希陆、傅英仁从瑷珲、宁安传承的姊妹篇《萨大人传》和《萨布素将军传》（又名《老将军八十一件事》），黑龙江省双城县马亚川先生承袭的《女真谱评》，河北石家庄王氏家族传承的《忠烈罕王遗事》，乌拉部首领布占泰后裔赵东升先生承袭祖传的《扈伦传奇》，富氏家族传承的《顺康秘录》《东海沉冤录》，傅英仁先生传承的《东海窝集传》等。

目前已经出版的满族说部丛书，关于辽金时期的一部《女真谱评》，是大金国建立前完颜部落的英雄系列传说。该说部是由马亚川讲述，王宏刚记录整理的。马亚川的传承经历比较特别，他的讲述对象与他没有直接的血缘联系。马亚川从小就失去了父母，由外祖父赵焕收养。赵焕，满族人，是位厨师，擅长讲述满族的古趣儿。《女真谱评》就是赵焕交给马亚川的。其撰写者是赵焕的表弟傅延华，是一位落地秀才，对本族的族源传说十分感兴趣，平时注意搜集，并把它整理成文还附上自己的评价。因此起名《女真谱评》，并成为马亚川小时候的教科书。

明代的包衣乌勒本三部为《东海窝集传》《东海沉冤录》《扈伦传奇》。第三批即2017年出版的《乌拉秘史》，也属于明代的"包衣乌勒本"。

现已出版的《东海窝集传》是由傅英仁讲述，宋和平、王松林记录整理的。此版本是傅英仁根据三种版本整理而成的。第一种版本是傅英仁的三爷傅永利讲述的，与出版的《东海窝集传》内容相同，就是回目题目不一样；第二种版本，即关墨卿、关振川、关德玉讲述的提要本；第三种，即是由无名氏讲述，也是傅英仁先生为前两个版本所做的补充。《东海窝集传》是傅英仁先生综合了几家讲述本的内容整理而成的。这部满族说部主要讲述的是满族先民从母系社会到父系社会经历了异常激烈的斗争与冲突，也是带有满族古代英雄史诗性的作品。

该作品主要说的是宁安地区的"巴拉人"，"巴拉人"就是"窝集人"。"窝集"是密林之处的意思，也被称为"野人女真""林中之人"等。这部作品比较特殊，仅仅是流传在宁安地区的深山老林里。地域及交通等的不便，为保留这部说部提供了客观条件。

《东海沉冤录》是由富育光讲述、于敏记录整理的。主要讲述的是东海女真人的一段秘史和血泪生存史，其涉及的时期是大明朝朱元璋洪武年到燕王朱棣废恭闵称帝的时候。在长期的流传中有许多范本，还伴有一些古歌、古调。最初的讲述者是后金的开国大将舒穆禄氏杨古利，其侄女舒穆禄嫁于哈勒苏将军之子、宁古塔城守卫虽哈纳为内室。格格进入富察氏家族后，便把该说部带到了富察氏家中。但是，这只是该说部的雏形。当年在瑷珲的八旗营中，清廷大人马喇在顺治朝以来曾在多个主要部门任职，通晓许多民族的语言，对北疆诸民族的生活比较了解。曾多次向兵士等人讲述该说部，只不过名字不同，叫作《血荐情缘传》，后由八旗将士带回各地。富察氏家族就是在两部说部的基础上，反复切磋，斟酌而成的。

《东海沉冤录》在富察氏家族的传承大致如下：清末同治、光绪年间，富察氏家族的主要传承人是富小昌萨满和毓昆大萨满，后传于伊朗阿。民国时期，仍然由伊朗阿的二子德连和全连兄弟统理。德连病逝后传其子富希陆，富希陆与姐夫张石头进一步完善，后传至富育光先生。

《扈伦传奇》是乌拉纳喇氏秘传，由赵东升传承整理的。主要讲述的是扈伦四部的秘闻故事，不是史书上记载的历史，只是先祖们经历过的事情，是流传于明末清初扈伦四部后裔中的有关祖先兴亡的历史传说。

传承如下：乌隆阿为纳喇氏第十一代，生十子，赵东升这一支是第八房。八房的始祖倭拉霍，其曾孙德明继承后又传给其侄十六辈霍隆阿，再传给十七辈的双庆，下传长子崇禄及侄子云禄。赵东升承继祖父崇禄传承至今。云禄死于土改，无传。

《乌拉秘史》与《扈伦传奇》一样，都属于乌拉纳喇氏秘传的家族史，原来都在家族内部单线秘传，首次以说部的形式公布于众。《乌拉秘史》与《扈伦传奇》都是明末清初由扈伦四部的家族及其后裔传讲的有关祖先兴亡的历史故事，《乌拉秘史》仅仅是出于乌拉部的口传，主要讲述乌拉纳喇氏的故事，对其他三部，较少涉及。

其传承情况如下：从始祖纳齐布禄算起，乌隆阿为那拉氏的第十一代，生十子，赵东升先生为这一支的第八房，八房始祖倭拉霍，其曾孙德明，五品官，通今博古传给他的侄子霍隆阿、一位满汉齐通的笔帖式，富隆阿传给儿子双庆，双庆是第十七辈，五品官，下传给儿子崇禄及其侄子德录，德录死于土改，无传，崇禄先生传给其孙子赵东升，即乌拉纳喇氏第二十辈。此外，在三始祖、四始祖、五始祖、十始祖的支系中也有传承，但是状况不详。九始祖倭乞利一支是传承的重点，这一支人才辈出，社会地位很高。在这个支系里，一直传到二十一辈，几乎每代都有。可惜随着传承人的病逝，并没有传下去。

关于萨布素的说部有三本，《萨大人传》《萨布素将军传》《萨布素外传》。

《萨大人传》和《萨布素将军传》是富察氏家族内部传承的说部，只是属于不同的支系而已，《萨布素外传》是外姓人的族外传承。

《萨大人传》是富察氏家族传承的一部重要说部，叫法不一，有的叫《萨克达额真玛发乌勒本》，即《老主人传》，也有叫《萨宁姑乌勒本》或《萨宁姑安巴尼亚玛笔特曷》，即《萨大人传》。

《萨大人传》第二次增补，持续的时间较长。从乾隆末年到道光、咸丰、同治年间，在几代穆昆达的奔走下，又增补了不少内容。《萨大人传》在清康、雍、乾、嘉几朝，以满语讲唱流传；咸丰、同治后，满汉齐用，传讲说部；民国兴，满语渐渐废除，汉语讲唱日趋兴盛，但是满语讲唱该说部并没有完全消失，1949 年，在《萨大人传》的产生地域，还流传着满语讲唱的习惯。由于是口耳相传，最初也没有固定的文字记载，直到清末的时候，才有人记录下讲唱提纲，逐渐形成"乌勒本"传本。《萨大人传》是富希陆先生承继其祖父伊朗阿、父亲富德连传承下来的萨布素长篇说部，能流传后世，凝聚了几代人的心血。康熙末年，在三世祖穆昆达果拉查的筹划下，采录了许多萨布素生前个人的回忆，此外，也邀请了各族的遗老和跟随老将军共事的故地人士及家人，共同回忆萨布素将军的往事，使其具有了较大的规模。经过几代的传承，民国期间传至富希陆处。虽然几经动荡与波折，富希陆还是将《萨大人传》在病榻前传给了儿子富育光。

我们如今看到的版本就是富察氏家族传承下拉来的《萨大人传》。

《萨布素将军传》由傅英仁讲述，程迅、王宏刚记录整理。傅英仁，满族人，1919 年出生于黑龙江省宁安县。《萨布素将军传》开始传下来的时候没有回目，原来叫作《老将军八十一件事》，而且是一件件独立的故事。这次傅英仁根据八十一件事整理出《萨布素将军传》，一回一个故事，有的回目故事太多，就继续分开，由原来的八十一回发展到现在出版的一百余个回目。

该说部的最早讲述者是傅英仁的第四代祖乌勒喜奔，雍正年间曾在萨布素的儿子常德的将军衙门里做笔帖式，所以对萨布素的一生比较熟悉，还能把萨将军的故事一代代传讲下去。萨布素的故事到同治年间已经形成了规模。傅英仁的三爷傅永利就持有该氏族在同治年间抄写的《老将军八十一件事》的提纲，后来传给了傅英仁。

《老将军八十一件事》的最初流传地是富察氏的聚居地——宁安的缸窑沟，傅英利经常去那里讲述，但是萨布素的故事流传地域却不仅限于此。因为萨布素家族有一支在康熙年间因为抗俄的需要迁到瑷珲，即黑龙江北的老瑷珲城，还有一支的族人迁到卜魁（今齐齐哈尔），也有进京的。富察氏家族分布在嫩江、卜魁、瑷珲、吉林等地，相关故事也就在这些地区流传。

萨布素的故事在富察氏家族经久流传，但是由于老将军的声名和威望，其跨氏族的影响也相当巨大。不但其他姓氏的满族人，甚至还在汉人中流传萨布素的故事。王宏刚在《老将军八十一件事》的后记中说"如在宁安，熟悉萨布素故事的有满族关墨卿、关瑞芳、关文魁、张玉生、寿正川等人，也有汉族的海大憨、刘大个等人"。"我们根据傅老提供的线索，采访了当地的文化工作者马文业、栾文海、宋德胤等人，据他们的调查，萨布素的故事在宁安、牡丹江、敦化等地广为传播。"①

《萨布素外传》是由关墨卿讲述，于敏记录整理的。与其他两部说部不同的是，《萨布素外传》的讲述人并非讲述本家族的英雄史，而是向后世的子孙传讲外氏族的人骁勇善战的血泪史，又是以"三实七虚"的民间传说方法讲唱的，所以被称为外传。而且，外传的讲述形式也非常特别，以黑妃娘娘穿插说部的过程，向康熙讲述萨布素的经历。

关墨卿，瓜尔佳氏，1913 年出生于黑龙江省宁安市三家子屯，后来迁至海林县，满洲镶黄旗人。瓜尔佳氏原多系努尔哈赤麾下的镶黄旗部，原来多住在鄂多里城，即是现在的吉林省敦化市，跟随祖宗南征北战。后来迁移到黑龙江的宁古塔，今宁安市。瓜尔佳氏的先人和富察氏的先人在宁古塔一同劳动耕种，所以对萨布素的童年生活比较了解。后来又跟随萨布素一起戍边瑷珲抗俄，对萨将军成年后的事迹比较了解。对将军的热爱与崇敬，都在说部中代代传讲。我们现在看到的说部，是关墨

---

① 傅英仁讲述，程迅、王宏刚记录整理：《萨布素将军传》，吉林人民出版社 2007 年版，第 597 页

卿根据叔叔关福绵在民国年间的口述整理而成的。关福绵在清末的时候，在宁古塔的副都统衙门当差，是个满汉齐通的文化人。民国后，成了落魄文人，靠翻译、写汉文谱养家糊口。关福绵擅长传讲说部，关墨卿总跟其左右，所以学会了关福绵的全部说部。在伪满统治的特殊时期，关福绵将说部传给了关墨卿，关墨卿不但悄悄记下了那些说部，也偷偷写下了说部的提纲。在中华人民共和国成立后，到各地讲唱说部。1957年开始，经历了历次的政治运动，也不忘记先人的告诫，80年代获得平反后，仍不忘记记录整理说部。《萨布素外传》以回目的形式共分十一回，详尽地讲述了萨布素从士兵成长为将军的历程，及在保家卫国的战役中做出的杰出贡献。

（三）巴图鲁乌勒本

即英雄传。满族说部有关这方面的内容很丰富，可分为两大类：一是真人真事的传述，如金代的《金兀术传》，明末清初的《两世罕王传》（又名《漠北精英传》）、《雪妃娘娘和包鲁嘎汗》，清中期的《飞啸三巧传奇》等；二是历史传说人物的演义，如《乌拉国佚史》《佟春秀传奇》等。

已经出版的满族说部，属于巴图鲁乌勒本的主要有《阿骨打传奇》《元妃佟春秀传奇》《雪妃娘娘和包鲁嘎汗》《木兰围场传奇》《飞啸三巧传奇》《碧血龙江传》《平民皇三姑》等。第三批出版的《雪山罕王传》《两世罕王传》《萨哈连船王》也属于此类。

《阿骨打传奇》，其传承人马亚川先生是黑龙江省满族著名民间故事家，也是《女真谱评》的一部分，其传承的大致经历与《女真谱评》基本一致。为了便于阅读，整理者将阿骨打起兵反辽、建立金朝作为主线，以阿骨打逝世为终结，并将其概括为《阿骨打传奇》。该说部展现了金朝建立前后许多重大的历史事件和多民族的画卷，具有特殊的历史学、文学、民族学、民俗学价值。

《元妃佟春秀传奇》，是张立忠讲述，张德玉、张春光、赵岩记录整理的，主要流传于辽宁省东部地区，至今已有四百余年的历史。张德玉主要是听父亲张立忠讲述并记录的。源于新宾县所处的特殊的地理位置。20世纪30年代，新宾县的大四平村属于桓仁县第六区公所所在地，正处新宾、桓仁、本溪三县交界的三角地带，清代还是柳条边的封禁之地，交通不便，基本是骡马载物。张立忠老人经常去交换货物，住的车马店的老板姓佟，每次有住店的人，都给客人讲述佟春秀的传奇故事。晚年时候，张立忠把听到的故事讲述了出来，后来张德玉由于工作之便，做了大量的田野调查，发现只有张立忠老人会讲述这个故事了。

佟春秀是努尔哈赤的贤内助、好管家和高参的角色融于一体，由于各种原因的限制，史料和文献都没有对女性活动的记载。这本说部的出版，为弘扬满族文化做出了自己应有的贡献。

《平民三皇姑》，是由张立忠讲述，张德玉、张一、赵岩整理的。主要流传在辽宁省新宾满族自治县大四平镇大四平村一代。大四平村地处清代柳条边外，位于清代兴京、清代祖陵以南80公里，当时属于桓仁县辖境，尤其是地下矿产资源丰富。据整理者判断，三皇姑在此开矿是确有其事的。而且该说部能完整地传承下来，就是因为张氏家族的祖辈就是故事中的主人公之一，并得到三皇姑身边的满族说部讲述人的亲自传授，由张满昌传给其子张玉田，张玉田传给其子张立忠，张立忠老人一生生活在大四平村，博闻强记，他将该说部传给其子张德玉、其孙女张九九和赵岩，并最终由张立忠老人的子孙整理出版。

该说部主要讲述了道光皇帝在东巡祭祖的时候，在行宫一夜风流生下一女，该女长大后受到排斥，无奈携带咸丰的密旨回归故里，在大四平村开采煤矿，发展经济，并为当地人做了很多好事，至今仍被津津乐道。

《木兰围场传奇》是由孟阳讲述、于敏整理的。

康熙二十年（1681）设立的木兰围场，其间，康熙、乾隆、嘉庆三位皇帝在此举行秋狝和行围活动，因此形成了"围场文化"，由上百个故事组成，多半是演绎康乾嘉三朝的狩猎活动，也有一些百姓的戏说。这些上自皇家贵族、下至普通庶民的故事，能传到现在，就是因为有多位传承人的努力。大致如下：第一位传承人韦茂成，满族，康熙末年木兰围场都统，七十多岁时将传本传给孙子韦陀保，韦陀保又增添了一些故事，对该说部的传承起到了承上启下的作用。后来，韦陀保将传本传给挚友关宏林，晚年传给其孙关新义；之后，乾隆末年，传承人仍在关家接续，到了嘉庆初年，传人的姓名不可考。但是此间涌现了一些传讲木兰围场的故事，被关氏家族的传承人收录到其中。

第五位传承人关志勋，后传至其妻子孟桂兰；孟桂兰传给了其弟孟昭仁；孟昭仁后传至其侄子孟宪华；孟宪华传给其子孟庆年；孟庆年传给其子孟繁荣；孟繁荣传给其子孟详财；孟详财传给孟令功即本说部的讲述人孟阳。孟阳在整理的时候也有些补充和润色，最终使得该说部完成出版。

《飞啸三巧传奇》，是由富育光讲述、荆文礼记录整理的。该说部在黑龙江一带的满族人家中，流传了很多年。最早的传本据说是咸丰初年的传本，是一位瑷珲副都统衙门，叫关雁飞，是副都统衙门五品总管，后来又升为三等笔帖式。这部书是咸丰末年，由卜魁将军衙门传下来的。当时名字很多，版本也较多。只不过在内容上互有补充，长短不同而已。出版的版本是郭氏传本，其传人郭阔罗氏富察美容，满族正白旗，是位女性。承继父亲和爷爷两代人传咏下来。郭阔罗氏富察美容的父亲郭振坤是晚清著名的遗老，满汉皆通。如果再往前追溯，郭振坤是从二爷郭詹爷那儿传下来的。从该说部的内容来看，肯定也经过一些博学人之手的加工创造。据推测，很可能是英和大人。后来，富察美容嫁到瑷珲大五家子富察氏家，经由富希陆先生记录慢慢流传下来。

主要讲述的是清代嘉庆年间，三等侍卫穆哈连受命治理北疆，被杀害。后来穆哈连的三个女儿在皇上的武师那里学会了飞啸剑，演绎出了动人的传奇故事。

《雪飞娘娘和包鲁嘎汗》是由富育光讲述、王慧新记录整理的，是几百年来流传在北疆的故事，满族的许多家族都能讲述，当年有许多名字。该说部是瑷珲县大五家子村杨青山老人的爷爷传下来的杨氏家族口传古本。杨氏家族祖居黑龙江江东精奇里江桃木河一带，曾结识过一位乌德林老玛法，会讲述雪妃娘娘的故事，受人尊重。乌德林老玛法曾在杨青山家居住过，便将该说部讲述给富希陆先生，使其在富察氏家族中传下来。雪妃的经历令人扼腕痛惜。

《碧血龙江传》是崇禄讲述，赵东升整理的。崇禄先生是赵东升的祖父。该说部是以崇禄先生的亲身经历及所见所闻编成的满族说部。书中的人物有的也与讲述者打过交道。后传至赵东升处。

该说部主要讲的是："八国联军"攻占北京之际，沙皇俄国趁火打劫，制造了江东六十四屯惨案以及火烧瑷珲城等一系列暴行。黑龙江人民不畏强敌，奋起反抗。最终寿山将军自杀殉国、副都统凤翔战死北大岭，表现了八旗将士保家卫国的英雄气概，可歌可泣。

《雪山罕王传》，是清富察氏家族的伊朗阿将军讲述的。伊朗阿将军肩负北疆哨官的大任，长期秘密驻守在黑龙江口以北的大兴安岭等处，他同乞列迷人后裔和乌底改人来往甚密，听到他们族中的长老喜好咏唱娓娓动听的长歌，在看守渔网的乞列迷老人的白桦窝棚里住了四十余天，用满语速记下《雪山罕王传》。背回来桦树皮书后，利用闲暇时间，又重新抄录，最终形成了这部说部。乞列迷人最初称它为"果勒敏乌春"，即长歌；或者叫"妈妈音乌春"，即奶奶的歌，也就是祖先创世歌。庚子俄难，瑷珲城被大火焚毁，其中包括这部桦皮书。民国初年，伊朗阿的长子德连成为本族的穆昆达，为了在忌日恭祭父亲的勋业，偕同族中满汉齐通的人士，追忆了该说部，并命人记录下来。

《雪山罕王传》是一部满族北海先民用血泪讲述在库页岛开疆保土的英雄谱，也被称为传习百年的乞列迷人的古老悲歌。文中以奇特的情节、古朴的民俗，讲述乞列迷人几经周折赴京向乾隆皇帝献贡和与罗刹入侵进行斗争的故事。

《两世罕王传》分为《两世罕王传·王杲传》和《两世罕王传·努尔哈赤罕王传》。

其中《王杲传》主要讲述的是建州女真民族英雄王杲自幼被明御史宠爱，让他学习汉文和武艺，后来王杲以古勒寨为根据地，不断扩充势力，渐渐成为建州女真的首领，并取得了抗击明军的胜利，却不幸中计身亡。《努尔哈赤罕王传》主要讲述的是清太祖努尔哈赤金戈铁马的一生，其中既有对战争场面的描绘，也有宫闱秘闻，展现了一幅波澜壮阔的满族历史画卷。

《两世罕王传》大约形成于清初年间，最早都是用满语讲述的长篇故事。满语叫"朱录汗额真乌勒本"，或叫"朱录汗玛发"，其汉译就是"两世罕王传"或叫"两世大玛发故事"。分布在北京怀柔、十渡和西山诸屯的陈姓家族是该说部的主要传承人。该家族经常在院内摆个书场，讲述该说部故事，这也是祖传的故事。其家族中的叔爷爷还有该说部讲唱时依据的书本。周围的人都很爱听这个荡气回肠的故事。

《萨哈连船王》是民间传说的鲜活记录，讲述了明代统一东北以后，在保土守疆的艰难岁月中，亦失哈如何依靠当地部族与自己带来的"东征巡检步骑营"兄弟们，一起走进深山老林、伐木放排、造船的事迹，是我国北方造船业生活的真实记录。

较早讲唱《萨哈连船王》的是瑷珲城著名掌管风船的王喜春家族。王喜春祖籍山东，六岁时随父母来到了瑷珲城。这个说部故事，也是王喜春的阿玛早年听瑷珲当地老人们传讲下来的。故事的由来，是因为清康熙年间萨布素、瓦里祜两位将军，奉旨抵御罗刹的进攻，率兵进抵黑龙江东海岸，驻守额苏里。他们在沿江口岸结识了不少老船家，闲暇之余就一同边唱边舞，其中就有《萨哈连船王》，就这样在黑龙江一带流传了下来。王喜春的父辈听老辈人讲述，又传给他的儿子。

（四）给乌春乌勒本

即说唱故事。这部分主要歌颂各氏族流传已久的历史传说中的英雄人物，如渤海时期的《红罗女》《比剑联姻》，明代的《白花公主传》以及民间说唱故事《姻缘传》《依尔哈木克》等。①

已经出版的满族说部，属于给乌春乌勒本的文本中，有三部是反映渤海时期的故事，《比剑联姻》《红罗女三打契丹》《绿罗秀演义》都属于此类。《比剑联姻》属于"给乌春乌勒本"，由傅英仁、关墨卿讲述，王松林整理，又名《红罗女朝唐演义》，在东北地区，特别是黑龙江宁安、吉林敦化、珲春满族聚居地区，流传较为广泛。其最早传本，应是在原渤海上京城即今天的镜泊湖一带流传。但是最早用文字记录的是关墨卿老人，80年代初开始收录初稿，在他去世前将初稿交给了好友傅英仁。该说部主要反映的是东北地方政权渤海国的传奇故事。故事内容主要以渤海公主和大唐王子比剑联姻的传奇故事为主线，展现了渤海国生活的各个侧面。

《红罗女三打契丹》是傅英仁承继其三爷傅永利传承下来的说部故事。这本书是渤海时期同类传说的母本，不仅展示了渤海国初期的文化联系，反映了与契丹等北方民族的关系，甚至也反映了与新罗的关系，堪称是无韵的英雄史诗。同样也反映大唐时期与渤海国一段鲜为人知的纷争故事。《绿罗秀演义》是一部残本，是关福绵传给侄子关墨卿的。至

---

① 谷长春：《满族口头遗产传统说部丛书·总序》，《社会科学战线》2006年第6期。

于《绿罗秀演义》只此七回还是另放置别处，随着传承人的逝世，不可考证。

《苏木妈妈》属于重要的说唱体说部，主要讲述阿骨打夫人苏木。据传承人富育光先生回忆，从小就听长辈在重要的节日讲唱乌勒本，其中就有《苏木夫人传》和《苏木妈妈》，虽然讲唱的是同一个人，但是侧重不同，前者注重情节，情节跌宕起伏；后者情节凝练，以唱感人。而且这两个乌勒本的重要传人都是富育光先生的祖母郭霍洛·富察美荣，后经富育光先生的父亲富希陆记录，"文化大革命"后保存的文稿失散，1980 年又复述记录，出版的时候基本保持原貌。

此外，第四批即将出版的《白花点将》与《莉坤珠逃婚记》也属于给乌春乌勒本。

二　第四批满族说部丛书内容及简介

第一，《金兀术传说》，富育光、傅英仁讲述，荆文礼整理，共计 17 万字。

该说部讲述了金太祖阿骨打第四子金兀术的传奇人生。金兀术出生带有传奇色彩，他拜师学艺、刻苦练功，成为武艺高超的英雄，追随父亲阿骨打反抗大辽暴政，到三川六国借兵，在鸭绿江山奇男逢丑女，碧河滩上双雄比高低，最终金兀术和貌丑心慧的葛门女结为夫妇，借来葛门女的十万大军，取得伐宋的胜利。

第二，《泾川完颜氏传奇》，完颜玺讲述整理，共计 21 万字。

该书讲述金代皇帝完颜亮杀害了金兀术的长子完颜亨，完颜亨的族人秘密将其尸体埋葬在甘肃泾川县。从此留下完颜氏后人代代传承讲古的习俗，并继承先人勇于斗争的精神，保留完颜氏女真人的风俗习惯。

第三，《扎呼泰妈妈》（《又名顺康秘录》），富育光讲述，荆文礼整理，共计 42 万字。

该说部讲述了孝庄皇后跟随皇太极，在围困锦州、攻打大凌河、智擒洪承畴、围攻林丹等斗争中献计献策，为八旗兵入关反明扫清道路。皇太极驾崩后，孝庄临危不惧，左右逢源，使自己的儿子福临顺利登基继承大宝。她辅佐顺治、康熙两代皇帝，力行改革，使得国事安稳，清廷在立国初始可以稳定根基，为日后的康乾盛世打下基础。

第四，《白花点将》赵东升家传秘本，共计 35 万字。

在吉林市乌拉街满族镇内，有一座土筑高台，叫作"白花点将台"。相传，"点将台"为几百年前女真部族首领的女儿白花公主为抵御耶律家族在洮河一代建立的契丹国的进攻所建。白花公主率兵突围，被箭射中，最终连人带马跃进松花江中，演绎出雄伟悲壮的一幕。

第五，《莉坤珠逃婚记》，富育光讲述，荆文礼整理，共计 32 万字。

该书以说唱形式讲述满族望族的女儿莉坤珠被骗嫁到傻儿家所遭遇的一系列苦难，幸得好人相救，逃出虎口，最后受皇封，与汉族青年喜结连理的故事，冲破历代满汉不通婚的禁忌，极大地改变了满族固有的婚俗习惯。

第六，《傅恒大学士与窦尔敦》，富育光讲述，朱立春整理，共计 20 万字。

该说部讲述了乾隆年间，河北献县的少林奇侠窦尔敦举义旗，高喊"杀贪官、抗渔税、有饭吃"的口号，河北诸县民众随即响应，义军迅速壮大，但窦尔敦后被诱擒。大学士傅恒巧言劝阻乾隆皇帝"化敌为友、天下归心"，只将窦尔敦发配黑水瑷珲。窦尔敦教当地民众武术，抗击沙俄入侵，后战死疆场，以身殉国。

第七，《恰喀拉人的故事》，穆尔察·晔骏讲述，孟慧英整理。《小莫尔根轶闻》，李果钧讲述，李可漫、董英华整理，共计 26 万字。

恰喀拉人是东海女真的一支，是巍峨苍莽的锡霍特山、烟波浩渺的东海之子孙。故事讲述了恰喀拉人为了生存同自然做顽强的斗争，塑造了一批渔猎能手，描绘出十分壮阔的渔猎生活场面和他们吃苦耐劳、英勇奋斗的精神。

《小莫尔根轶闻》是满族智慧人的故事，满语称"淑勒尼亚乌勒本"。故事以浓厚的幽默性、趣味性，表现出小莫尔根的智慧、乐观、开朗的可贵品格，使人们受到教育。

第八，《松水凤楼传》，富育光讲述，于敏整理，共计 95 万字。

该书大量记载了清嘉庆至同治年间的吉林江城景象和民族风韵，纵情歌颂了边疆大吏富俊、德英等几位吉林将军，为国家、为黎庶鞠躬尽瘁、勤劳一生的可敬德政。通过曲折的故事，向人们展示清代中期令人眼花缭乱的社会景象，趣味横生，令人津津乐道，传诵不衰。

第九，《依克唐阿传》，郑向东讲述，于敏整理，共计 35 万字。

依克唐阿是吉林伊通州出生的抗日将军。该书以朴实的语言讲述依克唐阿传奇的一生，描述了他从一个苦命顽皮的孩子，成长为旗军的马甲，在战斗中屡立战功，晋升为珲春副都统，与吴大澂一起参与勘测中俄边界，签订了《中俄珲春东界条约》和六个勘界议定书，维护了国家的尊严和领土主权。甲午战争中，依克唐阿率军奋勇抗敌，其英雄气概令人敬仰，人们赞誉他为"东北三省海外天子"。

第十，《寿山将军家传》，祁学俊讲述，于敏整理，共计 32 万字。

该说部从袁崇焕被捕下狱、祖大寿救出其爱子入旗讲起，到袁崇焕六世孙富明阿、七世孙寿山和永山，讲述了一个神奇的军事世家，祖孙几代均效力疆场，戎马一生，面对外敌入侵，大义凛然，毫不畏惧，为国为民，流尽血汗。

第十一，《快马杨三》，赵峥、关长荣讲述，曹保明、刘德厚、张文财整理，共计 31 万字。

这是发生在吉林省九台市其塔木镇红旗屯的故事。故事讲述杨三从小给杨四爷家放马，后得一匹"神马"，杨三骑着"神马"到处扶危济困、杀贪官、倒官府。后杨三被捕押赴刑场，"神马"冲入法场将其救出，杨三后参加了义和团的斗争。

第十二，《鳌拜巴图鲁》，富育光讲述，王慧新整理，共计 48 万字。

鳌拜有"满洲第一巴图鲁"的美称，是康熙皇帝早期的辅政大臣之一。该说部讲述了鳌拜的青年时期，是如何投入努尔哈赤及皇太极反明建立大清王朝的英雄斗争史。

第十三，《奥都妈妈》，富育光讲述，王卓整理，共计 22 万字。

该说部是史诗性的神话故事。奥都妈妈是教育子孙神，她与生育子孙神佛陀妈妈是并列的两个大神。奥都妈妈到处奔波，教导民众要拯救人类，教育子孙团结友爱、孝敬父母、仗义救人。奥都妈妈深受满族各哈拉的崇敬，年年祭祀。

第十四，《鳇鱼贡》，富育光讲述，曹保明整理，共计 30 万字。

该说部讲述吉林市乌拉街旗民如何捕鳇鱼向朝廷进贡的故事。书中以生动的语言和跌宕起伏的情节，告诉人们捕鳇鱼的艰难和北国江城的民俗风情，为学界研究那一段历史提供了宝贵资料。

第十五,《兴安野叟传》,富育光讲述,曹保明整理,共计 26 万字。

此外第三批还将出版专著:《满族说部传承人传略》,荆文礼编撰,共计 25 万字。

全国哲学社会科学艺术项目:《满族说部研究》,富育光、荆文礼著,共计 16 万字。

第二节 满族说部的传承方式及特点

一 满族说部的传承方式

满族说部在漫长的历史过程中,有着自己独特的传承方式,其中萨满传承、宗族传承、文字传承以及歌舞传承是比较有代表性的方式。

(一) 萨满传承

满族信奉萨满教,据一些研究者考证,萨满教远在满族的母系社会就已经存在。"萨满教是一种综合体,不仅集中体现着原始宗教的教义、法规、信仰观念,也蕴含着丰富的原始科学、医学、文学、艺术、审美意识等文化内容。换言之,初民时期,北方民族的原始文化,尚未脱离宗教的襁褓,还须依宗教这一载体而发展、传承。由于原始宗教的稳定性,这一传统因袭久远。"① 所以,在后来的田野考察中,搜集、发现大量的满族萨满神谕及祭祀器物等,甚至在一些满族的故地,还会遇见精通满语的老人。由此可见,萨满作为一种历史影响并没有完全消散,萨满文化的遗存还依旧以各种形式呈现在世人面前。

萨满教的基本观念是万物有灵,一般可分为三大类即"自然神、动植物神、祖先神三大神系。自然神里包括天神、风神、海神、河神、星神、日神、月神、云神、水神、雷神、雨神等。动植物神有狗、虎、蛇、马、鹿、鱼、柳、石、乌鸦、鹰等。祖先神,一般是指死者生前是氏族、部落的酋长;或者指死者生前为部民做过好事,立过功劳的人。一些所谓能力大、威望高的萨满,也被后世萨满尊崇为萨满神"②。

满族"乌勒本"的出现,就是源于满族萨满教的英雄崇拜观念,各

---

① 郭淑云:《萨满的社会职能》,《黑龙江民族丛刊》1991 年第 4 期。
② 张佳生主编:《中国满族通论》,辽宁民族出版社 2005 年版,第 148 页。

个氏族将祖先上升到神的地位传颂、膜拜，竞相口口相传，在重大节日及祭礼中讲述。这种颂根子的活动越演越烈，成为各个家族必备的行为。

《乌布西奔妈妈》中就有萨满传承的明确表述：

> 我弹着鱼皮神鼓，
> 伴随着兽骨灵佩的声响，
> 吹着深海里采来的银螺。

短短几句，就将讲唱者的萨满身份交代得非常清楚，讲唱者是典型的萨满装扮。而且，下面的叙述，更加确认了萨满的身份：

> 一条天女彩带般的蜿蜒小路，
> 从天母海葬的崖边，
> 光闪闪的，
> 绵绵不断的，
> 像蛇丘盘曲，
> 钻进太阳歇脚的德烟阿林。
> 这是条神祇的无形之路，
> 只有纯粹的萨玛，才能寻觅。①

而且，说部的主人公乌布西奔也是一位神力非凡的萨满，文中对其从哑女变成萨满，有一段精彩的描绘：

> 她用海豸皮做了一面椭圆鸭蛋鼓，
> 敲起疾点如万马奔驰。
> 她把白鼠皮披挂全身，
> 她把灰鼠皮披挂全身，
> 她把银狐皮披挂全身，
> 她把黑獭皮披挂全身，

---

① 鲁连坤讲述，富育光译注整理：《乌布西奔妈妈》，吉林人民出版社 2007 年版，第 2 页。

她用彩石做头饰，

她用乌骨做头饰，

她用鱼骨做头饰，

她用獐牙做头饰，

她用豹尾做围腰，

她用熊爪做围腰，

她用猞尾做围腰，

全身披挂百斤重，

坐在鱼皮鸭蛋神鼓上，

一声吆喝，

神鼓轻轻飘起，

像鹅毛飞上天际……①

这段文字主要着重于对乌布西奔身着萨满神服的细致描绘，神服的质料组合极其珍贵又难以寻觅，据《瑷珲十里长江俗记》记载：

往昔，祖居黑水流域之满洲等北方先民，为捕鹰狩猎，亦为采集珍稀萨玛神服饰件，常数千里跋涉，北上小海或称北海（鄂霍次克海沿岸）、东抵库页岛附近之沿海以及鲸海（日本海），往往冬初离家，春末返归。因在冬雪中滑雪，爬犁易行，夏秋无路，泥泞难行。出海采集海象牙、海豹皮、牛鱼睛、鲸鱼鳔、海贝、海石、雕翎、海龟骨等珍品。制作神服披肩或服面皆用这些难寻之宝。如鱼鳞披肩系用数百根大杆条鱼、圆鱼鳞粘嵌后又镶加东珠而成；龟纹披肩系用千年龟盖之外层花纹壳，取下后拼成花饰。贝饰披肩最为北方诸族崇爱，披肩披饰系产于海中一种褐背白腹小贝，古代便甚昂贵，可作信物或代替交易货币，形小如指肚大小。北方诸族采来后，洗净，晒干，将背部凿平，再翻过去肚底向上，完全是银白色，镶嵌成花饰。海贝拾来不易，倍显虔心，而且光泽洁白俊丽。北人

---

① 鲁连坤讲述，富育光译注整理：《乌布西奔妈妈》，吉林人民出版社 2007 年版，第66—67 页。

皆尚白，它为光明、幸福、安宁、无瑕之象征。东珠披肩为白色，亦为北人崇尚。选用粒大纯白之东珠，组制披肩，皎白如雪。①

如上所述，所选质料无一不显示出了神服的非凡价值，"也显示出萨满神服汇集灵物作为镇魔符号的宗教心理观念"②。据富育光先生介绍，制作萨满神服不但取料讲究，制作过程也极为烦冗。

制作神服的衣料，必须以本氏族生存地域为基地，就地取材。往昔直至近世，北方诸族仍坚持以皮料制作神服。皮料以驯鹿皮居多，亦选用犴皮、鹿皮、狍皮、獐皮。沿海生活的族众，亦有选用鲸鱼、海象、海狮、海豹皮的。神服衣料要求熟好后柔润，轻便而有光泽，并易于缝制和染用，在特殊的神祭与萨满独有的许愿祈请下，亦有将神服的料质，选用奇特皮料缝制的。如，北极熊羔皮、疯狼皮、凶猛獠牙野猪皮、猛雕皮等。除此，牛、鱼、蛙、蜥、蟒蛇、刺猬、貂、貉、獾、猞猁等皮作为神服中的辅用材料。再其次，苇、茅、葛、藤、剑草等纤维、树木里皮、晶莹岩石以及各种骨类、羽类、木类、角类、蛤类等，亦为不可缺少的制服材料、神服的染料，多取古代传统草熏、药熏法，使服色黄润美观。除此，多用花草蕊叶、寒带植物的不同皮茎，泡制熬取多种色料，并用兽血、天鹅血、龟血等血素为红色衣料。神服等黏合部位均俗用自制土胶，尤喜用大鱼鳔制胶。所用缝线，亦俗用鹿犴等脊筋。缝神服的针，必为专用特制针，用兽骨、鱼骨、马胫骨磨制，用后焚烧。往昔，萨满服的产生是全氏族心血智慧与技术的最高结晶。全神服上下、内外、表里，均系北国自然界精华的汇聚，全是北亚、东北亚山川湖海生命物质的择优选择与再创造。③

乌布西奔妈妈为了惩治恶势力，穿上珍藏的祭海神衣，也是选用特殊材料制成，与上面的一段文字相印证。

---

① 富希陆撰，富育光整理：《瑷珲十里长江俗记》（节选二），《东北史地》2005 年第 1 期。

② 富育光：《萨满神服考》，载张学慧、王彦达主编《富育光文集》（上），吉林人民出版社 2017 年版，第 141 页。

③ 同上书，第 130 页。

这是用虎、豹、鹰、鲸、獐、狼、蟒皮

缝制的报祭九天神服，

用百个银铃缝制的神服响器，

用百根海鱼牙缝制的神服骨篮，

用百条海熊皮缝制的神服魂石，

用百颗鲸鱼睛镶嵌的神服穗式，

用百只彩燕毛围屏的神服飘饰，

这是乌布西奔远征的信使。

海象牙刺穿黑涛浊汐，

海熊皮驱避妖风鬼迹，

鲸鱼睛照穿沧海迷疑……①

"窝车库乌勒本"即"神龛上的故事"，其实就是在萨满神坛上唱的歌。例如在《西林安班玛发》的头歌中说：

在这个很美好的日子，

我打起手鼓，

敲起抬鼓，

唱起神歌。

各位奶奶、奶奶、大爷、兄弟、阿哥，

你们好，

今天我讲西林大玛发，

请静静地听吧！

这是古老的长歌，

萨满神堂上唱的歌。②

---

① 鲁连坤讲述，富育光译注整理：《乌布西奔妈妈》，吉林人民出版社 2007 年版，第 66—67 页。

② 富育光讲述，荆文礼整理：《天宫大战·西林安班玛发》，吉林人民出版社 2009 年版，第 137 页。

在萨满神坛上唱的歌，即满族说部的萨满传承方式，其神圣性不言而喻，所以在讲唱说部的时候，自然有一套仪式，比如传承人赵东升先生记叙在讲乌勒本《洪匡失国》时候，"开讲前，讲述人漱口，记录人洗手，听讲者静坐，不许走动，不许说话，不许提问"，因为是家族的秘史，一定要虔诚、恭敬。据《瑷珲十里长江俗记》记载：

> 祖母忆云：满洲古有唱祖之制，虔诚备至，逢节庆而兴焉，俗曰"乌勒奔"。祭祀颂祖，萨玛为之。庶众颂祖，"乌勒奔"弘之。"乌勒奔"颂己事，不言外姓哈喇轶闻趣话，盖因祭规如此。凡所唱述情节，与神案谱牒同样至尊，亨俎莫，春秋列入阖族祭仪之中。唱讲者各姓不一，有穆昆达，有萨玛。而萨玛讲唱者居多，睿智金口，滔滔如注，庶众弗及也。每开场，族中长幼，依序恭坐，述者焚香漱盥，而后诵叙之。所陈故事，皆族源祖德忠勇诸类催人奋起者，慎终追远，光耀先贤。因情节繁简，讲授有数日、数十日抑或稍长时日者。近世，瑷珲富察唱讲萨公布素，习染诸姓。富察家族家祭收尾三日，祭院祭天完毕，中夜后，阖族聚集老房子，屋室宽敞，肃穆无声，德高望重的妈妈或玛发，从西墙神龛请下神册，漱口，焚香，起讲《萨宁姑额真安班尼亚勒玛笔特曷》（《萨大人传》），诚为敬怀将军之义耳。①

何世环也谈及讲述《尼山萨满》前，有焚香、漱口，甚至更衣等环节。虽然近世程序逐渐简化，但漱口的环节还一直保留，以视对萨满的尊重。宁安的傅英仁先生回忆他的三爷傅永利讲述《东海窝集传》的时候，也要洗手、漱口、上香叩拜。他认为，该说部故事不但讲述的是自己的祖先，还有满族神灵的事情，所以一定要怀有倍加崇敬之心。

这样庄重、肃穆的仪式与满族说部传承讲唱的内容有关，也与讲唱者的身份有关。往昔讲述说部的人基本由睿智金口，具有"金子一样的嘴"的萨满担当讲唱者，而且是在家族祭祀或者有重大事件的时候才讲述，萨满既是说部的传承人也是讲唱者，严格的规范与礼俗必不可少。

---

① 富希陆撰，富育光整理：《瑷珲十里长江俗记（节选二）》，《东北史地》2005年第1期。

不仅如此，有些民族的史诗讲唱者虽然不具有宗教的职能和角色，而是单纯的史诗艺人来讲述，但是在演唱前也有举行虔诚的仪式，恪守禁忌与规则，如"藏族民间艺人在演唱史诗《格萨尔》之前，要设香案，摆挂格萨尔（或史诗中其他英雄人物）的画像，虔诚的焚香敬拜，然后才开始演唱《格萨尔》"①。蒙古族艺人在说唱格尔斯的时候，"要正襟危坐，蒙古袍的前襟要包好腿，两腿不能搭在一起，身子要端正，不能抽烟、喝酒。而平时，连格尔斯的名字也不能随便提起，认为让格尔斯听到，他会生气的"②。

傅英仁的神话故事基本来源于萨满传承，在他十四岁的时候，曾被选为萨满，而且还受过专门的训练。据统计，亲自传授给傅英仁满族神话故事的萨满主要有七人。③

梅崇山，男，宁古塔著名的萨满达④。郭鹤令，男，牡丹江一带的萨满达。振川，男，老关家（即瓜尔佳哈拉）萨满达。姨祖母，吴姓（即兀札喇哈拉）老萨满达。姨外祖母，老梅家（即梅何乐哈拉）老萨满达。祖母，萨满。关隆奇，男，萨满。

其中梅崇山、郭鹤令、寿振川是宁古塔著名的三大萨满。郭鹤令是清代的佐领，四品官员，是傅英仁的舅父，也是郭合乐家族的萨满达。郭合乐哈喇来自大西北，在康熙初年带领族人从乌苏里江招抚到宁古塔并入旗。原来郭合乐哈喇的萨满都是女萨满，而且一代一代传下来，从傅英仁姥姥那一代，改成男女萨满。傅英仁的舅父和母亲都是远近闻名的萨满。郭鹤令承继了母亲传给他的神话故事和故事传说三百余个，后来他把这些故事都传给了自己的外甥傅英仁。尤其是郭鹤令专门把家族供奉的祖先神认真传授给傅英仁，让他知道，每个祖先神都有神奇的来历。关寿海，号振川（1875—1946），是瓜尔佳哈拉的大萨满，镶黄旗，也是傅英仁的姨夫。当过副都统衙门五品笔帖式，满汉齐通。他向傅英仁讲述了萨满祭祀的规程，特别是一些从未听过的萨满神话。萨满神话具有庄严性、神圣性，不是一

① 降边嘉措：《格萨尔论》，内蒙古大学出版社1999年版，第19—20页。
② 杨恩洪：《民间诗神——格萨尔艺人研究》，中国藏学出版社1995年版，第57页。
③ 李扬：《论满族神话的萨满传承》，《民间文学论集3》，中国民间文艺研究会辽宁分会1985年版，第79页。
④ 达：满语，长。萨满达即地位较高，主要的大萨满。

般人可以讲述的，只有族中德高望重的大萨满才具备讲述和解释神话的资格。大萨满也格外严守秘密，概不示人，大萨满只向在神前顶香的大弟子传授，别人根本无法知晓。此外，即使是大萨满讲述神话故事，讲述前也要虔诚与恭敬，洗手、漱口、梳头、焚香这是必备的程序。由于满族的先民长期以来过着渔猎生活，一个氏族通常只占领一个领地，形成一个群体，所以各个群体供奉的神祇和祭祀的对象不尽相同。傅英仁在宁安地区和附近的县市调查了几十位哈拉和萨满，以此来了解各个姓氏祭祀的神以及神的来历和祭祀的礼仪，还以萨满的身份看到了萨满神谕。傅英仁通过萨满的口传心授和萨满神谕的记载，掌握了七十多个保留在祭祀中的满族神话，几乎包括了神话的全部内容，其中有创世神话、星辰神话、动植物神话等。尤其是创世神话和星辰神话影响力和传播力要广泛和深远，至今仍在边远地区许多满族老人的记忆中。

（二）宗族传承

在民间许多哈喇的宗谱谱序中，常常把宗族的族源历史和英雄故事记录下来，成为该族教育后辈人尊祖敬宗，不忘根本的生动教材。

在满族说部重要传承人马亚川的家谱里有这样的记载："始祖马穆敦……远祖费莫氏，同属一源，因遭家难迁嘉理库马佳地方，因以为氏。"家谱中明确写着"马佳、富察、费莫三姓不能通婚"。同时家谱还记载："先祖，马佳氏图海，正黄旗人，初任笔帖式加员外郎衔。顺治二年（1645）改国史院侍读，八年（1651）选秘书院学士，九年（1652）思诏于骑都尉世职，越岁授宏文院大学时、烈议臣大臣。十二年（1655）加太子太保。顺治帝崩后，是年授正黄旗都统。康熙二年（1661）七月，李闯王残部郝摇旗、刘体纯、李来亨在湖广起事抗清，图海等人曾经征讨。康熙六年（1665）晋宏文字大学士，加世职一等轻骑都射，会纂修《世祖章皇帝实录》充总载官七年，命测仪象八年……"① 接着家谱里记载了一段讲古趣儿"孝庄荐将"，讲述的是察哈尔部林丹汗之孙布尔尼趁着三藩之乱，反叛清朝，清廷无将可派，于是孝庄皇太后举荐图海为将，率领三万八旗家奴打败叛军的故事，"情节生动，内容感人，不失一篇民

---

① 马亚川：《浅谈满族民间文学》，《北方民族》1992 年第 1 期。

间文学的佳作"①。满族的家谱谱序具有叙事文学的特征，不乏其例，例如：

初修于清乾隆四年（1739）的《福陵觉尔察氏谱书》所载其家与努尔哈赤的渊源，即很像"包衣乌勒本"的片段：

> 我始祖姓觉尔察氏，讳索尔火，于明世中叶迁于长白山觉尔察地方，践土而居，因以为氏。又十一世，传至扎勒呼。扎勒呼曰：我的先人传说，系我国初定之时，不知我的何世祖，与太祖皇帝院子相隔一墙居住。有家奴名噶打浑，不知因何事故，我祖动怒，拿起佩刀，要杀噶打浑。噶打浑越墙跳进太祖皇帝院内藏避，我祖随后赶入院内，谓太祖皇帝曰："我的家奴噶打浑，进了你的院子，献出与我，吾拿到家要杀。"太祖皇帝曰："你的家奴，没在我院内。"我祖大怒，曰："我眼看着噶打浑，进了你的院内，汝不给吾，硬说没在你的院内。"随时出来，手使佩刀，即将廊檐柱子砍了数刀，曰："从今日后，再不来汝家内，不系汝红带子。"正说间，将带子改（解）下扔了。言罢，回到家中。次日太祖皇帝出旨，召集阖族人等，将此缘故诉与族人等因。又奉朱批，因我祖要杀家奴未遂，怒砍廊柱各情，理应从重惩办，仍念同宗之情，仍应从班布里以上写七代，立七代册子。于是，往上写恩诏七代玉牒后，兼记抽了红带子，嗣后为陈满洲觉尔察氏……②

其谱又记：

> 我高祖病故之时，太祖皇帝赐与牛羊，灵前祭祀，葬在兴京陵园之内。至今尚在陵园之内。圣祖皇帝降下旨意，考查扎勒呼，我的高祖册档几次。扎勒呼，我的祖，传说听见的事情，并未记载档子之上。因此，于康熙五十七年十二月二十日，奉上谕："问盛京副

---

① 马亚川：《浅谈满族民间文学》，《北方民族》1992 年第 1 期。
② 《福陵觉尔察氏谱·奏章原案》，载傅波、张德玉主编《满族家谱选》，中国社会科学出版社 1994 年版，第 6 页。

都统扎勒呼，是你的何祖，因何事情，抽了红带子，为陈满洲之原有，令扎勒呼将传说听见的事情具奏，钦此"等情。皇帝降旨，问过几次，扎勒呼未敢具奏。现今圣祖皇帝又降下旨意，令扎勒呼将传说的事情具奏。皇帝这浩荡之恩，奴才户中，现有的人口与奴才，祖宗死去的亡魂，俱感激皇帝重恩不尽。于本年十一月二十三日，奴才扎勒呼，为尊旨缮折谨奏……①

康熙令扎勒呼将"档子"② 上未记的与清太祖有关的"传说听见的事情"奏报，与金世宗访问女真老人、探知先祖旧事异曲同工，皆为借口传认识历史的实例。可见，由满族的家谱、家传形成的满族说部，有据可依。

此外，"三家子屯调查报告"《齐齐哈尔〈唐氏家谱〉内容摘要》"家训"部分的"祭祀"中，记有：

> 冬至祭祠之日，由总穆坤演说，俾族人听之，油然而生孝弟之心。③

虽然没有明确记载总穆坤"演说"的内容，但可以通过谱中的其他记载加以推测。比如："冬至"日，是三家子唐氏家族即他塔喇氏家族的"祭祠"日：

> 祠祭以冬至日为期，始迁祖之墓及同城各墓即以祠祭之日为祭期。其余同高曾祖称各墓，以清明、七月望、十月朔、岁腊四日拜扫。④

---

① 《福陵觉尔察氏谱·奏章原案》，载傅波、张德玉主编《满族家谱选》，中国社会科学出版社 1994 年版，第 7 页。
② 即被命名为《满文老档》的努尔哈赤、皇太极时期的满文历史档案。
③ 金启孮：《满族历史与生活——三家子屯调查报告》，黑龙江人民出版社 1981 年版，第 111 页。
④ 同上书，第 110 页。

　　从以上的文字中可以看出，他塔喇氏家族的家族祭祀分"祠祭"和"墓祭"两种，"祠祭"是祭祀在现居住地故去的先祖，也就是近祖的，而"墓祭"是祭祀迁居前的远祖的。总之都是对祖先的祭拜。在这样的日子，祭祀的目的是纪念祖先、强化族群意识、促进氏族繁盛，因此总穆坤达"演说"的内容一定有氏族渊源，也就是家谱的主要内容。① 从金先生选摘的《唐氏家谱》内容看，正文第一篇就是"他塔拉氏渊源考"：

　　　　国朝入关之初，世家巨族，子孙繁多，其名字系人口，其威望倾一时，其勋绩、阀阅满天下，则莫如瓜尔佳、钮祜鲁、赫舍哩，以及章佳、马佳、宁古塔与夫扎拉哩、伊尔根觉罗者。而我他塔拉氏，亦著乎其间。他塔拉氏，同族散处者也。故论其地，当以安褚拉库为最著；论其人亦当以罗屯为最显。尝考安褚拉库属，居邻朝鲜之瓦尔喀部，与浑河部、扎库木同时并称。与讷音江瓦尔喀、宁古塔、长白山、马察、扎克丹、古河、乌苏、伊兰木、海州、撒尔浒、十方寺、吉林乌拉各环峙也。其居扎库木者，则以岱图库哈哩为始，而以达音布、达瑚巴彦、阿尔泰继之……太祖朝，率八百户来归，始祖与焉。后族散布，康熙十年遂迁于吉，详考载籍，志其始末如此。②

著谱者感慨：

　　　　于戏！满洲之族盛矣。至今日又稍稍微矣。岂时势使之然欤！抑后人之不能自振欤！③

并说明修谱的目的：

　　① 参见王卓、邵丽坤《满族说部概论》，长春出版社2014年版，第12页。
　　② 金启孮：《满族历史与生活——三家子屯调查报告》，黑龙江人民出版社1981年版，第105—106页。
　　③ 同上书，第106页。

窃为考其渊源，庶使子孙追维先烈，知所由来，绵绵延延，以兴起而勿替焉，则予之志也夫。①

　　而这点正与富育光先生回忆家族祭礼后，讲唱家族历史及族源的故事相对照。"在富察氏家族中，就是讲唱《萨大人传》。这不仅仅是单纯的娱乐，也不单单是对萨布素个人的崇拜，主要是对祖先业绩来龙去脉的一种回顾、一种敬仰。将祖先创业的艰难一点一滴地向族人渗透，使之从中得到教益，激励后代不辱家风、述族史、唱英雄、扬国威的传承教育的虔诚、肃穆之举。因此，每当祭祀完毕，讲唱《萨大人传》便成为家族敬族不可缺少的重要内容。"②

　　除了在家族的祭礼中讲述"包衣乌勒本"，家族的办谱活动中也有讲述家族故事的活动。续家谱是满族从官方到民间都比较重要的一个活动事项。满族续家谱一般都在龙虎年或者鼠年进行，取龙腾虎跃和子孙繁多之意。分为请谱、晾谱、拜谱和续谱几个环节。续谱完毕，族长即穆昆达都要向族中叮嘱一番，让大家做到团结互爱、尊老爱幼、扬善惩恶。有时候也向族众讲述祖先的历史及家族故事。穆昆制是满族较长时间内都存在的一个氏族制度，穆昆达汉译为族长，多由族众中德高望重又年长的人担当，既不世袭，也不是官方任命。穆昆达没有明确的任职时间，一般多在老穆昆达年老、精力体力不济的情况下，召集本穆昆的人重新推选新的穆昆达。其主要职能包括主管族中的公共财物，调解和外族人的纠纷，执行族法等事项。而且，穆昆达也必须熟知本族的历史渊源、故事传说等。在某种意义上说，满族的穆昆达和萨满一样具有"金子一样的嘴"，也是满族口碑文学的优秀传承人。富育光先生讲述的《萨大人传》中记述了该说部在家族中产生与传承的情况，其中提到老将军去世后，"众萨满咏歌祝祷，奠酒抛盏。穆昆达玛发以高亢的满洲传统古调，缅怀老将军之德，长忆老将军之威……"③

---

① 金启孮：《满族历史与生活——三家子屯调查报告》，黑龙江人民出版社 1981 年版，第 106 页。

② 富育光讲述，于敏记录整理：《萨大人传》（上），吉林人民出版社 2007 年版，第 3 页。

③ 同上书，第 5 页。

如今，已经出版的满族说部丛书，就有依据宗谱谱序的记载，整理出来的说部故事。最有代表性的当属赵东升先生依据家族史整理的《扈伦传奇》与《乌拉秘史》。宗谱的谱序一般先明确叙谱的意义——"明世系，别支派，定尊卑，正人伦"。赵东升先生在重修家谱的序言里说："窃谓，木之有本可以枝繁叶茂，水之有派方能源远流长，人之有祖，犹如木本之源；祖德宗功，荫庇子孙昌盛。纲纪维张，人伦所在，虽百世而能详察焉。顾后世修书立谱，以别昭穆，而朕疏远，即睦宗族之谊，而倡孝悌之思，数典不可忘祖，慎终追远，民德归厚矣！"① 谱序里的大致内容包括始祖的由来、族籍、供奉以及配偶、子嗣等事项。有的甚至还包括了先祖的创业史和始祖的迁徙史。乌拉纳喇氏家族的谱序，以1914 年（甲寅虎年）满文汉译谱序锦州本为例：

> 始祖大妈发·倭罗逊姓氏。锡伯起，东夷发祥莫勒根巴压那拉氏·纳齐布禄。依父母祖居锡伯，锡伯将纳齐布禄招赘驸马，依锡伯王。之女宫（公）主，为纳齐布禄为妻，所生一子一女。由锡伯旋回绥远城，哈达国维（为）单于，说曰："胡"，承为一国，并王吉外郎，保护定国军、辉发、牛头山、东京城一带等处，十二年克获。纳齐布禄，由喜百并德业库二人，携带兵二十名，至哈达国高山步战。而锡伯王派人带领披甲百余人，在山下问曰："你何人也？希爱哈拉？"而纳齐布禄答曰："那哈拉，纳齐布禄。"步射穿杨箭，答曰："不能回。"故前奔乌拉弘弥勒城原籍，设立乌拉国布伦。以后，你崖为乌拉国王。
>
> 后与大清姻亲，太祖之长女招赘布干三子布占泰，将皇女为福晋，承为布占泰为妻。后，所生八子，以洪匡失国。……②

此谱序除了锦州本外，还有弓通本。尽管其中有不少和史实相出入的地方，但是其中记述了其始祖纳齐布禄建立乌拉国的传说和洪匡失国的故事，具有极高的历史价值和文学价值。乌拉纳喇氏的后人赵东升先

---

① 赵东升：《乌拉纳喇氏家谱全书》，吉林人民出版社 2011 年版，第 22 页。
② 同上书，第 16—17 页。

生，在家族 1964 年办谱后，带着极强的责任感和使命感，踏查跟家族历史有关的古地，尽量补充和更正家族史的完整性和准确性。就是为了让子孙后代对家族史有更清晰的了解，也算为祖先做了一份贡献。如今呈现在我们面前的就是根据家族史形成的两个说部故事。赵东升说满族在家族祭祀的时候，都有宣扬祖先业绩的传统："据我祖父生前口碑，祭词从创办家谱即有，每次都有变动，清代一律使用满文满语，内容是纪念先考，颂扬祖宗光辉业绩，详述家族历史，弘扬民族正气，保持民族传统等。1964 年甲辰办谱，年已八十五岁的老萨满经保即用满语致祭词，词很长，我们也听不懂。如今老萨满故世，满语祭词失传。在 1988 年戊辰办谱时……躺在病榻上拟了这篇《祭词》，改为汉文，内容根据以前先人的口碑，并老萨满经保兄的提示，按照这个思路，拟成并修改。"[1] 正式办谱的时候，通过与族人的商议，得到大家的一致认可，并在修谱的祭祀仪式上宣读，从此，家族的满语祭词改为汉语祭词。

汉语祭词大致如下：

家族历史，源远流长，始自辽金，上溯宋唐。
群雄并起，各据一方。女真领袖，抗暴自强。
英雄业绩，万古流芳。先保锡伯，后自称王。
立国固伦，都吉外郎。锡伯病来，城破逃亡。
登哈达山，步射穿杨，吓退追兵，返回故乡。
艰苦创业，奋发图强，人民拥戴，再次称王。
……
二百多年，九代十王。明清历史，记载甚详：
是非功过，后世评讲。乌拉贝勒，八子洪匡，
复国失败，自缢山岗。所生两子，名字俱祥：
次布他哈，潜移沈阳；长乌隆阿，流落松江，
年仅七岁，被人救藏，十支姓祖，繁衍八方，
随娘姓赵，至今不爽。世界潮流，浩浩荡荡，
往事云烟，渺渺茫茫。慎终追远，子孙绵长，

---

① 赵东升：《扈伦文献》，《长白学圃》1990 年第 6 期。

传宗百代，福禄祯祥。列祖列宗，功业昭彰，

白山黑水，驰骋翱翔，后世楷模，民族之光，

名垂青史，千古颂扬。悼我先考，家族永昌。

呜呼哀哉，伏惟尚飨！①

　　乌拉那拉氏家族的说部故事比较特殊，它的传承只在本家族内单线秘传，其余人不得而知。

　　除了乌拉纳喇氏家族，富察氏家族也留下了关于祖先萨布素的说部故事。萨布素全名富察·萨布素，在日常的交往中，满族人习惯称名不称姓，尊称或者尊官衔时，常常以名字的第一个字代替姓，所以萨布素被大家尊称为"萨将军"或"萨大人"。萨布素，满洲镶黄旗人，是清康熙朝著名的抗俄将领，他一生屡建奇功，属于历史的风云人物，关于他的传说故事在族众中流传也是必然的。在本家族的后裔中，流传着两部说部故事，一个是宁安地区的富察氏家族傅英仁承继祖辈传承下来的说部叫《萨布素将军传》，又名《老将军八十一件事》。宁安，即清代副都统衙门所在地的宁古塔，是萨布素出生、童年、青年以及壮年时期生活过的地方，也是萨布素成长的故土。该说部故事在20世纪80年代初，由吉林省社会科学院文学研究所的王宏刚和程迅先生录制整理而成。另一个是关于萨布素的说部故事。瑷珲富察氏家族的先人随萨布素将军前往瑷珲屯垦戍边，家族也随着迁徙。瑷珲是萨布素发挥统率的才干，不但驻守边疆，还亲自率兵抗俄、建立新城及兴办义学等，可以说瑷珲是萨布素后半生建功立业的热土。瑷珲富察氏家族传承下来的关于萨布素的说部故事《萨大人传》，是满族文化先贤富希陆先生根据其父亲及祖父传承下来的。黑龙江地区不同地点流传的富察氏家族的两个说部故事构成了说部艺术的姊妹篇，也正是这两个说部故事把萨布素将军的一生完整呈现。虽然富希陆家族与傅英仁家族在地理位置上分散居住，但是本族人同宗同源的观念根深蒂固，传承人都感觉自己有责任把祖宗的事迹传下去还要传好。而且，讲唱萨布素的说部故事，还必须要严肃，讲唱者毕恭毕敬的讲，听众毕恭毕敬的听，大家都因为家族中有这样的祖先感

---

①　赵东升：《扈伦文献》，《长白学圃》1990年第6期。

到荣耀，这也是激励后辈奋发向上，进行家庭教育的一个有效手段。

（三）文字传承

作为满族口碑文学范畴的满族说部，最初都是口耳相传的。在没有文字的时代，也依据一些助记手段来记忆，比如绘图法、结绳记忆法、兽骨的凹凸，或者石头的纹路及颜色等辅助记忆。掌握这些符号的多为族中的萨满，他们睿智金口，滔滔不绝的依图会意，形成洋洋大篇的说部故事。

文字产生后，就有了用文字来记录的历史，文字使提纲固定化，更容易保存、收藏。满族说部用文字记录比较早的形式当属"窝车库乌勒本"，即神龛上的故事，它最初除了口耳相传外，还以神谕的形式保存在祖宗匣里。以富育光先生为代表的一批民族文化的抢救者，多年来深入满族聚居的各个村屯及满族各家，搜集了大量的文物，其中就包括满族的神谕。满族的神谕最初由满文记录，也有汉语标音的满文本，后来还有纯汉语的文字。

满族过去有记写"档子"的习俗，与今天的档案有些相似，只不过更为古朴和简单一些。"满族的先人女真族在建立大金国以前很长一个历史阶段都靠结绳记事，这就是记档子的萌芽雏形。后来，满族人把重要的事情刻记在桦树皮上，这也许可以算是最初的档子了。再往后，就写在牛皮或其他兽皮上，直到纸的广泛应用，才取代了桦树皮、牛皮和其他兽皮。早期用满文记，后来逐渐发展到满汉文兼用，直至以汉字为主。"[1] 富育光先生在介绍满族说部《雪山罕王传》时，就曾提及伊朗阿将军因为肩负北疆的哨官大任，长期驻守与黑龙江口以北的大兴安岭地方，在同乞列迷人和乌底改人长时间的交往中，听到了族众老人们唱的长歌，深受感染，在看守渔网的乞列迷老人的白桦窝棚中住了四十多天，还用满语速记下了《雪山罕王传》的大概内容，并写在桦树皮上，被称为"桦皮书"。后来依据桦皮上的记录逐句整理，形成了较为完整的本子。

据满族著名文化人富希陆先生回忆，其家族代代传咏的家族说部《萨大人传》，最初都是口耳相传，并没有固定的文字。而且在清康熙、

---

① 富育光、王宏刚：《论满族民间文学的传承方式》，《民族文学研究》1986 年第 5 期。

雍正、乾隆、嘉庆年间，是以满语的形式在满族的本姓中传讲，而且还带有夹叙夹议的特点。清末，为了讲唱有所依凭，流传也更加方便，请来族中会写满文的先生，将内容写在毛头纸上，大体上一个故事一个提纲，然后再将这些提纲穿起来，汇集成册。直到1949年，黑龙江瑷珲一带仍有不少的老年人以及中年男女会用满语来演唱该说部，而且，还形成一些该说部段子的能手。《萨大人传》满语称为"萨宁姑乌勒本"，"萨宁姑"译成汉语为萨上人，即萨大人。此外，还有一种传本叫"萨克达额真乌勒本"，汉译为老主人，都是指《萨大人传》。后来，满语渐渐不再被使用，开始用汉语传讲该说部，这些用满语记录的提纲，就被看作神本子。平时放在专用的木匣子里，同族谱和萨满祭祀的各种神器一同供在西炕的神龛上。也有的讲述人为了方便练习，自己留下讲述提纲，用时，请下来温习，使用完毕就供奉在西炕的神龛上。也因为有了文字的传本，有了更多的人参加讲唱该说部，也使《萨大人传》在众人的参与中，越来越丰富、完善。

与《萨大人传》相映成趣的另一个说部故事《萨布素将军传》，又名《老将军八十一件事》，是宁安地区的富察氏家族传承下来的。据传承人傅英仁回忆，该说部是从他的三爷傅永利那里传承下来的，傅永利还有该氏族在清同治五年（1866）抄录的《老将军八十一件事》文字提纲，后来传给了傅英仁。而该氏族最早的讲述者是傅英仁先生的第四代祖乌勒喜奔，雍正年间在萨布素儿子常德的将军衙门里当笔帖式，他把了解到的关于萨布素的事情做了一个简要的整理，经过一代一代的传承，到同治年间形成了规模。这些提纲性的材料，也是使得该说部能得以顺利传承的条件。

此外，在满族的谱序中也有满族家族历史及重大事件的记述，带有口传文学的成分。由乌拉纳喇氏的后人赵东升先生纂辑的《乌拉那拉氏家谱全书》中，就抄录了1914年即甲寅虎年三份满文汉译的谱序，依据收藏的地点，分别称为锦州本、弓通本和罗古本。三件内容大同小异，谱序中记有关于该家族的始祖纳齐布禄建立乌拉国的传说，以及洪匡失国的故事。尤其是洪匡失国，不见正史的记载，只在乌拉纳喇氏的家传故事中出现，并在家族里单线秘传。据乌拉纳喇氏的后人赵东升先生考证，布占泰有八子，长子打哈拉（达尔汉）、次子达拉木、三子阿拉木、四子巴彦、五子布颜托（博颜图）、六子庙莫勒根（茂莫耳根）、七子嘎图珲（即葛达浑）、八子洪匡。依据家族的秘传，赵东升先生后来整理了《扈伦传奇》与《乌拉秘史》两部说部，并已出版。1964 年，即甲辰龙年，赵东升及家族成员赵显章重新改写了谱序，比 1914 年的谱序更为完整、详细，现摘录如下，供研究者参考：

太祖，大妈发·倭罗孙姓氏，讳纳齐布录。祖父母居住锡伯·纳齐布录，少有勇力，善骑射，保锡伯王，并娶锡伯王女为驸马，后跟锡伯王回绥远城，建立哈达国，为单于，历史上称为"胡"，是明朝初期塞外一个部落式的国家。

不久，纳齐布录脱离锡伯王，占领定国军、辉发、牛头山、东京城等处，称王于吉外郎。锡伯兵十二年破其城，纳齐布录在喜白、德业库二人的保护下，带兵而是名，到哈达国境内一高山。锡伯王派人率领披甲百余人追到山下，问道："你是何人？希爱哈拉？"答道："那拉哈拉·纳齐布录。"逐步射穿杨箭，追兵退去。纳齐布录带二十余人，奔回原籍乌拉宏弥罗城，设立乌拉国，为国王。传九世，至"洪匡失国"。

第九辈乌拉哈萨虎贝勒布占泰，出兵援叶赫，败兵被俘。满洲太祖努尔哈赤以长女招赘布占泰为驸马，生八子。布占泰系布干之三子，布干次子满泰，娶满洲太祖胞弟锁勒噶齐之女底金夫人，生五子，全族带户。移居宁古塔乌他海，爵袭贝子、贝勒。

布占泰八子洪匡，爵袭布他哈乌拉贝勒。由于两匹良马，得罪满清皇帝，清兵于阴历正月十七日，突破哨口讲防，攻陷乌拉城，洪匡战败，弃城北逃，涉水渡松花江，闯出重围。奔至哈达砬子山，登高眺望，见乌拉城中大火冲天，知道无可挽救，因而自缢。

满清皇帝杀洪匡全族五百余口。洪匡夫人，系清太祖努尔哈赤之孙女，生二子，长乌隆阿，七岁，城陷时被按巴巴得利救出，流落锦州，改姓赵，即现在"十六支"的始祖。洪匡次子乌拉布他哈，五岁，由公主带归沈阳，姓纳（那）。

主稿人：二十辈赵东升，二十一辈赵显章

公元一九六四年甲辰正月初三日办谱修订①

此外,《尼山萨满》被俄国学者发现了五个不同的满语文本,随着时间的推移,对《尼山萨满》还形成了一个学科,被称为"尼山学",还被翻译成多种文字传播。用文字来传承口碑文学具有较大的稳定性,也利于长久的保存。

(四) 歌舞传承

作为原始狩猎民族的满族,能歌善舞是其主要的文化活动内容。例如在狩猎、篝火宴,抑或重大的节日及祭祀的时候,都会用歌舞来庆祝。尤其是萨满祭祀,把带有韵文体的口传文学传承下来。《乌布西奔妈妈》从某种意义上,可以看作歌舞传承的典范。满族说部中的"窝车库窝勒本",《乌布西奔妈妈》的章节结构,分为"引曲""头歌""创世歌""哑女的歌""古德玛法的歌""女海魔们战舞歌""找啊、找太阳神的歌""德里给奥姆女神迎回乌布西奔——乌布林海葬祭歌""德烟阿林不息的鲸鼓声""尾歌"十个部分,最初的形式就是讲唱的,萨满用吟唱的方式将该说部传承下来。

整理者富育光先生依据原有的形式,把其整理成适合吟诵的诗体长诗。前文已经提及,该史诗由萨满来传承,萨满就在祭祀中向众人咏唱全篇,即通过歌唱的形式传承下该作品。而且该部作品被誉为萨满史诗,无论是讲唱人还是故事的主人公都是萨满。尤其是故事的主人公乌布西奔妈妈,其光辉的一生,也可以说就是其歌舞的一生。她参与的很多重大事件都与萨满祭祀有关,所以,在祭祀中,歌舞是必不可少的。而且,满族萨满舞繁多的种类,都在乌布西奔妈妈带领众人的歌舞中,被较好的保留并传承。

在《乌布西奔妈妈》的"女海魔们战舞歌"一节中,乌布西奔带领大家跳起了神奇步。史诗中是这样描绘的:

跟好我的脚步,
让众神赋予你们舞姿和神力,

① 赵东升:《乌拉纳喇氏家谱全书》,吉林人民出版社2011年版,第16页。

让荒寒的枯岛学会神的舞步吧！

哲侬勒勒，哲侬嘿嘿！

百堆篝火燃红海天

哲侬勒勒，哲侬嘿，

霍其昏，霍其昏，

呼声与欢乐如海涛相合，

整个东海欢笑了！

乌布西奔跳起了德勒玛克辛①，四徒相随；

乌布西奔跳起了乌朱玛克辛②，四徒相随；

乌布西奔跳起了飞沙玛克辛③，四徒相随；

乌布西奔领司徒跳激越的顿吉玛克辛④。

……

乌布逊部落和岛上的魔女们，

齐被世间难见的神舞迷醉啦！

乌布逊征人跳动起来，

全岛魔女翘首顿足，

融入玛克辛欢乐情海中，

唱着，跳着，学着，

跟随乌布西奔和四徒跳起党新玛克辛⑤。

乌布西奔还将神授的

优美胡浑玛克辛⑥传授众人。⑦

这时候的乌布西奔已异于常人，因为她已经处于降神痴舞的状态。在乌布西奔带领众人的舞步中，满族比较有代表性的舞蹈几乎都出现了。

---

① 德勒玛克辛：身舞。
② 乌朱玛克辛：身舞。
③ 飞沙玛克辛：肩舞。
④ 顿吉玛克辛：斗舞。
⑤ 党新玛克辛：连手舞。
⑥ 胡浑玛克辛：胸舞。
⑦ 鲁连坤讲述，富育光译注整理：《乌布西奔妈妈》，吉林人民出版社 2007 年版，第 96—97 页。

此外，在"找啊，找太阳的神的歌"一章中，乌布西奔妈妈率领众多的萨满和广大族众，开始跳起东海的谢祭古舞。但是因为玛克辛古舞种类繁多，传世者很少，主要记录了几个有代表性的舞种。其中包括：

牲血舞：萨满与众，娱神缅神共舞，盛景壮观。牲血舞古木凿器，两面似盆，中连长柄。柄内乘牲鱼鲜血，双手持舞。萨满着神服血舞外，众女彩妆花饰，众男衣鱼兽裘血舞。柄头垂长穗，穗有数小玲。

舞式：蹲神，呐喊有节。跳跃，雄壮凌厉有拍。

姿分单跃式，单腿跳；环手式，聚散跳，两人或众人对舞圈跳。亦有跨越式，几组，穿梭作舞。

野猪神降舞——獠猪态、小猪态、拱实态、瞭哨态、怒恐态。

蟒神降舞——仿发吱吱声，仰栖舞、拧身舞、缠抱舞、卧地舞，仰身肩动移进舞。

牲血舞世求人鼓相配，声舞相配，节韵悠扬，融洽和谐。原舞更是头、背、颈、指、腕、胸、腰、乳、臀、腿、足、胯、胫、仰、蹲、卧、滚、跃诸姿相揉，活泼百态。除此之外，有妈妈乳神舞。①

这些较为原始的舞蹈，包括舞姿、舞式，都有详细的注解，同样通过萨满祭礼中体现出来。所以，从某种意义上可以说，萨满传承不但是该部史诗的主要传承方式，故事的主人公作为天赋异禀的大萨满，也通过萨满祭舞，把古代的原生态舞蹈传承下来。而且在《女海魔战舞歌》中，后世根据乌布西奔的姿容，创造了"萨格达玛克辛"②，俗称"呼喝玛克辛"③。

不仅仅是舞蹈，歌舞传承在这部史诗中还体现在许多精彩唱段中，也都是祭礼中吟唱的内容。例如在上述的谢祭古舞中，乌布西奔击鼓作

① 鲁连坤讲述，富育光译注整理：《乌布西奔妈妈》，吉林人民出版社2007年版，第132页。

② 萨格达玛克辛：满族女真人古舞的一种，一人、十人、百人不等，全为老妪老叟合舞，活泼动人。

③ 呼喝玛克辛：形容老人各种声态怪貌，充满豪爽乐观的老顽童形态。

舞吟歌，三百个侍女萨玛击鼓伴唱，唱词中体现出乌布西奔率众寻找太阳的决心：

> 天母之命，哲伊勒勒，哦伊勒，
>
> 海神之女，哲伊勒勒，哦伊勒，
>
> 统驭四海，哲伊勒勒，哦伊勒，
>
> 万魔荡兮，哲伊勒勒，哦伊勒，
>
> 百部归兮，哲伊勒勒，哦伊勒，
>
> 江海洪兮，哲伊勒勒，哦伊勒，
>
> 日月明兮，哲伊勒勒，哦伊勒，
>
> 探海顺兮，哲伊勒勒，哦伊勒，
>
> 我志坚兮，哲伊勒勒，哦伊勒。①

《乌布西奔妈妈》可以看作歌舞传承的典范。

二 传统满族说部的传承特征

满族说部传统的传承方式是萨满传承和家族传承，由于满族的萨满都是氏族萨满，因此在特定的历史时期，往往呈现出萨满传承和家族传承重合的特征，因此，实际上满族说部主要是由家族萨满代际口传的方式，主要以氏族中的一支或者家庭中直系传承为主，多半是血缘传承。

（一）血缘传承——说部传承的单一性和线性的承继性

家族传承满族说部的方式，决定了说部传承的单一性和线性的承继性，祖传父、父传子、子子孙孙，传承不辍，这也是传统说部最突出的特点。

以富察氏家族世代传承有几百年历史的传统说部《萨大人传》为例，其传承的历史最具代表性与典型性。

《萨大人传》的形成，是富察氏家族于康熙二十二年（1683），为了抵御外来势力的入侵，清廷命由宁古塔、吉林、盛京组成八旗劲旅，远

---

① 鲁连坤讲述，富育光译注整理：《乌布西奔妈妈》，吉林人民出版社 2007 年版，第 132 页。

戍瑷珲。萨布素将军就是当时黑龙江的最高的将领，富察氏家族的先人当年随同萨布素来到瑷珲，有着非同一般的情谊。萨布素将军与士兵、族众镇守北疆的过程中，同甘共苦，出生入死，得到了很多人爱戴与敬仰。直到晚年，萨布素为了让人们躲避嫩江的洪祸，擅自动用了国库的粮食，而获罪遭贬。不久，愤然离世。富察氏家族得此消息从当时的省城齐齐哈尔赶回瑷珲，举行了隆重的祭礼，以此来缅怀老将军。从康熙朝在故乡立祀开始，每逢祭祀都要颂讲萨将军的故事，逐渐成为惯例。

富察氏家族传讲的《萨大人传》也不是一蹴而就的，经过了漫长的过程与众多参与者的润色，才得以经久流传。经由富育光讲述，于敏记录整理的《萨大人传》，目前已由吉林人民出版社出版。已经出版的《萨大人传》是20世纪20年代瑷珲大五家子富察氏总穆昆、说部总领富察德连先生承继祖先的传本。此传本，从开始传讲的康熙朝算起，已有二百多年的历史。历代的主要传承人如下：

（1）康熙朝富察氏家族总穆昆——伯奇泰、伯僧额：（2）雍乾两朝富察氏家族总穆昆——果拉查；（3）道光至咸丰朝富察氏家族总穆昆——发福凌阿；（4）同治至光绪朝富察氏总穆昆——萨满富小昌、伊朗阿；（5）光绪朝至"民国"初——郭霍洛·琪任格；（6）民国至日伪时期——德连、郭霍洛·美容、富希陆、张石头、杨青山；（7）东北解放至1949年——富希陆、张石头；（8）1949年至今——富希陆、富育光、富亚光。

富察氏家族传承谱系关系表如下：

发福凌阿（道光）—伊郎阿（长子）—富察德连（长子）—$\begin{cases} 富希陆（子）—富育光（子） \\ 富安禄、富荣禄（侄） \end{cases}$

从历代的主要传承人和富察氏家族传承谱系关系表中可以看出，《萨大人传》的传承主要在氏族内部以血缘关系为基础，代代相传，传承具有单一性和线性的传承方式。而且传承人基本为本氏族内的穆昆或者有地位的玛法，这和传统说部传讲的条件密切相关。

在东北的满族诸姓氏中，穆昆制是氏族的精神支柱，而古老的穆昆制度是以同一姓氏为轴心，形成具有强大凝聚力的同一血亲集群。在同一个谱系的姓氏之下，氏族的子孙有权利承袭氏族遗留的一切，包括本氏族中世代传讲的激励人心的故事。"祖先崇拜的本身，是与氏族制度紧密联系在一起的，它从人们的思想信仰上把同一氏族的人维系在一起。"①

这种观念一直影响着满族说部的传承者。就上述列举的富察氏家族而言，从清朝直到现如今，穆昆制从未改变，在一些重要的场合，其地位依然较高，包括家族祭祀等礼仪活动。笔者曾经随吉林省社会科学院民族所进行田野考察时发现，九台县胡家乡满族锡克特哩氏石氏家族的祭祖仪式和萨满传承仪式等系列活动，依然由族中比较有威望的穆昆来组织协调祭祀的一切相关事宜。可见穆昆在满族大家族中的作用和地位。满族说部 2006 年 5 月被国务院批准为第一批国家级非物质文化遗产名录，"说部传承的非物质文化特征很重要一点是表现在它的综合性和集体性上。民族民间文化和民俗文化最本质的特征在于它是社会性的普遍的大众的，就如从前的满族说部虽然它是通过族长或穆昆达来表述和传承，但是它又不单单是个人的行为，它是地域和族人的风习，是基于一定的范围准则和规则之中"②。

富察氏家族的祖训家规向来比较严格，族人们一直沿袭旧制。而且整个家族的涉外事务都有男穆昆达来组织协调，关于儿女的育教和家庭内的事务由掌家姑奶奶主管。虽然有各自的分工，但是在大事的定夺上，是协同合作的。例如，在族中重大节日讲唱满族说部，对子孙进行教育，是比较重要的事情，由男女穆昆共同商议。每次讲述哪个说部，讲述时间的长短，都有细致的安排。在往日的乡野中，萨满祭祀是阖族重大的日子，祭祀即能娱人也能娱神，尤其还讲唱情节起伏、可歌可泣的祖先英雄事迹环节，就更为让人痴迷、留恋。这也是家族利用这个主要的机会，对子孙进行教育的好时机。据富育光先生回忆，除了讲述长篇的说部外，也穿插小的故事岔子和寓言谜语，这样的搭配，让听者永远兴趣不减。富育光先生就在这样的环境下度过了自己的童年时代。《萨大人

---

① 秋浦：《关于萨满教研究的几个问题》，《社会科学战线》1989 年第 3 期。
② 曹保明：《满族说部是人类非物质文化遗产的重要成果》，载周维杰主编《抢救满族说部纪实》，吉林人民出版社 2009 年版，第 346 页。

传》是富察氏族人常常听到的说部。

在《萨大人传》的逐渐形成过程中，经过几次修补。较早的一次是康熙末年。由三世祖穆昆达果拉查筹划，采录了大量的将军生前的事迹。萨布素生前对人友善，豪爽幽默，生活在他身边的人及蒙恩于萨布素的人，都争先叙说其过往的事迹，使得这部乌勒本具有了长篇的规模。在当时，讲唱老将军的故事本子，名称很多，有的称为《老主人传》，满族名称《萨克达额真玛法乌勒本》，也有叫作《萨宁姑安巴尼亚玛笔特合》《萨宁古乌勒本》，都是《萨大人传》的意思。并逐渐从族中扩展到周围的村屯中讲唱。第二次的增补，从乾隆末年到道光、咸丰、同治年间，富察氏家族中的几代穆昆达，陆续从老将军同朝的后人手中，借阅文牍等文字，回忆起往事。

此外，对传承本说部起到重要的传承人富察氏家族第十世祖、清道光朝的发福凌阿，虽然身为武将，出于对本族说部的热爱，直到咸丰期间荣归故里，祭拜祖先的时候，还大声讲唱《萨大人传》中精彩的故事，闲暇时，常常和本族的穆昆达润色、推敲该说部故事，也十分重视此说部的传承情况。发福凌阿病逝后传给长子伊朗阿，伊朗阿遇难后传给妻子琪任格，琪任格病逝后，委任长子富察德连，富察德连去世后，在民国中委任其子富希陆和侄子富安禄、富荣禄，并在富希陆处保存。

传至富希陆一代，随着历史与时代的变化，满族说部《萨大人传》的传承早已经失去了原来的讲唱环境和条件。阖族的祭祀和重要的庆典活动日趋减少直至消失，满语也渐渐式微。富希陆作为富察氏家族满族说部的重要传承人，也是传承该家族说部的核心人物，对满族说部的保存和传承起到了关键性的作用。

富察氏家族传藏的另一部说部《东海沉冤录》，该说部成书于明末清初，传于顺康时代，雍乾后全书成体系，主要的人物、时间和情节等与《明史》相吻合。以明朝前期开国皇帝朱元璋等英雄的业绩为核心，展现了东海女真人的血泪奋斗史。在清代的各个阶层人士中流传，在东海女真人的后裔中，传唱尤甚。《东海沉冤录》的传承也有二百多年的历史，中间也经过重要的修补。在清末的同治、光绪年间，该说部的主要传承人是萨满富小昌和大萨满毓昆，后来传至伊朗阿处，伊朗阿在庚子俄难中战死，《东海沉冤录》的传承人也中断了十几年。到了民国时期，因时局的动荡和社会的变迁，富察氏家族家道衰落，但是传讲说部的祖制、族规依旧不变，在重要的日子，如遇婚丧、祭祀、寿诞、节庆等，伊朗阿的二儿子德连和全连兄弟负责组织族中的妈妈或者玛法讲唱该说部。1934年，德连去世后，交给其子富希陆传承，当时由于富希陆先生工作繁忙，便由其姐夫张石头代之。1947—1949年间，富希陆先生回到故乡与当地满族著名的故事家杨青山一同切磋、润色、充实，最后用白线订成了小型轻便的手抄本，在当地传讲，后来散佚。但是富希陆和杨青山依旧会在族众中传讲《东海沉冤录》。1978年，传给了富希陆长子富育光。

而且，富希陆先生是富察氏家族中传承说部的核心人物，许多说部就是在其保存、收集、整理与润色中逐渐传承至今的。其中有富希陆先生承继家族传承的说部《萨大人传》和《东海沉冤录》。

富希陆（1910—1980），满洲正黄旗人，满汉皆通，擅长书画，晚清时期授业于本乡的满洲官学，民国年间毕业于齐齐哈尔省立中学堂。自幼受家族的良好熏陶，从小就聆听家族长辈用满语讲唱满洲的古歌古谣，长大后自然学会讲唱。15岁的时候，进入新式的学堂学习深造，毕业后留在哈尔滨、吉林等地供职，但是一直没有忘记故土亲情，终于借着为父奔丧的名义，于1933年携带家眷返籍，1934年到孙吴县四季屯小学里去教书。当小学教员期间，除了教学之外，其余时间都与同族的老人生活在一起，从他们那里体察本民族的民风民情，记录本族的故事和各种逸闻。为了使满文的说部及萨满神谕等得以传继下去，使用汉文为满语文本注音的方法，为保护本民族的文献做出了积极的贡献。东北光复以后，富希陆先生积极参加了苏联红军成立的维持会，协助粮米分发等一些事宜。1947年，妻子病逝后，携儿女返回大五家子。1955年被瑷珲县政府选入县级的供销合作社，在本乡、下马场等乡供销社工作，也时常采录本族的故事。

富希陆先生对保护和传承《萨大人传》起到了重要的作用，即使在社会的动荡之时，仍秘密记录、整理文稿资料。

讲唱《萨大人传》，在清代的康、雍、乾、嘉几个朝代，都是用满语来讲述的，并以口耳相传的方式在满族族众中流传。直到咸丰、同治朝后才逐渐用汉语讲唱。在咸丰朝因罪被贬谪到齐齐哈尔的大学士英和，就曾教授周围的人用汉文讲述《萨大人传》。从此，在满族的族内用满语讲述，款待汉族的官员和客人的时候，由族人用汉语讲述。如此的做法，反而推动了满族人对汉语学习的热潮，直至成为一种习惯。民国后，满语渐废，族中的老人怕《萨大人传》用满语逐渐失传，所以命族中的晚辈用满文背诵，因此，还有少部分老者会用满语讲述。

对《萨大人传》和《东海沉冤录》传承体系的梳理，我们可以看到，两部说部最早的由族中的穆昆达，或萨满传承。而且满族在选举满族说部的传承人的时候，不是随意而为的行为，传承人和讲唱者必须有"金子一样的嘴"，博闻强记，经过氏族的层层筛选，在各个方面都极为突出的人，才可以被族众尊重与推崇。"由于讲祖往往又和祭祀中的祖先神联系在一起，所以，讲史的口传史官自然由萨满担当。"① 满族说部传承发生的巨大变化还可以从"乌勒本"到"说部"名称的变化中看出。"乌勒本"是完全遵循祖制，显示出氏族的高度凝聚力和神圣性。满族说部随着历史的发展，满语逐渐式微，氏族的影响力也失去了昔日的辉煌，"乌勒本"的传讲也没有了往日的条件和环境，曾经只被个别姓氏家族所独有的说部，逐渐传入社会，讲唱说部具有较大的自由性和随意性，甚至有的说部呈现出评书和话本的形式。

（二）族内传承

家传传承的另一种方式是族内传承，即女性出嫁后，从娘家带来的说部故事。富察氏家族中传讲的《飞啸三巧传奇》和《苏木妈妈》都属于族内传承。两部说部都是由富察·美容从娘家带到富察氏家族的。

《飞啸三巧传奇》在传承的过程中有两个重要的传本，一个是关氏传本，据说是咸丰初年的传本，由一位瑷珲的副都统关雁飞传承下来的，最早有很多名字《穆氏三杰》《飞啸三怪》《新本三侠剑》等；另一个流传比较广泛的传本是郭氏传本，传人是清代笔帖式郭阔罗氏，由卜奎传到了瑷珲，郭氏传本定名为《飞啸三巧传奇》。经由富育光讲述、荆文礼记录整理的《飞啸三巧传奇》由吉林人民出版社 2007 年出版，本书的传人郭阔罗氏富察·美容也是郭氏传本的传人，是继承爷爷和父亲两代人传承下来的。满族女性地位较高，在持家的同时，也掌握一些说部，遇

---

① 金天一：《满族讲祖习俗的演变和发展》，《满族研究》1990 年第 3 期。

到重大日子的时候，就给阖族老少讲述，富察美容从家族中学了一些段子，后来嫁到瑷珲大五家子富察氏家族，就把说部段子也带了过来，并由她的儿子富希陆记录整理，慢慢传承下来。

另一个较为罕见的传本，"给乌孙乌勒本"《苏木妈妈》，也是由富察美容传承下来的。该说部以说唱的形式讴歌苏木妈妈的非凡业绩。她是大金开国之君完颜阿骨打的大夫人，文武双全，也是一位知名的大萨满，为完颜部的发展与壮大，做出了丰功伟绩，后人世代歌颂、敬仰。后来也经由富希陆先生回忆并抄写出来。

随着时代的变迁，家族传承说部逐渐发生了改变，从氏族内部的血缘传承与家族传承向社会传承发生了改变。说部环境发生了大的变化，不再局限于一个家族的范围内，而且传承人也逐渐关注其他姓氏及范围的说部，富希陆除了搜集、整理、传承本家族内的说部，也注意搜集家族外的说部，传承方式由传统的家族传承向社会传承转换。富察氏家族的创世神话《天宫大战》《西林安班玛发》《恩切布库》，是富希陆先生在满族中征集、整理与传承下来的；《雪妃娘娘和包鲁嘎汗》是富希陆承继杨青山家族传承的满族说部。

（三）单线秘传的传承方式

满族乌拉纳喇氏赵姓家族曾是个具有几百年历史和名望的望族，经历了历次的兴衰和合历史的巨变，也留下了许多秘史。赵姓家族的满族说部传承秉承严格的规定，同其他氏族也存在不同的地方，就是限定在极小的范围内单线秘传，不准外泄也不准中断，始终处于警惕和保密的状态，这与其传承的说部内容有很大的关系。典型的有《洪匡失国》和《扈伦传奇》。

万历四十一年（1613）乌拉国灭亡的时候，收缴了乌拉国内所有的典册并付之一炬，同时令布占泰的儿子洪匡为"布特哈"（虞猎之意）贝勒。后来，洪匡举兵反抗，又很快被剿，洪匡自杀，只有两个儿子脱险而生。自从发生洪匡自杀事件后，家族及亲信都受到了此事的牵连，整个家族的愤慨之情可想而知，为了使后世子孙不忘记祖先的历史，因此传下了满族说部《洪匡失国》，同时也是本家族的秘史，属于"秘传"的范围。

通过笔者多次与赵东升先生交谈得知，由于其家族说部传承的特殊性，不被外人所知，一直处于没有公开的状态，即很长一段时间都在"秘传"的范围内进行。当问及是否听说过别的氏族的"乌勒本"，也说没有。这与满族的信仰有很大关系，满族信奉萨满教，而且萨满教是多神教，每个氏族都有各自信奉和祭祀的神，所以，多元性和复杂性，是满族萨满教信仰的一个特点。尤其是在满族的"秘传"的"讲祖"习俗里，严格限制并强调只能在本家族里讲，不能被外人知道的规矩。"姑娘出嫁，不许到婆家讲娘家的'祖先神'的'英雄史'。其一是家神不能乱讲。其二是婆家认为用娘家神诋毁婆家神，认为你是有意扰乱'族心'，轻则受到责骂，严重的受家法制裁。因此，在清代很长一段时间里，谁都不知别的氏族祖宗板上，到底有几个神位，又都祭祀哪几位神，这就是因秘传所致。"①

《洪匡失国》因属于家族秘传，其传承仅限于家族内单线秘传，脉络如下："第十辈图达里（布占泰之兄布丹之子，时任镶白旗副都统）、达尔汉（布占泰长子，洪匡之兄，系二等轻车都尉，都统衔正白旗佐领）、阿布泰（布占泰二兄满泰贝勒第三子，都统兼佐领）、茂莫尔根（布占泰第六子，贝子，多伦歌歌旗佐领）、噶图浑（布占泰第七子，巴雅拉参领世袭佐领）等人传下；十一辈乌龙河，十二辈乌达哈、喜才、索色、阿郎阿、倭拉霍、倭乞利、舒佰分别继承。能够传下来的，有乌拉哈后人传到二十辈经保（大萨满）和倭拉霍后人传到二十辈东升……"②

纳喇姓赵氏家族的另一个秘传说部《扈伦传奇》，其书名也是经由讲述者赵东升先生经过整理后确定的名称。《扈伦传奇》是由三个"乌勒本"组合而成的，基本都是祖先传下来的家传秘史和民族历史，其中也有少部分民间传说。在整理时整理者尽量本着不往历史上靠，不往文学上靠的原则，严格按照"满族说部"的特点整理，尽量保持说部的"原汁原味"。该说部主要讲述的是明代后期，东北女真各部之间互相称雄争霸，几乎与同一时期建立了哈达、乌拉、叶赫、辉发四个民族地方政权，史称"扈伦四部"。他们在争夺女真领导权的过程中自我消耗，后被努尔哈赤所消灭，也属于家族秘传的范畴，其传承谱系如下：纳喇氏第十一

①　金天一：《满族讲古习俗的演变与发展》，《满族研究》1990 年第 3 期。

②　赵东升：《我的家族与"满族说部"》，《社会科学战线》2007 年第 5 期。

代传承人乌隆阿，传给曾孙德明，德明传给其侄子十六辈笔帖式霍隆阿，再传给十七辈双庆，下传伊子崇禄，二十辈的赵东升承继祖父崇禄对其家传历史进行整理。

从赵氏家族的两部满族说部《洪匡失国》和《扈伦传奇》中可以看出，它们都属于家族内的单线秘传范围。

无论是富察氏家族还是赵氏家族传承的传统说部，我们可以看到，传承人基本都是文化修养较高的人，即知识型传承人。这一点在传承说部的过程中至关重要，因为有无文化是保障说部是否可以顺利传承的一个必要条件。

富察氏家族历来十分注重对氏族成员和子孙的文化教育。萨布素将军最早在黑龙江倡议官学，还专门请来满汉名师，教习子弟文化知识。所以富察氏家族的穆昆达都十分重视族中儿孙的教育，奖惩严明，而且在科举考试中，每代都有夺魁走入仕途的人，最终成为朝廷的重臣。富察氏家族对后代教育的严格与重视，一直传习下来。

有研究者称："根据我们对说部传承人的调查、了解，发现说部的传承方式发生了很大的变化，从以氏族内部传承为主扩大到氏族外部传承，后又渐渐变为以特定地域为核心进行传承的状况，其后再发展为知识型传承人的文本传承方式。当然，到后来几种传承方式可能同时存在。"①

传统说部的传承方式即氏族内的血缘传承和萨满传承都属于氏族内的传承；随着满族与北方其他少数民族的交往日趋紧密，一些说部也在其他少数民族间流传，比如富察氏家族传承的《萨大人传》，也同样得到其他地区和民族的喜爱。另外《尼山萨满》成为北方少数满族的共同传讲的故事。当代知识型传承人把传统说部的口耳相传的方式变为文本传承，成为现如今影响最广泛的方式。

（四）传承满族说部依靠一定的助记方法

满族说部，泱泱大篇，最初使用乐器来伴奏，例如"木库连"就是其中的伴奏乐器，但是满族说部的伴奏器不止口弦琴"木库连"，而且"木库连"也不只满族人使用，赫哲族也用。此外，何世环老人回忆说：

①　高荷红：《满族传统说唱艺术"说部"的重现——以对富育光等知识型传承人的调查为基础》，《民族文学研究》2007 年第 2 期。

"在伪满的时候，孙吴县四季屯富顺和，能唱能说故事，到三架山老龙头山崖壁，专砍粗大的老菠蓁烘子晒干后做成琴杆，狍骨头磨成琴弦把，专选白桦木磨成薄光板，拼成外贴蛇皮的大音箱，只用两根长弦，弹起来也很好听，满语叫'给都罕'。"① 由此可见，满族说部的伴奏乐器也是很随意的，属于各个氏族的余兴，与汉族说书人使用固定的琴弦大鼓已有固定模式不同，因为，汉族的说书已经成为一种成熟的民间说唱形式。有时，在伴奏乐器的助兴下，有的满族说部能说上数月，对于这些大部头的口传作品，没有惊人的记忆力是不行的，它需要特殊的思维训练，正如有的研究者所指出的那样："世代咏颂英雄史诗的民族，与世代承传散文体叙事文学的民族，思维和艺术训练方面是不同的。史诗演唱中，韵文体叙事的押韵方式，以及配有程式化的歌唱旋律与表演方式，都有助于对大部头作品的记忆。而讲唱文学和散文体叙事文学，其大量讲述内容没有表达方式、语言韵律和歌唱旋律支撑，记忆起来就困难得多，讲唱文学和散文体叙事文学的传播者，必须通过反复打造作品的曲折生动的故事性来达到强化记忆的目的。久而久之，世代咏唱史诗的民族（例如蒙古族、维吾尔族、柯尔克孜族、哈萨克族），即训练得格外富于诗歌创作才能和韵律感，世代传播散文体叙事的民族（例如满族），则更加擅长编创与欣赏情节上跌宕繁复生动抓人的叙事性作品。满族人的艺术想象力，是他们从初民们《天宫大战》《乌布西奔妈妈》《恩切布库》的创作年月起，便世世代代有所训练的。"②

以"满族萨满史诗"的"窝车库乌勒本"为例，大多感情丰沛、语言优美，从萨满长诗的满语文本来看其中的《乌布西奔妈妈》："是存在押头韵的情况的，但不是十分严格，没有以辞害义，且有些是整个词的重复，可见作者更重视的是诗的内容——生动的情节和真挚的感情。这一目的确实成功地达到了。其实，不仅在语言上，在史诗的布局谋篇上，也遵循了同样的理念。整个长诗像一部电影剧本，又像一部经过艺术加

① 富育光：《让满族传统说部艺术绽放异彩——热烈祝贺吉林省满族说部学会成立暨学术研讨会召开》，载邵汉明主编《满族古老记忆的当代解读——满族传统说部论集》（第一辑），长春出版社2012年版，第30页。

② 关纪新：《文脉贯古今 源头活水来——满族说部的文化价值不宜低估》，《东北史地》2011年第5期。

工的历史档案，结构紧凑合理，情节真实感人，虽然是萨满的传记，但并没有写得神乎其神，而是以编年为经，以事件为纬，对于人的所作所为，都用十分现实主义的手法来写，合情入理，让人觉得这些都是东海居民的生活中完全有可能发生的事情；更为可贵的是，诗中每个人物的塑造都丰满匀称，有血有肉，鲜活得像一张张人物写真，而不是佛像式的脸谱，和许多优秀的满族故事一样，体现了这个民族古朴深厚的叙事传统。"①

这些像剧本一样、带有情节的大部头说部故事，口耳相传是其传承形式，传承人如何记住这些内容，也必定会使用一些助记手段。满族说部最初是用符号来辅助记忆的。

以符号作为助记手段，满族人古已有之，主要是在文字发明以前使用得比较普遍。人们用符号来交流思想、表达感情、传递信息和辅助记忆。符号有广义和狭义之分，在本书的讨论中取其狭义符号的含义，即原始记事、表意的方法，具有文字雏形的性质。

1. 满族助记符号的分类

符号记事在北方民族异常丰富与发达，甚至文字出现后还被广泛使用。大体分为实物符号、象形符号和抽象符号。实物符号就是用各种具体的物件来指代不同的含义。其表现形式主要有标记、结绳记事、填物记事、投物记事、配珠记事，以及作为信物凭证等来记事等。

（1）标记法。比如用鹿骨多用嘎拉哈，定位原始氏族的居住地点，通常是"以嘎拉哈的正面（即凹面）代表原居址，其余三面个代表北、东、西三方，（嘎拉哈背面即凸面代表北，两侧以正面为准，右为东，左为西）"②。

（2）结绳记事法。满族及其先民使用结绳记事，主要是用来计时的，具体方法是："将一根染了颜色的彩绳打上三十个结，即计日结，代表一月三十天。然后，将彩绳两端拴在已备好的一根长绳上。开始计日前，要用彩色皮条制作出精巧别致的花穗或鱼穗为计日标志，悬挂在起始计

① 戴光宇：《〈乌布西奔妈妈〉满语文本及其文学价值》，《民族文学研究》2009年第1期。

② 郭淑云：《原始活态文化——萨满教透视》，上海人民出版社2001年版，第399页。

日结上。另做十二个花篮，称计月花篮，挂在墙上长绳的另一端。如以月圆为始，每过一天，便将彩穗前移一结，直到移至最后一结，表明已过一月，即把悬在墙绳上的计月花篮摘下一个，挂到绳的最顶端，以此计月。"①

除了结绳用于计算时间，也用来记事情。例如，在满族中子孙绳普遍使用，其实就是结绳记事法的体现。满族信奉佛多妈妈，平时供奉在祖宗龛位的右侧，里面是一个上方是尖型，下方是圆形的黄布口袋。口袋里装有一个几丈长的绳索，上面结满了各色的布条，还有嘎拉哈和小弓箭。红色布条代表男孩儿、蓝色布条代表女孩儿。每个家族，如果生了男孩儿，就会在绳索上系上小弓箭；生了女孩儿就系上嘎拉哈。子孙绳堪称"无字的家谱"，大致记录了一个家族人口的基本繁衍情况。在满族伊通博物馆就展出了一个有代表性的子孙绳。

除了用于记录家谱，也有的在绳子上挂个舟车，表示外出远行；挂个弓箭，代表狩猎或者打仗。据满族说部《两世罕王传》记载，明朝时，结绳记事在东海女真人中使用普遍。

（3）投物记事。这种记事方法，是"利用某些特定物，如鱼脊骨、兽骨、兽颈前骨（嘎拉哈）或各色小石子、小木块、豆类、贝壳、古钱等，分别代表不同的事物、事件及数目，来记录族中或者家中发生的大事"②。如果遇到值得记录的事情，就把特定物投到一个孔洞或者器物内，熟悉含义的人，会通过这些物件回忆起发生的事情。据富育光说，他的父亲富希陆先生曾回忆过，有富姓萨满在墙壁上凿了很多洞孔，里面放置各式各样的石头，无论是祭祀还是向富希陆先生讲述萨满神谕的时候，都摆弄洞孔中的石头，每一个石头代表着一个故事或者宗法法规。

（4）填物记事。是指"凡家族或本家有大事发生，便选用特定的物件，填、贴、插在事先备好的白板皮或白桦皮、白木板、树干、家屋墙壁上或布帛上，代表所发生的不同事件"③。充当这种代表物的有花瓣、木片、红豆和鸟的羽毛等。熟悉其中含义的人，可以根据充填的物件，

---

① 郭淑云：《原始活态文化——萨满教透视》，上海人民出版社 2001 年版，第 134 页。
② 同上书，第 436 页。
③ 同上书，第 437 页。

来看出所记载的内容，例如族中的婚姻、征战或者族长的承继等大事。

（5）配珠记事。满族及其先民喜欢佩戴一些配饰，不仅起到装饰的作用，也具有记事的功能。例如，满族的先民通过配珠来记年岁，代表年龄的岁珠多是水晶、琥珀和玛瑙等，长一岁就加一个珠子。

富育光先生整理的《雪山罕王传》中记述了在拖林普家族中，自古就不记年岁。他们的身上，每年增加一个小蛤蜊，几岁就有几个小蛤蜊，由部落中的首领发给他们。当他佩戴的蛤蜊已经有十九个时，就说明他快满二十岁。在这个家族中还有个规矩，如果是男孩，在他身上戴有二十个蛤蜊的时候，就预示着成年，不能再守在妈妈身边，要单独出去打猎捕鱼。而且佩戴的这些蛤蜊通常是白色的，既是标志也代表年岁。拖林普家族的男女与外族通婚的相互信物都是一些带有白色花纹的蛤蜊，上面刻有两情相结的符号，并以此为凭证。

此外，还在珠子中还夹杂各色的贝壳、古珠和石珠等，也都有各自代表的含义。懂得这些含义的人，可以通过其佩戴的饰物，知晓其一生的业绩。比如在古代美洲印第安人的易洛魁部落联盟里存在着世袭的酋长制。在老酋长逝世之后，新酋长继任之前，要举行四天隆重的哀悼和授职仪式。在这个仪式上，会专门安排一个巫师讲解一个贝珠带。"按照印第安人的观念，这些贝珠带通过一位讲解人就能把当年传述给它的章程、条规和事例原原本本复述出来，只有贝珠带是这些章程的唯一记录。他们把紫贝壳和白贝珠串合股编成一条绳，或者用各种颜色不同的贝珠织成有图案的带子，其运用的原则就是把某一件特殊的事情同某一串特殊的贝珠或某一个特殊的图案联系起来；这样，就能对事件作出有系统的排列，也能记得准确了。这种贝珠绳和贝珠带是易洛魁人唯一可以目睹的史册；但是，它们需要一些训练有素的讲解人，那些讲解人能够根据各串或各种图案将其所隐含的记录表白出来。"① 就是通过这样的方式，易洛魁人铭记了历史和酋长的功绩。满族著名萨满史诗《乌布西奔妈妈》中，描绘乌布西奔头戴五鹰九珠日月冠，九珠为蚌珠、鲸睛围镶，在深夜中熠熠发光。而乌布西奔女罕头戴的稀世珍珠，同时也镌记了她一生

---

① ［美］路易斯·亨利·摩尔根：《古代社会》（上），杨东莼、马雍、马巨译，商务印书馆 1981 年版，第 138 页。

的丰功伟绩，被人们永世铭记。例如，乌布西奔为四邻部落亲自采药治病，还教诲人们炊火熟谷、使用长寿的秘方，从此，很多年间疾病不再发生，大家丰衣足食，族众为乌布西奔戴上了第一颗睛珠；乌布西奔又亲自率众征服了残暴的部落，使得四邻部落团结友爱，亲如手足，大家为女罕戴上了第二颗睛珠。九颗睛珠代表着乌布西奔为族众做的九个大事件，记载着她不可磨灭的业绩，并世世代代被传唱、颂扬。

（6）信物。依靠特定的实物作为凭证，来传递信息。比如在"虎尔哈河（今牡丹江）一带的满族部落聚会时经常用一根长得很奇特的旧鹿角骨，是祖传的珍品，不知经过了多少代人的手已经磨得油黄发亮，它代表着先人的传统，氏族、部落之间的信义，不管哪个部落，接到这根鹿角骨，就是再大的狂风暴雨，再高再陡的险山，也要立即赶到，慷慨相助"①。

满族萨满史诗《乌布西奔妈妈》中记述了"跑狗传言"的手段，其实也是依据信物传递信息的方法。通过训练有素的家犬来互相传递信息，多用桦皮、彩石、皮革刻写一定的符号，绑在狗的脖子下面，这种传递信息的方法，迅巧便捷。

此外，还有表意符号、象声符号和图画等。

表意符号。满族说部《两世罕王传》② 记载，明末，王杲到东海窝集部求援，发现许多刻在树上的符号，用以表意。比如其中包括各种路标、太阳的符号、妇女怀孕的符号及表示东南西北和风云雷电的符号等。

象声符号即用形象的符号来表示声音。由富育光先生采录的满族说部《东海沉冤录》中，就保留了东海女真人使用的象声符号，一个符号代表一种声音。比如有叫子声、凿冰声、惊奔声、打鼓声等。

在文字没有发明以前，这些符号无疑起着重要的作用。

具有东海史诗之称的《乌布西奔妈妈》，其中便记述了乌布西本创造

---

① 邸永君：《中国少数民族风情游丛书·满族》，中国水利水电出版社 2004 年版，第 105 页。

② 富育光先生于 1979—1980 年采录于河北陈氏家族，该故事主要流传于河北石家庄和京畿一带。

了东海画图符号的事件。东海原来没有文字，只能用刻木或者折枝等形式来记事，或者语言表意，天长日久容易遗忘。为了便于各个部落之间的交流，乌布西奔在其执政的第三十九年，"纳世间万物，创下图符百形"，这就是东海最初的绘形字，还把这些符号凿在各个部落经常开会的地方，用以记事，被称为"东海窝集幢"。而且，它与原始的记事方法同时混合使用，例如，前乌布西奔时代，东海各部没有文字，只能以语言来传情达意，辅助折枝、刻木的形式来记事。

据《瑷珲十里长江俗记》记载："满人先知古昔常以符号为记，其法多以堆石积荆述事。如观鸟落枝层层，便仿之于地上划出一层一层道子，以此法宝计数，进而出现由'一'字演绎而成各种划法的图案。符号计量法日趋概要简便。民国年间，大五家子满族人家尚喜用木刻法记载借粮、借款的数字，当地满人称曰'刻牌法'。……相传清康熙年间驱逐罗刹入侵的著名雅克萨战争时，清军统计后备给养，使用刻牌法计算库藏收入与支出，后来，永戍黑龙江的八旗后裔们便将此法一直传用下来。"[1]

在萨满史诗《乌布西奔妈妈》中，就用自己的聪明才智，创造了图画文字，来记录需要传承的内容。乌布西奔独创了乌布逊部的画图文字，其图若虫蠕，若鸟啄痕，在"每逢降神，每次征讨，每回议政"的时候，都命贴身女萨满以其自创的画图形式铭刻在海滨的木枚或者海石上。

乌布西奔妈妈逝世后，特尔沁三姐妹与部族商议，为其立碑亭、碑楼，永远传颂她的业绩，于是就采用了其生前传授的画图符号——东海绘形字，将乌布西奔妈妈的事迹用图符的形式，铭刻在锡霍特阿林的山洞里。经过几年无休无眠的辛苦劳累，特尔宾、都尔芹相继病逝，特尔沁完成凤愿，但已是躬腰驼背，长发披肩，依据这些刻在洞穴上的绘形字，精编成了万句，依图颂唱。

2. 传承满族说部助记符号的演变

满族说部最初以口头的形式产生和传承，说唱结合，以说为主，古有蛇、鸟、鱼、狍皮蒙成之花鼓、扎板、口弦（给督罕）伴奏，讲唱的

---

[1] 富希陆撰，富育光整理：《瑷珲十里长江俗记》（节选二），《东北史地》2005年第1期。

内容全凭记忆。最初的记述手段"用一缕缕棕绳的纽结、一块块古石的凹凸，一片片兽骨的裂隙，刻述祖先的坎坷历程"①。用绳子、古石和兽骨等来辅助记忆，这是满族说部比较古老的形态，也被叫作"古本""原本"和"妈妈本"，满族先人就是通过这些符号看图讲古的。这种助记符号多在文字产生前被广泛使用。

除了这些比较原始的助记符号和方法，满族讲述乌勒本的传人，在长期的讲唱实践中都有自己的一套记忆方法和记忆秘诀。

富育光的祖母富察·美容（1871—1945），也是满族说部的重要传承人，出身齐齐哈尔卜奎的商贾名门，自幼聪明好学，有着超群的记忆力和口才，而且能歌善舞。在光绪年间嫁与瑷珲城大五家子村满洲望族、清瑷珲副都统委哨官伊朗阿之子穆昆达富德连为妻。

而且富察·美容还培育了几位满族说部的重要传承人。其中，富希陆在其母亲的影响下，深受教诲，勤奋好学满族的文字和知识，并无偿地为亲朋好友书写满文的谱书和萨满神谕，也在业余讲唱母亲传承给他的满族说部故事。她的二女婿张石头在她的影响下也是乌勒本的传人，在瑷珲和孙吴两县颇有名气。此外，还培育了孙儿富育光来讲唱满族说部。富察·美容从娘家带来了几部满族说部，主要有《苏木妈妈》《恩切布库》《飞啸三巧传奇》等。富育光的祖母为了方便记忆"乌勒本"，经常摆弄嫩江的一些石头，富希陆先生称其为"石头书"，靠各种各样从嫩江捡来的江沫石和条穗来帮助记忆"乌勒本"的内容，还编成了一套口诀："紫纹龙鳞奇石块，红黑黄白磨样怪，嬉笑怒骂全都有，外加条穗一大串。"就是这些不同色泽、不同形状、不同花纹的石头，成为讲唱说部的辅助记忆手段，尤其是在一些细节上，起到的作用更为明显，色泽、形状和花纹代表不同的细节，根据细节产生联想，激发记忆的潜能，以此来实现精彩讲述的目的。奇块、磨样怪，各种大小、长短和颜色的石头，在记忆里找到相似之处才能产生联想"石头起着对事物记忆的联想和唤醒的作用"②。北方民族为了启发人们的记忆，采取用甲启动起乙或者丙，这样加强联想的作用。联想在心理学、文化中起着重要的作用，

---

① 谷长春：《满族口头遗产传统说部丛书·总序》，《社会科学战线》2016 年第 6 期。

② 笔者根据 2017 年 4 月 12 日的访谈录音整理而成。

现在提倡记忆文化，就是需要联想来完成。怎么启发人的记忆和联想，就得启发大脑的兴奋点。用某一个有特点的形态或者事物来激活人们的大脑，让人的思想更有联想性。说部就是记忆文化。就采取使用有特点的石头来辅助记忆，激发联想。石头、木头、皮条也可。看见物件引起兴奋，产生联想，引起记忆。要把记忆文化开掘开，要在记忆中把联想搞好，才能激活记忆，反映了人类学和记忆学的特征。

石头在祖母的说部里用得比较多。此外还有布条子，即口诀里所说的"外加条穗一大串"，布条子不同的颜色、长短等，代表某一件事情，通过于此来呈现记忆。"妇女做活儿身边经常有一些布条子，比如白布条子和黄布条子，黄布条子用鹿皮和猪皮，还剪成图样，图样就是故事。"①

除了用石头和布条作为助记手段，堆木也是祖母在说部中使用的方法，"堆木的方式在讲述《萨哈连老船王》的时候使用。在讲述老船王的时候，兴安岭山上的各种树木，比如花树、椴树和一些各种各样的花卉，用这些东西（作为助记符号）来讲述老船王的故事。杨青山和奶奶使用的记忆方法。因为这样比较好记忆，强硬的讲述容易忘记，用一些树枝和花枝来记忆比较踏实，能起到联想作用"②。

故事那么长，怎么记忆，这是说长篇故事怎么讲述的问题，至于讲述的更细致和人物的刻画等具体事项，还得需要石头或者木块辅助。传承人为了记住这些浩繁的内容和细节，也必定会总结一套方法或者借助符号来辅助记忆。据几十年奔走在东北各地进行田野考察的富育光先生介绍，不同的人根据各自的喜好，有不同的记忆符号，"老吴家使布条子，有的使用积木块儿，有的用狍子身上的嘎拉哈，抹上不同的颜色，传承人用它做记忆符号的代表。还有的用像小人儿似的猪骨头，都是老头老太太做记忆用的，也有的用鱼的骨头，树的花卉等等。老人则根据自己的喜好选择辅助记忆的物件，有的喜欢绣花，比如绣的梅花、牡丹和芍药，就是在讲述自己的故事，看着花就能想起自己的故事。这里，是选取对你生活印象最深的（东西）作为记忆符号，以此来唤醒你的记忆"③。

---

① 笔者根据 2017 年 4 月 14 日的访谈录音整理而成。
② 同上。
③ 同上。

除了以上的助记手段，富育光从小学习说部，就掌握了三大技法的特点：

> 我从小学说说部，老人们就教我三大技法，即首先要练达口述基本功：要勤练小口"布亚昂卡"、再勤练说大口"安巴昂卡"、特别是要锻炼铭记记忆符号"它莫突"。我在长辈传授和影响下，七岁乍学唱说部时，就是先跟大人说唱"小口"的说部"引子"，满语叫"雅鲁顺"，即学说小段子，如《尼姜萨玛》等练嘴巴。及长，在奶奶和父亲诱导下，学说"大口"，即"放说"《萨大人传》《雪妃娘娘和包鲁嘎汗》等长篇说部故事。我学说之初深切体会，满族说部是祖上留传下来教育儿孙的百科全书，洋洋大观，有的能说上数月，必须有驾驭能耐。这就全靠助记物，俗称"它莫突"。①

除了这三大技法，还要学会讲唱的技巧，比如每个说部都是洋洋大篇，少则几日，十几日，多则数月才可以讲完。又不能只讲述这些故事，没有轻重缓急，必须还要有所侧重和缓冲。所以，时常在讲述故事的开头或者中间加上故事岔子。这些故事多是篇幅短小、有代表性的满族民间故事，有的不是与讲述的故事一点关系没有。富希陆先生曾说过这些故事岔子的作用："凡是能说些'故事岔子'，那多半是经验丰富的老师傅，见识广，古趣儿多，能掌握火候，'故事岔子'何时穿插其间，长短大小、主次要分清。所讲述的故事，在情节上与中心说部内容，必须有一定的内在联系，使之巧妙安排，妙趣横生，但不能喧宾夺主。这样讲起来才能自如，很随和，紧扣主题，相辅相成，真正起到推波助澜的作用。讲唱者若要继续讲说部，也好马上收回来，顺利转入正题，不显得被动拖沓。"②

富希陆先生认为万变不离其宗，要想掌握说部的讲唱技巧，一定要

---

① 富育光：《做满族说部的忠实传承人》，载张学慧、王彦达主编《富育光文集》（下），吉林人民出版社2017年版，第376页。

② 富育光讲述，荆文礼整理：《苏木妈妈·创世神话与传说》，吉林人民出版社2007年版，第122页。

熟知三大技法，即"抓骨、入心、葡萄蔓"。

抓骨，就是要理解和驾驭说部核心要点，关乎壮胆、成功与失败。每部虽皆庞然可畏，但其内核却如一条长龙，有一根脊梁骨通贯全身，由它再统揽头、肋骨和四肢内容自然就会摆弄清楚。讲起说部来，犹如大元帅稳坐中军帐，不乱不慌，谈吐若定。入心，关乎全局效果，讲唱说部必须全神贯注，身心投入，才会激发生成喜怒哀乐忧恐惊，自发调动起滔滔记忆和表演才华，狠抓住观众的心。葡萄蔓，是对"抓骨、入心"密窍记忆法的高超总结。记忆或讲述长篇说部，如同吃吐大串葡萄，总蔓是全故事，蔓上每一挂葡萄都是全故事的分支细节，一定掌握好各环节和分寸。由总蔓切入吃吐，进入葡萄挂中一粒一粒吃吐，吃吐一挂再吃吐一挂，循序渐进，环环紧扣地吃吐完毕。①

除了掌握这些技法及记忆手段，讲好说部也必须在实际的表演中磨炼。富育光的奶奶经常告诫每一位想成为另族人重视的合格的"乌勒本"色夫，不但要博闻广识，还要善于观察，"长记性""长眼睛"，要时刻牢记"事事留心皆学问"这句古谚。杨青山大爷就是在他奶奶的遗训下成长起来的一位著名的说部传承人，"青山大爷外号'穷杨'。奶奶传下的'乌勒本'教他最多，他嗓音甜美洪亮，最有表演天分，凡是奶奶的说唱他听了一遍就能记住，再经他嘴里讲出来，故事可就绘声绘色、娓娓动听，仿若身临其境……他讲起来如行云流水，学啥像啥，扮谁像谁，活灵活现，能让你哭、让你笑，让你的双眼和全身心随着他动"②。富育光从小就跟随青山大爷四处讲唱说部，狠狠磨炼精气神。据富育光回忆，"1946年春至1947年春，我在去黑河中学读书离开故乡前，在大五家子、小五家子、蓝旗沟、下马长村屯，都参与过族内或族外的年节歌会，讲唱满族说部各种段子。我学会压场子、转调、单挑儿，被公认是族中擅

---

① 根据吉林电子信息学院大会访谈录音整理而成。
② 富育光、朱立春：《琐谈记忆文化的抢救、传承和保护》，载刘信君等主编《满族传统说部论集》（第二辑），长春出版社2016年版，第29页。

讲满族'乌勒本'的'小色夫'（小师傅），成为其中一员……"① 为了更好地传承、记忆说部，富育光先生总结了自己记忆的一套方法：

"在我这里又有发展，用制图或者绘画、卡片来充实这些东西。（记忆符号的选择）这与个人的喜好和特点有很大关系。"在富育光先生家中，大小的卡片在各种书籍中随处可见，书柜里或者床下的盒子里等。富育光先生记录的满族说部书稿，大多用卡片的形式来记录，对于特殊的地方，用图画、图案来加强印象。在《萨哈连船王》的彩页上，就赫然印有四幅富育光先生亲手绘制的各式船的图案，有的甚至连细节都勾画得特别到位。在照相设备不是特别丰富的年代，制图或者绘图的发放也十分主要，笔者与所长去拜访富育光先生的时候，他曾经给我们看一本手绘图结集，基本都是他几十年来田野考察中看到的、有特点、珍贵的图像，比如赫哲族的木刻楞，带有特殊图案的萨满神服、祭祀的神偶等。

富察氏家族乌勒本第十五代传承人安紫波在跟随富育光先生学习家族说部的时候，富育光先生经常使用绘图法。"能让画动起来了，能让书活起来了，是每一个传承人的使命。师父给我画过萨布素掏鸟窝的图，还给我绘制了整个黑龙江流域的河流图，以及瑷珲、海兰泡、伯力和齐齐哈尔等地的地形图概况，还有黑河线路图。看过这些图画，再到实地考察，感觉真的不太一样。"② 富察氏家族第十五代传人安紫波先生，由于师从单田芳学习过评书，评书的技法与说部有很大的关联，尤其是记忆方法上，要"心中有物，眼中有图"。他更习惯于把说部先形成一个感官的印象，如同过电影一样，画面感一一浮现，可以在没有文字的情况下，也能把说部的内容完整的传承下来。

不同性格特点、不同爱好的传承人，选择的记忆符号与手段是不同的。随着时间的流逝，曾经辅助记忆的方式可能会中断，从富察氏家族满族说部的传承符号演变的过程也可以看出，这也是记忆符号的演变过程。文字的出现使得传承的符号相对固定，就目前已经出版的三批满族

---

① 富育光：《做满族说部的忠实传承人》，载张学慧、王彦达主编《富育光文集》（下），吉林人民出版社 2017 年版，第 376 页。

② 根据 2017 年 9 月 19 日的访谈安紫波的录音整理而成。

说部丛书来看，文字的传承比较稳固，而且也跨越了家族及地域的范围，在社会中因为较大的反响。

也正是依靠助记的手段及方法，富育光掌握了大量的说部故事，占"满族口头遗产传统说部丛书"较大的比重。主要情况如表2—1①：

表2—1

	名　称	出版时间
富育光掌握的家传说部	《飞啸三巧传奇》	2007 年版
	《东海沉冤录》	2007 年版
	《萨大人传》	2007 年版
	《苏木妈妈》	2009 年版
	《扎呼泰妈妈》	待出版
由富育光的父亲富希陆先生搜集、整理的说部	《雪妃娘娘和包鲁嘎汗》	2007 年版
	《恩切布库》	2009 年版
	《天宫大战》	2009 年版
	《西林安班玛发》	2009 年版
	《恩切布库》	2009 年版
由富育光先生本人搜集整理的说部	《乌布西奔妈妈》	2007 年版
	《两世罕王传·王杲传》	2016 年版
	《两世罕王传·努尔哈赤传》	2016 年版
	《雪山罕王传》	2016 年版
	《萨哈连船王》	2016 年版
	《鳌拜巴图鲁》	待出版
	《傅恒大学士与窦尔敦》	待出版
	《鳇鱼贡》	待出版
	《金兀术传说》	待出版
	《松水凤楼传》	待出版
	《兴安野叟传》	待出版

除了列入"满族口头遗产传统说部丛书"中的书目，富育光先生目

---

① 以目前列入"满族口头遗产传统说部丛书"的几批书目为依据，以 2017 年 12 月 3 日为统计日期。

前正在进行的工作，就是继续整理满族说部，目前交由其弟子或学生陆续完成，例如《群芳谱》《遥望江东雨潇潇》等。

综上所述，传承满族说部，辅助记忆的符号发生了一系列的演变，在当代，基本以文字的方式来传承。

第三节　满族说部的传承模式及其历史演变

满族说部的传统传承模式，发生了一系列的变化。例如从传承方式，传承人的身份、传承语言与讲述方式，直到传承的范围，都有一系列的转变。

一　由口耳相传到文本的转换

从传承方式上看，满族说部最初是口耳相传的。由于满族创制文字较晚，因此本民族的文化传承与生活习俗的沿袭都依靠口耳相传的形式。这种形式也是很多少数民族在特定的历史时期，最主要、最典型的传承文化和历史的方式，满族说部也不例外，其蕴含的巨大的历史与文化信息，不仅可以让世人了解满族的发展史，也能窥见满族的生活史、生存史。满族说部是满族先民用智慧与鲜血保存下来的历史记忆和口述史。满族最初没有文字，许多史实都靠口耳相传的方式传承。我国古代的历史典籍《太平御览》，曾有过这样的记载，满族先民"自古无文字，以语言为约"。这种以语言为约的活动其实就是"讲古"的习俗。据《金史》卷六六记载："女真既未有文字，亦未尝有记录，故祖宗事皆不记载。宗翰好访问女真老人，多得女真遗事。"可见，金代统治者就注意到通过访问民间的长者，来获知过去的历史。讲古的习俗造就了满族一批批的民间故事家和宗族传说的传人。史禄国先生曾做过这样的描述："通古斯人爱听故事，有各种年龄、性别和风格的讲故事人。优秀的讲故事人受到人们的赞赏。……他们讲的故事有好多种类，即多少被遗忘的叙事诗、历史传说、狩猎故事、恋爱故事，以及关于动物和萨满教的故事等等。"①

---

① ［俄］史禄国：《北方通古斯的社会组织》，内蒙古人民出版社1985年版，第327页。

"冬季是农闲的季节，寒夜又那样漫长，于是，躺在温暖的炕头上，或围坐在火盆边，嘴里吧嗒着旱烟袋，也许手里纳着鞋底等活计，手不闲，嘴也不闲地讲述着。夏季挂锄的时节，夜晚坐在大树底下，或在庭院里以此来消磨暑天的酷热。秋后扒苞米或扒蚕茧，需要人手多，讲故事会吸引劳动帮手，还会忘记了疲劳。"① 一代代的满族民间故事家也在这样的氛围与环境中，把民间故事传承延续下去。讲古不仅仅是讲述满族的民间故事，是娱乐和消遣的活动，更为主要的，讲古也讲述情节独立、故事曲折，引人入胜的大部头的长篇叙事，就是我们现在说的满族说部。

满族民间讲古主要包含两大类别：第一类是广泛流传于满族民间的神话、传说、故事和谣谚等短篇口头叙事，即人们通常所说的民间故事；第二类就是内容广泛，情节复杂的满族说部。

那么究竟何为满族说部？由于满族说部研究是近几年来蓬勃兴起的一个新的研究领域，所以，理清一些基本的概念和范畴等基础理论问题是十分必要的。就满族说部称谓的问题，吉林省社会科学院王卓研究员针对学者们的观点，做了较为翔实的阐释和辨析，她认为："满族说部本来有民族语言的称谓——'乌勒本'（ulebun）、'德布达林'（tebtelin）。'乌勒本'一词，在满族谱牒和萨满神谕中可见，民间熟知'德布达林'一词，'满族说部'便直接汉译自'德布达林'，并涵盖了'乌勒本'的意义，原本是满族及其先民世代传承的长篇讲唱艺术，以氏族为单位传承，用以讴歌本氏族英雄，传承本氏族历史与文化，具有庄严性和神圣性，对族人尤其是子孙后代发挥着教育作用。"② "满族民间传统叙事样式的称谓由满语到汉语的变迁，一定程度上代表了满族传统文化的变迁。这种变迁除了是前清时代就已经开始的满族与汉族数百年间长期融合的必然历史趋势，也缘自于中国近现代以来满族特殊的历史境遇。"③

满族说部最初是讲唱的，表演的时候多用满族以鸟、袍、鱼等皮蒙

---

① 张其卓：《这里是"泉眼"——搜集采录三位满族民间故事家的报告》，载张其卓、董明整理《满族三老人故事集》，春风文艺出版社 1984 年版，第 589 页。

② 王卓：《满族说部的称谓与性质》，《社会科学战线》2012 年第 5 期。

③ 同上。

制的小鼓和小扎板伴奏，情绪高昂的时候，观众会与其一同唱和。讲唱说部讲究"真、细、险、趣"四字。最初讲唱说部，不仅仅是娱乐性和趣味性，更为主要的，它具有族训家规的作用，以此勉励后人应时刻牢记祖先创业的艰难，继往开来，奋发进取，这也是说部得以代代传承的根本动力。而且，满族说部的讲述与普通满族故事的讲述不同，满族民间故事一般都比较短小，多是利用农闲或者空闲时间讲述，娱乐性占据主体。但是满族说部一般都在婚丧嫁娶、老人寿诞、氏族祭祀等场合讲述，而且讲述的时间一般都是几天，有的甚至更长久。讲述者也多是族中有地位的玛法或者穆昆达，佩戴扎板腰铃，讲至高兴处，还配有动作，增加热烈的气氛，尤其是讲述到祖先英雄创业之艰难，或者历经艰险与磨难的时候，讲述人声泪俱下，听者无不受其感染。由此，敬祖与缅怀祖先之情更加强烈。此外，在讲述满族说部的时候，尤其是关于"窝车库乌勒本"或"包衣乌勒本"，都关系着氏族起源与祖先的历史，所以每次讲述都具有神圣性、庄严性。讲述者需洗手、漱口、敬香，甚至更为繁复的准备工作。傅英仁就曾回忆说："我三爷，每讲唱《东海窝集传》时，首先洗手、漱口、上香叩拜后，才能讲唱。因为是满族的祖先的事，又有满族崇拜的神灵。"[1] 直到现在，在学者相关的田野调查中采访何世环老人讲述《尼山萨满》的时候，其依旧在讲述前保留漱口、净手等环节，尽管细节之处较之最初有了很多的省略，但是现如今仍能保留最基本的环节，可见，讲述说部的庄重性。

满族在入住中原以前，没有以文字记录历史的习惯，同许多民族一样，他们基本通过氏族中有地位的萨满和穆昆达口述历史。作为口传文学的说部，讲唱结合是其最明显的特点，《尼山萨满》最具有典型性，"全故事的咏唱糅入许多衬词、衬音，表现了满族古歌的特征。既抒发了深沉的情怀，渲染了故事，又加深了古色古香的生活气息，悱恻动人，百听不厌"[2]。长篇萨满史诗《乌布西奔妈妈》，是东海女真古老的原始长歌，而且比较突出地保留了古朴的引歌、头歌、尾歌和伴声等咏唱结

---

① 傅英仁讲述，宋和平、王松林记录整理：《东海窝集传》，吉林人民出版社 2007 年版，第 6 页。

② 富育光：《"满族说部"调查（二）》，《社会科学战线》2007 年第 4 期。

构形式。除了证明该史诗的久远，也可见萨满史诗当时是用来咏唱的。

满族说部属于口传文学的范畴，但是它与文字并不是绝缘的。纵观其他少数民族的英雄史诗，得以流传后世，就是得益于一些人将其用文字整理出来，藏族的《格萨尔王传》就是其中的一例。满族说部传承方式的演变发端于清末，当时的主要方式是出现了大多为提要、少数为全本形态的文本，辅助传承人和讲唱者记忆。这种形式在现当代，一直与口传的传承方式并存，并在中华人民共和国建立后一度成为最主要的传承方式，直到改革开放后满族民间祭祀与续谱活动恢复。

随着时代的发展变化，满族说部的传承方式悄然发生了改变。由最初的口耳相传，到逐渐的满语记录——主要是体现在神本子的记录上，因其保留在神龛中，有着不同一般的神圣性，除了用满文由专门的萨满、穆昆达或者色夫即师父书写外，其他人是没有资格书写的。而且还可以想见，神本子供奉在神龛中，空间有限，其内容基本都是提纲式的记录，保存方便。

直到清末，满族使用满文记述满族说部的讲唱提纲，这在满族诸姓里是个普遍的现象。一般大的家族或部族为了保持和传承自家的讲习"乌勒本"的古俗，多用满文书写各式的文本。《萨大人传》最开始口耳相传，并没有固定的提纲。清末，为了讲唱有所依凭，便于流传，族人用满语把提纲记在毛头纸上，然后用纸捻绳把提纲串在一起，汇集成册。这些用满文汇集成册的本子，被看作神本，放进专用的木匣子里，供在西炕的神龛上，而且同萨满的祭祀用器和族谱供在一起，可见其地位的庄重，有了传本就方便了讲唱。

傅英仁讲述的《萨布素将军传》又名《老将军八十一件事》，讲述者就拥有该氏族在同治五年（1866）抄录的《老将军八十一件事》的文字提纲。该说部最早的讲述者是傅英仁的第四代祖乌勒喜奔，雍正年间在萨布素儿子常德的将军衙门做笔帖式，对萨布素的一生颇为熟悉，所以能比较流利的传讲萨布素的故事，在同治年间已经形成了规模。

满族说部《女真谱评》，也有整理的文字本。其撰写者就是马亚川的外祖父赵焕的表弟傅延华，一位蒲松龄式、光绪年的落地秀才。他一直生活在民间，注意收集整理关于满族族源和英雄传说的故事。这些故事多是能找寻民族认同感和鼓舞民族精神的内容，对于激励民族、教育子孙及后人有重要的意义。他把这些故事整理成为文字，又附上自己的评价，后来起名《女真谱评》。

满族说部在 2004 年以前，有的以单行本形式出版例如《尼山萨满》，有的散落在著作或者民间故事集中。《天宫大战》的内容最初比较全面的公布就是富育光先生的著作《萨满教与神话》中出现的。直到 2004 年，吉林人民出版社策划出版了"满族说部丛书"，2007 年、2009 年两批满族说部丛书陆续出版，第三批于 2018 年出版。文本正式公布后，文本传承，成为满族说部传承的一种最为重要的形式。依据富育光先生的分类标准，根据内容，满族说部被分为四种类型：窝车库乌勒本，俗称"神龛上的故事"，多是神话类《天宫大战》《乌布西奔妈妈》《恩切布库》《西林安班玛发》等；包衣乌勒本，即家传史传。《女真谱评》《东海窝集传》《东海沉冤录》《扈伦传奇》《萨大人传》《萨布素将军传》《萨布素外传》；巴图鲁乌勒本，即英雄传，《阿骨打传奇》《金世宗走国》《元妃佟春秀传奇》《雪妃娘娘和包鲁嘎汗》《木兰围场传奇》《飞啸三巧传奇》《碧血龙江传》《平民皇三姑》；给乌孙乌勒本，即说唱故事，主要歌颂流传已久的传说中的英雄人物《比剑联姻》《红罗女三打契丹》《绿萝秀演义（残本)》《苏木妈妈》。

综观已经出版的两批说部丛书，从上述所列举的按内容分类的标准，满族说部其实就是一部以满族英雄为母体的叙事文本。它包括了各个时期的英雄人物，从原始社会的萨满英雄神祇到唐渤海时期、辽金时期、元明时期直至清代的英雄人物，尤为突出的是，女性英雄在满族说部的英雄形象中，占据相当大的比重，这与满族特殊的历史有关，女性在原始社会时期尤其是母系氏族社会，女性在各个领域都处于主导的地位，引领整个社会的走向与发展。即使随着社会的进步与发展，男性渐渐趋于主导，但是，重视女性的传统与遗风较之中原，还是有很大的不同。她们自古以来就有外出征战与参政议政的传统，所以，巾帼英雄红罗女等一系列女性英雄人物的出现，并不为过。从某种程度上说，满族说部已经出版的文本，塑造了各个时代英雄的形象，英雄母题是满族说部主要叙事主题。

满族说部毕竟属于口承文学的范畴，在实际操作过程中，不可能是纯文本文学的记录方式，对此，多部满族说部的整理者于敏在后记中曾说，根据满族口头遗产——传统说部丛书编委会提出的必须坚持科学性的要求，力图遵循以下原则：

第一，忠实记录，保持讲述人讲唱之原貌，使其具有口述史的原汁原味。

第二，慎重整理，注意民间文学的口头性，保留民族的、地域的方言土语和语言的香气和色泽。此为民族基本识别之标记，亦是满族传统说部的本体特征。

第三，尊重讲唱的客观性，记叙有所本，取舍有所居，总体上符合历史真实，不失口头文学的固有风格。①

从口头传承到书面文本的转换，这其中的变异可想而知。没有了最初讲述说部时候声调的变化、讲述表情的改变、动作场景的使用，在落实到文字上的时候，一定是经过处理的，因为不论是传承人还是整理者，无论如何遵循如实记录的原则，保证内容的流畅和可读性，一定是其遵循的标准。有些时候甚至深受作家文学表述习惯的影响。口头的讲唱的文本，被转换为书面文本，中间要经历无数次的转换。"把口头语言变成书面语言，这中间有很大的距离，还需要做许多艰苦、细致的工作。既要保持口头语言的特征，又要使语言规范化，让人看了不觉得拉拉杂杂、啰啰嗦嗦……在整理中所做的这些事情，都是在原讲述的基础上进行梳理、剪裁的工作，也就是人们所说的去粗取精、去伪存真的凝练过程……"② 富育光先生在研读父亲记录的满族原始创世神话《天宫大战》的时候，可以明显地看出"由于当时客观文化条件等因素，凭着眼观、耳听、口记的方式，将讲述人的口述故事加以记录，记录中有不少处是字与字、句与句之间存在明显的不连贯，肯定中间有遗漏的话语和内容，有不少词是从文人用词和斧凿痕迹，而且讲述者是用满语唱吟的，汉译过程中肯定有一些变动。因此在一定意义上讲，'天宫大战'神话已经失去了许多原始色彩，令人憾惜"③。

---

① 富育光讲述，于敏记录整理：《东海沉冤录·后记》，吉林人民出版社 2007 年版，第 864 页。

② 富育光讲述，荆文礼记录整理：《飞啸三巧传奇·后记》，吉林人民出版社 2007 年版，第 767 页。

③ 富育光：《萨满教与神话》，辽宁大学出版社 1990 年版，第 245 页。

　　对这一现象，有的学者感慨："某一口头文学传统事象在被文本化的过程中，经过搜集、整理、移译、出版的一系列工作流程，出现了以参与者主观价值评判和解析关照为主导倾向的文本制作各式，因而在从演说到文字的转换过程中，民间真是的、鲜活的口头文学传统在非本土化或去本土化的过程中发生了种种游离本土口头传统的偏颇，被固定位一个既不符合其历史文化语境与口头艺术本真，又不符合学科所要求的'忠实记录'原则的书面化文本。而这样的格式化文本，由于接受了民间叙事传统之外并违背了口承传统法则的一系列'指令'，所以掺杂了参与者大量的移植、改编、删减、拼接、错置等并不妥当的操作手段致使后来的学术阐释，发生了更深程度的误读。"①

二　传承人身份的改变

　　从传承人的身份上看，传统的说部以家族萨满传承或家族内部传承为主，扩展为非萨满的家族优秀成员，甚至出现了部分说书人、民间艺人等社会传承人。当代满族说部传承人身份的另一重要变化，是知识型传承人在说部的文本传承中起了重要作用。这些传承人具有比较高的文化素质和才能，他们把讲传家史作为己任，世代不渝。

　　满族传统的说部，以家族的萨满传承说部，是一个比较普遍的现象。历史上，满族在遴选萨满或者部落酋长的时候，必须要有金子一样的嘴的人才有资格担当，即必须要有讲古的才能。客观上为满族产生优秀的故事家创造了条件。满族说部的家传和族传，在传统社会的特定时期，满族说部与萨满传承也是交织在一起的。有的人既是氏族的萨满又是家族中比较有地位的人。他们本身就有担当传讲本家族事迹的义务和责任。

　　考察这种现象的根源，源于满族的萨满教崇拜的观念。满族人崇拜大自然的一切，相信万物有灵，除了动植物神祇外，人神的数量也是相当可观的。宗教与习俗形影不离，互为影响。可以说，萨满教的原始观念，是满族说部萌生的土壤，而萨满教又通过讲古等形式得以展示与演绎，使得说部日益完善，深得人心，甚至具有了极其重要的地位。由于崇拜各种神灵，萨满祭祀的时候对其虔诚传讲既是祭祀里的一项重要内

---

　　①　巴莫曲布嫫：《"民间叙事传统格式化"之批评（下）》，《民族艺术》2004 年第 2 期。

容，也是对神灵与祖先表达崇敬之情的一种方式。有些说部，比如满族创世神话《天宫大战》，不是记载在历史典籍中，而是记载在萨满教的神谕中，"满族等北方诸古老的萨满神谕中，不论是最早的世代口传神谕，或者是由部落族人用文字记录下来的神谕，都有开篇前的'创世神话'，作为神谕的楔子，或称'神头'。满语和女真语都叫成'富陈乌朱'，意思是'祝祭之首'，汉语或叫'祭神开头'。祭神必要先颂赞神歌，以表示慎终追远、报祖崇源的虔诚心意"[1]。所以，窝车库乌勒本的神圣性不言而喻，也是作为圣训对族中教育、宣讲的范本。《天宫大战》作为满族的原始创世神话，共有"玖腓凌"，"腓凌"是女真语，即是几次、几番和几遍的意思，表示敬祭神灵的程序次数。在满族的其他姓氏中也有讲述。但是"略加比较可知，各姓氏'玖腓凌'的具体内容也不完全一致，内容有多有少，有的相当简略，有的详尽而绘声绘色。这也足以证明'天宫大战'传世神话，最初是传诵在萨满口中，口耳相授的"。"《天宫大战》创世故事，在其形成过程中必然经过了北方诸民族部落中一些本氏族的智者——德高望重的萨满们搜集、归纳与整理、丰富，然后又通过萨满们诵讲下来，布散族人而日渐成熟与固定下来的。"[2]

而且，凡是讲唱本家族族源历史或者家族英雄的满族说部，多是血缘传承。富察氏家族的《萨大人传》、赵东升的《扈伦传奇》，都属于家族内传承。

满族说部的传承较为久远，深得人心，它生动地记录了北方各民族的社会生活，有的甚至成为北方各民族共同的精神财富。而且有的说部的传承，可能渗透了几个朝代的传承史。满族说部在民间流传时间的长久与传承脉络的复杂，使得考察究竟什么时间、出自哪个人之手得以流传，已经无法具体的考证。有的只能依据内容，大致推断出形成和传播的概况。可是，正如有的学者所指出的那样："这些满族说部就是在这种不断提高、不断丰富、不断传承中得到艺术升华，说部传承者就是满族族众，是民族智慧的长期共同结晶。这些都充分说明满族说部源远流长及其历史价值。不过，这不能意味着满族说部失去传承特征，流传中得

---

① 富育光:《萨满教与神话》，辽宁大学出版社 1990 年版，第 211 页。

② 同上书，第 251 页。

到无数族众的继承和传承，在一定时期内依附一定的传承人，得到继续地传统保护，使之传袭不衰，这也是满族说部延续中一条特有的口承传承规律。"①

仔细分析、考察每部满族说部的传承概况，可以发现，在一定的时期，历史上有名望、地位的大学士或者官员，深谙民族语言与当地状况，对说部的形成起了重要的推动作用。他们在说部的形成与推广中起到了关键性的作用。

比较有代表性的满族说部《飞啸三巧传奇》，其最早的传本，据说由咸丰初年的一位瑷珲的副都统衙门关雁飞传下来的。他的父亲是道光时的进士及第。这部书是咸丰末年由卜奎的将军衙门传下来的，当初的书名还很多，有的叫《穆氏三杰》《飞啸传》《飞啸三怪》，还有叫《新本三侠剑》的。另一个流传比较广泛的版本是郭氏传本，传承人——清代二等笔帖式郭阔罗氏。郭氏的传本，据该说部的整理者富育光的父亲富希陆回忆，其母富察美容，在未出嫁前，时常听她的父亲郭振坤先生讲述。郭振坤是晚清的著名遗老，也是光绪末年盛京衙门的笔帖式，民国年间搬到齐齐哈尔，闲暇的时候教授汉学和满文。时而会听到二爷郭詹爷讲满族说部。詹爷这里不是指代官名，而是专指满族的家族，或者城镇、集市里有文化的德高望重的人。可是，仔细看这部满族说部的内容，还有一些人参与了记录、创作及整理。因为这个说部汉语痕迹较重，和后来评书很像。这种言说技巧娴熟的运用，必定经过一些精通汉学的人士加工、整理、演绎的。而且还必须熟知宫廷内的秘史和故事发生的本经。据很多说书人讲，这位人士很可能就是英阁老——英和。从英和的人生经历来看，他曾经被贬，于道光年间被流放到黑龙江的齐齐哈尔、瑷珲一带。英和与当地的族人相处友好、融洽，与曾被其搭救的严忠孝共同传播此说部。这部书正是因为有了文人、学士的参与与润色，传播较远，而且引起了朝野的震动，因为它确实反映了清代中期一些社会的现实。可见，说部的完成，是几代人共同的努力与传播的，但是在传承过程中依附了一定的传承人。

第三批出版的满族说部《傅恒与窦尔敦》，就其采录概况，富育光先

① 富育光：《满族说部的传承与保护》，《社会科学战线》2007年第5期。

生做了详细的说明，其记录并整理了该说部。《傅恒大学士与窦尔敦》出自富育光的二姑父张石头之手。据富育光的父亲介绍说，张石头是满族著名的故事家，当地还有一位著名的讲述人，就是大五家子的杨青山老人，与张石头是好友，都是同时期的人。而张石头与杨青山所叙述的《傅恒大学士与窦尔敦》，完全是于民国年间听当时的穆昆达、富希陆的阿玛富察·德连讲述的，富察·德连听他父亲伊朗阿讲述的。富察氏家族，祖居黑龙江省宁古塔（今宁安市），清康熙二十二年（1683）为抵御沙俄东侵，其先人奉旨跟随第一任黑龙江将军萨布素北戍瑷珲，已有三百余年历史。富察氏家族在瑷珲先人都是当年亲历者，留下著名的满族说部《萨大人传》，经过几代访问、充实和修润，形成现在泱泱大观的非凡英雄史传。德连祖父吉屯保（发福凌阿）和德连父伊朗阿在京时，就与兵部给事中韫琦交友甚好。韫琦，满洲富察氏，镶黄旗，其玄祖便是乾隆朝大学士傅恒，兵部给事中韫琦向吉屯保（发福凌阿）和伊朗阿讲述傅恒很多治国安邦的故事，其中就包括傅恒和窦尔墩的一段缘分。这些都是《傅恒大学士和窦尔墩》说部成书的核心内容。①

除了文人、官员的参与，说书人在其中的满族说部的传承与播衍中，也起到了很大的作用。《东海沉冤录》的原型故事即《东海风尘录》就曾在茶肆中讲唱，讲此书的老板外号"刘大板儿"，改了说唱的路子，夹叙夹唱，客座兴隆，另有一番风味。

第三批出版的满族说部《松水凤楼传》，是一部百听不厌的说部。全书以清嘉庆二十五年庚辰（1820）秋，湖广总督桂良妹婿尤成额公子，携妻桂良胞妹茗兰小姐，由京师赴吉林考取学馆教习功名，适逢吉林将军空缺更替，掌案师爷贪赃枉法，以移花接木之法，屡屡作梗，妄图将教习职任密授盛京兵部侍郎卢涟妻弟鲍昌公子，致使成额伉俪久羁江城，遭尽哽咽难诉之害为开篇，铺展开波澜跌宕的泱泱巨部。全书人物纷繁，曲折感人，淋漓尽致地勾勒和揭示出清嘉庆至同治年间，上自显赫的皇上贵胄，下至行省将军、霸主豪门、科举考生、杂技师班、少林名僧、江湖奇侠以及衣食窘迫的烟花小民，各个栩栩如生的面容、心灵以及鲜

---

① 参见富育光《满族说部〈傅恒与窦尔敦〉采录概述》，《满族说部学会通讯》（学会内刊）2012 年第 3 期。

为人知的坎坷历程。

值得特别称赞的是，全书大量记载了当年吉林江城景象和民情风韵，纵情歌颂了边疆大吏富俊、德英等几位吉林将军，为国家、为黎庶，鞠躬尽瘁、劬劳一生的可钦可敬德政。我们俨如进入清代中期令人眼花缭乱的社会万花筒，津津乐道，传诵不衰。①

其传承人之一徐明达曾在乌拉街开讲东北大鼓《德青天》（《松水凤楼传》）是伪满时期在乌拉街叫开的。当时大家都知道叫《德青天》和《德青天》断案的名字。不仅如此，从吉林省江城年年都来一伙儿"四海堂"的说书班子，他们是徐明达的好友，来到乌拉街后租了一间房子，装饰成茶馆，并张贴出海报。每晚来听《德青天》的人络绎不绝。听众连连称道。不仅传播了此说部的内容，乌拉街的知名度也大大提高。可见，说书人在传播说部过程中发挥的作用。

除了官员、大学士及部分说书人，当代的知识型传承人，在传承满族说部中作用也是不可低估的。富育光先生在吉林省满族说部学会成立暨学术研讨会暨成立大会的发言中，百感交集地说："眼前不由地浮现出多位近些年已逝的满族著名文化人士，其中有我的长辈——杨青山、张石头、富希陆、陈凌山、徐昶兴、刘显之、张恩祥、李克忠、傅英仁、关墨卿、马亚川诸先生，为弘扬或正名满族传统说部和萨满文化，献出毕生精力和心血。他们是民族文化辛勤的园丁，是满族传统说部艺术卓越的传承人。今日盛会，是最好的告慰和虔诚的纪念！"②

的确，如今传世的很多满族说部作品，中间经过无数人的修改、加工与升华，其中民间文化传承人功不可没，更确切地说，这些所谓的民间文化传承人，与普通的满族民间故事讲述者有所不同，他们基本都是具备一定的文化知识和书写技能，被称为知识型传承人。赵东升先生曾说过，其祖上的十一辈、十二辈、十三辈继承说部的始祖究竟有无文化知识，受没受过教育都无法搞明白，"但我们这一支，从是一辈的德明、

---

① 参见富育光《满族说部〈傅恒与窦尔敦〉采录概述》，《满族说部学会通讯》（学会内刊）2012年第3期。

② 富育光：《让满族传统说部艺术绽放异彩——热烈祝贺吉林省满族说部学会成立暨学术研讨会召开》，载邵汉明主编《满族古老记忆的当代解读——满族传统说部论集》（第一辑），长春出版社2012年版，第28页。

德英，十六辈霍隆阿、富隆阿兄弟，十七辈双庆，他们都是满汉精通、学识渊博的知识型传承人，又是清朝官员，很容易接触文献档案，对说部进行加工，这在他们那个时代就已经开始了。我祖父崇禄不仅传承充实说部，自己也在创造说部，到他这已经形成了规模。据说我父亲赵文继先生也整理文本，惜被伪满警察搜去，我们并没有看到什么内容"①。赵东升先生讲述与整理的满族说部基本以家族传承为主。当代知识型传承人的另一个典型代表富育光先生，就其目前掌握的满族说部文本，一种为其家传的文本《飞啸三巧传奇》《萨大人传》；一种为经由别人讲述，其父富希陆记述的《天宫大战》《东海沉冤录》《雪妃娘娘和包鲁嘎汗》；还有一种是根据线索搜集到的说部《乌布西奔妈妈》《鳌拜巴图鲁》《松水凤楼传》《傅恒大学士和窦尔敦》（又名《双钩记》）。通过有意识地搜集整理除了本家族之外的说部，扩大了满族说部的传承和影响的范围。

这些传承人能根据得到的说部进行适当的补充和完善。通常情况下，他们都具有较强的记忆力和理解力，并能积极地进行传播。同时，大量的知识型传承人，很多都是从小生活在浓郁的民间艺术的氛围下，伴随着长辈讲古而成长。而且他们善于学习，对本民族文化孜孜以求，其热情与执着是满族说部得以弘扬的原因所在。"民族责任感促使他们将说部继续传承下，他们将自己对祖先历史的认同感，把抢救本民族的文化、重建自己民族文化的强烈意识化为行动，通过不停地调查、走访获得大量的资料，同时也获得了本民族、本氏族的认可。"② 傅英仁、马亚川、富育光、赵东升，他们对说部的传承多是出于一种文化自觉，本民族、本家族的光辉事迹应该得到弘扬和发展。

三 传承语言和讲述形式的变化

从传承语言和讲述形式上看，满族说部最初是通过满语进行传承讲述，后来满汉间杂，最后演变为纯汉语讲述，也由曾经的讲唱变为现在的讲述为主。

---

① 赵东升：《我的家族与满族说部》，《社会科学战线》2008 年第 2 期。

② 高荷红：《满族传统说唱艺术"说部"的重现——以对富育光等"知识型"传承人的调查为基础》，《民族文学研究》2007 年第 2 期。

满族创世神话《天宫大战》的传承人之一白蒙元老人就是完全用满语讲唱窝车库乌勒本的。白蒙元绰号"白蒙古"，满洲正白旗人，擅长套猎袍子，"白蒙古"的绰号就是赞美其打猎的技术像蒙古的猎手。祖籍在黑龙江以北"江东六十四屯"的桦树林屯。庚子俄难的时候，父母及其兄妹惨死，白蒙元随爷爷逃过江来。在四季屯安家落户。他的爷爷是附近较有名气的大萨满，会许多满族的古歌，《天宫大战》就是白蒙元跟他爷爷学来的。因为爷爷也会说汉语，采录的时候，记录者与传承人用满汉两种语言交流，边访谈边记录。记录的时候采用了汉字标音满语记录，后来又翻译出了汉语的窝车库乌勒本《天宫大战》。

以流传在黑龙江瑷珲一带的《萨大人传》为例，在清康、雍、乾、嘉年间，就用满语在本族中传讲，夹叙夹唱。满语称《萨大人传》为"萨宁姑乌勒本"，"萨宁姑"汉译就是萨大人；另一种传本叫"萨克达额真乌勒本"，"萨克达额真"汉译为老主人。后来，满语渐渐废除，基本用汉语讲唱。据富育光回忆，每次讲述该说部的时候，都要依照其讲唱的习俗，用满语报出名字，就是为了让族人记住本民族的语言。开篇的时候还要用满语唱一遍敬酒歌。满语的敬酒歌歌词如下：

> 富察哈拉依萨布素乌勒本，恩毕特呵。
> 艾依——，莫讷——，扎林德，
> 喔依——，莫讷——，我林德，
> 沙比依侬给，乌春勒勒。
> 沙延依侬给，给苏勒勒。
> 各凌妈妈、各凌玛法、各凌阿浑格赫额云，
> 额木给苏，乌春勒勒，
> 富察哈拉依萨布素乌勒本。
> 萨哈连乌拉，富莫西郭勒敏射恩德，
> 兴安达巴杭，富莫西郭勒敏阔罗德。
> 萨宁姑乌勒本德，
> 阿林登恩，阿布卡登恩，莫德力苏民薄。
> 富察哈拉各凌扎兰，恒葛勒莫，
> 翻德林德，班丹杜莫，安巴沙奴勒·阿勒刻……

满语的敬酒歌,在咸丰朝以后就不再用了,改成汉人演唱的定唱歌,内容与满语的敬酒歌大致相同。而且有曲牌、曲调。汉语的定唱歌部分内容如下:

> 在吉祥的日子里,
> 受族众之托,我要虔诚讲诵。
> 各凌妈妈,各凌玛发,
> 各凌哈哈赫赫阿浑,
> 这是百天唱不完的古歌,
> 这是百天说不尽的"朱奔",
> 我要敬颂租代的巴图鲁。
> ……
> 我敲响尼玛琴鹿皮伸鼓呵,
> 我弹起银色的木库连
> 我要动情地敲起来,
> 我要动情地跳起来,
> 我要动情地唱起来,
> 我要动情地讲起来,
> 小突离里安睡的哈哈济别闹哩……①

从上述满语与汉语大致内容相同的敬酒歌与定场歌的比较中可以看出,由原来的满语到讲唱到汉语讲唱的转换,满语词汇随处可见,妈妈、玛法、赫赫、阿浑等都是满语词汇的音译,尽管是用汉语来表述的定唱歌,其内容还是关于满族本民族的事迹,表达的是本民族的情感,敬仰的也是本民族的祖先。

满族说部最初是以讲唱为主的,我们看到的"窝车库乌勒本",即满族创世神话及史诗类作品《天宫大战》《西林安班玛发》《恩切布库》《乌布西奔妈妈》都属于讲唱类。尤其是《天宫大战》创世的开篇,都是用满语讲唱,满语的音节有序而又舒缓,音韵铿锵有力,情感深沉,比

---

① 富育光讲述,于敏记录整理:《萨大人传》(上),吉林人民出版社2007年版,第5页。

较好听，每次讲述的时候，好像有无穷的魔力一样，使得所有的听众为之沉醉着迷。除了这一类，就目前出版的三批丛书来看，属于给乌孙乌勒本的《苏木妈妈》，也是讲唱类，早期的时候同样用满语讲唱。但是与神龛上的故事有所不同，神话及史诗类的说部是由萨满世代讲唱传唱的，而且讲唱的条件极其严格、神圣，不能有半点亵渎，因为这些神灵是满族先世的英雄神祇。《苏木妈妈》同属于讲唱类，但是相对窝车库乌勒本来说，没有那么严格，它不是专门由萨满讲唱并传承的，族中的玛法、妈妈都可以传讲。随着时代的发展，讲唱的说部流传下来的比较少，除了在文本的引子中有唱的部分外，文本中很少出现。有的甚至只记下了大概的音调，直到最后发展为纯粹的以讲述为主的形式。以《东海沉冤录》为例，讲的就是东海人的故事，他们多生活在林中、海边，所以引曲里便保留着古朴的海号子和渔猎号子的气韵。《东海沉冤录》的讲述者富育光先生，年轻时就曾听见父辈等人一边喝酒一边唱和，一边讲述该说部时的情景，还记下了其中夹叙夹唱的曲调，"有'赞美人'、'东海号子'、'娘娘乐'、'海的唢呐'、'赶海谣'等。当时的主播系即是运用这些曲调、见景生情、自如地填词、唱一段儿讲一段儿，绘声绘色，颇增加本书的魅力和神韵"①。

满族说部自大规模的问世以来，带来了极具冲击力的效果，它的出现真可谓石破天惊，不但填补了中国文学史和中国民间文学史的空白，而且对我国满族关系史、东北边疆史、社会民俗学等领域的研究具有很重要的意义，但同时，也引来了不小的争议，那就是满族说部在传承的过程中，有多少原汁原味的东西，另外，现在面世的满族说部文本基本都是汉语文本，与最初的满语讲述差距是很大的。对于这个问题，我完全同意满族说部重要传承人赵东升先生的观点，"所谓的'原汁原味'，那就是在传承、加工、发展过程中，原来的故事情节不变，人物属性不变，语言风格不变，地域特色不变和宗旨不变……""再就是语言问题，诚然，原来是用满语讲述，随着满语的濒危，早已改用汉语，道理很简单，如果不能适应时代的发展，墨守成规，自然会被历史淘汰。满族说

---

① 富育光讲述，于敏记录整理：《东海沉冤录》，吉林人民出版社 2007 年版，第 6 页。

部正是适应了语言的改革，才能得到传承保护和发展。"①

四 由家传、族传向地域传承和社会传承的转变

随着时间的推移，满族说部的传承范围发生了变化。由原来的家传、族传向地域传承与社会传承转变。

家传与族传曾是满族说部的重要特征。满族人素有讲古的传统，祖先的来历、功业和往昔的生活是讲述的主要内容。尤其是在阖族重大的节日中，讲唱"乌勒本"，不单单是一种娱乐，也是进行家教、族教的方式，所以讲唱"乌勒本"，被视为族规家训，十分重视。满族尤其擅长讲述自己祖先的故事，"乌勒本"就是颂根子、讲历史。尤其是"窝车库乌勒本"即"神龛上的故事"，以及满族具有特殊历史的家族，只准在特定的场合讲唱，内容严格外传，绝不可泄露。这种严格性与特殊的规定性，使得满族保存了大量的口头说部艺术。满族传统说部，其传承曾一度依赖于萨满传承和血缘传承及家族内单线秘传的方式。除了萨满传承、祖传与家传，地域传承或社会传承也是十分重要的方式。高荷红女士在其著作《满族说部传承研究》中，附有一张"满族说部分布图"，这张图画较为清晰地呈现了满族说部的分布区域，其中黑龙江地区占据相当大的比重，吉林省次之，此外在沈阳以及河北省等地也有流传。

以黑龙江的宁安为例，《东海窝集传》就是在宁安地区的深山老林中流传。这与宁安特殊的地理位置有很大关系。宁安中间是盆地，四周环山，与外界的来往较少，所以经济文化等各方面发展都较为缓慢。这为宁安地区萨满神话故事、满族说部以及民间故事的流传提供了客观的条件。宋和平先生曾说："《东海窝集传》这部长篇说部，是由于满族的特殊社会背景和宁安地区的特殊地理环境，才保留至今的。并且又在宁安秘密森林中的巴拉人中，所创作并流传的民间文学作品。因此，在一定的历史条件下，地理位置和环境是起着保留和流传民族文化的决定作用。"②

① 赵东升：《我的家族与满族说部》，《社会科学战线》2008 年第 2 期。
② 宋和平：《〈东海窝集传〉版本与流传》，载傅英仁讲述，宋和平、王松林记录整理《东海窝集传》2007 年版，第 6 页。

也正因为地理位置和环境的作用，一部分说部在当地广为流传，形成规模。满族说部的另一位十分重要的传承人马亚川先生，他传承的说部故事就与居住环境密切相关。黑龙江的双城境内，其中居住的老满族，自古就有叙祖的传统，他生活在其中耳濡目染。而且马亚川先生最擅长讲述的就是女真故事，就与他居住的地点关系很大。马亚川居住在双城县希勤乡的希勤大队，老地名叫作"新营子正红旗五屯"，距离当年阿骨打修建的皇帝寨子不到 10 公里。所以，在居住地的触目所及之处，都与往昔的历史息息相关。马亚川在当地的老人在有滋有味的讲述中，记住了曾发生在这片土地上的祖先历史故事。

除了黑龙江的宁安、双城，瑷珲、依兰等地也是擅长讲述满族故事的地点。瑷珲古镇的著名说部故事也比较多，满族说部《傅恒与窦尔敦》，其流传就与瑷珲古镇东北有个"窦集屯"相关。窦集屯原来都是一个姓氏，祖籍河北献县人，都是窦尔敦的后裔子孙。关于窦尔敦的故事，以各种形式出现在舞台及文学作品中，塑造的是一个盖世豪侠的形象。满族说部中也有关于窦尔敦的故事，《傅恒与窦尔敦》就是力证。该说部侧重的是窦尔敦被发配到北疆瑷珲的一段往事，以及与傅恒的第一段缘分。作为该说部的采录者，富育光先生曾先后到过窦集屯访问，其后世子孙都承认先祖被发配漠北充军的历史，其中的细节皆因年代久远，记得不那么深刻了。但是在窦集屯中盖有"窦尔敦庙"，"文化大革命"时期被毁，在其子孙中还珍藏着窦尔敦的遗物。

例如吉林乌拉街的满族古镇历史悠久，也是明代扈伦四部之一乌拉部的所在地，不但保存有打牲乌拉总管衙门的古建筑遗迹，还蕴藏着丰富的古文化遗存。尤其这里有大量的说部故事，据当地的满族文化人士介绍，乌拉街可以算作故事窝，例如《白花点将台》《松水凤楼传》《鳌拜巴图鲁》《百花公主与巴拉铁头》等。

传统的满族说部从传承方式、传承人、到传承的语言及讲述方式和传承范围都发生了很大的变化。理清传统传承方式演变的历史脉络，有助于进一步深入开展说部的学术研究及对未来的保护传承提出基础性的依据。

第三章

满族说部传承人研究

满族说部流传至今，与传承人息息相关，而且一定的历史时期满族说部的传承依附于特定的传承人。可以说，没有传承人就不会有如今浩繁的文本呈现在读者面前。但是满族说部的传承人情况比较特殊，他们与普通的民间故事讲述家有很多不同之处，满族说部的传承人必须具备一定的特质。正是这些特质，使得传承人对满族说部的文本形成有一定影响。而当代传承人又具有自己的独特性，复合型传承人的出现，是值得重视的现象。

第一节　满族说部传承人需要具备的特质

满族说部基本是泱泱大篇的文本，尤其最初凭借口耳相传的方式在族众中流传，所以需要传承人具备一些与讲述普通民间故事不同的能力特质，以保证其得以传承下来。经过比较分析，满族说部传承人具备的能力大体分为以下几个方面。

一　惊人的记忆力及较强的讲述能力

具备超常的记忆力是民间故事传承人普遍具有的一项能力。以《满族三老人故事集》中提及的几位故事讲述人为例，李马氏七十年前听过的戏，佟凤乙十三岁时候听过的萨满跳神歌，李成明五十年前听过的抗日义勇军歌，至今都能一字不漏地演唱下来，可见三位故事家超常的记忆能力。与满族说部相比，民间故事一般都篇幅短小、精炼，所以对说部的传承人来说，传讲大部头的著作更需要良好的记忆力，通过田野考察发现，说部传承人都具有博闻强记的能力。

以满族说部几个有代表性的传承人为例，我们可以清晰地看到这一点。

马亚川（1928—2002），黑龙江省双城市人，原属马富费氏镶黄旗满族，祖籍辽宁省岫岩县，小学文化，中国民间文艺家协会会员。他在本村当过文书；土改减租减息中做过武工队员；在韩甸区政府任过基层干部；当过公安及供销社的公会主席。马亚川主要以传承几个系列的女真故事为主，即族源的神话传说、萨满神话传说、金始祖阿骨打征辽传奇及清代帝王传说。其中，满族说部故事主要有《女真谱评》《女真传奇》《阿骨打的传说》《女真萨满神话》等。尤其是《女真谱评》，从九天女与函普经过一段神奇的经历结为夫妻，被完颜族人尊为始祖起，历述了德帝乌鲁、世祖劾里钵以及太祖阿骨打各个时期的传说。实际上，《女真谱评》不仅仅包括整个完颜部各个时期的历史传说及故事，还包括了后金及清初的历史。这是因为清太宗皇太极于天聪九年（1635）在给父亲努尔哈赤修《太祖武皇帝实录》时候，下旨禁本族称诸申（即女真），只可以称满洲，把女真族改为满族。但是在金源故地不少满族人仍称女真，所以《女真谱评》的内容实际上包括女真起源、完颜崛起、大金兴亡、后金风云、清朝盛衰等整个发展史。

在史籍中，关于这些人物的记载仅寥寥数言，而《女真谱评》却以完整故事的形式，栩栩如生地展现了完颜部发展的历史画卷，堪称女真族的无韵史诗。已经出版的《女真谱评》，分为上、下两册，可谓篇幅宏大，远远不是普通的民间故事所能及的，所以需要传承人首先具有较强的记忆力。满族说部故事《女真谱评》的重要传承人马亚川先生，传承《女真谱评》的故事，起因于曾经得到过外祖父赵焕的一个手抄本，当初是清末由一个秀才傅延华用墨笔缮写在黄裱纸上。马亚川幼年时候读过这个珍本，所以一直记得里面的诸多细节，还有一些可被确认为早已经消失了的古女真语词的记录。不仅能记得多年前的词汇及故事，马亚川时隔三十年，还能流利地讲出当年在职工大会发言的内容，而且分毫不差。

对于其令人叹服的博闻强记的能力，马名超先生曾经对其做过测试。比如两人在交谈时候正在说女真旧话或帝王传说，在兴头的时候，马名超先生故意让他讲段"瞎话儿",如果不是肚囊宽的故事家,非得"打奔儿"不可。马亚川却毫不迟疑地讲了一则环扣紧密的民间故事《教的曲子唱不得》,还把傻子学话中出现的一连串"包袱",甩得利利落落、酣酣畅畅,连半个崩挂掉字的漏洞都抠不出来。① 如果讲述者没有超强的记忆力和对故事的谙熟,是无论如何达不到脱口而出的。

满族说部传承人傅英仁先生、穆晔骏先生都具有博闻强记的能力,使得说部故事在他们这一代得以顺利传承。

满族说部植根于满族"讲古"的沃土,而且"讲古"的习俗可以追溯到金代,依靠传讲口口相传的故事,传讲人不但是"讲古"的创作者,也是口碑文学的传承人。尤其在女真没有文字时期,只能用口耳相传或者刻木为号的方式记录历史。在这样的方式中,也练就了一批博闻强记的人。史书记载,女真贵族阿离合懑"为人聪敏辨给,凡一闻见,终身不忘。始未有文字,祖宗族属时事并能默记……见人旧未尝识,闻其父祖名,即能道其部族世次所出。或积年旧事,偶因他及之,人或遗忘,辄一一辨析言之,有质疑者皆释其意义。世祖尝称其强记,人不可及也"。② 通过这条史料,可以判断,阿离合懑就是讲述各部族故事的优秀传承人,具有超群的记忆力,而且也具备极佳的讲述能力,令人叹服。

很多情况下,大量的民间故事就掌握在这些"见识多,说话巧的讲手的个人手里,这些讲手就是民间故事讲述家,在学术上又称为民间故事传承人。他们从前人口中听来大量故事,过目不忘,不断积累、贮存,又不断在群众中传遍、发挥、创作。他们咋村落里从来就不是无名氏,恰是被群众用俗语授以各种称号的故事家……"③。

满族说部传承人很多也是讲故事的能手,被周围的人们推崇,受到大家喜爱。傅英仁先生的三爷傅永利(1868—1940),黑龙江宁古塔人,满族名字叫色隆阿,终年72岁,也是满族说部故事的传承人。傅永利从小就不识字,但是掌握很多技能,比如编织、木工、泥瓦、看风水、厨

---

① 马名超:《满族故事家马亚川保存的女真叙事文化史料》,《黑龙江民间文学21》,中国民间文艺家协会黑龙江分会1990年版,第430页。

② (元)脱脱:《金史·阿离合懑传》(卷73·列传第十一),中华书局1975年版,第1684页。

③ 乌丙安:《满族三老人故事集·序》,春风文艺出版社1984年版,第3页。

师、说书等，样样精通。他不但记忆力强、口才好，而且天文地理、风土人情、历史传说、萨满故事都无所不知、无所不晓。每到闲暇的时候，就四处听故事、讲故事。大家听他讲故事都有一种云山雾罩般的感觉，又因其在家中排行老三，所以大家称他为"傅三云"。他每次讲起故事来，都口若悬河，娓娓动听，又通俗流畅，有时候甚至达到大家追着他到处听故事的情形。傅英利经常讲的满族说部故事是《老将军八十一件事》《红罗女》《东海窝集传》等，当地的民众十分爱听。

傅英仁的祖母傅梅氏是梅何乐哈拉说部的传承人，也是一位众人知晓的讲故事能手。嫁给傅英仁的祖父后就把家传的说部带到傅家。梅何乐是蛇的意思，原住在镜泊湖，他们都崇信蛇，所以这个家族始终祭祀野神。受祖辈的影响，傅梅氏爱讲故事，一讲起来就没完没了，而且几天都不会重复，是宁安西半城有名的"故事妈妈"。她讲故事如同行云流水一般，悦耳动听，让人越听越着迷，有时候听众连吃饭都顾不上。

这种惊人的记忆力及讲述能力，在锡伯族故事家何钧佑①身上，有同样的体现。何钧佑出生于一个官宦世家，父亲及祖父都在盛京的得胜营做过官，讲古论今是锡伯族固有的传统，家族人也都喜欢听故事、讲故事。何钧佑在这样的氛围中长大，从小就爱听故事、爱讲故事，尤其是与鲜卑族有关的历史故事。"孩提时代，祖父很疼爱他这个孙子，白天在盛京衙门当差，晚上茶余饭后，常常把何钧佑抱在膝上，给他讲鲜卑祖先的故事，仅一部《喜利妈妈西征传奇》，祖父就断断续续讲了一年之久。在祖父讲故事的时代，锡伯族已经开始使用汉语，祖父讲起鲜卑祖先的故事时是两种语言并用，且讲唱结合。讲的部分混杂着使用汉语与锡伯语，交代故事情节进展；唱的部分仍然沿袭使用鲜卑语，用以抒发感情。令何钧佑遗憾的是，自己年幼时往往痴迷故事情节的进展，对祖父讲述中唱的内容既听不懂，也不感兴趣，常常催促祖父尽快往下讲，以致这些作品中用锡伯语演唱的内容都没有承继下来而这些古老的'郭

---

① 何钧佑：（1924—2012），锡伯族人。祖籍是吉林省扶余县人，后定居在沈阳市于洪区马三家街道东甸子村。

尔敏朱伯'① 传承到何钧佑父亲这一代时，便已基本上全部使用汉语讲述了，且不再有演唱的形式，但故事中仍保存有大量的锡伯族词语，何钧佑基本上因袭了父亲的讲述风格，因而这些散发着浓郁的北方民族特色与渔猎生计特色的锡伯族词语得以保存下来"②。何钧佑先生靠着惊人的记忆力和讲述能力传承了"《喜利妈妈西征英雄传奇》《黄柯氏神医传奇》《勃合大神传奇》《海尔堪大神传奇》《石刀石锥历险记》《吾初勒西漫游记》《擅石槐统一鲜卑》7 部锡伯族长篇故事的采录整理；出版发行了《何钧佑锡伯族长篇故事》（上、下）"③。"何钧佑锡伯族民间故事以锡伯族部落时代的生产、生活活动和英雄传奇为题材，故事内容丰富，既有展现锡伯族英雄人物的传奇故事，又有歌颂爱情的神话故事，还有反映锡伯族风土人情的千姿百态的故事。何钧佑锡伯族民间故事与我国其他地区流行的锡伯族民间故事有很大不同。我国新疆等地流传的锡伯族民间故事多以短篇叙事为主，幻想色彩较强，而何钧佑锡伯族民间故事则带有明显的'史诗性质'。如《喜利妈妈传奇》、《黄柯与神袋子》、《慈势得本救母》等，在叙事中贯穿了锡伯族的民族发展历史，折射出锡伯族部落时代的生存状态、生活环境、精神信仰、日常生产和生活习俗等。"④

二　较强的创作能力

除了具有博闻强记的能力，讲述能力是说部传承人需要具备的另一个特质。同样的一个故事，不同的讲述者会形成不同的风格。实际上，原封不动的传承是不可能存在的。讲述能力是传承人再创作能力的体现，从而形成自己独特的风格。例如上述提到的《满族三老人故事集》中的三位民间故事讲述者，他们"不满足于单一地把他们从前辈那里继承下来的艺术财富转述出来，而是经过自己的融会贯通，加工润色，使得原

---

① 郭尔敏朱伯：郭尔敏，系指长长的意思；朱伯：系指故事。

② 江帆、陈维彪：《锡伯族的活态史诗——"何钧佑锡伯族长篇故事"》，《西北民族研究》2010 年第 3 期。

③ 陈维彪：《浅谈"何钧佑锡伯族长篇故事"项目保护工作中的问题及思考》，《音乐生活》2015 年第 12 期。

④ 引自《何钧佑锡伯族民间故事长篇》，http：//www.lnwh.gov.cn/detailff/13995.html。

来的故事更加完美。同时又将自己广泛的阅历、切身的遭遇，渗透进去，使得故事增加了更丰富的内容，更强烈的感情色彩，从而形成自己独特的风格"①。

创作能力，主要是指在故事大体结构不变的情况下，有的追求细节，比如对一个具体的物件，每个故事家都会有不同的描绘；有的体现在对情节的渲染上，来追求讲述故事的艺术表现力和感染力。创作能力在满族说部传承人身上体现的也较为普遍和明显。也许有人会说，对于满族说部如此宏大的篇幅，有的甚至达到百万字，难道都是传承下来的吗？满族说部与民间故事的区别不就是讲究"原汁原味"，少加改动吗？对于这个问题，满族说部国家级传承人赵东升②给予了较好的回答："满族说部，有的故事传承数代，最多有十代之久历经数百年，应该承认，每传一代，就会有一次改动，文盲型的越传越少，因为他记住多少传讲多少，有的传了几代就传没了。而知识型的会越来越多，因为他还有个加工升华的过程，能把简单的故事情节系统化、形象化，并且记录成文本、加工创造，这也是保证说部长久流传的一个有效手段。所谓的原汁原味，那就是在传承、加工、发展过程中，原来的故事情节不变、人物属性不变、语言风格不变，地域特色不变和宗旨不变，再一个就是族内传承方式不变，因为有些历史事件和人物活动只能在族内传承，外人是不知道的。"③ 事实上，人世间的一切都不能一成不变地传承，这样的理解也是片面的。所以，较大篇幅的满族说部在知识型传承人手里，经过加工和升华，越传越多，这是传承人创作能力的一个体现。赵东升先生的家族是乌拉纳喇氏，也是明末清初"扈伦四部"之一的乌拉部的后裔，为乌拉国王布占泰第十一代孙。清入关前，建州女真努尔哈赤统一了女真诸部，乌拉国灭亡，家族的人也各处逃散，隐姓埋名避居于乡下，在生活较为艰难的情况下，却传下了大量与本家族相关的轶闻故事，当时称为"乌勒本"，后来经过历代的传承，演变为说部故事。到了赵东升先生这

① 张其卓：《这里是泉眼——搜集采录三位满族民间故事讲述家的报告》，载张其卓、董明整理《满族三老人故事集》，春风文艺出版社1984年版，第586页。
② 依据文化部2017年12月28日公布的"第五批国家级非物质文化遗产传承人"名单，赵东升名列其中。
③ 赵东升：《我的家族与"满族说部"》，《社会科学战线》2008年第2期。

一代，他利用业余时间整理满族说部，而且多方寻找扈伦四部的后裔，并考察其历史遗迹。按照先人提供的线索，足迹不但遍布东北三省的相关各市县，还踏访了北京、河北、甘肃等地，访谈一些知情人，并收到了很好的效果。这为丰富、补充其家传的说部故事起到了重要的作用。

赵东升家传的说部《碧血龙江传》中，有不少歌谣。《碧血龙江传》是赵东升的祖父崇禄先生根据自己的亲身经历，自编自讲的说部故事。崇禄的经历带有传奇色彩，一生见多识广，多才多艺，不但精通满汉文字，对俄语、日语等也懂得一些。1900年"庚子事变"，八国联军进北京，沙俄出兵18万人，占领了东三省。这种情况下，盛京、吉林不战而降。黑龙江则在寿山将军的主持下抗击侵略者，瑷珲副都统凤翔首当其冲。最后抗战失败，二人均殉难，但是他们的民族气节与不畏强暴的精神却鼓舞了后代人。当时，崇禄先生就在瑷珲前线凤翔的军中，不但目睹了整个事件的过程，还搜集到了一些军中的轶闻故事，后来撰写成《碧血龙江传》，四处传讲。赵东升先生将其整理出版，故事开篇就是当年流行在黑龙江清军中的一支歌曲，它来源于瑷珲地区的民间歌谣：

> 瑷珲的山岭啊，布满了硝烟；
> 黑龙江的水哟，碧波流丹。
> 哪里有啊，我们的父母；
> 何处是啊，我们的家园。
> 俄罗斯匪徒啊，杀人又放火；
> 大清国的黎民啊，生灵涂炭。
> 何年何月啊，赶跑那敌寇；
> 哪朝哪代啊，收复我河山![1]

笔者就其中插写的歌谣，访谈过赵东升先生，他说他专程去当地采录过，收获不少。有的歌谣不太完整，赵东升先生本人根据歌曲或歌谣的风格和特点又合理进行了补充，加入到说部中，起到良好的作用。此

---

① 崇禄讲述，赵东升整理：《碧血龙江传》，吉林人民出版社2009年版，第1页。

外，赵先生还谈及，《碧血龙江传》的开篇本来没有这首歌谣，是在一个学者的提醒下，后加上去的。因为开篇就进入正文显得有些突兀，加入当地流行的歌谣，就让读者有了不一样的感受。① 因为歌谣的出现不是偶然的，由此引出一段悲壮的历史。

另一位比较著名的满族说部传承人穆晔骏先生，也是著名的满语研究专家，其先祖为恰喀拉人。恰喀拉人世居锡霍特山，是东海女真的一支。穆晔骏先生是恰喀拉最大氏族之一穆尔察氏族的直系后裔。他承袭了恰喀拉人的血统和文化基因，比较熟悉恰喀拉人的生活及习俗，其传承的满族说部《恰喀拉人的故事》，不但反映了恰喀拉人生活和历史，而且穆晔骏也把自己积累的深厚的文化知识，融入说部中，使得说部既有趣味性又有知识性。这不仅仅是故事的简单复述，其中包括了传承人创作的过程。

三 具备较高的文化素养

普通民间故事的讲述者与传承人，大多是地处偏远地区的农村老太和农村老汉，生活的环境较为封闭，基本没受过教育，识字的人寥寥无几，而且大多过着与世隔绝的生活，也恰恰是这样的环境，得以保存了相当一部分未被破坏的民间故事。与讲述普通民间故事的传承人不同，满族说部在传承的过程中，文化精英在其中起到了相当大的作用。他们不但使说部得到丰富与发展，也为其更广泛的流传做出了卓越的贡献。满族说部传承人具备较高的文化素养，有其深刻的历史原因，富育光先生曾对此现象做出过解释："满族长篇传统说部多为数十万甚或近百万言泱泱巨篇，绝非文化愚氓者所能为。它集多种条件和因素而凝生，有着广泛的社会基础和深厚的文化底蕴。事实如此，考满族说部的创始者，虽有荷马史诗型人士，更有满汉齐通的大家、朝廷的学士、编修、将军。他们博古通今，甚或通达阿尔泰语系诸民族语言、风俗，本身都是才智多能者。使满族说部独具一格，具有历史学、民族学、宗教学、社会学、民俗学等多学科价值，令各方人士百听不厌，爱不释手。满族诸姓望族还不惜银两，延请国学和汉学名师，意在满族说部的延续和传承。民国

---

① 笔者根据在赵东升先生家中的访谈录音整理而成。

以降，满族有些姓氏家藏说部失传或传留日少，亦因痛缺文化人士。"①
近世以来，满族说部的传承人如刘显之、傅英仁、关墨卿、马亚川、富
希陆等诸位满族人士，都具备较高的文化素养，而且其中几位还满汉齐
通。此外，时至今日，居住在黑龙江省孙吴县四季屯的何世环老人，时
至今日还会用满语讲唱《尼山萨满》，她的父亲就是一位满汉齐通的人
物，曾做过瑷珲下马场村的小学校长，何世环跟随父亲学习过满汉文，
再加上幼时成长的环境，周围讲满语的人较多，所以迄今为止还记得较
多的满语，吸引许多研究者去访问、采录。可见，满族说部传承人大多
是具备较高文化知识的文化传承人和民族知情人，也正因此，满族说部
能较好地保留并传承下来，时至今日还能大放异彩。这一点，在当代传
承人身上，体现得更为明显。

满族说部传承人大多具有知识型传承人的特质，这也是与普通民间
故事传承人的最主要区别。

赵东升先生曾跟笔者讲过，家族的历史不仅仅在他们这一支传讲，
也在别的支系传讲，但是能不能传下去，跟传承人的文化水平还是有关
的。在文化素质高的族人中传承，就能越传越丰富、完整，在文化素质
低的族人中传承，可能无法传承下去，家族故事就传没了。赵东升先生
除了继承祖上传承下来的中医医术，他从小还对本族的历史文化有着浓
厚的兴趣，从少年时期就一直关注家族的历史。经过业余时间的刻苦钻
研，赵东升先生后来成为比较有名的地方史专家。欣逢盛世，赵先生把
家族的历史整理成说部故事，业已出版了《乌拉秘史》《扈伦传奇》和
《碧血龙江传》。笔者在与赵先生的接触中，他一直强调说部讲述家族史
的真实性，绝对不要虚构，要确有其事。就连其中佐证一些历史事件的
材料也不是空穴来风，一定要审慎地处理和引用。赵先生曾提供给笔者
一份《碧血龙江传》中引用的史料汇编，正如他在关于《碧血龙江传》
主要史料选辑说明写的那样，"《碧血龙江传》是说部故事，不是历史课
本，是在当时历史条件下，知情者和当事人以其亲见亲闻，自编自讲的
历史传说故事，其中免不了虚实相间，真假融汇，褒贬失当之处。但总
体来讲，还是原有所本，历史事件、人物活动，还是真实的。讲述者并

---

① 富育光：《满族说部的传承与保护》，《社会科学战线》2007 年第 5 期。

没有采用官方公布的史料去改变自己的观点，而是以自己对所经历的事件的认知，以愤慨和惋惜的心情控诉列强，特别是沙皇俄国的暴行，以及对舍身报国的满汉八旗优秀儿女的颂扬，主旋律是积极向上的……该故事反映了自己对历史事件的认识。为了配合阅读《碧血龙江传》所展示的历史事件，便于拢清庚子事件的来龙去脉，在浩如烟海的中外史料文献中，我们选编了部分当时中外公开发表的著述，作为研究《碧血龙江传》所反映的历史事实参考之用，也将会对庚子事变的历史的了解有所裨益。"① 史料选辑共分为三部分，即中国史料、外国史料和中外专著。仔细研读赵先生整理的选辑目录，的确可以看出，作为家族历史传承人兼整理者及研究者的多重身份，赵东升在说部中引用的文献都是经过细心的筛选和斟酌，审慎引用的。这需要整理者的判断力与深厚的功底。在说部中，有一段关于慈禧西逃，途经怀来县的故事，怀来县令不仅要做好接驾的准备，还要筹办皇室和随行军兵们的生活供给。县令为其准备一份膳食谱单，盖有延庆州的大印。此处的谱单，是整理者引用日本吉田良太郎《西巡回鸾始末记》中的一段史料，文献来源不但可靠，而且也从一个侧面体现出一个行将没落的帝国的执政者最后的奢靡生活。

谱单如下：

皇太后	
皇上	满汉全席一桌
庆王	
端王	各一品锅
肃王	
那王	
澜公爷	
泽公爷	
定公爷	各一品锅
棣贝子	
伦贝子	

---

① 赵东升先生提供的《关于〈碧血龙江传〉主要史料选辑说明》（未刊稿）。

　　振大爷
　　军机大臣
　　刚中堂　　　　　　　　各一品锅
　　赵大人
　　英大人　　　　　　　　各一品锅
　　神机营
　　虎神营

　　随驾官员军兵不知多少，应多备食物粮草。
　　光绪二十六年七月二十二日①

　　这仅仅是整理者引用文献的一个侧面，但是可以看出具备较高的文化素养与知识底蕴对传承说部的重要性，这是普通的民间故事讲述者不具备的能力。也恰恰是这些具有较高文化素质的传承人，能将满族说部充实、完整地一代代传承下去。

　　不仅仅是赵东升先生，富育光先生作为满族说部国家级非物质文化遗产传承人也备受关注。因其学者及研究者等多重身份，富育光先生在申报国家级非物质文化传承人的时候，不是十分顺畅，他说："我不敢苟同将学者与民族文化传承人对立或分开的观点，纵观古今中外、古往今来，这种类型的例证不胜枚举。学者或艺术家与民族文化继承人和传承人双层职能合二为一者，往往是一个民族或集群在一定社会的特殊环境和条件下形成的，是社会发展中很必然很普遍的现象，何足为奇。原始文化由原始民族后裔的文化人士参与抢救与承袭，更易守其纯真性。这种现象，恰说明文化承袭事业的普及和深化，乃民族文化之幸事。"② 锡伯族长篇故事讲述家何钧佑先生也是一位具有较高文化素养的传承人，他曾留学过日本，在俄罗斯也工作过，还曾阅读了大量的关于东北史的文献和一些资料，以及神话传说故事，此外还学过绘画。在已出版的何钧佑讲述的锡伯族故事《喜利妈妈西征英雄传奇》中，就经常带有插图，

---

① 崇禄讲述，赵东升整理：《碧血龙江传》，吉林人民出版社 2009 年版，第 462 页。
② 富育光：《论满族说部的传承特征》，《社会科学战线》2007 年第 4 期。

这些插图都是何钧佑老人亲自绘画的，图文并茂的形式更能传达讲述者要表达的信息。

第二节　传承人对满族说部
文本形成的影响

一　记录本、讲述本与整理本的比较

以乌拉纳喇氏家族的说部故事其中的一段即"纳齐布禄招为锡伯国驸马"为例，从其记录本、讲述本和整理本的差异上，可以看出传承人及整理者对不同文本的影响。

首先看记录本。1964 年，家族的大查玛经保在家族祭祀时候讲述了这段故事，赵东升先生做了记录，内容如下：

纳齐布禄幼年丧父，随母飘零度日，为了避蒙古人的追捕，他的祖父、父亲都曾经投奔到锡伯部，为锡伯王出过力。父亲死后，纳齐布禄随母亲又回到了辉发河源的山谷中。

纳齐布禄十七岁时，辞别额莫①，到外地闯荡。额莫告诉他："从这往北大约七八百里就是咱们的故乡，那里有祖先留下的城堡，还有族人，你可以投奔那里去。"

"那城堡叫什么名？"

"听说叫什么洪尼勒城，反正是在江岸上。"

"江叫什么江？"

额莫摇摇头："这我也不知道，没去过。"

纳齐布禄辞别母亲，带上随身的家将喜百，离开山谷，向北而行。走了几天，他们来到一个部落，叫锡伯部。进了王城，只见人声鼎沸，议论纷纷，原来锡伯国王瓜勒察氏的女儿柳叶公主在摆擂台比武招亲。这是女真人世代相传的习俗。喜百是个十七八岁的小伙子，爱凑热闹，他非要看一看这比武招亲的场面。纳齐布禄只好依了他，二人随着人流，赶奔校场。

---

① 额莫：女真语母亲，后来俗称额娘。

锡伯王城，名为城，实际上只是个方圆三五里的土围子，直径约有一里。土城墙东西开了两个门，中间一处宅院，青砖灰瓦，也垒起围墙，算做王宫。这王宫是全城最大的建筑，正南开一门，门外有土筑高台，是"点将台"，台下就是教军场。

喜百说："小爷，看这城里好气派哩！比咱那部落强十倍。也不知公主长得美不美，要像说的那样美，你就去比试一下，胜了她，就召为驸马，还去什么洪尼勒！"

"不许胡说！"

纳齐布禄嘴上斥责喜百，心想：这锡伯部势力很大，若同他结亲，不妨借他的势力，干一番自己的事业。

锡伯王公主比武招亲，不仅惊动了本部落军民人等，也惊动了远近周围一些部落，很多人都在打锡伯公主的主意。

今天正是第五天，可是没有一个是柳叶公主的对手。其中也有武艺高强的汉子，武功并不低于公主，但他一看到柳叶公主美丽无双，早心慌意乱，顾不得比试了。自然，非输不可。就这样，柳叶公主四天工夫没遇对手。

按照规定的日期，今天是最后一天。五天的期限一过，锡伯王就要收擂。

公主如果自选驸马不成，就要听从父王指婚，指给什么人都不得反对。

柳叶公主见四天已过，没有遇见一个可心的英雄，这最后一天她格外留意。

纳齐布禄二人来到校场外，立在人群中，仔细观察了这个场面。土台上铺着红毡，搭了凉棚，那锡伯王不过四十光景，在众人的簇拥下，端坐在台子中间。几名宫女拥着柳叶公主，站在锡伯王的旁边。压阵军士排列两边，校场的边上立了木棚，东西两边各开一门，通向城门，作为通道。校场四周，插了牙旗，台的左侧是一个兵器架。

一通鼓响，牛角别喇吹起，咚咚呜呜了好一阵，方才停下，全场寂然。一个戴大凉帽的头目，往场上一站："大家请听，公主比武招亲，今天是最后一天，各路英雄好汉，不分贵贱，只要赢了公主，就能当上驸马。不过有言在先，伤着碰着是难免的事，功夫不硬，贪生怕死者莫来冒险。"

那个头目叫了半天，不见有人上场。喜百对纳齐布禄说："他们这全没有英雄好汉，小爷你可以上去比试比试。"纳齐布禄少年气盛，刚要催马进场，这时从对面门外飞来一骑，几声怪叫："我来了！快请公主下场！"

这声吆喝，好像晴天打个霹雳，全场震惊。再看来人，身材高大，面目凶恶，手提一对紫铜锤，少说也有百余斤。胯下一匹青鬃卷毛狮子马，真是集丑陋、勇猛、雄壮于一身，观者无不惊诧。

柳叶公主在台上一见此人，便先有几分不高兴。

那大汉半天不见公主下来，催马如飞在场内转了一圈，不住高声怪叫："公主快下来，下来！"公主使人传话道："公主现在有点头晕，暂不能比试，请好汉退场。"

若是一般人听了此话，就会意识到公主决不会招他为婿，就应知趣退场。可是这汉子听了怪叫如雷："你不下也得下来，不下也得下来！别说你有点小毛病，你就是卧床不起，也要下来！你不下来就算认输。"

压场的头目喝道："不许胡言乱语，公主不愿跟你比试，你赶快滚开！"

那汉子不服道："你们不是说，不分贵贱吗？"

头目冷笑道："当然了。说是不分贵贱，可没说不分相貌年龄。"

大汉被激怒了，蛮横地望着台上叫嚷："我不管你分不分，你不下来，我可要上去了！"

台上公主气得一声惊叫："你敢撒野！"

锡伯王也十分气恼，吩咐："来人，给我赶出去！"

那大汉循着公主声音，远远望去，看见了公主花容月貌，更馋涎欲滴，仗着自己身高力大，不顾军场军兵拦阻，一直闯到台下："美人儿，你到底下来不下来，你要是不愿跟我，我就踏平这小小的锡伯部！"

台上台下立时大乱，丑汉凶猛，无人敢靠前，锡伯国王，柳叶公主也茫然无措。

纳齐布禄看到事情变化到这种地步，立马门口高声叫道："这位好汉，你这是何苦，人家不愿意，你该知趣，干嘛死皮赖脸缠着人家？"汉子见是一个少年斥责他，登时大怒："你是什么人？敢教训你老子！"

纳齐布禄催马进场，质问道："你怎么骂人呐？我是好言劝你，不要自找没趣。"

大汉根本没把纳齐布禄放在眼里，他狂傲地哈哈冷笑道："娃娃，你是不是也看上公主啦？你有什么本事敢拦挡我？公主是我的。"

纳齐布禄大怒，用枪一指问道："你是什么人？敢如此无礼！"

"娃娃你听着。我是虎牛山金锤大王，三五百里内谁不知道！"

这虎牛山离锡伯部不过七八十里，山贼"金锤大王"武艺高强，力大无穷，杀掠抢劫无恶不作，远近各部落，深受其害。人们虽然痛恨，但又无可奈何，只有逢年过节给他孝敬财物，才免遭劫掠。如今此人赶来比武招亲，众人见了，无不惊讶。

纳齐布禄自然不知这一切，不屑地说："我不管你金锤大王还是银锤大王，我只知道你没脸没皮，不知进退。"金锤大王怒火心中烧，抡起大锤，一声怪叫："你这是找死！"大锤如泰山压顶般地迎头砸下来。纳齐布禄不慌不忙，轻轻将马一带，闪过一边。大锤"忽"地一声走空。大汉由于气恼，失去控制，一头从马上栽下来。脚没来得及甩镫，坐骑惊起，飞驰而去，山大王被拖了个脑浆迸裂，气绝身亡。

喜百在场外见主人闯了祸，忙招呼他快走，纳齐布禄猛醒过来，正待拨马出场，不想一群军兵围上来："英雄不要走，王爷和公主有请。"

从此，纳齐布禄就留在锡伯部，娶了柳叶公主，招为驸马。柳叶公主后来生一子，名多拉胡其。纳齐布禄保着锡伯王，东征西讨，开疆拓土，并剿灭了虎牛山的贼寇，锡伯部渐渐成为东方女真族的强国。①

另一个例子就是笔者在 2017 年 10 月 15 日踏查双阳研讨会上，亲耳

---

① 摘自赵东升《扈伦佚闻·纳齐布禄的传说》，《长白学圃》1990 年第 6 期。

聆听到赵东升先生讲述一段"纳齐布禄招为驸马"的家族说部故事，因为锡伯国就在今天的双阳东山一带，赵先生说：

满族说部怎么讲，你们没实践过，今天做个示范，但是不能按原书讲，原书比较长：

话说金朝灭亡之后，完颜氏家族四散，其中一支逃到现在的辉南县的金沙乡金沙河流域，那时候叫其尔萨河，经过两三代的繁衍生息，出现一个人物叫什么名呢，叫纳齐布禄。纳齐布禄出生后，金朝皇族已经变成贫民，生活非常贫苦。但是纳齐布禄不忘祖先教训，他习武很好，十七岁时候，父亲去世，他对母亲说：我不能老在山沟里待着，要创一番事业，金朝灭亡，完颜氏失败了，我不甘心，我要创一番事业。母亲说去可以，但是要小心，世界很乱。母亲安排两个年轻家人，一个叫喜百，一个叫德业库，年岁跟纳齐布禄差不多。他当时只有十七岁，带着两个伴童，骑马上路，走了三天，到了一个地方，就是现在的双阳东山。这里山清水秀，有个城堡，就在城外找个临时客栈住下了，就听店里人说，城里明天是最热闹一天，锡伯国王的公主要比武招亲，可能要热闹非凡，明天比武是最后一天。纳齐布禄一听，你热闹你的，跟我无关，我要回我老家找我故乡，纳齐布禄的家乡在松花江乌拉街一带。两个家人一听，就说，小爷啊，你错了，咱们到弘弥勒城（就是现在的乌拉街）究竟有多远不好说，是否顺利也不好说，明天不是比武招亲吗，你的武艺也是天下无敌，你就试试，你要是当了锡伯王当了驸马，你创业也不是有本钱了吗，何必去找你老家呢？

纳齐布禄一听，对啊，如果真能去比武招亲，能把兵权抓到手里，当然也是创业的本钱了。虽然他这么想，表面还是说，别胡说，明天咱们进城看看。第二天，到了锡伯城，就是双阳的东山的山城，可能跟南城子差不多大，到了那里一看，大城里一个小城，小城是个宅院，青砖灰瓦，一套院落，人家说这就是锡伯王的皇宫。王宫外面一个场子，四面是军督站岗，场子压旗，中间一个木台，木台上坐着国王，是不是苏尔和这个不知道，四十多岁，旁边站着他的姑娘就是柳叶公主十六岁。这是比武的最后一天，头几天就没有一个人胜过她。为什么没人胜过她呢？有这么几个原因，第一个，柳叶公主年轻貌美，有些人看她年轻貌美，有不少人心思不在比武上，一松懈没遇见敌手。还有人不忍心真赢了，如果真把公主比输了伤了公主，还出不去，多种原因，没遇见敌手。到了最后一天，公主格外留心，最后一天如果选不到称心驸马，锡伯王就收摞，锡伯王将指婚，指给什么人不准反抗，女真人也好，锡伯国也好，就那个规矩。

这时候压场军士说了：今天是公主比武招亲最后一天，各路好汉听好，不分种族和贵贱，谁要赢了公主，他就是国王的驸马。如果没有本事别来，死了伤了不负责任，没有本事往后稍，有本事好汉就进来。纳齐布禄随从就说了，小爷你看看，没有一个好汉，你赶紧上去。纳齐布禄说上就上吧，刚要上场。

在那边有好汉催马赶紧上来。手里两个大锤一横，我来了，虎牛山金锤大王，要是识相的赶快下台跟我成亲，我赢了你，你得嫁给我。压场军士赶紧说：不许胡说。他说不是胡说，赶紧让公主下来。公主一看这个人集丑陋、凶壮、威猛，于一身，这样的人我怎么敢跟他结婚呢，根本不可能的事情啊。就令旁边的人告诉他，公主今天身体不适。金锤大王压根儿不听那话，你有病也好，没病也好，你不下来，我就上去，这时候催马就要上台。公主一看，这可怎么办，猛汉力量这么大，无人能敌，没人拦得了。正在这时，纳齐布禄冲着对面门说，好汉不要强求公主，人家不愿意就算了，不要没皮没脸缠着别人。大汉看见一个年轻少年说：放屁，别胡说，你是不是看上公主了，看上公主拿本事来！

纳齐布禄说你骂谁呢，提马就进场子。金锤大王不耐烦说道，小毛孩子是不是找死啊。纳齐布禄说，识相的赶紧退场，不退场很难说了。

金锤大王拿着大锤砸下来，纳齐布禄不敢迎，他一躲，马一跑，大锤呼的一下就走空，金锤大王失去了控制，一只脚踩在鞍镫上没抬起来，头盔脱掉，脑浆迸裂，死了。两个随从一看，赶快走，出人命了，大家赶紧跑。纳齐布禄一看形势不好，刚要到门旁，军师拦住了，不要走，不要走，不能走哇。纳齐布禄一寻思不让走就听着吧。一个军事头目告诉他，"小爷请，王爷公主有请。"以后的事情不用我说，大家都知道了。从此以后纳齐布禄在双阳锡伯部被招为驸马，随着锡伯王东征西讨，扩张地盘，最后纳齐布禄脱离了锡伯国后，锡伯国也就逐渐灭亡了。[①]

在《扈伦传奇》即整理本中，对这一段故事是这样记载的：

　　纳齐布禄小时家道衰微，又因怕元朝追捕，四处飘零。但纳齐布禄记住祖宗遗训，立志进取，习文练武，学成一身好武艺，更有家传箭法，百步穿杨，绝技高超过人，在周围方圆百里颇有名气。纳齐布禄幼年丧父，随母飘零度日。为避蒙古人的追捕，他的祖父、父亲都曾投奔到锡伯部，为锡伯王出过力。纳齐布禄母为锡伯部人，父死，又随母返回辉发河谷。纳齐布禄已经长到十七岁，仍无出头之日。他自负身怀绝技，非要到外面闯荡一番，于是对母亲说："额娘[②]，翁姑玛法[③]的遗言说，我家远在松阿里乌拉弘弥勒活吞[④]，那里土壮民肥，我想回去看看。"母亲说："你有此志，不愧为完颜氏的后代，你的达玛法[⑤]得罪了蒙古人，他们能放过你？"纳齐布禄不以为然道："事情已经过去多年了，谁还能记得？孩儿此去，一定要干一番大事业，才对得起达玛法在天之灵。"

　　纳齐布禄坚决要走，他母亲也不强留，只能临行含泪嘱咐道："你去吧！多加小心，回到故土，要兢兢业业，能为你真人争口气。若不如意，赶快回来。"

　　"额莫保重。儿去了。"纳齐布禄临别同母亲行了抱见礼[⑥]，带着两个随身的家将，一名喜百，一名德业库，二人也是女真豪杰，武艺出众，忠心部贰。

---

① 根据 2017 年 10 月 15 日踏查双阳研讨会录音整理而成。
② 额娘：女真人称母亲为额莫，后来俗称额娘。
③ 翁姑玛法：太爷。
④ 松阿里乌拉为松花江，活吞为城。
⑤ 达玛法：祖先。
⑥ 抱见礼：女真人最尊重的礼节，晚辈对长辈行此礼，先经长辈允许。

当下由喜百、德业库二人保着纳齐布禄，离开辉发河谷，向背面行。一日傍晚，他们已经进入锡伯部的境内，只见人声鼎沸，到处传扬，墙上还贴了告示。他杂在人群中，探问是怎么回事。很快便打听明白，原来锡伯王有一女，才貌双全，武艺出众，现年十六，人称柳叶公主。这锡伯王瓜勒察氏见女儿长大，要给女儿择婿。不料公主提出，谁能跟她比试武艺，赢了她方可谈亲事。比武招亲，这是女真人的习俗。为此，锡伯王特设擂台武场，规定不分贵贱种族，皆可应试。

纳齐布禄从没见过世面，听了这件事觉得好笑，怎么？世间还有这样新鲜事儿；喜百也是个十七八岁的小伙子，爱凑热闹，他对纳齐布禄说道："小主人，依我看，这是个好机会，以小主人的功夫，也莫说是一个女娃子，就是有多大能耐的好汉也敢跟他比试比试。这回要是比赢了，当了锡伯王的额驸①，不是比去弘尼勒强的多么。"

"不许胡说！"纳齐布禄嘴上斥责喜百，心里在想，这锡伯部势力很大，真要能跟他结亲，不妨借助他的力量，干一番自己的事业。可是他反倒说："我想的是祖宗遗训，额娘教诲，怎么能随便改变主意！"

……

锡伯部原是金朝所封之国，地在今吉林省中部，吉林市西南，长春市东南。刷河为其聚居地，刷又称苏瓦延、苏斡延，名虽异而地同，大概是今天的双阳一带。锡伯部主瓜勒察氏，清代改为瓜尔佳氏，汉译为关。这瓜勒察氏是金代望族，世封锡伯。可是金朝以后，改投蒙古，为元朝效力，子孙世袭，定期朝贡。锡伯部势力日益强大，很多女真部族纷纷来投，元末而日渐衰微，昔日风光不再。纳齐布禄一行三人来到的时候，锡伯部是个仅剩下方圆百余里的小部落。锡伯国名犹存，却没有什么名城大邑，王城也不过是个荒凉的小屯寨，周围用土壤圈起，算做城堡。一条"多尔吉束湾必拉"②

---

① 额驸：部落首领的女婿称"额驸"，与驸马同。

② 即双阳河，又称苏瓦延河，即刷觇河的别称。

从城南缓缓流过，背面青山屏蔽，气候宜人，景色秀丽，古代是个出美女的地方。王城中央有一片青砖灰瓦的房舍，周围是土墙，称做王宫。几条街巷，弯曲不整，除了头目、贵人的住宅，就是打造器械的作坊。靠城边也有几个小店铺，几户小百姓，也都是锡伯王的阿哈①。王宫是全城最大的建筑，正南开一门，门外有土筑高台一座，这就是女真部落普遍都有的"点将台"，台前一片空地，是锡伯王操练军士用的教军场。

这天风和日丽，从辰时起，校场热闹起来。公主比武招亲，在当时是一大盛事。其实女真人自古以来本就是男女平等，婚姻也是自由选择，不带有封建色彩。只是在金朝时候，女真人南移，接近汉族地区，有的同汉人杂居，习俗趋向汉化，逐渐学来了汉人那些封建的恶风陋习，自由婚姻走向包办婚姻，男女平等变成男尊女卑。不过，在北方女真故地，众多部族之间仍留着女真人的旧俗，这锡伯部比武招亲就是一个例子，他们还在维持着女真人的原始习俗。

……

公主见四天已过，没有遇到一个可心的英雄，心中未免着急，这最后一天她自然格外留意。

那头目叫了半天，不见有人上场，他又重复一遍："不分贵贱，不论哪部落，只要武艺高强，胜过公主，就能入赘。"

喜百小声说："这地方哪来什么英雄，小爷你可以上去比试比试。"纳齐布禄少年气盛，一提坐下马，刚要进栅门，这时从对面门外飞来一骑，几声怪叫，闯入场内："我来了，快请公主下场！"

这声吆喝，好像晴天打个霹雳，全场震惊。再一看这个人，身材高大，面目凶恶，紫膛脸色，高颧骨，尖下颏，络腮短须，向上微翘，手提一对紫铜锤，坐下一匹青鬃卷毛兽，真是集丑陋、勇猛、雄壮于一身，观者无不骇然。

柳叶公主台上看得明明白白，一见此人便有几分不高兴，心想这样人怎么也来比试！他若赢了我也不会嫁给他，我要赢了他也不光彩。因此不愿意下场，意思是让他主动退出，换上别人。柳叶公

---

① 阿哈：奴隶，女真语称阿哈。

主自有她的择婿标准，除了武艺高强，还得年貌相当，英雄少年。实际她比武招亲是假，选一可心伴侣是真。女真女孩儿比武招亲几乎都是个形式。①

接下来的段落就是金锤大王和公主、纳齐布禄、军士以及锡伯王的对话。无论大家做如何的说辞，大汉就是不理会，执意要公主下场。

以上是笔者节录的"纳齐布禄招为驸马"这段故事的三个版本，其中包括1968年大查玛经保面对家谱讲述、赵东升先生的记录本。在双阳研讨会上的讲述本，以及已经出版的"满族口头遗产传统说部丛书"《扈伦传奇》中此故事的整理本。通过对比可以看出，赵东升先生记录经保的讲述本比较原始，《扈伦传奇》是经过整理的文本，文学性及可读性较强；双阳的讲述本，则口语化色彩较重。

二 传承人或整理者的作用

从上述实例，可以看出即使是同一内容的满族说部，不同版本之间有很大区别，这其中与传承人或者整理者的态度有很大关系，尤其有的传承人与整理者是同一个人。

1. 依照乌勒本的原貌，进行适当补充

赵东升先生在发表的《扈伦佚闻》中说："现在我讲述的这个本子，就是依老察玛经保传讲的记录稿整理的，未加工，未延伸，基本保证原汁原味的真实面貌。"② 也就是说，该记录本基本保持了乌勒本的原貌。双阳的讲述本，口语化较强，基本可以看出当场讲述的痕迹，注重吸引观众的注意力。而《扈伦传奇》是经过整理的说部，是乌勒本的延伸与发展，原来的记录本即"南关轶事"和"叶赫兴亡"都比较简单，达不到说部的规模，因为那时候传讲的内容和故事情节都比较单一，长短不齐，为了把两个说部本子融合到一起，也是很费功夫的。赵东升先生作为整理者也是传承人，按内容的需要和时间的顺序把两个说部组合到一起。但是对故事的情节结构、主题思想等尽量不做改动，保持原貌。对

---

① 见赵东升整理《呼伦传奇》，吉林人民出版社2007年版，第7—14页。

② 赵东升讲述，赵宇婷、赵志奇整理：《乌拉秘史》，吉林人民出版社2007年版，第313页。

一些满语词汇也不做书面的规范，尽量保持民间口语的原汁原味。但是该整理本为了符合说部的特点，达到增强可读性的目的，还根据内容拟定了回目，形式上类似于章回小说的体例。其中"纳齐布禄比武招亲"这段，在书中主要是第二回目，为"留锡伯蟒屈招驸马，救大都病变杀钦差"。由于是需要出版印刷的整理本，可见同一个故事，比讲述的记录本要有文采，而且具体细节交代清晰，让读者一目了然，尤其是锡伯国的历史、纳齐布禄的家族史等的介绍都比较详尽。对人物的描摹也绘声绘色，类似于传统评书的文本，吸引读者的眼球。例如虎牛山金锤大王前来打擂，对其相貌的描写不再是简单的丑陋、凶狠等词语一带而过，而是进行了细致的描摹，"再一看这个人，身材高大，面目凶恶，紫膛脸色，高颚骨，尖下颏，络腮短须，向上微翘，手提一对紫铜锤，坐下一批青鬃卷毛兽，真实集丑陋、勇猛、雄壮于一身，观者无不骇然"①。而且，金锤大王与众人等的对话，也更加生动精彩，把一个无赖、丑陋，令人厌恶的形象展现得淋漓尽致。

正如整理者在后记中说："为了增加可读性，立回目，将不连贯的内容与情节连贯起来，使之成为一个名副其实的说部，一个体系完整的说部，这不能算做改编。我不妨坦率地说，任何一部说部作品都不可能是原始记录而意思不变地传承，尤其是流传久远的更是如此。每传一代，讲述者都会按照己意'添枝加叶'，这样会使故事更完整。"② 尽管如此，说部与传统评书在本质是不同的，因为说部的基本内容和基本情节是不变的，否则便被视为对祖先的大不敬。

2. 整理者对细节的重视

整理本对细节的注重，在《飐伦传奇》中有很多例子，有时候是为了体现人物性格，但绝不能是对史实的罗列，整理本必须具有可读性，吸引读者：

> 比如金台石被杀前，死活不下城，努尔哈赤下令拆毁高台，数万金兵拆毁高台，挖地道、掏孔，喊杀之声不绝于耳。当金台石发

---

① 赵东升整理：《飐伦传奇》，吉林人民出版社 2007 年版，第 11—12 页。

② 赵东升整理：《飐伦传奇·后记》，吉林人民出版社 2007 年版，第 518 页。

现土台西北角被挖坍塌，石墙和栅栏也被毁坏的时候，就下令侍卫点火，很多人都死在火海里，天亮的时候，发现还有一个没烧死的人，士兵一看是金台石，他被抓到努尔哈赤面前。

"金台石！你的巢穴已失，今被捉住，还有何说？"

金台石勉强睁开肿胀的眼睛，斜视了一下，不顾一切地说道："你不过是建州一个跳梁小丑，侥幸成功。我金台石斗你不过，死后也不会放过你！"

努尔哈赤大怒："绞死他！"

金台石发出一阵狂笑道："我临死前告诉你几句话：我生前抗不了你，死后也找你算账。魂若有知，不使叶赫绝种，将来无论留下一男一女，总要报上此仇。"说完一头撞去，碰得头破脑裂血流，军士取来绳索时，他已气绝身亡。

努尔哈赤怒犹未息，令刀斧手砍下金台石的头颅，挑在高杆上，号令西城，招降布扬古。①

此细节处就比较真实地体现了努尔哈赤凶残的一面，金台石临死前的预言也一语成谶，最终得到验证。

不仅满族说部的整理本与讲述本有区别，就是同一故事，因讲述者讲述的时间、地点和场景的不同，文本也呈现出不同的特点。赵东升先生家族传承的家族秘史《洪匡失国》就是一例。

对于洪匡失国，整理者赵东升先生说："乌拉哈萨虎贝勒后悲家谱档册中记有'洪匡失国'一句话，具体内容不明，查遍史书，也无从获得。洪匡实有其人，为我们第十代祖先。史书明载'癸丑年国祚终'，家族中又何以传留下来'洪匡失国'之说呢？事实上，'洪匡失国'，就是'洪匡事件'。因为'洪匡袭爵乌拉布特哈贝勒'，后人误以为'国主'。岂不知洪匡虽称贝勒，不过是努尔哈赤允许他在故土做一个虞猎部落的首领，这同昔日的乌拉贝勒或哈萨虎贝勒是根本不同的两回事。后人流传，误认为洪匡继承王位，所以把他的败亡也叫作'失国'，于情可原，于理不合。今依老萨满经保兄讲述'洪匡失国'口碑为据，并参照家族有关

① 赵东升整理：《扈伦传奇》，吉林人民出版社 2007 年版，第 505—506 页。

此事的手抄本（残缺），整理如下。"①

大察玛经保讲述的洪匡失国，即《扈伦佚闻》中的第十五部分，又分为十一个小部分，主要包括洪匡身世、布占泰两回乌拉、沙家兄弟送宝马、除夕拜年、公主告密、布他哈改姓、血战哨口、枪挑沙摩吉、自缢哈达山、洪匡后裔的下落、《洪匡失国》讲述人说明。

在2018年已经出版的满族说部第三批丛书中，有赵东升先生讲述，赵宇婷、赵志奇整理的《乌拉秘史》一书，其中包括《布占泰传奇》和《洪匡失国》两个传说，主要讲述的是乌拉部首领布占泰从幼年的失踪，到青年的建功立业，壮年的恢宏业绩，一直到晚年亡国客死他乡。布占泰幼子洪匡立志复国，但最终因势单力薄而失败，自杀于哈达山，父子两代的斗争均以失败而告终。

对于该书的情况，赵东升先生在《乌拉秘史》故事传承情况中做了说明："在整理《扈伦传奇》时，仅把'叶赫兴亡'和'南关佚事'组合在一起，因'乌拉秘史'是个没有经过加工的原始本，除了用了其中少量内容，基本上没有纳进去。所以，这次讲述也没有加工整理，而是按照'乌勒本'的特点（而不是说部形式）讲授的，文采稍逊，但却原始。"② 赵东升先生着意强调按照"乌勒本"的特点而不是说部的形式讲授，在这里就涉及满族说部和乌勒本的关系问题，就此问题高荷红女士做过辨析：

乌勒本和说部有何区别呢？我们可从产生年代、接受角度、内容、长度和彼此交叉来谈乌勒本的异同。从产生的年代上来说，乌勒本较早，具体产生于何时，我们不得而知。从接受角度考量，"乌勒本"是一个满语词汇，说部借用汉语的表述，它的出现跟满语在民国期间的式微有一定关系。笔者调查的几位传承人都认为说部和乌勒本讲述的内容基本一致，说部的内容可能更加充盈。目前我们见到的说部动辄几十万字，而乌勒本基本上是骨架，字数较少。

① 赵东升整理：《扈伦佚闻》，载李澍田主编，尹郁山等编著《乌拉史略》，吉林文史出版社1991年版，第71—72页。
② 赵东升讲述，赵宇婷、赵志奇整理：《乌拉秘史》，吉林人民出版社2016年版，第4页。

乌勒本的内容说部中有，而说部中的内容乌勒本中却未必得见。可以说，乌勒本是保留原始内容形式时满族民众对它的称呼；说部保留了乌勒本中的骨架，并逐渐增添、丰富了它。在发展过程中，有的乌勒本已经失传，有的大致得以保留。①

而且，乌勒本基本是用来讲唱的，所以传承人的记录基本是按照讲述人当时讲述的顺序来进行，而满族说部有现代人加工整理的成分，很多时候依据内容及情节的需要，按照故事发展的脉络或者时间为序来进行。

但不管怎样，乌勒本的开头基本都是开宗明义，有"说根子"的传统。《扈伦佚闻》中记述的洪匡失国部分，首先叙说了洪匡的身世。

洪匡身世②

乌拉亡国的时候，咱们太爷洪匡才十四岁。他有七个哥哥，皆同父异母，老大达拉哈、二打拉穆、三阿拉木、四巴彦、五布彦托、六妙莫勒根、七嘎图浑，洪匡排行老八。

洪匡的额娘，就是老罕（汗）王的大女儿，称做大公主。乌拉国被老汗王占了以后，布占泰的七个儿子都跑了。洪匡的额娘是老汗王的大公主，所以洪匡就没跑。老汗王寻找布占泰的儿子，只找到这个小的，还是他的外孙洪匡。老罕（汗）王就叫外孙继承他阿玛布占泰的，当贝勒。洪匡长大才明白，他的这个贝勒，称"乌拉布特哈贝勒"，并不是"乌拉国贝勒"，也不是"哈萨虎贝勒"，他领有乌拉城周围一小块地盘，叫"布特哈部落"，他就是当这个部落的贝勒。他部落里的人，不是打鱼就是狩猎，部落以外不归他管，另编牛录管辖。这样，老汗王还不放心，又把他一个孙女嫁洪匡做福晋。说是亲上加亲哭泣时是监督洪匡的一举一动。

洪匡要娶金国汗王家的公主，事情被逃在叶赫国乌拉贝勒布占泰知道了，他偷偷跑回乌拉阻止此事。

布占泰战败逃走三年，此番爷俩见面自有一番感慨。洪匡问道：

---

① 高荷红：《满族说部传承研究》，中国社会科学出版社 2011 年版，第 19 页。
② 赵东升整理：《扈伦佚闻》，《长白学圃》1990 年第 6 期。

"阿玛这次回来，有什么打算?"布占泰告诫他说:"我这次回来，是专为你的亲事而来。我吃亏就吃到同建州和亲上。你汗王老(姥)爷努尔哈赤又用孙女给你和亲，这是手段，千万不能答应他。他让你当贝勒，是收买人心，给天下做样子看，你不要当真了。"

洪匡含泪问道:"那该怎么办?"布占泰告诉他:"你有恢复祖业之志，就要做好充分准备，一旦时机成熟，你举事，我会带叶赫兵来援助，大事可成。"洪匡应下。布占泰最后嘱咐道:"城中耳目众多，又有你汗王老(姥)爷党羽，凡事要谨慎、小心。建州的亲事，千万不能答应。"

布占泰走后，洪匡没有拗过老汗王，年底，老汗王派人送来金国公主，同洪匡成了亲……

第三批已经出版的《乌拉秘史》中洪匡失国故事，与布占泰的传奇人生糅合在一起讲述，也就是《扈伦佚闻》中的十四和十五部分。十四部分为布占泰轶事，其中又包含七个小部分，主要有幼年从师学艺、救辉发海西扬名、叶赫许婚、布占泰除弊政，一人专权、抗击车臣汗、乌碣岩之战、鸣镝射公主几个部分。

笔者曾就《乌拉秘史》中讲述的洪匡失国与经保讲述本的区别访谈过赵东升先生，他说:"经保讲述本是在家族祭祀后，时间有限，所以讲述的比较笼统、简要，但是大致内容是一样的。我的记录本是根据我爷爷讲述本记录的，比较详细……"[1] 以火烧乌拉城一讲为例，这段在《扈伦佚闻》中，叫自缢哈达山:

> 洪匡走不多远，后边喊声如雷，又有一支人马赶来。这是汗王接应沙摩吉的人马，迎着那五百人，两股兵合在一起，紧追不舍。洪匡虽然马快，因走江岸，地势起伏不平，再加寻找渡江之处，正月十六的天气，松花江的冰封大开，满江是水，不敢贸然而过。千余追兵越赶越近，洪匡人困马乏，无力抵挡。正跑中间发现一处江岸平坦，追兵也从两面包围过来。事正紧急，顾不了许多，洪匡纵马跃入江中。

----

[1]　笔者根据与赵东升先生的访谈录音整理而成。

这马名不虚传，果然宝马良驹，它奔驰在水中，如踏平地，转眼间就到达了对岸。追兵只能隔岸喊叫，却无一骑能追过江来。

洪匡见一条大路通向正北，这是通向蒙古的大路。他本想顺路投奔蒙古，又不放心乌拉城中的情况。路旁不远有一山，名哈达碰子，山不甚高，但很险要，壁立江岸，气势雄伟。山巅有一城堡，原为乌拉国屯兵要塞，今已废弃，而山城遗址犹在。洪匡见先人遗迹，感慨万分，拣平坦处，登上哈达碰子山顶，立于城堡前，眺望乌拉城。这一望惊得他目瞪口呆，只见乌拉城中大火冲天，全城被烧，洪匡知道努尔哈赤已下毒手，即使去蒙古借得兵来，也无可挽救。他仰天长叹，一怒之下，解下白绫，自缢而死，终年二十八岁。

汗王兵放火烧了乌拉城，宫室殿宇，街道民宅，统统化为灰烬。大火烧了七天七夜方熄灭，城内军民死伤无数。汗王下令搜捕洪匡家族及亲信，共得五百零七人，不分男女老幼，一律斩首于紫禁城内，并就地于白花点将台下，掘坑埋之。乌拉纳喇氏又遇到一次空前洗劫，从此更加七零八落了。①

《乌拉秘史》中"火烧乌拉城"部分包括了枪挑沙摩吉和自缢哈达山两个部分，增加了许多细节之外，也加入了传承人自己的判断："后来据统计，正月十六的晚上，老罕王努尔哈赤两处共杀死包括洪匡族人在内五百零七人，一部分埋在刑场的土炕里，另一部分被火烧焦的尸骨埋在点将台的附近。但也有的族人说埋在点将台的土堆内。不管埋在哪，事情是发生了，这就是历史，历史是不可改变的。从此，一座历时三百年繁荣昌盛的关东第一大城，萧条冷落，真正是'紫禁城中，阒无人迹；点将台上，狼狈不堪。'"②

洪匡自杀后，尸体被乡民发现，因为不知道是什么人，无人认领，便被草草埋在哈达山城附近一沟边。"多年后被乌拉后人确认，为避免清朝追查株连，命其墓为'八太妈妈坟'，按时俸祭，从无间断，即现在锦

---

① 赵东升整理：《扈伦佚闻》，《长白学圃》1990 年第 6 期。

② 赵东升讲述，赵宇婷、赵志奇整理：《乌拉秘史》，吉林人民出版社 2016 年版，第221 页。

州屯西山下古墓也，虽经数百年风雨剥蚀，墓基尚存，不能不说是一个奇迹，天佑乌拉后人也。"①

而对于为何墓地命名为"八太妈妈坟"，乌拉纳喇氏的后世祖孙为了解开历史之谜，进行了深入的探讨，首先就名称而言，"八太妈妈"的"八"字，很可能就是代表洪匡，因为洪匡排名第八，"妈妈"在满语中不仅仅指女性奶奶或者太太，它的含义也指爷爷或者祖先，妈妈即"玛发"。

在1988年，家族的各大支派代表去实地进行考察，并从当年的形势和地理环境等方面推测、考证，最终认为"称哈达碰子者，亦并非这两处，光是乌拉古城江北岸的群山中，称哈达碰子者少说也有十处，这么多的哈达碰子，只有锦州江边哈达碰子，才符合当年洪匡自杀处之逻辑……"尽管几十年前就有了合理的推测和解释，但是赵东升及其族人多年来依旧没有放松对其进一步的考察，越发坚信当初的推断，终于在2017年得到了确认。

尽管《乌拉秘史》的文字本较之经保大查玛的讲述本更加详细，但正如赵东升先生所说，《乌拉秘史》基本是依照"乌勒本"的原貌记录的，文采稍逊。例如洪匡自缢身亡这段：

> 他顺着台阶上了瞭望台，台阶有扶手，台上有护栏杆，洪匡借着落山太阳的余晖望向乌拉城。这一望不要紧，惊得他目瞪口呆。只见乌拉城中大火冲天，全城被烧，浓烟遮蔽半空，隐约传来人喊马嘶声。
>
> "完了！"
>
> 洪匡知老罕王努尔哈赤下毒手了，他把我的一线希望全毁了，即使我去蒙古借得兵来，也无可挽救了。
>
> "老天要灭我乌拉不成？阿布卡恩都力对我乌拉太不公平！"
>
> 他下了瞭望台，仰天长叹，怀着绝望的心情，走出城去，顺着城墙走到西侧，恰好墙角有一棵已经掉叶光秃的大树，他一怒之下，

---

① 赵东升讲述，赵宇婷、赵志奇整理：《乌拉秘史》，吉林人民出版社2016年版，第223页。

解下白绫，自缢而死，终年二十八岁，时大明天启五年，大金天命
十年正月十六。①

这里多是对事件的简单陈述，即使有人物的心理活动，也比较简略。
整理本对人物的刻画及心理的描摹更细致、深刻。尽量保持乌勒本的原
貌，较少加工，这也是《乌拉秘史》整理者的一种态度。

> 我的家族史是秘史，过去是绝不允许公开的，这点在我的家族
> 及各支中根深蒂固，因为我把家族史逐渐公布于世，我家族的一个
> 兄长几次给我写长信，大概意思就一个，我不该把家族史公开。而
> 我决定把它公开，是认为时机到了，我的家族涉及太多的东西，只
> 有公布出来，才能解决一些重要的历史之谜，作为家族的成员，我
> 认为在一定的环境下，我有责任让世人了解它，现在是最好的时候，
> 错过了就没有了……②

3. 把简单的故事情节化、系统化

满族说部的内容有的与民间故事有很大的关系。就《平民三皇姑》
而言，既有满族说部故事，也有普通的民间故事在一定的地域范围内
流传。

就张德玉等整理的《平民三皇姑》而言，主要讲述的是道光皇帝东
巡祭祖，偶遇喜塔腊氏村姑，并借凤鸟入怀为托词，在大臣们的策划与
帮助下，道光皇帝与村女一夜风流，生下一女，后被召回宫中，与咸丰
为姐弟，此女就是三皇姑。因与慈禧不合，咸丰命其带着一行人回归故
里，在大四平村一带开采煤矿、除恶济贫，做了许多有利当地发展的好
事，后来因皇姑被抢一事的发生，三皇姑离开了大四平村，但是她的故
事却在此地长久流传。

对于三皇姑的真实身份问题，"道光皇帝究竟有没有姑娘被贬出皇

---

① 赵东升讲述，赵宇婷、赵志奇整理：《乌拉秘史》，吉林人民出版社 2016 年版，第
222—223 页。

② 2017 年 11 月 1 日根据赵东升先生的访谈录音整理而成。

宫，或者说，道光皇帝的这个三皇姑是不是在东巡兴京时，与一夜皇妃（有说为一夜皇后的）所生，又于咸丰末年被贬出皇宫这一细节，在任何清代文献，或是个人著述与私人笔记中，都是无法找到记载的。我们也曾请教咨询过清史专家和1980年93岁的清福陵、清永陵陵役夫人，甚至是爱新觉罗·溥杰先生，都不能证实这位皇姑的真实性。陵役夫人也只是说听过这个说法，而无法证实等。我们在整理过程中，只能依据讲述人的口碑进行整理。但是，就道光皇帝于道光九年东巡永陵祭祖，并驻跸于夏园行宫，历史文献记载清清楚楚，非常明确。"① 此外，在民间还流传有三皇姑开矿的传说和故事，这些传说和故事从侧面反映了三皇姑真实身份的不确定性，例如，在肇福廷讲述、孟昭顺整理的民间故事《皇姑开矿》中说三皇姑是咸丰的妹妹，还有另外一种说法是一个王爷的女儿。但是无论是哪种版本，三皇姑来新宾一带开矿一事是基本一致的。

已发表的关于三皇姑的民间传说故事，除了上述一篇外，还有另外一篇张德玉的《三皇姑开矿传说调查》，收录在《满族民间故事选》中。这个故事中，关于三皇姑的身份，"据大四平老人张立忠说，这位三皇姑出嫁后不几年丈夫就去世了，她守寡回皇宫，因与下人乱来，被黜出皇宫，撵回老家。三皇姑到盛京后，因她是皇帝的女儿，不经皇帝批准，不许自嫁。又因她是被黜出宗室，不能按皇室成员待遇，而盛京将军若私支金银，就要被治罪。没办法，盛京将军对皇姑说：'兴京南界四平街地方产煤，你还是到那里发财去吧。'"②

而张立忠作为满族说部《平民三皇姑》的主要讲述人，关于三皇姑的身份及离宫等细节却是另外一种说法。满族说部中的三皇姑是道光皇帝的女儿，咸丰的姐姐，与慈禧不合，咸丰命她带着两道密旨返回老家。

一是赐予三皇姑与三格子侍卫成婚；一是让盛京将军英隆来安排婚事和他们的生活。盛京将军接受了副将的建议，让三皇姑去四平街挖煤，不但可以自给自足，还能应了皇上的差。同一个讲述人，民间故事与满族说部的主要细节差别很大。

① 张立忠讲述，张德玉等整理：《平民三皇姑》，吉林人民出版社2009年版，第268页。
② 沈秀清、张德玉主编：《满族民间故事选》，抚顺市教育印刷厂2000年版，第236页。

对于三皇姑被抢一段，也是如此。在民间故事里，张立忠是这样说的："那年过年时，皇姑用'银锞子'（即银元宝，老称54两一个）上供，被工人看见了。正月初六深夜，突然有7个手脸涂满黑灰的人闯进皇姑屋里，进屋就将上供的银锞子抢走，一人问皇姑：还有没有了？快都拿出来！皇姑坐在炕上，犹如吃斋念佛，纹丝不动。这时，有一人操起大锹（即平头大铁锹）放在炉火上，不一会儿就烧红了，对皇姑说：你不拿出银子，就让你坐火车。说着，就往皇姑的屁股下撮，皇姑仍稳坐如山，轻轻地开口说：有银子都在盛京那，你们要就去取吧。一人催促说：快走吧，这些也够过了。衙门的兵来了，咱们就没命了。说完，这些人转身就要走，有个年轻人回转身道：俗话说，要劫就劫皇扛，要嫖就嫖娘娘。说着，上皇姑脸上就亲了个嘴，然后呼呼隆隆地都跑光了。"①

在张德玉等整理的满族说部文本中，皇姑被抢一段文字如下：

> 到了初六晚上，万没想到的是，皇姑被抢了。
>
> 这还得从头说起。
>
> 皇姑在年三十用银锞子供祖先，有人看见了，传扬了出去。有七个小子听了就起了歹心，他们一听，银锞子就是银元宝，一个银元宝就是老称五十四两，那要上供，一摆就得五个，五个就是二百七十两，若是单摆上三个的话，那也是一百六十多两啊！这若能抢到手，咱们可就发了！
>
> 这七个小子偷偷一合计，几个人一攥拳头，就下了决心：抢！他们从正月初一就要动手，可一直没敢动手。他们知道，三皇姑手下的人，个个都是武艺超群，他们几个小子哪里是对手。可发财的强烈欲望，促使他们要铤而走险。连日来，他们就访听，最后证实三皇姑的手下人都不在这儿。于是，他们才放心大胆地决定：初六晚上动手，再晚了，等人回来在动手，那可就干瞪眼儿了。
>
> 人定之时，这七个小子把手脸抹黑了，干等三皇姑吹灯也不吹

---

① 张立忠讲述，张德玉等整理：《平民三皇姑》，吉林人民出版社2009年版，第253页。

灯，他们等不及了，就跳进三皇姑的海青房四合院里。进了三皇姑的卧室，见西山墙供的祖宗版，明灯蜡烛的，银锞子就供在万子炕上的祖宗版下的供桌上。三皇姑正坐在炕头上，摆弄小牌儿①，自娱自乐呢！

七个歹人进屋后，就先把银锞子抢到手。见三皇姑纹丝不动，既没害怕，也没愤怒，好像这伙人去了不是抢劫，而是去借物一样。

那七个小子可有点惊慌，这皇姑奶奶怎么这么稳稳当当呢！一个小子说，是不是她屁乎②底下坐着银锞子？一个小子操起烧红了的平头大铁锹就要往三皇姑的座下撬，说：还有银锞子没有了，不拿出来，我让你坐火车！

三皇姑扔不动声色。

有一个人催促说：快走吧，算了！衙门的人来了，咱们就完蛋了。

这伙人正嘻隆呼隆往外挤的时候，有一个似乎年轻的人说：等等！有话说，要抢救抢皇杠，要嫖就嫖娘娘。今儿个先让我亲亲皇姑，看是什么滋味。说完，上皇姑脸上就要贴一下。

这时，三皇姑冷冷地嗯了一声，把那小子吓得立马退了下来。三皇姑说：抢了银子还不快走，等着我收拾你们啊！③

几个黑脸人互相催促说：快走！你等人来抓你啊！说着都挤出了屋子，消失在黑夜里。

在这里可以清晰地看到，面对同一内容的故事，讲述本与整理本的不同。讲述本基本是讲述人按照大意原本的讲述。整理本有整理者的加工与再创作的过程。如上述皇姑被抢一段的文字，整理者加入了适当的对话和描写，让读者有身临其境之感，而且还有辽东一带的方言，充分

---

① 小牌儿：辽东方言，纸牌。
② 屁乎：辽东方言，即屁股。
③ 张立忠讲述，张德玉等整理：《平民三皇姑》，吉林人民出版社 2009 年版，第 247—248 页。

体现该故事具有地域流传的特性。

整理本与讲述本的不同，对于这一问题，苑利曾说："从整理本与录音对比看，整理者的整理目的基本定位于科学版本与文学版本之间，走的是一条之间路线。这样，一方面不得不舍弃一些有价值的背景资料，同时也容易造成艺术价值的欠缺。我建议做两个版本：一个是供研究的学术文本，基本上不作改动；另一个做成文学文本，可以进行适当的修改，但是绝不能加入当代的东西，只是进行语言的润色。我们反复强调要慎重整理，就是怕把当代的东西加进去造假，同时把该留存的东西丢掉，这是很可怕的。"①

整理说部，把简单故事情节化与系统化的过程，其实也是让说部长久流传的一个有段。因为每个满族说部故事都历经了数代的传承，每一次传承必定会有一些改动。赵东升先生曾说过，文盲型的传承人会越传越少，知识型传承人会越传越多。因为把简单的故事情节化和系统化，是保证说部能长久流传的有效有段。

4. 整理者的取态

满族说部的整理者对文本的处理，关系重大，整理者的态度及遵守的规则直接关系到文本的形成。但是整理者面对如此浩大的说部过程，不是没有规则随意为之的整理，吉林省满族说部集成编委会坚持"忠实纪录、慎重整理"的原则。即要保持原汁原味，保持讲述者的讲述内容的原貌，还要注意民间文学的口头性等，符合地域文学的本土及民族特色。

但是整理者在操作的过程中，理解与取态却有很大的不同，比如：有的人将其作为信史来整理。

整理者于成书过程中，则必须在注重讲述人谋篇立意的同时，尽量了解和把握史实。为此，便研读了《元史》《明史》，参阅了有关的人物传记和史料，精心地揣摩了从元到明、从朱元璋到朱棣的朝代更迭、皇帝易位之发展脉络。既要照顾到全书故事的连贯性，又要反复推敲，使前后矛盾、重复、段落衔接不上、人物取向随意变化等问

---

① 苑利：《说部的问世使满族文学史必须重写》，载周维杰主编《抢救满族说部纪实》，吉林人民出版社2009年版，第335—336页。

题——得到整理。由此可见，记录、整理满族口头遗产——传统说部，绝非只是有言必录、纠正语病、能够表情达意即可那么简单，而是要做到仔细斟酌，合理编排，使之收放自如，文通语顺，可谓一项艰难耗时的劳动。①

在整理的过程中也的确如此，整理者按照自己的理解，并参照史实，《东海沉冤录》加了大量的历史资料。对这一做法，传承人赵东升说，要保持"原汁原味"，"如语言、故事情节、人物面貌、满族风俗习惯、历史事件等，全部保留，就是与史实、文献不符也不做改动"②。而且他还进一步强调，整理满族说部既不能往历史上考，也不能往文学上靠。因为满族说部是民间口碑的历史，是民间艺术，必须要有自己的特点。另一位整理者荆文礼先生在谈及对富育光先生的《天宫大战》进行整理时说：

> 富育光先生讲述"天宫大战"共录了两盘磁带（即两个小时），笔者根据录音下载进行整理。根据编委会制定的"忠实记录、慎重整理"的原则，笔者在整理《天宫大战》时，主要体现在复原上：一是恢复原讲述者用满语讲述的音韵，记录者富希陆先生由于当时条件所限，只能采用汉字标音的方法记录满语，由于时间久远，有不少记录稿已散失，很是遗憾；二是恢复原传承者用咏唱的形式讲述，汉译时只表现在句式的结构上，不追求押韵。原讲述在句与句有明显不连贯之处，疑是当年富希陆先生记录时有遗漏的话语，这次整理时没有动，保持原样。只是个别地方有前后矛盾之处，笔者略有处理，如玖腓凌中讲"雷神西思林也同风神西斯林女神一样，原来同是阿布卡恩都力的爱子爱女"，后面讲"禀赋暴烈的雷神弟弟向风神哥哥在索要爱妻呢！"③

---

① 富育光讲述，于敏记录整理：《东海沉冤录·后记》，吉林人民出版社 2007 年版，第863 页。

② 赵东升：《我的家族与"满族说部"》，《社会科学战线》2008 年第 2 期。

③ 富育光讲述，荆文礼整理：《天宫大战西林安班玛发·后记》，吉林人民出版社 2007 年版，第 271 页。

　　讲述人对整理者的这种整理方法，基本是认可的。基本保持故事的原貌，只做个别的处理，比如情节的连贯上和细节的颠倒处等。赵东升先生在整理祖父传给他的说部故事《碧血龙江传》时候说：

　　　　在整理这部书稿的时候，感到比整理别的说部吃力。一来，这不是一气呵成的说部故事，断断续续经历两年之久，而是一段儿一段儿讲的，先后重复、前后矛盾的地方也不少。还有的故事情节并不连贯，后来发生的故事先讲，先头发生的故事后讲的现象时有发生。由于我有记录本，在我祖父生前就开始整理。祖父故世后，我理顺一下，先整理一个初稿。这部初稿写在报废公文的背面，32 开双页共四本，把原始记录本做了调整，对讲述重复的地方予以删除或合并，矛盾、颠倒的地方做了甄别和修正，基本上形成了一个有机的整体和完整的说部。①

　　满族说部最大的特点就是采取如实讲述的方式，所以这也要求整理者要用同样的方法进行整理，不夸张、不虚构。荆文礼先生曾回忆在即在整理《飞啸三巧传奇》的感受，他说：

　　　　在记录整理中，我并非有言必录，一味追求一字不差地保持"原样"，而是在"慎重"两字下一番功夫。在整理中感到，把口头语言变成文字，变成书面语言，这中间有很大的距离，还需做喜多艰苦、细致的文字工作。既要保留口头语言的特征，又要使语言规范化，让人看了不觉得拉拉杂杂、啰啰嗦嗦。《飞啸三巧传奇》洋洋78 万字的长篇说部，一天若讲一个小时，需连续讲一百多天才能讲完。如此宏阔的大书，讲述者由于前后照应不够，难免出现时间矛盾，故事衔接不上和情节重复的地方。这些问题，整理者只看一两遍稿子还发现不了，因为前后时间夸大太长了。这需要仔细、反复地琢磨、推敲，把人物关系、人名、地名、时间等前后不一致的问题，统一起来，使其不矛盾；对衔接不上的情节，与讲述者富育光

---

①　崇禄讲述，赵东升整理：《碧血龙江传·后记》，吉林人民出版社 2009 年版，第 512 页。

先生探讨后，按照他讲述的语言风格，加上几句，使故事接踵发展；对不合理的地方，按故事情节发展的脉络，顺当过来，使其合乎情理；对重复的情节，只要不伤其原意，就坚决删掉。在整理中所做的这些事情，都是在原讲述的基础上进行梳理、剪裁的工作，也就是热门所说的去粗取精、去伪存真的凝练过程。我所剪掉的只不过是少许无关紧要的残枝枯叶，使《飞啸三巧传奇》这棵参天大树更加枝繁叶茂，郁郁葱葱。①

5. 整理者的依据

（1）根据录音的磁带来整理

傅英仁先生讲述的《萨布素将军传》，早在 20 世纪 80 年代初，吉林省社会科学院文学所的王宏刚与程迅就对该说部进行过采录。傅英仁先生在不到两个月的时间内，一共录了八十多盘磁带。后来对该说部进行整理时，就基本依据傅英仁先生讲述的录音进行忠实记录和慎重地整理，除了在个别的字句上有所调整，尽量保持原汁原味。此外，荆文礼整理的有关富育光先生讲述的说部，基本都是富育光先生先进行录音，荆文礼下载后，依据录音进行整理。

（2）依据手抄本的卡片进行整理

《两世罕王传》就是富育光先生在 1983 年赴北京郊区调研期间，征集到的说部故事，并以手抄卡片的方式带了长春，整理者把这些手抄卡片作为依据进行整理。

（3）依据记录本进行整理

赵东升先生讲述的《碧血龙江传》就有记录本，初稿写在报废的公文背面。

三　文本的风格深受传承人或整理者的影响

从已经出版的几套满族说部丛书来看，其文本风格深受传承人的影响。而整理者基本依据传承人的讲述情况，来进行整理。以"窝车库乌

---

① 富育光讲述，荆文礼整理：《飞啸三巧传奇·后记》，吉林人民出版社 2009 年版，第 767 页。

勒本"来看,《天宫大战》《乌布西奔妈妈》《恩切布库》《西林安班玛发》都是以诗体的形式存在的,而且我们从每篇文本的传承概况中可以看出,原来基本使用满语讲唱的。这几部的传承人都是富育光先生,其中《天宫大战》《恩切布库》《西林安班玛发》是富希陆先生搜集、采录的说部,后来传给了儿子富育光,《乌布西奔妈妈》是富育光后来采录的。以《西林安班玛发》为例,也属于满族创世神话的系列,而是《天宫大战》的从属篇。是萨满后裔郭霍洛·美荣即富育光先生的奶奶,在1930 年除夕夜讲唱于黑龙江瑷珲县大五家子村满洲富察氏清末老屋,由其子富希陆 1958 年追忆并讲述于大五家子村旧舍。1960 年,富育光先生记录于下马场村。富育光记录的内容,基本保持了原来讲唱的风格,当时奶奶用满语讲唱的,因为富希陆先生习惯于汉语速记,所以没有侧重对满语的追忆,十分遗憾。

作为满族的萨满创世神话,不仅仅在一个地区讲唱,《西林安班玛发》也在其他地区的满族族众中流传,例如在"珲春地区满族何姓、郎姓、邰姓、关姓中,流传广泛,最突出的家喻户晓的萨满神话传说,带有诗韵体的要属《西林安班玛发》或称《安班西林色米》,这个神话诗,在瑷珲满族中已有流传,内容基本一致,属于满族先世传世神话《天宫大战》的系列内容,可见《天宫大战》古神话在满族中流传甚是深广而悠远。"[1] 珲春地区流传的版本,传承人是何玉霖先生。何玉霖(1902—1900),珲春市板石乡人,镶黄旗,满族赫舍里氏,九岁因病成为本族的萨满。通晓满语,能讲述许多古老的传统故事。他一生经历丰富,还是著名的采海货的能手,而且善于讲唱民间故事,颇受大家欢迎。富育光先生当年采访过何玉霖,他亲自讲述了《西林安班玛发》,先用满语开头,后用汉语讲述:

各穆妈妈、玛发、阿玛哈、法赫莫法赫玛、阿浑德、阿古西、西沙音、比诺依能给、西林安班玛发,绘孙依勒勒。额给萨,额给萨,端吉布哈。

---

[1] 富育光:《珲春的萨满与萨满神话》,载张学慧、王彦达主编《富育光文集》(下),吉林人民出版社 2017 年版,第 17 页。

在遥远遥远的古代，那时候锡霍特阿林还没有个名字呐！都叫
"萨克达比干依窝稽"。说成今天的汉语就是"老野林子"。萨克达比
干依窝稽。说成今天的汉语就是"老野林子"。萨克达比干衣窝稽，
巴那巴那舜顿恩格色，奥姆格色，格布阿户依毛达哈，意思是到处
像天那么高，像海一样没有名字的古树密集着。在部落里，有一个
顶天立地的英雄，他又老虎一样的声威。他有雄鹰一样的气概。他
有梅花鹿一样的步履，他有海神一般的智慧，这就是西林色夫、西
林色夫莱奥部落里，非常奇特，都知道他不是部落中哪个女人怀孕
大肚子，生下来的大英雄，而是不知不觉出现在众部落的人。在一
个不起眼的黎明，突然发现了他，他是从海里的波涛中蹦上岸来的。
原来我们古来的部落，只知道吃熟食，穿整个的光板皮，带着暖烘
烘的毛，往身上一缠就是一生，不会裁剪缝补做现在的各种衣裳。
那时，吃东西往火里一投，烧熟了就填饱了肚子，吃东西不知道用
盐，不知道切碎吃，更不知道烹饪，肚子塞满了就是一天。那时，
人不懂敬祖祭祀，不懂礼节谦让，处处事事显得那么野蛮愚昧……①

富育光先生讲述的版本，开头部分是乌春乌朱（头歌）和雅鲁顺
（引子），带有当时吟唱的风格。第一部分是西林安班玛发，他从东海里
走来，与上述引用何玉霖讲述的开头部分内容相似：

嗬依罗罗，
嗬依罗——
在遥远遥远的古代，
那时候兴根里阿林啊，
还没有个名字呐！
都叫"萨克达比干衣窝稽"
说成今天的汉语
就是老野林子。

①　富育光：《珲春的萨满与萨满神话》，载张学慧、王彦达主编《富育光文集》（下），吉
林人民出版社 2017 年版，第 17 页。

"萨克达比干衣窝稽,
巴那巴那顺顿格色,
奥姆格色,
格布阿户依毛达哈。"
意思是说——
在这片老野林子里,
到处是像天那么高,
像海那么广阔,
还没有名字的
古树窝稽里,
出了一位
顶天立地的大英雄,
他有老虎一样的声威,
他有雄鹰一样的气概,
他有梅花鹿一样的步履,
他有海神一样的智慧。
这就是满族先人远世古神
——西林安班玛发。
西林安班玛发,
都简称叫他西林色夫,
他初降人间部落,
非常神秘奇特。
世人谁都知道,
西林色夫可不是部落里
哪位赫赫怀胎有孕大肚子,
呱呱坠地下来的,
巴图鲁大英雄。
而是,不知不觉中,
世间众部落的人,
在一个朝霞似火的黎明,
突然发现了他。

他是红光里千只

喜鹊鸣唱降世的，

他是伴随万道

朝霞的光芒现身的，

他是被东海

大大小小白鲸驮举的，

他是从海里的

波涛中蹦上岸来的。

哎！依林威朱鲁古，

哎！依林威舍比雅，

在老先生原本

古老的爱曼①里，

只知道搂火盆，烤食哲沃，

穿整个光板皮，筒子额都库。

大冷天头里，

爱亲亲暖烘烘的

夫尼赫②。

日子快如流星，

往身上一裹就是一生。

不会剪裁缝补，

做现在各种衣裳，

那时，吃东西

只是往火里一投，

烧熟了就填饱了肚子，

吃东西不知道用盐，

不知道切碎吃，

更不知烹饪，

肚子塞满了就是一天。

① 爱曼：满语，部落。
② 夫尼赫：满语，毛发。在这系指毛皮御寒。

那咱，人不懂

敬祖祭祖，

不懂礼节谦让，

处处事事显得

那么野蛮愚昧。

……①

从上述文字的对比中，我们可以发现，虽为同一内容的萨满神话故事，何玉霖讲述的文本，叙述性语言居多，大多失去了诗韵体的特色。富育光先生尽管也是以汉语的形式讲述，但是基本保持了原来的特色，类似于一个诗体化的长诗。尤其是头歌和引子，以及尾歌，开始就是衬词"嗬依罗罗，依罗罗——"读者完全可从带有语气的语言中，体会到这曾经是一个讲唱的故事。而且，往昔神龛上的故事完全用满语来讲述，随着时代的变迁，满语逐渐退出了历史的舞台。何玉霖本除了开头的称谓等用满语讲述外，其余部分基本是汉语讲述，语言基本是叙事性语言。这与萨满神话在传承过程中，母语发生变迁，后来用汉语讲述有关，也与传承人的传承情况有关。

富育光讲述的版本，是承袭路线为奶奶郭霍洛·美荣—父亲富希陆—富育光，具有家族传承的特点。而且《西林安班玛发》作为萨满的诗体咏唱长歌，只有在祭祀结束的时候才由族中有名望的大萨满，用本民族语言即满语咏唱，足见其神圣性与庄严性。这一点，从多年以前富育光先生对何玉霖等人的采访中，得到了验证：

1987 年，我们在珲春市马滴达乡敬老院访问了徐宝昌，满族，敬老院管理员，该人在珲春当地落户六十余年，该乡农民郎景义（77 岁），农民关淑琴（78 岁），在板石乡访问何玉霖萨满等人，都详细介绍珲春地方在萨满祭礼的最后两天，专门有最热闹的余兴，人人欢迎的喜事就是由萨满和族中德高望重的人，唱讲神话传说故

---

① 富育光讲述，荆文礼整理：《西林安班玛发》，吉林人民出版社 2009 年版，第 139—141页。

事。所有神话传说故事，不是萨满们胡编出来的，不是信口雌黄地讲，而是珲春地方世世代代族中长辈传讲下来的传统故事，非常类似北方黑龙江省瑷珲、齐齐哈尔一带地方满族人家传统的说部和"讲古"民间艺术形式。不过，它是以萨满祭祀中萨满神话的唱述形式传颂给族人。因此，尤具有神秘性和神圣性，成为萨满祭祀活动中一项重要的组成部分。

富育光的奶奶郭霍洛·美荣，其伯父和爷爷都是当地有名的萨满，她自幼也能歌善舞，尤其擅长讲唱满族的古歌古谣和长篇的说部故事。富育光先生基本按照先父的讲述来记录的，尽量恢复原来带有诗韵体长诗的色彩。何玉霖的汉语讲述本比较简单，比如对西林安班玛发的降生，一句带过"在一个不起眼的黎明，突然发现了他，他是从海里的波涛中蹦上岸来的"。富育光讲述的版本即家传本，则较为详细，除了保持了该神话故事在当时是用来讲唱的痕迹外，还注意长韵律和节奏，长诗中几个以并列的形式出现的句式，极力突出西林安班玛发降临人间的不平凡性：他伴随着喜鹊的鸣唱、朝霞的光芒，被东海的白鲸驮举着，他从大海的波涛中蹦上岸来。"在即兴创作里，口头诗人没有时间去从容不迫地构思精致的平衡和对比，所以不得不以添加的方式来遣词造句，亦即这样的方式给予他更大的自由度，使他能在故事或诗行需要之际安排句子顺序，或将句子抻长。"① 可以说，添加的形式，是口头创作的一个特点，以并列或者同位语等方式出现，给颂唱者更大的自由度，开头对西林安班玛发的描述"在部落里，有一个顶天立地的英雄，他又老虎一样的声威。他有雄鹰一样的气概。他有梅花鹿一样的步履，他有海神一般的智慧"也属于此类。

把曾经讲唱的满语文本，变为诗体的汉语文本，这中间要经历很多复杂的过程。首先，富育光先生必须深谙满语，懂得其传达的意境，再把内容用书面语表达，不得不承认，富育光先生讲述的文本，带有雅化的特点。前文中，笔者曾举例《乌布西奔妈妈》中的部分片段，与富育

---

① ［美］阿尔伯特·贝茨·洛德：《故事的歌手》，尹虎彬译，中华书局2004年版，第94页。

光先生翻译的文本进行比较，就会发现，富先生的翻译明显带有较强的个人痕迹。普通翻译者，大多是直译，他能在把握基本内容的同时，把意境翻译出来，到处显示出其个人的深厚的功底。他从小在满族文化浓郁的氛围中长大，深受家中甚至族中长辈的爱护和熏陶，不但深谙满语，还会许多讲述说部的技巧，深得大家喜爱。成年后受过大学教育，在高等学府中得到过专业的训练，后来在科研院所工作过，几十年的风雨艰辛，考察到大量的满族古老的文化遗存，在萨满文化及民间文学领域取得了瞩目的成就。而且，富育光先生还是国家级非物质文化传承人，多重的身份及复杂的经历和个人深厚的修养，使得他传承或整理的萨满神话故事，颇具特色，这不能不说整理后的文体风格，带有传承人的个体色彩。

第三节　当代传承人的探讨

一　传承的内驱力——传承人对家族与民族的爱

"满族口头遗产传统说部丛书"目前已经出版了三批，第四批也会很快与读者见面。在已经出版的几十部文本中，其中富育光先生讲述或整理的文本占据了很大的比重。2012 年，富育光先生被评为满族说部的国家级传承人，除此之外，研究说部也是富先生的重任。每次谈起说部，富先生总要说起他的家族史，说起自己的成长环境，及父辈对其影响与教诲，他认为，自己家族发生在历史上的重大事情和祖先的英雄业绩，他有责任在有生之年把它们用文字记录下来，也是对家族及民族的一份贡献。

富育光先生曾用充满深情的笔触，记述过自己家族的历史和满族传统说部，文中写道：

　　满族姓氏"富察哈喇"，金史标汉字"蒲察"，清史标用汉字"富察"，今沿用"富察"。辽金之前，族源无可稽考。据清代地方志书《黑龙江地方志》中记载，金代女真依所居地域分白号与黑号两大姓氏谱系，皆金开国勋爵。蒲察氏为金众部中之显赫大族，列于女真黑号姓谱系表中。故此可知，富察氏家族，源远流长，乃我国北方女真人中一支古老的望族。另现存于黑龙江省故乡大五家子村本族家藏 1912 年满汉文老谱《满洲蒲察哈喇宗谱牒序》记载尤详："稽我蒲察，祖延绵绵，生息黑水，长弓饱腹。金完颜永济大安初，子弟徙居，长兄留黑水，伯仲从布吉烈征徙松水，粟末一统为家焉。荒江炊烟，渔歌互答，垦陌平畴，鸡犬鸣晨，史有'蒲察之野'之誉。明万历中，先祖尔德伊率群归附建州努尔哈赤父子。努尔哈赤创旗制，乃隶杨古利额驸正黄旗下，清祚定鼎，子孙忠贞佐弼，世亨封诰。

　　襄者，奉旨驰驱乌喇，筹垦打牲军务，继之奉旨宁古塔，招抚新满洲，皆屡创奇功，再继之奉旨北上黑龙江，抵御罗刹，子孙忠勤，永成瑷珲为家焉。"①

　　就是在这风云变幻的时代，富察氏家族的祖孙不畏艰险，投入到保家卫国的斗争中，留下了许多可歌可泣的故事，记载了值得家族与民族永远怀念的英雄志士。其中，萨布素将军就是其中一位。萨布素为首任黑龙江将军，清康熙朝抗俄的著名英雄，不但亲自指挥雅克萨之战，还与沙俄签订了逐俄国于外兴安岭疆域之外的《雅克萨条约》。后辈人根据其英雄业绩，流传下来关于萨布素的两部说部故事，其中一部为瑷珲一带富察氏家族的《萨大人传》，还有一部是在宁安地区流传的《老将军八十一件事》。两部说部虽然是记述一个人物，但是侧重不同，合在一起，共同构成了萨布素完整并英勇的一生。在保家卫国的斗争中，富察氏家族的子孙也有不少人付出了生命。阿拉密、乌林保、舒尔功额、德顺保、伊朗阿等就是战斗中牺牲的富察氏子孙。他们的业绩在富察氏家族族谱及《萨大人传》《黑水英雄传》中都有明确记载。

　　满族世世代代有着祖先崇拜的观念，富察氏家族涌现出众多的英雄赞歌必定是其后世子孙永远铭记与尊崇的对象。除了在祭祀上要叩拜祖先，传讲祖先的故事也是必要的事项，对激励后世有着非同一般的作用。所以，对家族历史与人物的记述，成为富察氏家族的主要任务。家族涌

---

① 富育光：《富察氏家族与满族传统说部》，《东北史地》2014 年第 2 期。

现的重要人物和历史事件也成为说部传讲的主要内容，让子孙倍感荣耀，并形成了许多丰富的说部故事。

有研究者就富育光先生申请国家级传承人时候，填写的传承谱系进行了摘录与分析。

传承谱系中概要地介绍了三百年来富察氏家族六部说部的传承脉络，其中重点为《萨大人传》。

我姓满族富察氏，正黄旗，祖上康熙二十二年（1682）奉旨由宁古塔（今宁安市）北戍瑷珲，传至我辈十四代，三百二十九年。曾祖发福凌阿咸丰朝侍卫；太爷伊郎阿清同治、光绪两朝瑷珲副都统衙门委哨官，通晓俄罗斯及北方民族方言土语，大半生从事边疆要务。1900年庚子，在大岭与凤翔将军抗俄殉难有功晋三品衔，长子德连世袭拨什库。（《瑷珲县志》有载）。我家至今老辈人晓说满语、供祭家传满文谱牒、沿袭续谱祭祖古礼。阖族不忘祖德，"每岁春秋，恭听祖宗乌勒本，勿堕锐志"，缅怀本家族著名抗俄将领萨布素老英雄。凡婚嫁、丧葬、祭礼毕之余兴，必由族中长者或萨满述说开拓北疆之艰，颂唱富察氏家书《萨大人传》，激励儿孙，遂成传统。解放后，传讲说部之习不改。我族传承谱系是：

传讲《萨大人传》三百年，首创自康熙五十年三代祖果拉查；四代祖嘎哈延请萨布素后裔并京中族瑞再修《萨大人传》；六代祖达期哈增修定稿《萨大人传》，传藏世代长子袭；八代与九代阙失；十代祖发福凌阿倡讲《萨大人传》；十一代太爷依郎阿承袭《萨大人传》及传讲《雪山罕王传》《傅恒大学士与窦尔敦》等；十二代祖父富察德连承袭《萨大人传》及《雪山罕王传》《傅恒大学士与窦尔敦》等；祖母郭霍洛美容，出身于满洲齐齐哈尔郭氏名门，通晓女红书文，擅长歌舞，在娘家带来《飞啸三巧传奇》《东海沉冤录》《雪妃娘娘与包鲁嘎汗》等满族说部。十三代家父富希陆承袭《萨大人传》与其父富察德连和其母口传之全部遗产；二姑及二姑父张石头，性格开朗口才好，在我祖母影响下，也擅长讲唱说部。我父富希陆先生能记忆祖传许多篇说部，与我二姑父与他常在一起切磋和协助追忆说部有很大关系。十四代传人长子富育光，另三子富亚光、张石头长女表姐张月娥（现年82岁）和小儿子张胜利。我因在长春工作，亚光弟与他们来往密切。父富希陆先生身体很好，1977年冬突染病，自知年寿不永，函召我们返里，病中常为家传说部未能吐尽而慨叹。1980年春病笃，我与世光弟速归，病中老人口述《萨大人传》，殷嘱光大之，呕心践之。5月病逝，享年69。①

　　传承谱系中主要记载了富察氏家族传承说部的主要脉络，家族传承的说部与家族的历史有密切的关系，基本是对自己家族祖先的记载与讴歌。富育光先生在整理的时候以对富察氏家族的爱和责任为推动力，并整理成文本出版，流传后世。富育光先生从小就生活在瑷珲，曾多次追忆他的童年时光，也恰恰是这段时光，成为他追求民族事业的起点。据富先生回忆：

　　1933年降生，1937年五岁随父母从吉林返回故乡，就幸运地融入漠北以满族为主的赫哲、鄂伦春、达斡尔等兄弟民族传统文化之中，受到濡养和熏陶。他们的穆昆达都是清康熙二十二年为抵御俄罗斯南侵，参加过历史上著名的保卫雅克萨战役的巴图鲁（英雄），打败入侵者有功，确定中俄尼布楚条约后，便长期戍边瑷珲已近三百多年，北疆民风敦厚，鲸骨筑屋，古歌悠扬，通宵达旦，保留着传袭千载的多彩民族艺术遗存。我一直二十二岁考入大学才远离故乡，这是我生命中最难得的民族精神重塑和宝贵机遇，对于我民族语言的通晓到民族民间传统习俗情结的积淀和学习模仿、认知乃至承袭，起了很关键作用。我获得濒临消失的古老珍贵萨满乌春和先人传咏的民族民间记忆，也可以说是获得许多明清以来多灾多难的国家记忆原始素材。这就是我人生进程中的第一阶段，我是民族文化遗存的见证者和参预者。对于我从事我国民族学、宗教学、民俗学研究以及民族民间文学的挖掘、抢救、整理、翻译与研究，奠定了基础和条件。①

除了对家族史的忠实纪录，一直致力于研究民族学研究的富育光先生，除了记录、整理本家族的说部故事，对满族的说部也极度热忱，就是这份热爱，他常年奔走在满族聚居的各个村屯，不分寒暑与节假。当年为了采录《乌布西奔妈妈》，大年三十都在外奔波，那时候交通不便，天气寒冷，如今的富育光先生有老寒腿的毛病，据家人和富育光先生自己回忆，就是因为多年的田野调查中落下的病根儿。大型文化纪录片《天地长白》曾专门拍摄过富育光先生的满族说部传承之路，富育光先生动情地说："这么多年来，我哪有家啊，我根本没有家！"他把满腔的爱与责任都交给了他热爱的民族文化事业。在对民族文化遗产的抢救中，他搜集到了大量的文物，包括满族的谱牒、萨满神服、神器等，当然也有他发现的其他家族及地区流传的满族说部，其中包括《乌布西奔妈妈》《萨哈连船王》《两世罕王传》《松水凤楼传》《傅恒大学士窦尔敦》《群芳谱》等。对家族与民族的爱与情感在富育光先生的文字中静静流淌。读富先生整理的文字，有文如其人之感，很多时候可以感受到先生对人物的深情。曹保明先生在《雪山罕王传》的后记中提到一个细节，在整理该文本的时候发现他画了一张熊图，而且熊的眼神特别的温柔和乖顺，就如同一个人在思考和打量对方，完全没有野兽的凶猛。富先生自己说："我的故事到这里是带着情感画出来的……当一种文化的传承者带着他的一份情感去用画来表述一种思想，这画就该是这个样子。"②

此外，2017 年 3 月，富育光先生带领一批人前往黑河调研，"富老师带领我们走上了遥远的他的故土，因为那里是满族说部文化的发生地啊……来到说部文化发生地，他每天甚至每时每刻都在流泪，亲友、弟子包括他自己，都要事先备好一书包擦泪的湿巾纸和软纸。在黑龙江瑷珲历史博物馆前，在传承《雪山罕王传》《萨哈连船王》的永宁碑拓片和东北早期古地图前，在记录《萨大人传》的雅克萨战役与沙皇俄国谈判

---

① 富育光：《拓荒者抒怀》，于 2017 年 11 月 25 日《〈富育光文集〉〈张璇如文集〉首发式暨萨满文化和口传文学学术研讨会》上的讲话（未刊稿）。

② 富育光讲述，曹保明整理：《雪山罕王传》，吉林人民出版社 2016 年版，第 420 页。

的雕像前，当看到自己的先祖萨布素与朝廷大臣索额图在谈判桌前与侵略者据理力争时，富老师多次泣不成声，在场的每一个人都忍不住跟着落泪。"[1] 这种对祖先、对民族文化深深的热爱感染着大家。而且，富育光先生在学术交流会上多次提到对抢救、保护满族说部做出卓越贡献的各界人士，每次都是饱含深情、眼含热泪，在场的学者可以感受到他发自内心的真挚情感，也就是这份情感，支撑富老不顾身体的病痛，夜以继日，不畏寒暑，常年奔走在保护、抢救民族文化的第一线，传统说部丛书近一半与富先生有关，这也是其多年辛苦的明证！

满族说部另一位传承人赵东升先生，其家族是乌拉纳喇氏，明末清初扈伦四部之一乌拉部的后裔，为乌拉国布占泰的第十一代孙。清代入关前，建州女真统一了四部，乌拉国灭亡，家族四处逃散，祖先避居乡下，隐姓埋名，得以幸存。也在这样的情况下，保留了一大批祖先的逸闻故事和传说，比如《扈伦传奇》《洪匡失国》《南关轶事》等。因为涉及的内容很多是当时清廷避讳的，所以基本不外传，只在家族内秘密传承，不向外人透漏。只有家族在祭祀、修谱或者寿诞之日，由穆昆达和萨满讲唱本族的历史，族众敬耳恭听，在心里铭记祖宗的功德，靠着血缘代代相传，传到赵东升先生这里已经第二十代。

翻阅赵东升先生纂辑的《乌拉纳喇氏家谱全书》，可以看到很多人都在清朝做官，通过列举的《乌拉纳喇氏正白旗赵姓在清代有职位（功名）人员名单》，可以看出，为官者达七十余人。就是这些人，以传承家族的乌勒本为使命与责任，无论遇到什么苦难，甚至是杀头的责任，家族史的传承没有间断过。以十五代的德明为例，十五代德明—十六代的富隆阿—十七代的双庆—十八代的崇禄，崇禄先生就是赵东升的祖父，由于其父亲英年早逝，所以祖父直接传给二十代的赵东升。

据赵东升回忆，他从小就在祖父身边长大，祖父经常给他讲家族的故事。所以从小就热爱家族的历史和文化。祖父原名赵国英（1818—1954），阅历丰富，见多识广，精通多国的语言文字，其父赵继文也是一方才子，但是去世较早，所以家族史传承的任务都落在了赵东升的身上。祖父去世的时候，赵东升先生没来得及看祖父最后一眼，但是他的堂祖

---

[1] 曹保明：《要坚持文化的自觉和自信》，《吉林日报》2017 年 6 月 6 日。

父告诉他，爷爷让按照以前说的事情照办。赵东升明白了祖父的嘱托，并暗下决心，一定要把家族史好好传承下去，对得起自己的祖先。所以多年以来走遍祖国的大江南北，只要知道和家族史有关的一点线索，就不畏艰难险阻，亲自去踏查、走访。为此，他访问了家族近支及远支的成员，尽量补充和完善家族的历史。尤其是一些事件的发生地，也做了大量的考证。笔者于2017年10月25日去拜访赵东升先生的时候，他刚刚从黑龙江省肇东市回来，是去寻找八始祖窝拉霍的后裔，而赵东升先生已经81岁的高龄，据其家人回忆，这么多年以来，他的考察从来没有停止过。去访谈的当天，走进屋里的时候，赵先生在专心查阅文献，见到我们来访，兴奋地说："我们祖先记录的事情，大多都是有据可依的，你看看这个地名和概貌与家族历史记载基本吻合！"这也从另一个侧面印证了，家族史在一定意义上可以作为正史的补充，这也许就是满族说部传承要保证真实性的意义之所在。

目前已经出版的满族说部丛书，乌拉纳喇氏家族的本子有《扈伦传奇》《碧血龙江传》《乌拉秘史》《百花点将》等。其中《扈伦传奇》由扈伦秘闻、南关轶事和叶赫兴亡三个乌勒本组成，基本都是祖先传下来的民族历史和家族秘闻，其中也含有民间的传说。《洪匡失国》是家族秘史。

除了这几部之外，赵东升先生说还有几个本子，它们是：

《辽东烽烟》讲述甲午中日战争辽东陆路战场清军抗敌报国的故事。中日在朝鲜发生军事冲突，战火扩大到辽东地区，黑龙江将军依克唐阿奉调出兵，特邀他好友富隆阿参加军务，委以总理粮台重任。富隆阿，伊尔根觉罗，字甲三，光绪壬午科举人。我祖父崇禄先生时年17，以相亲的关系，随富隆阿在辽东前线待了一年，得到一些军事情报。后来，富隆阿把他在军中的日记交给我祖父，让其传扬辽东战场实况，祖父据此整理成《辽东烽烟》一书，自己也传讲。其内容多是世人无法了解的秘闻，有的还是禁止传播的隐私。

《庚子秘闻》，庚子之变前后朝内和宫中的秘闻。讲述端王为使儿子早日做皇帝，同慈禧密谋打算废除光绪，不料引起国际风波，列强干涉，反对废主。因此，慈禧和端王仇视列强，利用义和团排外，才闹出杀教士、攻使馆，引出八国联军攻占北京的闹剧。此书内容系我曾祖父双庆于北京那三大人府得到的朝野流传的马路新闻，虽非正史，但有某种参考价值。

《五官地轶事》，五官地为清朝内务府属下的一个皇庄，计五个屯子，故名五官地，由打牲乌拉总管衙门管理。我的曾祖父双庆公和祖父崇禄先生都曾负责管理过一切事物，五官地中好些人物他们都认识，清亡后有的和他们还成了朋友。祖父经常讲五官地的见闻，我曾做过记录，整理出七八万字的本子。

《白马捎书》讲渤海国的时，大氏王族分裂渤海，割据乌苏里江东岸，建立苏统国，铸造宽永钱的故事。渤海公主绿萝被困苏统，将实情写成学书，藏在坐骑白龙马的鞍子里，放马过江报信，而绿萝自杀身死。可惜这一传奇故事仅留下片段，如不整理，恐怕要失传了。①

正是源于对家族与民族的爱，成为满族说部当代传承人传承的内驱动力。

二 具有复合型传承人的特质

（一）复合型传承人

有研究者根据民间故事家传承故事的情况，将其分为两种类型，一种是"传承型"；另一种是"传承兼创作型"。所谓"传承型"故事讲述家，是指他（她）们主要传承从他人接受得来的故事（很多故事家对自己故事的具体来源大多能够记忆），不创作或很少创作完整的故事。"传承兼创作型"故事讲述家在讲述时对原来的故事进行的修正、加工、补充，也可以说是一种"创作"，这里的"创作型"是指能编讲完整故事的一些故事讲述家。② 如果参照上述分类法，满族说部传承人中属于传承型的，即只根据记忆讲述，说部来源于他人的讲授，没有个人的加工创造。这类传承人主要包括何世环、鲁连坤等人。何世环的《尼山萨满》、鲁连

---

① 赵东升：《我的家族与满族说部》，《社会科学战线》2008 年第 2 期。
② 许钰：《民间故事讲述家及其个性特征》，《北京师范大学学报》1995 年第 6 期。

坤的《乌布西奔妈妈》基本都是从别人那里听来的故事，自己再讲述出来。传承兼创作型的主要有关墨卿、马亚川、傅英仁、富希陆、富育光、赵东升等。传承型在普通民间故事的讲述家中，人数较多。而传承兼创作型传承人在普通民间故事的讲述家中数量很少。此种情况与满族说部的传承人恰恰相反，传承兼创作型在满族说部的传承人占据较大比重。而且不仅如此，除了传承兼创作外，尤其是当代传承人，如富育光、赵东升等，甚至还是研究者或家族中的穆昆达，具备绘画、音乐、懂满语等多方面才能。鉴于此类传承人除了具备传承兼创作的能力，还具备多方面的才能，笔者将这类传承人定义为"复合型传承人"。

当代满族说部传承人与以往传统型的传承人不同，传统型传承人大多只会说、会讲、不会写，即大多不具备书写的能力，而当代满族说部说部的传承人他们既能说又能写，尤其是国家级传承人富育光先生，在北方民间文化的搜集、整理与研究及萨满文化的研究领域，取得了令人瞩目的成就，还是特定领域知名的学者兼专家。纵观非物质文化遗产传承人，具备这样多重身份的人十分少见。也恰恰是这样的身份，使得富育光先生申报国家级非物质文化遗产传承人的道路不是十分顺畅，在常规的定义里，研究型的学者是否适合做非遗传承，曾一度受到质疑，但最终得到了认可。

> 做文化抢救工作的传承人必须多才多能，这个很重要。我们做民族学的，有很多东西都是在工作中逼出来的。比如，我自学素描，就是因为在观察祭祀活动时，整个过程都不允许拍照，只能仔细看他们穿各种衣服、使用各种神偶，然后画出来作为记录。又如，听到民间哼出来的民歌，自己要能谱出曲来。这些都是基本功。要多掌握知识，了解各个朝代的历史。想成为满族说部传承人，要会想办法、有好学精神，这样讲出来的故事就会越来越生动。①

的确，具备多方才能的富育光先生，在民族文化调查及满族说部的

---

① 赵徐州、曾江：《尊重历史讲好满族说部——访满族说部国家级传承人、吉林省文史馆馆员富育光》，《中国社会科学报》2016 年 12 月 30 日。

搜集整理中，发挥了重要的作用。在他的手稿里，随处可见他手绘的各种图画，其中有地图、有《乌布西奔妈妈》刻在岩洞上的舞蹈，还有记录的各种符号等。也许，最初的绘画目的是由于影像技术的不发达，用图画的方式弥补缺少现代技术带来的缺陷。可是，仔细观看富先生在满族说部采录及整理过程中的图画，也许并不是简单绘图，也是情感表达的一种方式。例如在《雪山罕王传》的"后记"中，曹保明先生看到会有熊图的图画，询问富老师其中的含义。不仅如此，富老师在传授弟子安紫波满族说部的时候，也会用图画来表达，比如萨布素同几个小伙伴掏鸟窝的情形。锡伯族长篇故事传承人何钧佑老人，在自己誊写的书稿空白处，也绘有精美的插图，也许这些传承人手绘的图画有着更复杂、更有深远意义的含内涵，需要学者的关注与研究。而且，满族说部最初是讲唱结合的，尤其是窝车库乌勒本即神龛上的故事，颂唱的部分比较多，《乌布西奔妈妈》开头的引曲就是富育光先生用乐谱记录的，在《萨大人传》《东海沉冤录》里同样可以见到富育光先生用乐谱形式记录的曲调。

　　满族说部最初是用纯满语讲唱的，富育光先生从小就生活在满族聚居地瑷珲大五家子，身边的人都会熟练地用满语来讲说部故事。而且满族说部的讲唱提纲有的还用满语记录，或者汉字标音满语来记录，所以学好满语十分重要。富育光先生把毕生的精力与心血都倾注在民族文化的抢救与保护中。他曾在80年代初，走访北方满族聚居的各个村屯，搜集满族文化的遗存，发现了大量的萨满神谕、神器、神服等物件。2016年，富育光先生及同仁几十年来搜集的神谕被影印出版，取名《萨满神书集成》。他深谙满语及语法，这为研究满族的历史文化与传播满族说部做好了准备。此外，富育光先生认为未来传承人的选择与培养上，也希望传承人懂些满语。因为尽管时代不同，满族说部完全用汉语讲述了，但是其中的满语词汇随处可见，掌握好满语也是传承说部的一个条件。为此，在家族之外，富育光先生培养了满族说部的社会传承人宋熙东。宋熙东，满族正白旗，是北京市个体满族歌唱家。他通晓满语，自2001年以来，他长期深入北京及东北各地考察满族的古文化遗存，在富育光先生的引荐下，多次赴黑龙江孙吴县四季屯村跟随何奶奶学习满语。目前，宋熙东能用满语大段地讲述《萨大人传》的片段，还多次在各地讲唱，获得较好的反响。

　　无独有偶，另一名国家级传承人赵东升先生，满洲正白旗，1936 年出生于吉林市一个满族世宦兼中医世家。1985 年任长春市中医肾病研究所所长，祖传的治疗肾病的技艺，还被评为市级非物质文化遗产，医治好了很多病人，慕名而来的患者也越来越多。在行医之余，他热爱满族历史文化研究。多次赴东北三省及河北等地进行考察，取得了大量的第一手资料。出版了多部专著，在报纸杂志上发表数篇论文。由于其在满族清前史的研究中有突出的成绩，曾被东北师范大学民族与疆域研究中心聘为客座研究员；2004 年起，受聘于吉林师范大学满族文化研究所教授。由于他的家族系乌拉纳喇氏，扈伦四部之一的乌拉部的后裔，为布占泰第十一代孙。在清入关前，建州女真统一了各部，乌拉国灭亡，家族四处逃散，其祖先幸免于难，避居乡下。在隐姓埋名的情况下，传下了与本家族有关的大量的历史文化以及逸闻故事，当时被称为乌勒本，经历代的传承，后来演化为说部故事。

　　赵东升先生不仅是中医，也是在学术圈内比较有名气的学者，尤其是在扈伦四部研究方面，得到广泛认可。而且，赵东升先生的家族及本人的经历复杂，他从青年时代起，就喜好业余创作，直至今天还有记日记的习惯。他根据自己的经历及见闻写成的《昨天的故事》，结集出版，由于种种原因，出版的时候没有属自己的名字。此外，从青年时期起，就用笔名在报刊上发表各类作品，有通讯、大鼓词以及诗作等。1956 年，赵东升先生用黎斐为笔名，在《吉林农民报》上发表了一首类似打油诗的作品《"酒壶"主任》，带有些针砭时弊、讽刺现实的意味。赵东升先生的家人都说："当时影响还挺大呢，大家都打听酒壶主任是谁，想看看真人。"1957 年 1 月 14 日，赵先生依旧以黎斐为笔名，在《吉林日报》发表了《境内怀古三首》，其中一首为《乌拉街》：

> 枫柏苍翠远山东，
> 松江绿水绕西城。
> 至今点将台边站，
> 犹忆白花女英雄。①

---

① 赵东升先生提供。

那一年，赵东山先生 21 岁，可见其从青年时代起就关注地方风物与历史。这首诗作中涉及了流传在乌拉街一带《白花点将》的故事传说故事，出版的第四批满族说部中，就有赵东升先生整理的此说部故事。

除了爱好写作，他还会弹木琴、画工笔画，也略通围棋，用赵东升先生自己的话来说，"一生样样都通，但是都没学明白"。这其中有赵先生谦虚的成分，据其家人回忆：　"年轻时候照着连环画的画像可像了……"赵东升先生说，他曾经有一度时间特别痴迷画连环画中的人物，有的是照着画的，有的是自己创作的，周围的邻居都说好，其中最得意的一幅送给了邻居，可惜年深日久，当年的绘画都没有保留下来。

笔者曾多次拜访过赵东升先生，时至今日仍笔耕不辍的进行写作，大多数是研究型的论文。

赵东升先生还是家族的穆昆达，懂些满语，主持家中的祭祀及重大活动。而且，在他的家中，门外的对联是用满语写成的。

可见，赵东升先生与富育光先生一样，也是一位复合型传承人，具备多方面的才能，能讲述并传承说部，赵东升先生的家传说部主要是讲述的，最开始就没有唱的部分，富育光先生的家传说部有唱的部分，由于自己个人的特点及侧重点不同，他有迫切抢救民族文化的热情，记录的部分更多些，唱的部分会的不多。据富育光先生回忆，他的父亲富希陆先生还会唱，到他这里就不太会了。而且，他们都掌握一定的满语，都有书写的较高技能，在一定领域是研究型学者。虽然赵东升先生也会画画和音乐，但在实际的传承说部过程中，用得不多。但其具备的多方面的才能，是传承好说部的前提条件。笔者仔细阅读过出版的满族说部，虽然与出版的纯文学作品大不相同，满族说部中蕴含大量的满族历史文化知识及民风民俗，满语随处可见。具备书写与研究能力的传承人，在已掌握的说部情况大致内容的情况下，对其细节进行了补充。富育光先生为了考察满族说部的流传情况，对一个特点甚至一个传承人，进行多次的考察或者访谈，甚至每个字的发音及意思都力求准确。赵东升先生为了考察家族说部的历史，也踏查了与其相关的地区，在出版的文字版的书稿中，进行适当的补充与完善。

而且，说部可以称为洋洋巨著，对其把握与书写，不是普通的故事传承人能力所及的。尤其是说部忠于过去传承人讲述的历史，不能擅自更改。满族说部形成文字的过程，也是其文本定型化的过程，它需要整理者有把握全局的本领。如果仅仅是讲述，按照需要，可以适当灵活地改变故事内容的顺序，形成文本，必须使得故事连贯。不具备一定的能力及素养也不可能把握好说部故事。目前，第三批说部已经陆续出版，如此大部头的作品呈现在世人面前，实属不易。而传承人对说部的整体把握及个人素质是传承的关键，当代复合型传承人的出现，也是使得说部得以较好传承下去的必要条件。

（二）复合型传承人对文本的影响

由于复合型传承人的出现，使得形成文字的文本也显得与其他整理者不同的特点。

满族说部编委会的整理原则是："忠实纪录、慎重整理"，力求保持原来口语讲述的原貌。但是不得不承认的是，在口头语言到文字形成固定文本的过程，是一个复杂的过程。由于整理者大多为知识性传承人，将口语化变为书面化的风格不可能避免，"从史诗接受史的角度而言，史诗首先通过口传的形式传播，而其他传播形式都是衍生的媒介，口耳相传的传播形式具有先于且优于其他传播形式的特点，这就一定程度上决定了以口耳相传为主要传播形式的口语文化的基本特征在史诗书面化的过程中被有意无意地带入文本之中，而带入的多少则取决于书面化参与者的知识背景"[1]。

尤其是现已出版的"窝车库乌勒本"，大多是富育光先生整理的，富育光家学深厚，不但传承了本家族的说部故事和父亲富希陆先生讲述的说部，还搜集整理了大量的说部故事。

富育光受过专业的训练，读过大学中文系，文字功底深厚，尤其是古文功底，也比较扎实。

满族说部复合型传承人的特殊特质，已经远远超出了普通民间故事传承人的特点，不能简单地分析来理解。也正因为传承人较高的文化素质与积淀，使得传承下来的作品更熠熠生辉，现以富育光先生整理的《乌布西本妈妈》为例，来看复合型传承人在整理文本中的作用。

---

① 央吉卓玛:《取法民间:口传史诗的搜集、整理及抄写机制——以"玉树抄本世家"为例》,《西北民族研究》2017年第3期。

"《乌布西奔妈妈》是满族先世东海女真人贡献给世界的一部英雄史诗作品，它的问世，证实了马明超关于满族先世应有古老英雄史诗的论断，弥补了中国北方英雄史诗带的一个缺环。"① 该部作品具有史诗学、历史学、宗教学、神话学、艺术学、民俗学、符号学等多学科的重要价值。而且，最初也是用满语讲唱的，《乌布西奔妈妈》每章都有一部分内容是以满语记录的，其余用汉语记录。其中满语文本主要由三部分组成："1. 富育光等学者 1984 年在珲春县板石乡何玉霖萨满处得到汉字标音满语口语'唱妈妈'手抄件中的引曲及头歌（前半部分）；2. 富育光以满文字母记录鲁老以满语口语讲述的《头歌》、《创世歌》（部分）、《哑女的歌》（部分）、《古德玛发的歌》（部分）、《女海魔们战舞歌》（部分）；3. 富育光以汉字标音记录鲁连坤老人以满语口语讲述的《创世歌》、《乌布林海祭葬歌》（部分）。"②

以鲁连坤用满语口语讲述的《乌布西奔妈妈》中的部分段落，据富育光先生回忆，在史诗记录手稿初得的时候，"我们得到瑷珲地方通晓满语的吴宝顺、祁世和、富希陆诸位遗老帮助，热心从事语言的译注和民俗的勘校，使长诗更加完美光彩"③。在用汉语整理的过程中，富育光参照记录的几种文本，反复斟酌，最终形成汉字整理的文本。可见，没有多学科的知识储备和满语功底，是不能较好地整理并完成《乌布西奔妈妈》的译注的。

以珲春板石乡神本的开头为例：

> 德乌勒勒哲乌勒勒德乌咧哩哲咧
> de u le le, je u le le, de u liyei li, je liyei.
> 德乌勒勒哲乌勒勒德乌咧哩哲咧
>
> 格勒嘎思哈德勒给莫德利德勒菲涩

---

① 郭淑云：《乌布西奔妈妈研究》，中国社会科学出版社 2013 年版，第 3 页。

② 戴光宇：《〈乌布西奔妈妈〉满语文本及其文学价值》，《民族文学研究》2009 年第 1 期。

③ 鲁连坤讲述，富育光译注整理：《乌布西奔妈妈》，吉林人民出版社 2007 年版，第 12 页。

尅纳木勒莫
geren gasha dergi mederi dele fisekei na –
marame,
众鸟东海上头只管溅水争添着

焦衣德泊勒莫佛恩（思）卡霍春呼呼哩莫德利超妞浑
gio i deberen be fusehe hojo huhuri med –
eri coo niohon,
狍子的崽儿把孳生了的俏丽（吃）乳海潮（？）松绿

艾新朱巴刻德勒德泊离垫妹
aisin jubki dele tebeliyedembi.
金洲上头反复地扑抱

格勒莫霍逵（达）衣德勒冬库里（黑）巴出
热佛热格色
geren emu hada i dele dunggu hibsu ejen
feye gese,
各（一）个山峰的上头洞蜜蜂窝似的

乌西哈比亚德勒突给衣莫德利纽伦
布拉春比勒泰沃索莫
usiha biya dele tugi mederi nioron boljon
biretei wasame（usame），
星月上头云海虹浪极力冲闯抓挠着

乌木西奔妈妈泊特乌木西奔妈妈
给苏勒勒乌木西奔妈妈泊特勒渴
umesiben mama baita umesiben mama
gisurere, umesiben mama badaraka
乌布西奔妈妈事乌布西奔妈妈（要）

说的乌布西奔妈妈开广了

乌木西奔妈妈莫勒根乌拉布苏乌西
哈比亚格木突给衣莫得利纽浑乌朱沃莫
umesiben mama mergen ulhisu usiha
biya gemu tugi mederi niohon uju ome，
乌布西奔妈妈智慧星月
都云海松绿头成着

比尼玛哈苏呼衣恩都哩通肯菲特痕比
bi nimaha sukū i enduri tungken fithemebi，
我鱼皮的神鼓弹着有

古鲁古黑勒恩尅依其瓦西浑阿斯罕
gurgu giranggi ici wasihūn ashan，
兽骨右下方佩

汪勒给恩苏敏莫德里芒滚布勒夫勒
给热尅布勒德恩比
urkin sumin mederi menggun buren
fulgiyehei burdeme bi，
响声深海银螺只管吹
吹海螺着有

比如在长诗的头歌部分，有研究者用直译的方式将满语翻译如下：

德乌勒勒，哲乌勒勒，德乌咧哩，哲咧。
众鸟在东海海面争相俯冲溅水，
哺育狍羔的俏丽乳海潮水碧绿，不断扑抱着金色沙洲。
群峦之上洞窟密如蜂窝，浪涛极力冲闯抓够着，星月上空的云海长虹。

乌布西奔妈妈的事迹，乌布西奔妈妈的英谕，

乌布西奔妈妈的开拓，乌布西奔妈妈的智慧，同星月尽在云海
翠波之巅。

我弹着鱼皮神鼓，兽骨做我右下方的佩饰，

尽情地吹着轰响的深海的银螺。①

富育光先生的译文为：

德乌勒勒，哲乌勒勒，德乌咧哩，哲咧！

在群鹊争枝的东海岸，

在麋鹿哺崽的佛思恩霍通，

在海浪扑抱着的金沙滩边，

在岩洞密如蜂窝的群峦之间，

在星月普照的云海翠波之巅，

乌布西奔妈妈的事迹，乌布西奔妈妈的英谕，

乌布西奔妈妈的足迹，乌布西奔妈妈的天聪，

犹如万顷波涛无沿无际浩渺无垠。

我弹着鱼皮神鼓，

伴随着兽骨灵佩的声响，吹着深海里采来的银螺……②

上述引用的满语文本是《乌布西奔妈妈》"头歌"中的两处内容，而
且这两处内容所用的词汇和描述的场面相似。但是"富育光译本没有过
分强调细节，只求其神似，两段并为一段翻译了大意，这是慎重的"③。
不仅如此，富育光先生翻译的文字，即使译成汉字，也完全遵循了萨满
史诗讲唱结合的特点，十分注重句式的节奏感以及带有韵律的美感。而
且，富育光先生翻译的史诗中，排比、比喻、拟人等句式随处可见。他

---

① 戴光宇：《〈乌布西奔妈妈〉满语文本及其文学价值》，《民族文学研究》2009 年第 1
期。

② 鲁连坤讲述，富育光译注整理：《乌布西本妈妈》，吉林人民出版社 2007 年版，第 2 页。

③ 戴光宇：《〈乌布西奔妈妈〉满语文本及其文学价值》，《民族文学研究》2009 年第 1
期。

不但熟悉满文，还深谙史诗的故事内容和精神内涵，所以在翻译过程中有的放矢。此外，富育光先生受过较好的专业训练，古文功底也比较深厚，史诗的汉语译文中，文白间杂的现象也多有出现。

比如：

> 右葬三千哈哈①白骨，
> 左葬三千赫赫②香躯，
> 龟蟒兽冢罗陈四野，
> 牲血沃岩隙，
> 泉汩哀泣。
> 焚茅为香，流瀑代酒。
> 四时诚祀，鼓号可闻。
> 穴遂绵延，其遂何年？
> 先师自定，后世安知？
> ……

排比句式的运用较多，仅以其中两处为例：

> 在棕熊嬉闹的橡树上，
> 在松鼠纵跃的松枝上，
> 在兔群觅食的嘟柿树上，
> 在芍药蜜蜂喧笑的丘陵上……③

几个排比句式，描绘了自然界动植物和谐相处的画面。

> 像蛇蟒总要吞食伶弱的蛙蜥，
> 像贪嘴的豺狼总是狞对奔驰的麋鹿。

---

① 哈哈：满语，男人。
② 赫赫：满语，女人。
③ 鲁连坤讲述，富育光译注整理：《乌布西奔妈妈》，吉林人民出版社2007年版，第3页。

像大肚的查鲢鱼胀破了肚皮还死咬住阿枪小鱼。

像贪淫的公豺日落日出无休止奸着雌狗，

洞里还要拘俘悲号待辱的母豺。

像贪嘴的大头乌鸦，

喜夺食白云飞渡下高山"女儿蜜"

咀嚼得香溢满口，永不停歇。

怀崽的母鹿群漫山奔叫，

向狂舞的乌鸦凄怆地抗争。①

这段文字以比喻的方式，来表现人类社会的弱肉强食，在直观上却体现了生物链的关系。如果译者不具备对满语知识的掌握、对词汇的精准把握以及比较深厚的文学功底，是不能恰切地完成带有美感的翻译工作的。而且，这部史诗涉及很多古地名及萨满祭祀的内容，不具备专业的学科知识体系，想把握好长诗的翻译工作，也是十分困难的。正因为富育光先生具备复合型传承人的特质，长期从事田野考察及学术研究工作，使得《乌布西本妈妈》的抢救、搜集及整理得以顺利进行，并最终出版，呈现在世人面前。

除了《乌布西奔妈妈》之外，满族创世史诗《天宫大战》曾以民间故事的形式以散文体形式发表过，2007年以满族说部的形式出版的时候，不再是散文体的形式，而是适合讲唱的诗体形式。整理者依据需要，在内容不变的情况下，调整作品的形式，也是整理者能力的体现。

依据这个分类标准，锡伯族长篇故事讲述家何钧佑老人，也可以被称为是复合型传承人。他不但读过高小、国高，他的父亲何若太还不惜变卖家中的土地，供他到日本去读大学。从日本回来后，还在苏联工作过，从事过绘画工作。而且，何钧佑个人的生活经历也比较复杂，当过"右派"，蹲过监狱。后来痴迷于和家族历史相关的文献资料和传说故事。所以，在何钧佑最初整理的文稿中，以和正史相对照的态度来整理口传的家族历史。但是根据采录者专业的培训和提示，很快能恢复到家中长

①　鲁连坤讲述，富育光译注整理：《乌布西本妈妈》，吉林人民出版社2007年版，第11页。

辈讲述的语气中来，隐去自己主观的理解和判断。据采访者回忆，看到何钧佑先生的手稿里有许多插图，例如喜利妈妈等。尤其在《喜利妈妈西征英雄传奇》中，有不少画图，是故事中关键的片段或者内容，比如六部大军攻破牛人围子、喜利妈妈的四姐妹小尼出赫等处，都配有图画。这些极其重视细节描摹的图画，对文本记录的内容是一个有利的补充和画面的再现。但是这种能力又不是普通民间故事的讲述者或传承人所具备的。何钧佑先生，具备比较高的文化素养，会用画面表现故事，也会用生动的语言讲述锡伯族长篇故事，用笔来记录故事，符合一个符合"书写型传承"的特质。"书写型传承人"概念的提出，就是有学者总结如下现象："一个浸淫传统的民间创作者，接受了正规教育，又将书写规则与本民族口头传统相结合，'书写'并同时部分地口头传承了'植根于民间'的作品。"①

当代有代表性的传承人具备的综合条件，符合复合型传承人的特征，使得他们面对祖先的历史文化时，无论是作为传承人还是整理者，都有一个审慎、明细、客观的态度。传承人赵东升先生说："在我看来，整理满族说部，值得注意的是，一不要往历史上靠，不要把它变成历史教科书，因为它是民间口碑历史；二不要往文学上贴，不要把它搞成文学作品，因为它是民间艺术，带有田野风格的粗犷性。更重要一点，不要追求刺激，把它搞成细说。一沾上这类恶习，那么满族传统说部就会变质，失去了它存在的价值。"② 笔者曾于 2016 年 11 月拜访过富育光先生，恰逢电视台去采访富老，电视台的制片人询问富老，假设《萨哈连船王》中运输木材的路线是另一个路径，富先生当时严肃地说："不能假设，那都是老祖宗传下来的，是什么样就是什么样……"录完节目后，富老解释说，抛开满族说部的记录的内容，可以假设，但是不能对说部讲述的内容擅自更改。为此，笔者联想到锡伯族长篇口头文学的讲述者，何钧佑先生，调查者最初发现他讲述的内容保持一种考古考证的主观倾向："这种情况与老自身的知识结构和生平经历有着直接联系：何钧佑早年曾

---

① 何钧佑讲述，沈阳市于洪区文化馆采录整理：《何钧佑锡伯族长篇故事·前言》，万卷出版公司 2013 年版，第 3 页。

② 赵东升：《我的家族与"满族说部"》，《社会科学战线》2008 年第 2 期。

到日本留学，后到苏联就职，他阅读了大量有关中国古代北方少数民族历史和神话方面的书籍，并将其中内容与家族流传下来的长篇故事进行对照，力图还原故事中的时间、地点、人物等信息。以致他晚年再现这些故事时，讲述风格和语言表述总是带有学术考证的倾向，与传统的民间叙事存在明显差异。"① 后来在调查者及研究者的帮助下，他聆听了一些有名的故事家讲述民间故事的风格，在日后的讲述中"自觉避开了来自本人的生活经历及现代社会对民间叙事的冲击与影响，努力用最传统的方式，回归到原生态的民间叙事，再现其家族传承的锡伯族长篇民间故事的原貌"②。其实"回归到原生态的民间叙事"，保持故事的原貌，就是整理者应该遵循的原则，即尽量保持原汁原味，除了故事的情节、人物性格以及历史事件、满族的风俗习惯等全部保留外，"就是与史实、文献不符也不做改动，保持'原汁原味'"③。整理者只有真正把握了这一准则，呈现给世人的，才是具有价值的、可贵的文化遗产。

三　责任的担当者——富察氏第十五代传承人安紫波

满族说部又名"乌勒本"，是曾经流传在满族族众中的长篇口头文学，最初用本民族语言讲唱，随着时代的发展，渐渐失去了本民族语言的特点，开始用汉语讲述，但是其具有的满族精神及蕴含在其中的满族风俗习惯没有改变。

由于满族说部最初都以氏族为单位的血缘传承为主，有的还秘不示人，所以其流传范围受到极大限制。最初讲述满族说部的场合基本都在重大节日里讲述，包括婚丧、嫁娶、节日、寿诞或者家族的祭祀中，那时叙讲乌勒本是每个氏族非常重大的事件，有的甚至要连续讲上一个月有余。在传讲过程中，对族众也是一种感染和教育。2006 年，满族说部被列为国家级非物质文化遗产，作为非遗项目，其保护与传承问题迫在眉睫，尤其说部作为口头讲述的作品，传承人大多为年岁已高的老人，

---

① 陈维彪：《浅谈"何钧佑锡伯族长篇故事"项目保护工作中的问题及思考》，《音乐生活》2015 年第 12 期。

② 同上。

③ 赵东升：《我的家族与"满族说部"》，《社会科学战线》2008 年第 2 期。

新的传承人培养及接续问题十分棘手。通过笔者记录和访谈的方式，采录了新一代传承人安紫波，取得了第一手资料，也可以从传承人的生命历程中窥见其传承的经历。

安紫波，男，汉族，1974年4月出生，中共党员，在职研究生学历，吉林市人，是中国非物质文化遗产北京评书国家级传承人、中国著名评书表演艺术家单田芳先生入室弟子，国家级非物质文化遗产项目"满族说部"代表性传承人富育光先生入室弟子，河北形意拳第六代传人，现就职于中共吉林市委宣传部理论处。2017年3月在黑河东四嘉子村，在吉林省非遗中心和部分专家学者的见证下，安紫波完成了一系列正规的祭拜仪式，成为真正的满族正黄旗"乌勒本"富察氏第十五代传人和《满族说部》传承人。成为传承人之后的安紫波，目前正在整理富育光先生口传心授的"乌勒本"《群芳谱》。

（一）学习评书的经历——成为单田芳先生的弟子

安紫波成为富察氏乌勒本传承人之前，不但当过兵、习过武，还师从单田芳先生学习过评书。他最初只是评书的爱好者，业余喜欢通过电视和广播模仿单田芳先生讲述评书。2010年8月28日，吉林市人民广播电台举办"田野芳华"第五届广播听众月活动，单田芳老师被邀请来录制节目，电台四处寻找模仿跟单老声音像的人，最初找了几个都不太满意，后来经人推荐的安紫波，有幸以模仿者的身份与单田芳先生同台演出。两个月后，安紫波接到邀请去参加北京电视台为庆祝单老生日而录制的电视节目"经典回眸"。在北京，他不但见到了圈内许多名人，与老师的缘分也更加密切了。节目录制两个月后，即2010年12月28日，在人民大会堂，安紫波正式成为单田芳先生的弟子，170余人见证了这一历史时刻。拜师结束后，安紫波一直想多跟老师学习些本领，于2011年3月去北京登门拜访老师。安紫波临去之前准备了一个小段子，当时被老师指出了诸多错误，师父边说他边记，利用休息时间修改。这样，安紫波在单田芳老师身边学习了四个月，成为少有的入室弟子。单老师还推掉了许多演出，专心教授他说评书的要领和注意事项，分文不取学费。学业结束后，安紫波还把自己的学习总结十万余字的书稿交给单田芳先生。

在学习的过程中，安紫波注意总结归纳，把自己的学习体会形成文字，及时跟师父沟通，贯穿了整个学习过程。比如，对于如何说好评书，安紫波总结了要做好以下几"手"准备，例如要从准备入手、现场入手、角色入手、博学入手、发声入手、善说入手等，这些经历为满族说部的传承打下了基础。因为满族说部原来主要依靠口耳相传，重在讲唱者或传承人的演，与评书有异曲同工之处。

（二）与满族文化结缘

2011年，吉林省满族说部学会成立，安紫波被邀请参会，用评书的形式为与会学者讲述了《踏查长白山》，给大家留下了较深刻的印象。

2012年在吉林市宣传部工作的安紫波，接到了一个节目——《话说龙潭山》，用评书的方式来讲述吉林的历史，按最初的计划要创作一百回，后来只录了六十回。该节目都是安紫波自己创作并录制的，还在吉林市人民广播电台播出，引起大家的广泛关注。讲述龙潭山的历史，就是讲述吉林市的历史，其实也是满族的历史。行有行规，说书人有个规矩，就是每次在舞台上演出，必须让大家看到自己是内行，不是简单的敷衍了事，这也是得益于大师父单田芳先生的教导。安紫波为了了解萨满祭祀歌舞的门道，还专门去吉林市满族博物馆找石氏家族萨满石光华请教学习，一招一式必须有行内人的架势。

2014年，吉林电视台推出一档大型文化纪实栏目《天地长白》，该栏目旨在将吉林文化、长白山文化乃至东北文化推向全国，《天地长白》的特别节目《江城往事》就是安紫波录制的，一共录制了六集。通过这几次制作节目的经历，安紫波越来越感觉到学习满族历史文化的重要性，他也早知道富育光先生，但是一直没有机会结识，直到制片人姜涵宇把安紫波介绍给了富老师，并表达自己跟富老师学习满族说部的意愿。经过交流，富老师有了要收他作正式弟子的想法，后来，富老师把安紫波叫到家中。一进屋，就看见富老师把讲述说部的物件和书稿等物品，都摆在了他的面前，告诉他说部的一些内在东西。富育光先生还激动地站起来给安紫波鞠了一躬："紫波，你要是不来，富察氏东西就断了。我要代表满族人和富察氏给你鞠躬！"安紫波说："富育光先生的这种发自内心的真情也彻底地打动了我。也让我立志用十年、二十年的时间来完成师父所赋予自己的这份沉重的历史使命。"2015年10月15日，安紫波正式磕头拜师，在家中完成了拜师仪式。

从此，除了单位的工作，安紫波都会抽出时间来和富育光先生学习传承满族说部。

（三）回东四嘉子正式拜师

2015 年仅仅是师徒之间在家中的拜师仪式，2017 年 3 月，安紫波随富育光先生来到黑河东四嘉子村正式祭祖拜师，黑河是富育光先生的故乡，同时也是为了找寻到三十多年以前的讲述场景。经过一番艰苦的努力，找寻了一处老房子，房主原是庚子俄难时从江东逃难过去的人，经过一番考量和规划，挂上满族的对联和字画以及传统摇车等物品，基本弄成当时满族民居的模样，富育光先生十分兴奋，他连连说好。2017 年 3 月 25 日举行了正式的祭祖拜师仪式，安紫波成为真正的富察氏乌勒本第十五代传人，吉林省非遗中心及部分专家学者见证了这一时刻。

拜师仪式需要选定个场所，最初选定的居民由于各种原因不能确定，只得重新选择，东四嘉子唯一仅存的一处长久被闲置的民宅，最终被选定，后经过各方协调，要去除院内的杂草，铺平院落，屋内也要重新打扫，进行满族民居式的布置，因时间极短，可想而知任务的艰巨和难度。笔者问及成为传承人的感受，安紫波说："这个过程自己担了很多事儿，还要协调各种关系，可是最终能顺利完成，也是高兴的。师父告诉我，要有大局意识……"就是这种大局意识和担当意识，也是他成为传承人的必要条件。

因其特殊的经历，笔者访谈了安紫波传承说部的体会。

笔者：讲评书有很多注意的事项，那么传讲说部呢？

安：其实讲述评书与说部有异曲同工之处，我跟二师父（富育光）交流过，其实是基本相同的，所以二师父教我或者让我自己悟的时候，一点就透。

比如，二者都需要讲述者要博学。安紫波学习过武术，他从形意拳中找到了用气带声的讲述评书的发声技巧。

笔者通过与安紫波先生的交流沟通，他一直在强调，继承二师父的东西，"需要补充大量的知识，像星象、易经、八卦、甚至奇门遁甲都了解。满族说部太丰富了，不是我一时能完全掌握的，需要不断地学习"。

这与评书人要"杂"和"博学"基本相似。

另外，说书人和色夫哈番（讲唱乌勒本的师父）都要有掌控好现场观众的能力，把握好火候，不能过热也不能过冷。评书人有了扇子、手绢与醒目，如同掌握了千军万马，一拍醒目绝对起到吸引观众注意的目的。满族说部最初是讲唱的，也有一些器具，比如说抓鼓，在观众听大部头故事比较累的时候，就拿抓鼓助兴，或者中间穿插故事岔子，即一些满族短篇的小故事，既有神话故事也有风物传说，这些故事能起到给观众提神的作用，再回来讲唱说部效果就会很好。此外，都要虚心、踏实，才能学到真本领。

笔者：传讲说部的过程如何，您可以概括一下吗？

安：传讲满族说部，我也是有一个循序渐进的过程。简单归纳一下师父富育光先生给我上课的内容要点：

一是清楚富察氏家族"乌勒本"传承人所应担当的历史使命。师父富育光先生因为知道我有学习评书的经历，也在家看到过我所写的评书小段和现场表演，所以他第一次给我上课所讲的，都是满族说部和家传"乌勒本"传承人它所应当承担的历史使命。以及在封建社会，它独特的等级待遇与级别。比如"黄带子"和"青带子"之分。说"乌勒本"之前的仪礼，以及存放保管的礼义之道。仪礼及规矩："乌勒本"平时都放在神龛上，取下来的时候，必须先洗漱，上香、敬拜。讲书时，每个听书的人也必须进行熏香礼。而后，才能开书。几百年来，传袭到我这是第十五代。上几代传承的都是本家族所发生的真人真事。

二是明晓富察氏"乌勒本"在中国历史发展中不可或缺的珍贵的文化价值。

富察氏"乌勒本"是真正发生在家族中的真人真事，不能任意杜撰和涂改的，因此，它就成为补充大清史、纠正大清史、丰富大清史的珍贵的历史佐证史料，从而彰显了它在整个中华民族文化传承发展过程中所应承担的其独特的、不可或缺的历史价值、文学价值和时代价值。

三是明白满族正黄旗富察氏"乌勒本"所应承担的民族文化发

展过程中的真正精神主旨。其真正精神主旨简单概括为三个字，即"正、清、和"。"正"是正气、正道、正心、正色、公正、匡正。富察氏"乌勒本"虽然讲的都过去的历史，但它是弘扬主旋律、正能量的东西，教人弃恶扬善，走人间正道的中国优秀文化作品。"清"，是清气，清爽之气，扬清激浊。要敢于抨击、清除坏人坏事，表彰、发扬好人好事，归还社会一股清风正气。"和"，是共和、融和、和谐。作为一名乌勒本传承人，必须要发扬满族先人们海纳百川、厚德载物的博大胸怀，不能小肚鸡肠，要学会包容、理解，要有大的民族情怀，要虚心学习、借鉴其他兄弟民族的先进经验，求大同、求和谐。

四是洞悉每一部家传"乌勒本"其背后所蕴涵的英雄史和血汗史。功夫都在诗外，作为一名传承人，应当彻底洞悉每一部家传"乌勒本"本应承担和传递的情感主线的"灵魂"。通过"明线"和"暗线"两条主辅线，交叉呼应，从而达到每一部乌勒本情感主线的升华。这就要求传承人必须清晰地明确"明线"是什么，"暗线"是什么，抓住作品的"灵魂"，就能灵活地掌握其自然发展的走向。

五是掌握和运用好富察氏家传"乌勒本"业已成型的家传记录方式与表演手法。富察氏"乌勒本"有自己独特的"石头书""它莫突""抓骨、入心、葡萄蔓"的方法记忆，与使用恰拉器、小鼓等乐器实物来助兴说唱方式。掌握它们一般有两种方式，一种是师徒间"口传心授"；另一种是靠传承人自己的体悟。比如："抓骨、入心、葡萄蔓"。其一"抓骨"。不管这个故事有多长，只要传承人抓住其主要骨架、骨头，不管故事多长都能把它讲得四平八稳。富察氏"乌勒本"传承人必须有这个驾驭能力，这样才能讲得好，讲得生动，这样才能让别人爱听。其二"入心"。入心非常重要，首先是入自己之心；其次才是入别人之心。要学会把自己融入作品的各个人物的语境和意境中，与他们一起喜怒哀乐忧恐惊，这样才能形神俱现打动别人。其三"葡萄蔓"。讲述和表演时不能急，要像吃一大串葡萄一样，有一个总的葡萄蔓，有多少小蔓儿，小蔓儿上又有多少小粒儿，抓到一起就是整个故事，从总蔓抓起，总蔓切入，一个蔓儿一个蔓儿吃，一节一节吃，吃完一个吐了皮再吃下一个，一直到最后，吃完拉倒。千万不能急不能慌，要气定神闲。"它莫突"，就是用符号记忆，画些符号。记忆的时候用这些符号来记住。先用"小口"开始讲，然后练习到"大口"讲，还要画些符号帮助记忆，"它莫突"的样式很多，有石头、木头块儿。等等。这些都得在实践中慢慢学习、体会。

六是要学习"压场"和"转调"。

满族说部传承人自己必须学会能压住场子的本领和及时"转调"的技巧。满族说部说书人不仅是一个人说，可能还有两个人、三个人，两个人好讲，气氛可以活跃起来，最难的就是一个人单独说，即单挑。说部说好的人一般都是单挑，又是红花又是绿叶，满族说部就是这么讲下来的。传承人说书时，最主要的是能"压场"。无论多大的场子、多少听众，登台后都要表现出气定神闲，不慌不忙的大将风度。书说得好坏，与说书人在气势上能压得住场有着非常直接的关系。这需要传承人要在不同的实践中反复锻炼和提升自己的这种能力。

再者就是及时"转调"技巧。有的时候，说书人看大家伙听累了，现场有个别人说话了，相互交头接耳了，小孩子哭了等各种因素干扰时，现场情绪开始有点儿向不利方向转变了，这个时候说书人就需要及时"转调"，马上在中间穿插一个提神拢神的情节，也可以配着神鼓、小鼓，或者弹弹琴，唱一唱，把气氛活跃起来，把大家伙儿分散的精力重新吸引回来，再继续接着讲下面的内容。

七是要博学多识，学以致用。满族说部是北方民族的一部百科全书。它所包涵独特民族文化的知识面太广了、太丰富了，因此，作为一名传承人要勤于学习，肯于学习，还要敢于向未知的领域探索。

笔者：您传承富察氏家族的说部，在传承中有什么心得吗？

安：因为现代与古代不一样了，现代讲究短平快，需要对自己生活有点启发，所以要增加点儿知识点。老的故事在现代语境中无法原样讲述，要加些东西。比如满族的悠车，悠车是干什么的，它的各种挂饰的作用，年轻人很多不一定知道得那么详细，就可以把涉及的民俗适当地穿插进去，但是知识点要点到为止，不能太多，不能影响到整个故事地进行。还要说古比今，让现在的年轻人都能接受。要不然你老是讲那些事儿跟我们现在没一点关系，大家都不爱听。这个就跟我们做菜似的，我们之前那个老一种做法的话，就是大家吃惯了都不爱吃啊，不符合年轻人的胃口怎么办呢，所以我们就得加到葱花儿或者调料，换个样式，这次用盘子，下次用碗。我们要换一种形式，内容不能换，让大家都接受，比如现在我整理的《群芳谱》，它也是富察氏家族传承下来的说部。它相当于现在的谍战片。

（四）传承人记忆满族说部的方法

1. 悟到"石头书"的技法

满族说部各个姓氏的传承人，在长期讲唱的实践中，悟到一套独有的适合自己记忆的方法，这些记忆法各有千秋，也都有自己的一套秘诀。富察氏乌勒本第十三代传承人富希陆先生的母亲留下一首通过摆弄江中的石头，就能说书的口诀，被称为"石头书"："紫纹龙鳞奇石块，红黑黄白模样怪，嬉笑怒骂全都有，外加条穗一大串。"

"石头书"就是靠各种各样从嫩江捡来的江沫石和条穗来帮助记忆"乌勒本"内容的方法。2017年3月，去黑河东四嘉子村正式祭祖拜师仪式结束后，当天需要传承人表演节目，对于专业的说书人来说，无论是传统评书还是讲述乌勒本，需要手里有个器物，但因布置房间的需要，可以把凭的物件都被用上了，情急之下，安紫波想到了从黑龙江里拉来垫院子的沙子中的小江石，急忙从院子里找来几块小的江石，让随行的工作人员帮自己倒矿泉水，冲洗干净，通过把玩石头开始寻找说乌勒本的感觉。

> 我们说书之前，就像我们正常背书似的，我们这不叫背书，就好像过电影儿似的，过电影的时候把那个场景过一遍，过一遍之后，边想边用手触摸来感受石头，就跟盘核桃似的。是这么一个过程。
> 石头是有区分的，比如它的大小啊，还有它的形状啊，包括颜色呀，这个必须得区分开，这样才能非常快地辅助你快速的记忆。

　　一段儿书呢，我们这儿都有一个"书梁子"，这些"书梁子"呢，在说部里叫葡萄蔓，等到东西慢慢儿出来之后，到这个位置上放一块儿，然后到那个中间一部分的时候，我们在那儿放一块儿，这样它就有一个提醒我们记忆的一种作用，如果我们说说之后忘了咋办，它就马上提醒我们，这也是一种启发吧。这是什么一种感受呢？给你打个比喻吧，什么比喻，那就是我们逛街。我们逛街的话，你可能就是走着走着，一不注意走到烤鸭店了，你先闻到这个味儿了。然后走到包子铺，一会儿又你走到服装店，你对服装感兴趣，走过几个牌子。那个地方吸引你了，可能就是这种无意识的感觉就在身体里，你走过这个所有的路线，有的人能记住。反正对我来说就是我这条道儿只要走过一次，无论白天黑夜，我还重新能走过去，还能找到它的这个位置，这可能就是记忆里边儿有一个特殊性的记忆方式。石头书，就是我们在学习过程中，它是一种点播也是一种启发，是这个（作用），但是每一块儿分给他任务的时候，它是随性的。但是只要固定下来的话，他就是成为一种记忆的正常模式。这也是一种训练方法，开始是辅助，启发内在的心智和记忆方式。

　　当时在祭祖时候内心比较慌乱，上场没底，突然想到石头。所以后来师父讲《小喜鹊》故事的时候，师父有个评，当时眼睛一亮。所以一回忆就不用看，只要经历了就深刻。

　　必须感受石头的内在的东西，比如说它是几个棱的，手感怎么样。因为故事背后有许多潜台词，有许多是书面上看不到。一部书呈现的只是三分之一，最多是一半，另一半只有师父口传心授告诉你。

　　石头主要是有助于回忆，光走脑子还不行，比如石头有八个点，如果忘记两个，会根据颜色、形状来提醒，它能启发一些东西，所以事先必须熟悉这个石头的特征。[1]

　　无论是学习评书还是传承说部，弟子的悟性特别重要，师父起到的只是一个引领的作用。这次开悟到"石头书"的记忆方法，也是学习中

---

[1]　根据 2017 年 9 月 2 日访谈整理。

悟的体会。其实用实物来记忆事情的方式古已有之，尤其是满族的萨满。富希陆先生就曾回忆过，他认识的一个本族萨满，"该族萨满居室的墙壁上凹陷许多处，在这些窟窿中摆放着大小、形状、数目不等的石头，无论祭祀时还是平时向他秘密讲授，总是要摆弄石头，每一窟眼中的石头都代表着一段宗教故事或法规，这些只有老萨满自己清楚，他摆一堆石头，讲一套故事，有长有短，至死还有一些石头没摆。自然它们包含的故事也被带走了"①。萨满去世后，由萨满选择记忆的神物，都附有了神性，这些石头也被送到河里，它们被视为神圣的器物，外人是不能随意触碰的。除了石头、兽骨、野兽的牙齿等，也是帮助记忆的手段。

2. "场景记忆"的作用

在与传承人安紫波先生的几次访谈与交流中，他经常提到去黑河东四嘉子村的感受，"到了那里，太兴奋了，师父带我走一圈儿，所有的困惑都解开了……"他还对笔者说："场景记忆太重要了。"对于这次正式的拜师仪式选取黑河市瑷珲区东四嘉子村的缘由，安紫波说：

> 因为黑河本来就不大，东四嘉子村和西四嘉子村原来统一叫四嘉子村。后来，由于人口增多，就分成东西四嘉子，两村现在也是仅隔一条沿江道。我师父富育光先生的亲三弟富亚光原来就住在四嘉子（现在叫西四嘉子村）。师父富育光先生原想奔着弟弟富亚光以前住的老宅里，还原三十年前的拜祖拜师仪式，因为想请家谱。但是我三叔富亚光现已搬到黑河市住，原来的老房子都处理了。所以，师父富育光就在本村附近让我们找了一处老宅，也算借住一下家乡老宅里的灵气，见证这一珍贵的时刻，因为祭祀与拜师都需要一个融洽和谐的气场。②

笔者根据传承人安紫波先生的表述，他一再强调师父传授自己的东西和自己学习到的内容，因为毕竟没有亲身经历过，有些内容仅仅是机械的记忆，到了东四嘉子一看，全不一样了，学到的、听到的内容都活

---

① 富育光、荆文礼：《满族的神谕》，《民族文学研究》1989年第3期。
② 根据2017年9月10日访谈整理。

了。在那里，亲眼看见了满族的院落，知道院落周边不是围墙，都是栅栏，真正的满族民居尽在眼底。在这里，说部传承人所说的"场景记忆"，就是回归到当时的讲述现场，其实就是民俗学里一直得到关注的"民俗场"概念。"民间文学的讲唱活动是在约定俗成的场合进行的。这种场合有的有固定的时间和空间，如庙会、歌会等；有的没有固定的时间和空间，如劳动场合、婚礼、丧礼中的讲唱。我们可以将这种场合称之为民俗场。"①

富察氏家族传讲满族说部的民俗场就是在"阖族重大的节庆、祭礼、婚嫁过后的余兴中举办"，听众大多为满族族众。可想而知，讲述的场合基本也是在满族特有的环境（包括周边的自然环境及居住）内讲述的。民俗场的存在，不仅仅是民俗文化的展现空间，也是培养传承人的场域。安紫波通过去黑河考察，获得了更鲜活的体验，能更好地传承富察氏家族的说部故事，就是最好的明证。

此外，仅仅从"场景记忆"的字面来看，其实与我们知道的俗语"百闻不如一见"相似，亲眼看到过的东西，留在人大脑中的印象较之文字更加深刻。因为文字具有平面化的特点，留在大脑各处比较散乱，不容易形成特殊印象，而视角更加立体、真实、丰富，有画面感的东西容易记忆。访谈安紫波先生的时候，他经常会说道："你只有看到了，才能讲出来，才是活的东西，不需要死记硬背……"通过文字，最后上升到画面，这是比较好的记忆方法。

此外，在富育光先生整理的说部手稿中，随处可见他手绘的图案，有地图、有实物、有画像等。例如，由富育光先生采录、朱立春研究员整理的说部《窦尔敦传》，手稿的内容里附有富先生亲手绘制的窦集屯的地图，特别清晰、细致，看后对窦集屯的位置一目了然。另外，在富育光先生讲述、曹保明整理的《萨哈连船王》的彩页上，印有富育光绘制的船的图案，栩栩如生，让人过目难忘。安紫波也说："师父教我满族说部的时候，经常给我画一些东西，为了让我记忆得更好……"这些都可以被视为"场景记忆"的方法。

① 郑土有：《民俗场：民间文学类非遗活态保护的核心问题》，《长江大学学报》2017年第3期。

满族说部作为国家级非物质文化遗产，其传承与保护迫在眉睫，尤其是一些传承人已经过世，当代有名的传承人年事已高，对未来传承人的培养就更加重要。安紫波的个人经历及对满族文化的热爱，并有志竭力担当起富察氏家族乌勒本传承人的重任。从 2015 年在富育光先生的家中拜师至今，他一直身体力行，勤奋学习。安紫波当过兵、习过武，师从名师学习过评书，而且宣传部工作的经历，练就了他讲述和书写的本领。有研究者称，当代满族说部传承人具备复合型传承人的特质，不但能说、能讲也能写，而且还会绘画、懂音乐，甚至有的传承人还是学术圈比较有名气的学者，这样的经历传承满族说部有助于说部的长久流传和客观的把握。说部是一部百科全书式的浩繁巨作，蕴含了丰富的历史文化信息，单一的知识体系很难较好的把握。安紫波作为富察氏家族乌勒本第十五代传承人，其经历本身就是传承说部的基础。

《中国社会科学报》的记者曾专访过富育光先生，如今作为说部传承人应该具备的条件，他认为：

> 一定要选好人，要考察他是否具备这方面的素养，是否是这块"料"。传承人需要具备以下素养：第一，必须是家传，是血缘传承，有民族感和责任心，有祖先崇拜观念，有敬畏之心；第二，有"金子"一样的嘴，善于表达，有悟性；第三，善于后练后学。要不断培养，通过各种方式，让传承人"脱胎换骨"。对传承人既要在文化上培养，也要在生活锻炼上培养。现在遇到的难题是，传承人不能依靠满族说部来挣钱过日子，必须有自己的本职工作。所以传承人比较难选。①

富育光先生所说的家传和血缘传承是传统说部传承的主要途径，而在当代的语境下，血缘传承变得较难实现，社会传承是一条必然的道路。安紫波先生通过了富察氏家族的考察与认可，符合其"具有金子一样的嘴"的才能，除了能说外，还能写，在宣传部的工作身份也使得传承人

---

① 赵徐州、曾江：《尊重历史讲好满族说部——访满族说部国家级传承人、吉林省文史馆馆员富育光》，《中国社会科学报》2016 年 12 月 30 日。

在生活上没有后顾之忧，通过对族谱拜祭的形式成为富察氏家族乌勒本第十五代传承人。

目前，安紫波已经提交了资料，正在等待通过相关部门的审核与考察，成为政府承认的说部传承人。作为传承人，他利用工作之余专心整理满族说部《群芳谱》。长篇说部《群芳谱》，是 1936 年张博什哈（张石头）口述；1937—1980 年，富察·希陆采录，其子富育光、富艳华秉承；2016 年，弟子安紫波承袭整理传讲。

长篇说部《群芳谱》讲述的是 1858 年中俄《瑷珲条约》的签订，一直到 1900 年庚子俄难后，在大清国历史时期所发生在北疆瑷珲几代成疆卫国的将士们和广大北疆人民不怕牺牲、英勇抗俄、保家卫国的那一段段真实而可歌可泣的英雄谱。

书中的"书胆"人物——瑷珲副都统衙门佐领衔委哨官富察·依朗阿，就是世居在瑷珲大五家子富察氏家族第十一代子孙。他受朝廷军机处理藩院特殊使命，毅然返回家乡瑷珲副都衙门，与沙俄情报头目、东西伯利亚总督穆拉维约夫以及他的继任者们大副巴尔钦诺夫、梅老板，以及他们暗插在大清朝内部的"代言人"关特格列及其子关震臣等人，展开的一场场斗智斗勇、险象环生的生死"谍战"。

此长篇说部《群芳谱》书中所涉及的官员将士，有朝廷大学士倭仁、桂良、李鸿章，到黑龙江将军特普钦、德英、丰绅、希元、文绪、恭镗、依克唐阿、恩泽和寿山，再到瑷珲副都统吉庆、关保、爱绅泰、尹洪谢，以及奉朝廷之命远赴漠河开办金矿的李金镛等人，为了巩固整个北疆的安危、为了整个北疆所产的粮草、黄金等资源不被沙俄强盗肆意掠走，他们临危受命，保疆、护疆、爱疆、卫疆，矢志不渝、报效国家，许多人都累死于任上。从长篇说部《群芳谱》的内容上讲，有"父子荣归办喜宴""洛古河巡狩救灾民""特普钦巡访瑷珲""精灵美貌的妮娜夫人""首夺铁甲运兵船""二盗铁甲运兵船""硕鼠归笼""大丘坟""秋亭遗恨"等。可以说长篇说部《群芳谱》，不仅是一部富察氏家族家传的英雄史，还是一部详细记载这段历史事实，并以此作为辅助、补充大清史的文献佐证。

第 四 章

满族说部与赫哲族伊玛堪、
鄂伦春族摩苏昆之比较

满族说部与赫哲族伊玛堪、鄂伦春族摩苏昆，同属于东北地区少数民族的说唱艺术，具有同源性的因素。对它们进行比较研究，不但可以发现其共性与差异性，而且三者也面临着共同的处境——亟须保护的文化遗产。对其现实处境的关注，关乎民族文化的未来。

第一节 满族说部与赫哲族伊玛堪、
鄂伦春摩苏昆之异同

一 满族说部与伊玛堪、摩苏昆具有的共性特征

（一）都有着萨满教影响的深深印迹

满族说部，是满族及其先民传承久远的长篇说唱形式，是满语"乌勒本"的汉译，为"传"和"传记"之意。20世纪初，满族的族众中已存在将"乌勒本"的称谓改为"说部"或者"满族书""英雄传"的情况。满族说部的形成和传播，有着相当久远的历史。满族先民在历史发展的进程中，经历着氏族的分合、部落的迁徙，尤其是明代中叶以后，女真内部的战争更加剧烈和明显，这使得各个氏族都在历史的漩涡中流转，同时也出现了一批批可歌可泣的英雄事迹。满族先民以自己的视角和立场，对所发生的事件和人物进行着独特的言说，并保留在各自传承的口碑中。口碑传承是满族先民用来表达自己对历史记忆的方式。他们慎宗追远，重视寻根，甚至把这种讲古的活动推

到神秘和崇高的地位，这与满族信奉萨满教的信仰有着密切的关系。原始人类在漫长的历史中，由于生产力低下，对周围的一切都产生了敬畏之心，他们认为周围的一切都是有灵魂的，有了信仰就产生了仪式，萨满教是多元的宗教，萨满教多信奉动物神、植物神，而数目最多的是人神，即祖先英雄神祇。满族的讲古习俗与萨满教的信仰结合起来，人们崇奉祖先神祇、英雄神祇。在萨满的祭祀中，有众多歌颂祖先的神谕、诗文和祷语。满族在祭祀中讲唱祖先及其神祇的习俗世代相传，勉励子孙铭记历史。

其中，满族说部中的文本类型"窝车库乌勒本"，即神龛上的故事，就是记述满族神祇英雄的说部，讲述黑水女真的创世神话《天宫大战》、讲述东海创世史诗的《乌布西奔妈妈》、瑷珲地区流传的《西林安班玛发》都属于此类。"满族先世萨满创世神话《天宫大战》在族中传讲，是非常神圣和隆重的一件盛事，多在氏族萨满春秋大祭后一日或萨满祭天祭星同日，增设'窝车库乌勒本'祭礼。而此项祭礼就是专门讲唱和颂扬氏族初兴发轫的故事，即讲唱《天宫大战》。"[1] 而且讲唱人必须是德高望重的族中大萨满，讲唱的时候气氛严肃庄严，与讲一般的说部故事气氛不同。

除了"窝车库乌勒本"，另一文本类型"包衣乌勒本"，即家传，也因讲述内容具有秘传和家族的重要地位，而在萨满祭祀时候讲唱，如富察氏家族的《萨大人传》、赵氏家族的《扈伦传奇》等。

从伊玛堪的产生和发展来看，萨满教也是其产生的母体。伊玛堪的产生，最初也与萨满教的信仰和祭祀有关。这可以从伊玛堪的内容中看出，伊玛堪反映了萨满意识，比如万物有灵的观念，在家供奉木头神、上山供奉山神、下河供奉河神，赫哲人祈求神灵保佑等；伊玛堪的主人公大多具有萨满的身份，有的能上天入地，有的法力无边，能预知未来，或者消灾解难。每当莫日根出征前或者遇到苦难都要向神灵求助。香叟莫日根在出征前，"乡亲们来了后，温金德都先祭奠神灵。她戴上神帽、穿上神衣、神裤、围上神裙、神铃、手上拿着神鼓开始跳起萨满舞来。跳了不大一会儿，全村老少也都跟着跳起来，边跳边跟着屯子的大街小

---

① 富育光讲述，荆文礼整理：《天宫大战》，吉林人民出版社 2009 年版，第 2 页。

巷转了一圈。跳完了萨满舞，全村老少在一起围着几张大桌子吃喝上了"①。在遇到危险时候，就求助古大玛发：

> 赫哩啦——赫哩啦赫雷
> 古大玛发，
> 古大玛发，
> 快来助我一臂之力，
> 把独角龙送到赫金家。
> 古大玛发，
> 古大玛发，
> 当我住嘴的时候，
> 你快来呀！②
> 果然，神灵迅速降临。

　　萨满神在这些莫日根的故事里出现的次数最多，而且种类也比较多，有萨满师傅一类的神、萨满的助手神和使役神等，就连莫日根的妹妹、妻子都是精通法力的萨满。他们在英雄遇难的时候，都神通广大，用萨满神力帮助莫日根战胜困难。甚至在一些时候，莫日根经过萨满的指点，拥有一些神通。萨满在"伊玛堪"作品中具有特殊的作用和地位，尤其在宗教场面里更是必不可少的主持者，"他们把所有类似宗教职能的特点都融于己身，既是天神的代言人，又是精灵的替身；既代表人们许下心愿，又为人们排忧解难。他们中的大多数就是人们中的一员，并不完全脱离生产。他们在萨满世界中既是人又是神，是他们在放任癫狂的情绪下，用萨满巫术支配着这个世界的方方面面"③。伊玛堪中相当多的唱段是萨满歌，由祈神、神示、祭祀、赞神、送神而起。
　　鄂伦春族信奉萨满教处处体现出万物有灵的观念，他们对自然界及

---

　　① 　中国民间文艺研究会黑龙江分会：《黑龙江民间文学2》，黑龙江大学印刷厂1981年版，第196页。
　　② 　衣俊卿、傅道彬主编：《黑龙江伊玛堪》，黑龙江人民出版社2011年版，第108页。
　　③ 　乌丙安：《神秘的萨满世界》，上海三联书店1989年版，第7页。

动植物都有幻想，并视为自己生存的依托。鄂伦春人认为，统辖崇山峻岭及山林中动植物的神是"白那恰"①，在《英雄格帕欠》中，卡达日拉汗和库尔托被犸猊钉在大门上，祈求自己的儿子快快长大成人，替父报仇，都会祈求"白那恰"："万能的白那恰哟，慈善的白那恰哟，有神通的白那恰哟，有福气的白那恰哟，掌管山林的神，让猎人狩猎顺利的神，知道犸猊正在作乱吗？看到猎民的不幸吗？你就耳听着不问吗？你就眼看着不管吗？……"②

满族说部、伊玛堪、摩苏昆同属于北方少数民族的口传叙事文学，除了在作品内容中处处体现受萨满教的影响外，满族说部中的"窝车库乌勒本"由萨满在家族重大节日或者祭祀的时候讲唱，讲唱者本身就是萨满，再一代代传承下去，承继者也是家族的萨满。鄂伦春族也信奉萨满教，充当萨满的人，具有在人与神之间请神、送神的本领，他们不但掌握一些特殊的才能和技艺，也是比较出名的歌手和故事家。可以说，民间艺术的传承和发展与萨满活动密切相连。大神萨满和二神萨满，在谙熟萨满仪式、神曲、祭词、表演方式的同时，还具备精湛的语言表达能力和表演能力。在摩苏昆的讲唱者中，就有唱手本人即大神或者二神的情况，例如，李水花一家和莫玉生一家都是如此。李水花是鄂伦春族摩苏昆艺术的重要传承人，她的母亲李莫氏就是会唱能讲的萨满，她的姐姐李玉花也是萨满，擅长说唱。另外，摩苏昆的主要讲唱者莫玉生、莫海亭，都是萨满，而且也都是讲述说唱故事的能手。

（二）共同的主题模式——英雄叙事

满族说部作为少数民族的说唱艺术，与赫哲族的伊玛堪一样，都有一个共同的主题：英雄叙事的主题。英雄主题的产生源于萨满教的英雄崇拜。而且，这个主题基本在世界上所有的民族都曾经存在过。人类从原始社会走来，在逐步的发展中，开始认识自然和社会，外界的自然事物在人类的认识和发展及社会的进步中，变得不那么神秘莫测，人类在战胜自然、认识社会的过程中，逐渐意识到人本身的强大及不可低估的作用，大量的英雄崇拜主题的故事由此产生。

---

① 白那恰：山神。
② 衣俊卿、傅道彬主编：《黑龙江伊玛堪》，黑龙江人民出版社 2011 年版，第 16 页。

纵观满族说部目前出版的两批丛书，绝大多数的内容都是对英雄的歌颂。这里既有《天宫大战》《恩切布库》《乌布西奔妈妈》《西林安班玛法》中的神祇英雄，也有《萨大人传》《扈伦传奇》《东海窝集传》中的祖先英雄，还有《飞啸三巧传奇》《雪妃娘娘和包鲁嘎汗》《红罗女三打契丹》中讲述的平民英雄。满族说部为我们描绘了英雄的群像，是满族先民根性叙事的延续，同时也承载着满族先民浓厚的英雄情结。他们负载着丰富的历史文化信息，对英雄的崇拜，也是民众不甘平庸，借此抒发奋发向上的壮志豪情。由此，通过对英雄的描述和刻画，使其身上所体现的伦理与道德观念影响一代代人。

赫哲族的伊玛堪，讲唱的标题多带有"莫日根"的字样，为"英雄""猎人"的意思。标题已经表明了故事的主题，较有代表性的伊玛堪有《安徒莫日根》《满斗莫日根》《香叟莫日根》《木竹林莫日根》《木都力莫日根》《希特莫日根》等。伊玛堪中的英雄都是通过战争来塑造的，每部作品都有很多激烈的战争场面。伊玛堪反映的战争，是部落和氏族之间的战争，都是侵略者为了掠夺财富、强占土地、屠戮老幼等原因发动的，严重地破坏了生产力，影响了人们的日常生活，造成混乱的局面，为了与社会现实相对抗，赫哲族人在讲唱的作品中塑造了一个个具有神性色彩的英雄，他们拥有无穷的法力，不怕任何困难。即使在危难的时刻，也有神灵的庇佑，无论是怎样的千辛万苦，最终也能战胜敌对的一方。

摩苏昆作品的内容大致分为几个方面，包括："莫日根"英雄人物故事说唱、爱情故事说唱、动物故事说唱、风物传说说唱、生活故事说唱。其中，英雄人物故事说唱篇幅比较长，占据的比重也比较大，英雄人物的形象也有着十分主要的地位。他们勇武超群，拥有出众的体力和体能，具备英雄受到推崇的最重要的品质。故事的主人公往往从名字上就突出了山林狩猎民族所崇尚的品质。摩苏昆"莫日根"英雄人物故事主要有《英雄格帕欠》《波尔卡内莫日根》《布格提哈莫日根》《阿尔塔奈莫日根》等。

满族说部与伊玛堪中描绘的英雄都崇尚勇武的精神，这与他们的生存环境密切相关。满族作为北方的游牧、渔猎少数民族，曾几度逐鹿中原，建立自己的政权，与他们的民族精神与性格息息相关。自然环境的砥砺、征战的磨炼，使得他们崇尚勇武。赫哲族也一样，地处北方，寒冷的冬季使渔猎生活变得异常艰苦，他们敢于直面自然条件的挑战，以积极的态度，面对艰难困苦，从而形成不服输、好强的性格，莫日根英雄身上集中体现的品质，就是赫哲人优良品格的集中体现。正如在田野调查中，赫哲人所反映的那样："在伊玛堪故事里，为正义打胜仗的英雄好汉就为王，打败仗的就甘心被杀或被掳为奴隶。如果没被杀掉或反被释放了的，就要感恩戴德，甚至把自家姐妹嫁与英雄好汉当福晋……"①

从文化人类学角度看，历史记忆就是指对逝去的历史的追忆。满族说部和伊玛堪都是通过英雄叙事的方式，来追寻历史，实现自我认同。他们的生产生活、生活习俗，乃至思想情感，都在说唱历史的过程中一一浮现。

（三）传播方式相同

在北方民族文学的发展历程中，口耳相传的特点具有普遍性。这些民族一般创制文字的时间较晚，因此早期的作品都是以口头的形式来表现、传承的。满族说部与伊玛堪都以口耳相传的方式流传，都具有口头文学的特点。满族先世没有文字，许多史实也是通过各个氏族的说部流传下来，成为当时的"口述史"。《金史》就有记载，统治者注意收集民间的旧事，还根据民间的传说给皇帝立传。口碑不但传承历史，也传承着生存与生产的经验。满族说部中，很多细节处记载了北方先民生活的画卷，他们各种古老的生存技艺，都在说部中展现，比如鱼油灯的制作、肉类的保存、皮子的熟制等，是非常宝贵的人类文化遗产，通过口耳相传保留至今。赫哲族世代居住在三江（黑龙江、松花江、乌苏里江）流域，地理位置比较闭塞，中华人民共和国成立前还保留着许多原始社会的生产生活方式和组织形态。由于赫哲族是一个有语言却没有文字的民族，所以口头传统的历史比较悠久。所谓"'口头传统'包含两层意思，广义的口头传统指口头交流的一切形式，狭义的口头传统则特指传统社会的沟通模式和口头艺术（verbalarts）。民俗学和人类学意义上的口头传统研究通常是指后者。口头传统是一个民族世代传承的史

① 马名超：《赫哲族伊玛堪调查报告》，载中国民间文艺研究会黑龙江分会《黑龙江民间文学2》，黑龙江大学印刷厂1981年版，第505页。

诗、歌谣、神话、传说、民间故事等口头文类以及相关的表达文化和其他口头艺术"①。赫哲族在日常的生产生活中，以口耳相传的独特方式，传承着氏族群体的生活经验、礼仪习俗和文化传统。

我们现在所看到的满族说部文本和伊玛堪故事，先后被列为国家级、世界级非遗保护项目，现在的文本是经过文化工作者、采集者整理出来的，形成固定的文字符号的文本。最初的形式，无论是满族说部还是伊玛堪，都是以口耳相传的形式流传下来的，其传承渠道主要以家族传承为主。满族说部的传承方式主要是萨满传承和家族传承，由于满族的萨满是氏族的萨满，因此在一定的历史时期，往往呈现出萨满传承和家族传承存在重合的特征，实际上，满族说部主要是由家族萨满代际口传的传承方式，主要以氏族中的一支或者家庭中直系传承为主，多半是血缘传承。

家族传承满族说部的方式，决定了说部传承的单一性和线性的承继性，祖传父、父传子、子子孙孙，传承不辍，这也是传统说部最突出的特点。富察氏家族与赵氏家族就是其中的典型代表。

据著名的伊玛堪传承人葛德胜的女儿回忆："伊玛堪主要是以家族式形式传播。据父亲（葛德胜）讲二十世纪三十年代，赫哲族差不多都会唱伊玛堪，好多都是一家一家的歌手。我祖父（葛双印）和祖伯父、父亲（葛德胜）和二叔（葛长胜）、桦川县万里霍通的芦升和芦明兄弟，他们都有传唱伊玛堪的经历，他们对赫哲族文化都有很大的贡献。可见，伊玛堪主要是以家族形式传播的。"②

满族说部、赫哲族的伊玛堪和鄂伦春族的摩苏昆都是通过口耳相传的方式流传下来的，今天我们见到的文字的版本是经后人整理、记录并翻译出来的。正如有的学者所指出的那样，它们都属于口述文化的范畴："谈起东北文化，我们往往觉得记载东北的文字相关史料少，就是有，也往往在正史的野史部分或一些流人的笔记中有所涉猎。于是很多人就下结论，东北是文化的荒野或'东垂无文'，或'东北文化'是中原文化的

---

① 朝戈金：《口头传统：人文学术新领地》，《光明日报》2006 年 5 月 29 日。

② 葛玉霞：《借东风谋发展——浅谈赫哲族伊玛堪说唱艺术的传承和发展机遇》，饶河县电子政府管理中心 http://www.hlraohe.gov.cn。

辐射等等。事实上，文化的发展是保持在一种平衡状态之中的。文化是一个综合的概念。没有文字记载不等于没有文化，相反，人类口述历史又恰恰在某些重要时期填补了文字历史的空白，既连接历史，又延续了历史，使历史呈现出活态的形态。特别是越是文字记载相对少的地区地域和民族区域，口述文化史其实更充分地、生动而鲜活地活态存在着。"①

二　满族说部与伊玛堪、摩苏昆的差异性

（一）故事情节的构成方式

满族说部没有固定情节模式，比较灵活。每个故事的情节线索都不一样，尤其是后来的说部，受汉族说书艺术的影响较大，有的甚至在书场中讲述，带有章回体小说的模式。如此众多的大部头满族说部，在形成洋洋巨著的同时，讲述者是如何讲述的呢？满族说部的传人，各自有一套记忆的秘诀，其最早的助记手段是堆石、镂刻、结绳等方法，古人望图生义，祖祖辈辈口耳相传。著名的萨满文化研究专家、满族说部的重要传承人富育光先生说，"记得先父曾讲过我奶奶留下一首摆弄宝石就能说'乌勒本'的口诀，至今我能记得：'紫纹龙鳞奇石块，红黑黄白模样怪，嬉笑怒骂全都有，外加条穗一大串。'我父亲叫它'石头书'，靠各色奇形怪状的嫩江捡来的江沫石和绳穗，帮助记忆'乌勒本'文本内容"②。也有的在此之外，总结出规律，富育光的父亲就教导他："学说或记忆说部，万变不离其宗，一定牢记抓骨、入心、葡萄蔓。抓骨，就是要理解和驾驭说部核心要点，关乎壮胆、成功和失败。每部虽皆庞然可畏，但其内核却如同一条长龙，有一根脊梁骨通贯全身，由它再统揽头、肋骨、四肢。说部或记忆说部，就先牢牢把握住这根龙的脊梁，从头到尾理解透，然后对头、肋骨和四肢内容自然就会摆弄清楚。讲起说部来，犹如大元帅稳坐中军帐，不乱不慌，谈吐若定。入心，关乎全局效果，讲唱说部必须全神贯注，身心投入，才会激发生成喜怒哀乐忧恐惊，自

① 曹保明：《注重东北口述文化》，《吉林日报》2007年4月26日。
② 富育光：《让满族传统说部艺术绽放异彩——热烈祝贺吉林省满族说部学会成立暨学术研讨会召开》，载邵汉明主编《满族古老记忆的当代解读——满族传统说部论集》（第一辑），长春出版社2012年版，第30页。

发调动起滔滔记忆和表演才华，狠抓住听众的心。所说葡萄蔓，系对抓骨入心秘窍记忆法的高超总结。记忆或讲述长篇说部，如同吃吐大串葡萄，总蔓是全故事，蔓上每一挂葡萄都是全故事的分枝细节，一定掌握好各环节和分寸。由总蔓切入进行吃吐，进入葡萄挂中一粒一粒地吃吐，吃吐一挂再吃吐一挂，循序渐进，环环紧扣地吃吐完毕。"① 除此之外，富育光先生根据自己多年来记忆说部的经验，使用绘图制表法和卡片襄助法，以此辅助记忆浩繁的内容。

这几个简单的词语，却较为形象生动地道出了讲唱说部的奥秘和关键。

满族说部讲述的内容浩繁、丰富，每个故事多由一个故事为经线，辅以多个枝节故事为纬线，环环相扣。以《雪妃娘娘和包鲁嘎汗》为例，该说部就是以雪妃娘娘和儿子包鲁嘎汗的人生际遇为经线，同时展现了清代初期，女真各部，尤其是努尔哈赤建州部在发轫初期的故事，以及与周边民族的关系。全书也极力赞颂了一些可歌可泣的英雄，中间也有大量对边疆漠北民族的风俗等描写，是一幅带有特色的民族画卷。属于讲唱文学范畴的满族说部，正如有的论者所指出的那样："讲唱文学和散文体叙事文学，其大量讲述内容没有表达方式、语言韵律和歌唱旋律的支撑，记忆起来就困难得多，讲唱文学或散文体叙事文学的传播者，必须通过反复打造作品的曲折生动的故事性来达到强化记忆的目的。"②

伊玛堪有着固定的情节模式：英雄的奇异诞生，包括对莫日根姓名、出身和遭际介绍；英雄获取萨满神通；英雄结拜兄弟、建立联盟；英雄婚姻；英雄与敌人交手、落难；英雄复仇、英雄凯旋等，根据内容的需要，每个情节出现的顺序会有所变化，但是大致的情节模式基本不变。出现较为频繁的是两个情节，英雄争斗和英雄婚姻。英雄通过萨满获得神通的情节，只在个别伊玛堪的故事中出现。"程式化的表达是艺术上的惯例和风格上的技巧，其作用是提醒观众注意诗歌主题的进程，进而建

---

① 富育光：《做满族说部的忠实传承人》，在"多元文化视野下的满族说部"学术研讨会上的发言，2013 年 4 月 17 日。

② 关纪新：《文脉贯古今源头活水来——满族说部的文化价值不宜低估》，《东北史地》2011 年第 5 期。

立其必要的和谐情境，并体味耳熟能详的亲切感，从而在吸引听众注意力的同时，又不会折损诗歌的独特品质。"[①] 鄂伦春族的摩苏昆和赫哲族伊玛堪在故事情节的讲述上有许多相似之处，郭崇林先生做出了如下归纳[②]：

表4—1 伊玛堪与摩苏昆固定的故事情节模式

伊玛堪	英雄孤生	家族遇难	阔力点化	武征义服	娶妻纳妾	神灵救难	了结恩仇	凯旋祭神	《满都莫日根》
摩苏昆	奇异诞生	父母被掳	练功习马	比武结拜	力战群魔	宝马扶危	斩杀妖魔	重建家园	《英雄格怕欠》

讲唱者沿用程式化的结构来讲述，这样不仅方便传承和记忆，还能在适当的时候自由发挥，逐渐丰富和发展伊玛堪这门艺术。伊玛堪著名的讲唱者葛德胜曾经说过："我唱的都是早年老年人叨咕的，是老人传下来的基础，唱的时候，得把它装上，不然，怎么叫伊玛堪呢？就像人身子，光有头、肚子、脚也不行，还得有眉、眼、肋条、心脏。故事的开头、当腰、末尾都是怎么回事，全要有个线索。好比打猎一样，打哪山进口，哪场有物，到哪站下，到哪该回头了，都得心中有数。我常常先唱一段，一坐下，就又想起来。挂挂拉拉的，赶着唱，赶着就想起来。"[③] 除了情节的程式化外，某些语句、修辞，甚至唱段都是程式化的。

这些固定的情节甚至有的场景在伊玛堪的故事里，是相对稳定、不变的，听众却能百听不厌，除了和表演者自身的演唱水平及对故事的把握有关外，与听者的心理期待也有很大关系。程式化的情节，都是故事中最能打动人、吸引人的地方，使用的腔调也各不相同，一般是男有男腔，女有女调，还有老翁调和少年调，随着情节的改变，调式也随之变

---

① ［美］约翰·迈尔斯·弗里：《口头诗学：帕里——洛德理论》，朝戈金译，社会科学文献出版社2000年版，第208页。

② 郭崇林：《中国东北地区赫哲、鄂伦春族与蒙古族民间英雄讲唱的比较研究》，《民族文学研究》1997年第2期。

③ 马名超：《赫哲族伊玛堪调查报告》，载中国民间文艺研究会黑龙江分会《黑龙江民间文学2》，黑龙江大学印刷厂1981年版，第491页。

化。而且在细节之处要生动、形象地刻画，据著名唱手吴连贵介绍说："伊玛堪讲究'音特路'，要求个啰嗦劲儿，要求细细的形容，加花点，比方说一个莫日根从门前走过，就要说他把冻得邦邦硬的土拉卡都踩碎了，震得地咚咚响，踩在沙地上，一踩一个大坑。比方说女人做饭，得说说胳膊肘磨坏了，手掌都烫起厚茧了。""形容喝酒场面，往往说盘子叠得多高，什么样的盘子放什么肉，高脚盘放的老鸹肉，小盘放的家雀肉，大盘放的鳇鱼肉。"①

所以，在固定情节模式下，灵活的表演，细致的描绘，无论是英雄出征、落难，还是英雄凯旋等情节，在民众的审美期待里，都是正义战胜邪恶，遇到的苦难和阻力越大，越能表示出英雄的勇敢与强大，还能体会到较为形象的生活场景及特征。此外，这些程式化的情节是相对独立的，表演者可以随时把每个情节连缀，也可以适当分割，每一次讲唱，其实都是歌手二度创作的过程，这也是为什么情节大致相同的故事，能流传不衰的原因。而相对于听众来说，他们以自己的观点和审美趣味也在参与着创作。"每一次表演都是一首特定的歌，而同时又是一首一般的歌。我们正在聆听的歌是这一首歌，因为每一次表演都不仅仅是一次表演，而是一次再创作。"②

（二）讲唱条件的不同

满族说部在讲唱时多用满族传统的以蛇、鱼、鸟、狍等皮革蒙制的小花抓鼓和小扎板伴奏，在讲唱到情绪高昂的时候，观众也可以跟着呼应，并且击打双膝伴唱，从而构成一种较为热烈的氛围，以此来吸引更多观众。由于传统的满族说部多为叙事体，主要是以说为主，有时候也说唱结合，偶尔也夹杂着讲述者的模拟动作的表演，同样是为了增加引人入胜的氛围。例如在《乌布西奔妈妈》《萨大人传》和《东海沉冤录》中，都有"我弹着鱼皮神鼓，伴随着兽骨灵佩的声响，吹着深海里采来的银螺"；"我敲响尼玛琴鹿皮神鼓呵，我弹起银色的木库连（木库连：

---

① 黄任远：《赫哲族民间歌手——吴连贵》，载中国民间文艺研究会黑龙江分会《黑龙江民间文学2》，黑龙江大学印刷厂1981年版，第464—465页。

② ［美］约翰·迈尔斯·弗里：《口头诗学：帕里——洛德理论》，朝戈金译，社会科学文献出版社2000年版，第100页。

达斡尔语，口弦琴）"；"萨满妈妈敲击着熊皮鼙鼓，血族仇杀，传送着悲怨和狂乐"这样的字句。可见，在讲唱说部的时候，是有伴奏乐器的。从乐器的特点来看，也体现出满族先民属于狩猎和渔猎的民族。

伊玛堪在讲述的时候，是不用任何伴奏乐器的，都是徒口清唱。此外，除了有个别的手势之外，很少有如同讲唱满族说部时的模拟动作，所以，为了适合吟唱，对伊玛堪的语言要求较高，它是经过提炼的具有诗一般的语言，并辅助以声乐一样的渲染，才可以在没有乐器伴奏的情况下，达到吸引人的效果。在早些年的伊玛堪表演中，唱的部分占据主体。从欣赏者的角度来看，不仅要欣赏伊玛堪曲折动人的故事，更要注意倾听优美的带有诗化的语言，尤其是曲调的变化。伊玛堪好的唱段，讲究押头韵，语言连贯。例如在赫哲族伊玛堪的代表作之一《满斗莫日根》中，有段满津德都和满斗哥哥的对话：

> 赫力勒——赫力——格依格
> 英雄的哥哥呀你听着，不管你耳朵背，也要栽耳细听，
> 不管你是聋子，也要仔细琢磨……

其赫哲语为：

> Dutude Bichinie　　（都徒德比其涅）
> Dunggulga Dodilo　　（董古鲁嘎斗迪娄）
> Kunggude Bichinie　　（空古德比其涅）
> Kolougan Dodilo　　（扣娄干斗迪娄）[1]

翻译成汉语后，我们无法看到这个特点，只能感受到演唱者带领我们走进演唱的氛围。《满斗莫日根》其开头的唱词如下：

> 赫哩拉雷赫哩啦，

---

[1]　马名超：《赫哲族伊玛堪调查报告》，载中国民间文艺研究会黑龙江分会《黑龙江民间文学2》，黑龙江大学印刷厂1981年版，第498页。

赫哩赫哩啦，格格，

满巾德都哇，你仔细听着，

你知道你是怎来到这里的吗，

我要把那往事，从头到尾向你述说。

你要静静地听着，你要牢牢地记住。

那养育你的家乡，在这送花江的下游。

在松花江南岸有一座繁荣昌盛的霍通。

你的阿爸和你的阿妈，领着你哥哥和你，同部落里的乡亲们，

一块进行打猎，过着安居乐业的生活。

　　伊玛堪中，通篇都是这样的唱段，语言生动、活泼，曲调悠扬，引人注意。而且，伊玛堪音乐多是即兴的调子，没有基本曲调，总是处在变动中，没有完全的定型化，有较大的可塑性。究竟采取什么方式和什么腔调演唱，取决于唱手的自身素质和修养。音乐素养好的歌手，比如著名伊玛堪歌手葛长胜，会的曲调较之一般的歌手要多些。有的研究推断："它原来的叙事歌唱成分要更多些。更早些时的形态，甚而很可能就是叙事诗一类的形体，即都是以歌唱形式出现的，后来，在流传中渐次变异了，退化了，以致出现并渐渐增多了说白的成分。这一点，也与北方少数民族中（如满洲族）诗体文学的发展很有相似之处。"[1]

　　鄂伦春族的摩苏昆以"说一段，唱一段"的形式，也是无乐器的徒口伴奏，为了达到吸引人的效果，在讲述过程中最主要的是语言的运用，即怎样才能吸引人，"曲调配不配，调儿中不中听"，加上"会说，会比划（即做简单动作），学会样子（即表情和手势动作），嗓音条件也起很大作用，这样就全了"。因此，摩苏昆在语言上是比较有特色的。首先，叙事语言完全是流畅的口语化语言。在《英雄格帕欠》中有这样的描绘："白了黑儿，黑了白儿，日子过得好快。""阿拉尔宝马狂怒暴跳，使劲儿地拽住缰绳，拽呀拉呀，愣是拽不开拉不断，它顿时怒火冲天，一声大叫，震得石壁都唰唰地一片片，一块块掉下来。只听'轰——'的一声，

　　① 马名超：《赫哲族伊玛堪调查报告》，载中国民间文艺研究会黑龙江分会《黑龙江民间文学2》，黑龙江大学印刷厂1981年版，第506页。

阿拉尔宝马把整个松树连根起来，就连拉带拖地向来路奔去。（宝马）跑呀、奔驰呀，直拖得树叶没了，树枝断了，树干吐了，树身完了，最后咔吧一声，缰绳断了，阿拉尔宝马这才像飞起来一样赶到家里。（宝马）浑身像水里捞，火上烤了一样又淌水又冒气儿。"此外，修辞方法也非常多样，比喻、比拟、夸张、反复、排比句式随处可见。这样讲述故事的方式可以给听者以形象、生动感。

鄂伦春族的摩苏昆讲唱韵律，主要表现在唱段中，在叙事中表现得较少，主要韵律特点是押头韵、腰韵和适当的尾韵，这种民间传统的构词方法，在我国北方少数民族的说唱文学中是较为普遍的现象。在《英雄格帕欠》中，当喜鹊告诉主人公，山岭中有一批花色的马群时，是这样吟唱的：

> 在阿恰全是阿拉尔马，在恰布尔全是加尔得马，
>
> 在卡达尔全是卡拉尔马，在乌勒波全是乌罗尔马，
>
> 在西瓦尔全是西尔嘎马，在库么里全是库勒马……

"这些诗句里的韵律是以每句的第一音节同第四音节押韵的形式来完成的，处于第一音节的是表地名的词，处于第四音节的是表马的花色的词，以同一句中的地名与马的花色押韵，排列十分整齐，颇具特色，为其他语言的诗歌中所少见。"①

鄂伦春的摩苏昆比较吸引人的一个最大特点就是语言的流畅和悦耳动听，它运用特殊的组合方式，使淳朴的语言和并不复杂的词汇变得丰富而生动，富有浓厚的色彩和音乐美感。这种特点，除了表现在它的诗体唱词以外，在叙述语言中也有所体现。特别是感情色彩很浓，歌手情不自禁地抒发情感，将自己的观点、感受、感情融进故事中时，所构成的叙述语言很能打动听众。用猎人的话来说，"就像冬天的大树，有干、有枝没有叶，那就得加叶子，叶子越密实越耐看"，使其讲得越丰满越好。除此之外，还有根据传闻、目睹或自身经历即兴创作的讲唱。这样的故事一般篇幅都不太大，组词用语并不十分严格，也没有固定形式、

---

① 王益章、黄任远：《鄂伦春族摩苏昆概论》，载孟淑珍译著《黑龙江摩苏昆》，黑龙江人民出版社 2009 年版，第 4 页。

主题歌和主旋律，"词儿是编的，曲儿是借别的歌上的"①。无论是世代相传的或是即兴创作的，它们的基本构成方式及语言的运用都是相似的。

在满族说部中，除了"窝车库乌勒本"和叙述体故事的引子外，很少有这样的唱段。满族说部的引曲是满族民间大型古歌中惯用的引子。它以激昂悦耳的长调为主旋律，具有调节观众心情和收拢观众注意力的作用，也被称为定场歌。

满族说部与赫哲族的伊玛堪都属于讲唱艺术的范畴，讲与唱自然就成为最关键的两个要素。满族说部早期的表演形态使用如上所述的敲击乐器、吹奏乐器等，常常是夹叙夹唱的形式，即使后期受评书的影响较大，说的比重逐渐增加，唱依然还是存在的。在伊玛堪中，什么时候讲述、什么时候唱歌是有规律的。一般的情况下，人物的主要对话需要演唱，还有讲述伊玛堪的过程中，有重要事件发生和人物发生重大变化的时候，都需要演唱，比如，主人公遇难、凯旋等内容，其实就是用唱来表述情感的变化。

（三）史传性和故事性的区别

满族说部中的英雄崇拜主题，由于和萨满教的祖先崇拜有关。所以，对祖先历史的追溯，一定要怀着崇敬的心情，对过去发生的事情，也要忠实地记录，不能粉饰也不能夸大，否则被视为对祖先的不敬。因此，满族说部对历史事件和人物进行评说的时候，具有极为严格的历史史实约束性，甚至人物、时间、地点、矛盾纠葛、冲突与结局，都不允许隐瞒，均需要较为翔实、客观地阐释。

尤其是在讲述"包衣乌勒本"即家传、家史的时候，要求讲唱者和传承人都要遵循这样的规则。《扈伦传奇》的作者赵东升先生，就在"后记"中说，对待历史故事，"最根本的事实不能丢，故事原貌不能变，因为是讲述祖先的故事，不能胡编乱造，任意取舍，否则便是对祖先的不敬"②。满族说部陆续出版后，有的研究者先后从与家谱或者有关的史料对比中，来分析比较满族说部中记述的历史人物与正史记载或者家史记载的不同。其中，刘厚生先生的《满族说部中的明辽东总兵李成梁——

---

① 孟淑珍译著：《黑龙江摩苏昆》，黑龙江人民出版社2009年版，第302页。
② 赵东升整理：《扈伦传奇·后记》，吉林人民出版社2007年版，第518页。

〈扈伦传奇〉与族谱〈李成梁及其家族〉的比较研究》，以及长春师范大学历史学院研究生的论文《萨布素研究——满族说部与文献史料之比较》。尤其是后者，通过列出图表，对比史料和文本，作者做出了这样的分析，"第一，接近于史实，艺术加工较少，有历史的可信性和可考性。这里主要体现在家族出身与成长、编设新满洲、寻访长白山以及治理黑龙江这四个部分中。尤其是在讲述寻访长白山这一事件中，更是对官方史料和地方史料的综合。第二，有真有假，有历史的可信性，一般有部分的历史可考性。因此，我们对说部萨布素系列故事既要承认其史观价值、史料价值和社会认识价值，也要具体情况具体分析。这里主要体现在礼待流人和雅克萨之战里。如《萨布素将军传》中讲述萨布素对流人上层十分恭敬，甚至不惜得罪满丕，就这方面史料却有明确记载。而对于流人中下层的待遇，说部中却有些夸张。据《柳边纪略》记载，流人分为三等，一者为奴；二者当差；三者不当差。而为奴者，女子舂米、男子修筑城墙，受苦至深。而对于雅克萨之战的记载详见下文分析。第三，纯属虚构和附会的，既无历史可信性也无历史可考性。这里主要体现在平叛准噶尔和夺世职前后中。如平叛准噶尔中，说部讲述如何与蒙古台吉交战斗法，但史料中仅说明萨布素带着黑龙江兵到索岳尔济山附近驻防，防止叛军东窜。并且在西路军击败噶尔丹主力后，争相去青海剿灭噶尔丹余部，从这里可以看出萨布素的确没有和叛军交战。另外对萨布素夺职后的记载，说部中讲述的故事并没有任何史料可以证明，史料仅仅记载到'未几，卒。'所以无法证明这些故事的真实性"①。

　　由于满族说部毕竟与真实的历史不同，不可能是历史的真实再现，出于传承人对祖先的崇敬和热爱，一定会有加工和夸大的成分，但是要在保持人物、事件等主要因素基本不变的基础上进行加工。乌布西奔妈妈作为东海女真部的女萨满，统一了女真各部，她逝世后，人们为她举行了隆重的海葬，并将其一生的业绩镌刻在东海锡霍特山脉临近海滨的德烟山古洞中。所刻的基本都是表意图形和圆形符号，这些图形和符号，自上而下螺旋式地环刻在岩壁上。1999 年，美国访华学者找到了古山洞，

---

　　① 孙志鹏：《萨布素研究——满族说部与文献史料之比较》，硕士学位论文，长春师范学院，2012 年，第 37—38 页。

亲眼见到了这些图形，从而证实了乌布西奔妈妈的真实性。与满族民间故事完全不同的是，民间故事可以没有事实的依据，随意发挥。

对于伊玛堪的定义，学者从不同的视角，形成不同的看法，被广泛采纳的是马明超关于"伊玛堪"一词的说法："尚难做出语源学上的阐释。过去，在赫哲人自己，并没有对口头文学细致的分类称谓，只是与'说胡鲁'（又作'说胡力'，即民间故事）和'特仑固'（即具有一定历史真实性的民间传说）相对，把那些长篇讲唱古代英雄故事的口头文学形式，习惯地称作伊玛堪。"①

伊玛堪的故事在讲述时，一般都用赫哲语"赫哩拉"开头，这是讲述故事的套语，意思为"话说""且说"之类，以此来引出故事。摩苏昆的歌手在讲述故事的时候，每篇、每段，甚至每节的起首都以"格——"开头，其含义是"听啊""且说"，如同赫哲族歌手开头用的"赫哩拉"，唱完一段词还有不少衬词，如"库雅诺""哪衣耶"或"内衣耶"等，相当于汉语中的"哎嗨呦"之类的衬词，主要是为了烘托情绪。

我们现在看到的满族说部文本，虽然也有"话说""且说"的词语，是受汉族评书的影响较大的缘故。满族入关后，与汉族的交往日深，八旗子弟也有了较多的闲暇时间出入书场，市民的消闲娱乐方式，为满族说部后来的发展奠定了基础，有的甚至还出现类似章回体小说的题目。

（四）讲唱环境的不同

满族讲唱说部，是比较严肃的事情。一般都是在逢年过节、婚丧嫁娶、喜庆收、老人寿诞，或者氏族有隆重祭祀的时候都要讲唱乌勒本。讲唱乌勒本要非常虔诚，要漱口、焚香，族人要磕头，在一系列表示敬重的仪式后，讲唱者才能从木匣子里取出唱本的提纲，开始讲唱。而且，听者不能随便聚集而坐，必须按辈分坐好，讲唱的时候不能随意走动。在富察氏家族传承下来的《萨大人传》中，有这样一段记述，"首先，依照族中讲唱《萨大人传》的习俗，用满语报出《萨大人传》的名字，为

　　① 马名超：《赫哲族伊玛堪调查报告》，载中国民间文艺研究会黑龙江分会《黑龙江民间文学 2》，黑龙江大学印刷厂 1981 年版，第 481 页。

的是让族人记住本民族的语言。开篇的时候，仍用满语唱一遍敬酒歌……酒要敬三杯。第一杯献给神龛，把话本请下来；第二杯向东南遥寄。因为东南方坐落着宁古塔，为我们祖先生活过的地方，也是祖先的灵寝所在地，即老坟的地方；第三杯酒向富察氏居住的大五家子西北方向，那里埋葬着从康熙年间迁徙来的历代英雄和长者"①。据《金世宗走国》的记录整理者说："傅英仁每次在讲述满族说部之前，都按照祖制礼规，先洗手、漱口。然后上香叩头，方可坐到火炕上讲述满族说部的故事，他感情丰富，滔滔不绝，记忆力超强，讲至激情处，手舞足蹈，还要唱上一段说词……"②可见，讲唱者对讲述的重视与虔诚。近两年，有学者采访何世环老人，他在讲述《尼山萨满》时，同样保留讲述前洗手、漱口的规矩。

伊玛堪相比较于满族说部，就其讲唱的环境而言，还是有不同之处。比如葛德胜就提到"在早，打鹿茸、撵皮子、上山，回来喝圈儿酒，歌手都参加，好顿唱呀。男人唱，老太太唱，闺女们唱。一唱就唱一宿。有的唱到嘴不好使了，因为喝醉了，就倒在炕上了。哪家有红白喜事，也是这样，不管老的、少的，成宿咧咧地唱呀、讲呀……过年过节也唱。……五月节，八月节，热闹几天。讲说胡力，唱'伊玛堪'……在山上，主要打猎了，不咋喝，可打着鹿茸了，高兴，又唱起'伊玛堪'"③。据当年调查伊玛堪歌手的访谈记录来看，伊玛堪一般都是在赫哲族聚居的村屯里演唱，各种节日或者红白喜事，或者野外打猎劳作的时候，都唱伊玛堪。有时，演唱伊玛堪要几天几夜，讲唱场合可以随意选择，而且观众和唱手要融为一体。尤其是讲到精彩片段的时候，听众会发出"嗬嗬"或者"呵呵"的声音，来应和演唱者。同时唱手会根据观众的情绪来调整演出的内容，而并非一味地说唱，有时候会加些引人欢乐和喜庆的内容，让听者哈哈大笑，忘记了疲惫；有时候会抽出一个特别精彩的片段单独讲述。可见，讲唱伊玛堪的娱乐性所占比重较大。满

---

①　富育光讲述：《萨大人传》（上），吉林人民出版社2007年版，第3页。

②　傅英仁讲述，王松林整理：《金世宗走国》，吉林人民出版社2009年版，第1页。

③　王士媛编：《黑龙江民间文学20》，中国民间文艺研究会黑龙江分会1997年版，第287页。

族说部在讲唱的时候，娱乐的成分也是存在的，但更为主要的是，其讲述具有教化性。满族说部是族训家规，是对子孙后代进行爱国、爱家、爱族教育的范本，增强氏族的凝聚力与向心力。此外，赫哲族与满族同属满—通古斯语系，伊玛堪至今还有传承人用本民族语言进行讲述，在每年的"乌日贡"大会上都有唱手表演，而满族说部的传承人却很少能用满语讲述了，且只在民间个别地流传。

在讲唱环境上，摩苏昆和伊玛堪比较类似。一般来讲，讲唱的时间、场合，并没有形成严格的规定，规模也没有特定的要求，什么时候讲、什么时候唱，没有预先的安排，一切都取决于当时所处的环境、人们的思想情绪、参加人数的多少、传播人的爱好、当时的气氛等。"篝火旁、月光下、树荫下、小河边、猎民打小宿儿、屋子里、院子里、做皮活儿、采集野菜山果、狩猎归来家人亲友聚晚餐、逢年过节、一年一度的祭神和三年一次的规模很大的敬神赛神活动、婚丧嫁娶日、回亲访友举行家宴等，无一不是进行文艺活动的好时机，以夜晚时进行居多，特别是那漫长而寒冷的冬夜。猎人们在打猎时是不允许讲啊，唱啊的，忌讳说唱笑闹，大声喧哗，以免猎物闻风惊觉逃离而去。出远围途中或猎后满驮而归时，才可随心所欲地说笑欢唱，以抒发自己心中洋溢的喜悦之情。讲唱活动的规模，除三年萨满大赛外，大致全部落的男女老少都来参加，小至一家老小，妇孺守门，老的讲述吟唱，小的凝神倾听。一家子在歇让座里的皮铺上躺下来，或是做些杂细活计，便开始讲唱，也是经常的。"① 满族说部的讲唱场合在一般情况下，是比较庄重和严肃的，伊玛堪和摩苏昆则更为随意、自由一些，在讲述故事的时候，讲述者一般被观赏者包围着，这样更容易交流与表达气氛。

满族说部、伊玛堪以及摩苏昆同属于北方少数民族的口头文化遗产，在漫长的历史进程中，它们既有一些共性又具有各自不同的特点，通过尝试性地梳理与研究，可以更好地了解、认识它们的全貌，以便为更好地研究与传承优秀的东北文化，做出基础性的贡献。

---

① 孟淑珍译著：《黑龙江摩苏昆》，黑龙江人民出版社2009年版，第292页。

第二节　满族说部与伊玛堪、摩苏昆的
文化背景及现实处境

　　满族、赫哲族、鄂伦春族都属于满—通古斯语族，从遥远的古代起就生活在外兴安岭地区，以及东北平原地区，主要以狩猎、捕鱼为主，兼事采集、游牧、农耕的生活。由于长期生活在一个区域内，各民族间关联紧密，生产生活方式也有相似之处，互相影响，都信奉万物有灵的萨满教，所以，这几个民族在民族心理、思维方式和审美情趣上有许多相同和相似之处。这种天然的相似性，黄任远先生曾经做出过这样的解释："其原因是因为他们的住处相邻，近似的生产力和生产关系，产生相同的心理，近似的想象，渔猎生活的相似，民族族源的相似，他们在历史上的不断迁徙、接触、融合。另外，民族语言近似，如满族、锡伯族、鄂伦春族、鄂温克族、赫哲族的语言同属于满—通古斯语族；信仰崇拜相同，都信仰萨满教，信仰万物有灵，崇拜自然、崇拜神灵等。"①

一　不同的叙事背景

　　三个民族的口传文学产生于不同的叙事背景之下。在人类文化的发展史上，文字出现之前，就有以口述的方式记载历史的情况。赫哲族的伊玛堪产生在以渔猎生活为主的时期，鄂伦春族的摩苏昆产生在山林文化的背景下，满族说部就是满族先民在特殊的场合，全凭口耳相传，歌颂自己的祖先和神灵，并在氏族内代代相传。他们不仅靠讲唱传承历史，同时也传承着生产和生活的经验，尤其是在满族说部中，处处可体现出满族的生活环境及生产生活境况。

　　在《飞啸三巧传奇》《雪妃娘娘和包鲁嘎汗》中介绍了桦树皮造纸、皮张的熟制、不同兽肉的制作和保鲜、鱼油灯的制作过程等古老工艺，还介绍了北方各种草药的药性和采集，北方少数民族的海葬、水葬、树葬等民俗。在《天宫大战》中介绍了祭火神，"跑火池"。在《两世罕王传》中记述了明末清初一种娱柳活动——"跑柳池"等。因此，满族说

---

　　① 彭放主编：《黑龙江文学通史》（第一卷），北方文艺出版社2002年版，第232页。

部为我们展现了满族及其先民等北方诸民族沿袭弥久的生产生活景观、五光十色的民俗现象、生动的萨满祭祀仪式和古时的天文地理、航海行舟、地动卜测、医药祛病以及动植物繁衍知识等,特别是有关生产知识、操作技艺,往往通过故事中的口诀和韵语得以传承。[1]

满族先民由于独特的生存环境,其服饰、饮食及出行方式等各个层面,都显示出自己独有的特色。例如,就出行方式而言,满族先民在很早就学会了驯养狗和马作为出行工具。如在《恩切布库》中,描述了尚处于原始社会初期的满族先民们除驯鹰、驯虎用来打仗以外,还学会了驯养狗和马,用于交通和出行。文中记载:恩切布库最早捕捉野兽驯养,叫"古鲁阔";捕捉野狗驯养,叫"音达浑";舒克都哩艾曼的族众,又在山外见到了一种叫作"莫林"的怪兽,此怪毛色美丽,四蹄生风,长鬃抖抖,奔跑如飞……从此,舒克都哩艾曼的族众,都认识了莫林马,都会骑莫林马。懂得驯马骑马对于女真人来说是一件大事,极大地改善了交通运输条件,使人们在任何艰难的处境中,都"可以像雄鹰一样,翱翔在堪扎阿林的千山万水之间,自由自在,任意驰骋"。饮食方面,苏木妈妈用生命的代价给族人留下的渍酸菜之法,因此被称为"渍菜神"。苏木为了给同辽国作战的丈夫和族人们运送给养,不辞辛苦,组织民众,奔走于后方与战场之间。她的事迹终于引起辽兵的注意,在苏木带领大家推着小车往前线运送白菜的时候,辽兵伏击了他们,并放火把他们烧死在山谷中,当人们赶来时,只看到一堆堆被烧毁的白骨和残存的白菜,场景十分惨烈。文中写道:"沟壑之中,还有许多残存的瓜菜。因烈火后,天又突降暴雨,将罪恶的大火扑灭。可怜的土地上,变成血河。在血河中,泛着红光,已经泡成了红色的大地,散发着辛酸的气味。"后人在这片土地上,发现苏木在运菜时,撒了许多烧焦的菜。经太阳照晒,就变成酸的白菜,人们称它为"朱顺索给"。后来渐渐演化成北方一种民间菜肴。秋季,人们将白菜泡渍,酿成一种滋味鲜美的"酸菜",满族人家称其"朱顺巴"。为纪念苏木,后世都喜好这种菜。阿骨打称帝后,还亲切地封苏木是"渍

---

① 谷长春:《满族口头遗产传统说部第一卷丛书·总序》,吉林人民出版社 2007 年版,第11—12 页。

菜神"。

赫哲族的说唱故事也是在独特的生存环境下产生的。由于赫哲族长期以来在三江地区生活，以渔猎为生，所以他们所咏唱的莫日根和渔猎生活，自然成为伊玛堪要表现的内容。伊玛堪作品的男女主人公，即莫日根和德都们，他们的生活境遇以及各种细节描写、风俗场面等，无不具有渔猎社会的特点。所有伊玛堪中的莫日根都一定是狩猎或者打猎的能手，他们所具有的英雄性是在典型的渔猎生活环境里所展现的，他们具有超凡的能力，能够获得想要的猎物，他们所建立的也是赫哲族地区从事渔猎的人们所向往的功业。例如他们在江河里捕鱼，在山林里猎取野兽，他们祭祀祖先与神灵，他们也互相比武，在家中与亲朋好友开怀畅饮，他们直爽豪迈等。而且他们还有最得力的助手——德都们，从各个侧面给予最有力的帮助。《满都莫日根》等作品，通过叙事过程中关于驾船扬帆、破风斩浪和纵身飞跃江河的情景描述，以及智斗蝗鱼精、捕捉海底独角龙等细节的夸张渲染，突显出独处江河水畔的渔猎民族生存和生产的超凡能力。葛德胜作为伊玛堪的传承人，他的作品对赫哲族的生活场景进行了大量又详尽的描绘，还特别富于层次。"早晨太阳刚一冒红，人们顶着晨雾，趟着露水，扛着船棹，抬着渔网，提着激达（扎枪），背弓挎剑，上山的上山，下江的下江，一百名莫日根好汉，奔向了四面八方。还不到正午，人们陆续返回部落。只见他们有一个人扛一头野猪的，也有人背两只狍子的，有两人抬一头大黑熊的，还有挑着一嘟噜一嘟噜天鹅大雁、野鸡野鸭的。那些下江捕鱼的人们呢，也划着船，载回一船船各种各样活蹦乱跳、金翅金鳞的鲜鱼。那牟汉塔莫日根也脸不红、气不喘、腰不弓地扛回来一只七叉犄角的大公鹿。当他刚走进部落，见前面围着一大圈闹哄哄的人群，原来是部落里的牝马下了五匹活蹦乱跳的小马驹。"[1] 完全是一幅生机勃勃的渔猎社会生活写照。

鄂伦春族是典型的森林民族，世世代代游猎于大、小兴安岭一带，周围物产丰富，逐渐形成了特有的山林文化。鄂伦春族《英雄格帕欠》等作品，则通过狍子胸腔传讯，翻山越岭挑寻宝马，英雄与熊、虎、犸

---

① 孟慧英：《萨满英雄之歌——伊玛堪研究》，社会科学文献出版 1998 年版，第 23 页。

倪殊死搏斗等典型叙事背景的艺术再现，烘托出骁勇、剽悍的狩猎民族纵横驰骋于群山密林的独特风貌。而且从故事主人公的名字上就可以看出山林狩猎民族所崇尚的品质。"莫日根"在鄂伦春语中是"打猎能手"的意思，是神话传说和说唱英雄故事等口传作品中的英雄。鄂伦春族摩苏昆的主人公都是出色的射箭高手，他们勇武非凡，也是不同寻常的猎手，他们拥有的长处和特点，是被推崇为英雄的主要原因。三个民族的口传叙事文学，展现了三个民族不同的生活情景，即渔猎、采集与狩猎的生活方式。

二　英雄形象的民族性与独特性

英雄崇拜在每个少数民族中都存在，满族说部、赫哲族的伊玛堪、鄂伦春族的摩苏昆也不例外，三个民族的口传文学都讲述了英雄史诗和英雄故事，而且早期都以说唱并伴有舞蹈动作的形式在特殊群体或者族众中流传，讲述的内容都带有自己本民族的鲜明特色。满族说部最早叫作"乌勒本"，即"传和传记"的意思，它以讲唱部族历史上英雄人物叱咤风云的业绩为主，基本主题、情节完整、气势恢宏，堪称北方民族的英雄大传与英雄史诗。在满族说部的浩繁叙事中，既有神坛上的神祇英雄，如在《天宫大战》《乌布西奔妈妈》《尼山萨满》《西林大萨满》等满族说部叙事中，塑造了性格各异且为后世传颂的女神形象；讲述部落祖先丰功伟绩的"包衣乌勒本"，即家传、家史基本属于这一类英雄叙事，比较有代表性的有傅英仁先生传承的《东海窝集传》《萨布素将军传》，赵东升先生传承的《扈伦传奇》，富察氏家族传承的《萨大人传》等；也有名垂千史的一代帝王，满族说部中的《女真谱评》《两世罕王传》《金世宗走国》《忠烈罕王遗事》《阿骨打传奇》等作品，均属于此类传颂帝王业绩的英雄叙事，以及行侠仗义具有爱国爱族众的普通英雄，如《红罗女三打契丹》《比剑联姻》《佟春秀传奇》《飞啸三巧传奇》《雪妃娘娘和包鲁嘎汗》等，他们构成了满族说部中英雄的群像。这些不同类型的英雄，受到满族世代的敬仰与膜拜，植根于满族先民的内心深处。英雄情结，始终是满族人心中一个根深蒂固的情结。

摩苏昆英雄格帕欠是人神结合的产物，是猎手和鱼仙生下的孩子，天生就具备神性的特点。而伊玛堪中的主人公满都莫日根，出征前要变成萨满，遇见困难的时候，就出现来相助的，也是化身萨满的伙伴。之所以产生这样的叙述主人公，与两部作品产生于不同的时代背景有关。鄂伦春族的摩苏昆很多故事中都集中展现了英雄与犸狍之间的矛盾，正如有研究者指出的那样："最能代表'摩苏昆'史诗内容古老性质的标志，就是普遍采用宏大的篇章来描述英雄与犸狍之间的严酷冲突，从根本上再现了原始人类与自然之间的矛盾，从而把作品的情节、产生背景推向更为遥远、洪荒的古老年代。"① 而且，主要侧重的是英雄与大自然的斗争，其原因在于把不能理解和解释的自然现象，看作妖魔鬼怪所为，因此人与自然的斗争，幻化为人与妖魔鬼怪的斗争，这展现的也是早期的历史社会面貌。鄂伦春族是典型的狩猎民族，出征时候的准备工具也具有狩猎民族的特点，如宝马和弓箭等。在摩苏昆中，"格帕欠既是自然暴力的征服者，也是为氏族部落复仇的英雄，他的英雄品格比较完整，已相当接近一般英雄史诗的主人公。这一史诗洋溢着对男性英雄的崇拜，而这些英雄又都是现实生活中的猎人。狩猎的生产工具主要是马和弓箭，因此马与箭在作品里有特殊的地位。尤其是马，因为是有生命的，完全人格化。宝马忠于主人，它的死非常壮烈"②。

赫哲族的莫日根产生的年代较之鄂伦春族的摩苏昆相对晚些，赫哲族生活的自然环境是民族性格形成的摇篮。寒冷的气候条件下渔猎生活比较艰苦，也是充满挑战的。为了适应环境，创造美好的生活，赫哲族人们希望自己也具备一些美好、优秀的品质，这些特点集中在一些人物族各方面的价值观念，将伊玛堪的英雄人物分为几种类型。③ 其中包括：第一，政治首领型。这类人物是伊玛堪的部落时代中的佼佼者，莫日根主人公最后成为威震一方的大汗，他们身上或多或少具备一些部落时代政治家的品德。主要代表是希尔达鲁莫日根。说唱者在他的身上赋予了一些极为现实的部落政治家的品质和行为特质，从而使形象超越了一般

---

① 马名超：《古老语言的艺术的"活化石"——记鄂伦春族史诗"摩苏昆"》，载孟淑珍译著《黑龙江摩苏昆》，黑龙江人民出版社 2011 年版，第 271 页。

② 潜明兹：《中国少数民族英雄史诗》，中国国际广播出版社 2011 年版，第 164 页。

③ 参见孟慧英《萨满英雄之歌——伊玛堪研究》，社会科学文献出版社 1998 年版，第81—88 页。

意义的莫日根复仇表现。第二，完美的莫日根类型。莫日根共同的性格内涵构成了理想莫日根的形象类型，一些莫日根就是在此基础上产生的，比如马尔托莫日根等。第三，萨满莫日根型。对神灵威力的依赖，对法术的迷信和向往，使得人们对掌握神灵秘密的人总是怀有浓厚的兴趣，这种领神的人就是萨满。伊玛堪的一些作品中主要从萨满角度刻画莫日根，也是肯定萨满能力是当时社会的精神时尚，例如香叟莫日根和木都力莫日根。第四，自在自足型莫日根。随心所欲，自足自乐的莫日根门性格开朗，丰富多彩。他们的积极、乐观、慷慨、大度、勇敢、大度、争强好胜等都是赫哲人喜爱的男子汉的性格。安图莫日根就是一个这样的形象。

少数民族文学中的英雄叙事是一个共同主题，不同的民族的英雄又具有自己不同的个性特点。

三　现实处境：亟须保护与传承

"鄂伦春族的摩苏昆、赫哲族的伊玛堪、满族的说部等形态各异的北方民族口头传统典范，都已先后列入国家级非物质文化遗产保护名录，这些气韵生动的口头演述和极具生命情态的表现形式，承载着这些民族的历史源流、人文传统、文化认同和生活世界，被视为本民族的'根谱'和文化的'宝典'。"[1] 三个民族口传历史的时间较长，随着社会生活的变化，三个民族原有的语言逐渐式微，汉语占据主体地位，不能不对少数民族的说唱文学造成影响。现如今，会用满语讲唱说部的人寥寥无几，赫哲族的伊玛堪、鄂伦春族的摩苏昆也面临同样的问题。而且，三个民族的口传文学都先后被列为国家级非物质文化遗产，2011 年 11 月 23 日伊玛堪被列为联合国"急需保护的非物质文化遗产名录"，所以对其传承与保护至关重要。

（一）满族说部的现状与保护

继 2006 年 5 月满族口头遗产传统说部被国务院批准列入第一批国家级非物质文化遗产名录后，分别于 2007 年、2009 年、2017 年出版了三批

---

[1]　何钧佑讲述，沈阳市于洪区文化馆采录整理：《何钧佑锡伯族长篇故事·序言》，万卷出版公司 2013 年版，第 3 页。

"满族口头遗产传统说部丛书"。这几批丛书的出版已在社会上产生强烈反响。第四批丛书目前大部分已整理完并通过一审、二审，已陆续交给出版社，等待出版。三批"满族口头遗产传统说部丛书"的出版，将为满族说部的研究提供大量的文本。2011 年吉林省社会科学院成立了满族说部学会，团结广大科研工作者对满族说部进行深入研究。中国社会科学院、中央民族大学和吉林省社会科学院联合召开了几次满族说部研讨会，许多专家学者纷纷撰写论文，对满族说部的抢救、整理工作给予充分肯定，并对一些说部的文本进行深入分析，目前已公开出版了一部满族说部论文集。

近几年来，北京市、辽宁省以及吉林省的专家学者先后在全国哲学社会科学立了七个研究满族说部的科研课题，其中郭淑云教授承担的满族说部东海萨满史诗《乌布西奔妈妈》研究课题，其成果已被收入中国社会科学院文库，充分地说明了国家对满族说部及其研究的重视。满族萨满神话《尼山萨满》已被俄国、日本、韩国、美国、意大利翻译出版，我国台湾地区也出版了此书。世界上已经专门建立尼山萨满学这一新的研究学科。富育光先生传承的满族创世神话《天宫大战》已被韩国、日本、美国、德国、意大利等国翻译出版，许多外国专家撰文予以高度评价。由于满语的日渐式微，满族说部的传承在当代面临挑战和危机，所以满族说部的保护尤为重要。当前，说部的传承有静态的保护，例如吉林省文化厅成立专门的满族说部档案室，有专门的人士负责管理，内容比较丰富，从采录的手稿到录音带等物件都有陈列，静态保护初见成效。动态的传承也在进行。吉林市满族博物馆对满族说部的展演就是一个很好的尝试。黑龙江省黑河市瑷珲镇党委非常重视利用满族说部讲述他们本地的英雄人物如萨布素将军、杨凤祥副都统以及窦尔敦保家卫国、抗击沙俄入侵的英雄斗争事迹，以此对群众进行社会主义核心价值观教育。他们在说部《萨大人传》传承地大五家村树立高大的萨布素将军塑像，在窦尔敦的家乡窦集屯墙壁上画了许多窦尔敦抗俄的连环画，激励村民继承先人的爱国主义精神。除此之外，还有校园的教育传承。2012 年 5 月，吉林电子信息学院把满族说部引入校园，在课堂上举办满族说部演讲比赛，还把满族说部中《萨大人传》的引子改变成音乐舞蹈进行演出，受到广大师生的好评。

另外，当代的传承方式也在不断地探索与尝试，旅法满族青年作曲家朱赫将富育光采录、整理的满族东海萨满史诗《乌布西奔妈妈》改编成电子室内交响作品《乌布西奔之歌》，于 2012 年 11 月 19 日在北京音乐厅演出。交响乐分《引曲：严冬》《头歌：召唤》《德烟阿林不息的鲸鼓歌：搏斗》《乌布林祭歌：呐喊》和《尾曲：重生》五个部分。其中诗篇采用满语演唱，著名男低音阎峰担纲演唱，旅美钢琴家任舒曼伴奏，交响乐由奥地利著名指挥家博尔维克（Peter Bur-wik）指挥。该作品以饱满的激情赞颂乌布西奔妈妈勇于探索、不畏艰难的英雄气概，受到在场听众的好评。曲作者朱赫说："看到史诗非常震撼，所以想借这次音乐会，通过音乐的艺术表现力，向传统文化表达一种敬意，也为保留民族文化遗产做一些努力。"另外，随着传播媒介越来越多样化，利用互联网、动漫、影视传播也是一个有效路径。电视媒介中对传播和介绍满族说部较有影响的有，2014 年吉林卫视制作的大型历史文献纪录片《天地长白》，其中关于满族说部的共有三集，包括《剪纸中的满族说部》《满族说部传承之路》《满族说部金子一样的嘴》，继 2015 年年初陆续播放以来，收到较好的效果，并在社会中引起较大的反响。

（二）赫哲族伊玛堪的现状与保护

2011 年 11 月 23 日，在巴厘岛举行的联合国教科文组织政府间保护非物质文化遗产委员会第六届会议上，中国申报的"赫哲族伊玛堪"被列入"急需保护的非物质文化遗产名录"，成为中国的第七个入选项目，意味着"伊玛堪"的传承与保护已经进入国际视野。

通过田野调查与阅读文献资料可知，从 20 世纪初期至今，赫哲族民间已经形成了几代"伊玛堪"歌手。第一代"伊玛堪"歌手是 20 世纪初期至中华人民共和国成立以前的莫特额、毕根尔都、三福、尤连贵、古托力、周令额、傅哈弗、尤安喜等著名歌手；第二代伊玛堪歌手是新中国成立以后至 20 世纪 90 年代末期的葛德胜、吴连贵、吴进才、尤金良等伊玛堪歌手。① 第三代"伊玛堪"歌手是 21 世纪初期至今被有关机构认

---

① 徐昌翰、黄任远：《赫哲族文学》，北方文艺出版社 1991 年版，第 245—247 页。

定的"伊玛堪"传承人，主要有吴明新①、吴宝臣②、尤文风③、尤秀云④
等。通过几代传承人的对比，可以看出，第三代传承人较之前两代，"歌
手社会身份达到了国家文化的顶级殿堂，他们的社会地位与历史作用得
到最大化体现，从民间歌手身份走向国家文化遗产传承人行列，并且每
年得到国家给予的一定财政资助。然而，我们不得不承认，社会地位与
待遇得到极大改善的第三代伊玛堪歌手，其演唱的伊玛堪无论是内容技
巧，还是演唱方式，都远远比不上第一代、第二代的伊玛堪歌手"⑤。

　　近年来，第四代伊玛堪传承人也逐渐崭露头角，比较有代表性的是
吴明新的外孙女胡艺。胡艺出生于 1990 年，2009 年考入哈尔滨师范大学
黑龙江少数民族音乐文化传承教师培养专业，特招少数民族文化传承人，
经过四年的专业学习与训练，她不但掌握了简单的赫哲语，还学会了讲
唱伊玛堪的片段《希特莫日根》。大学毕业后进入佳木斯职业学校艺术系
担任教师，因表现出色调入佳木斯郊区文广新局。2015 年 4 月，胡艺当
选为"伊玛堪佳木斯市级代表性传承人"，成为至今最年轻和学历最高的
"伊玛堪"说唱代表性传承人。

　　伊玛堪被誉为赫哲族的百科全书，它较为全面地记录了赫哲族的历
史、文化及生活的各个侧面，随着时代的发展，伊玛堪所赖以依存的讲
唱环境发生了巨大改变。像前两代唱手一样大段完整地演唱伊玛堪的人，
基本不存在了，除了生活环境和演唱环境的变化外，唱手们的在赫哲族
中地位也不像以往那么重要。如今的伊玛堪唱手多在赫哲族定期会举办
的"乌日贡大会"或者官方举办的民族活动中进行表演，最具有影响效
应的还是乌日贡大会，定于农历五月十五日举办。第一届是在 1985 年举

---

　　① 吴明新：2007 年被中华人民共和国文化部非物质文化遗产司授予"国家级非物质文化
遗产伊玛堪传承人"，原佳木斯铁路局货物处的退休工人，其父亲是演唱伊玛堪的著名歌手吴连
贵。由于受父亲影响，他从小就学唱伊玛堪。近年来，坚持举办讲习所，将伊玛堪传承下去。

　　② 吴宝臣：第二代伊玛堪唱手吴连贵的侄子，2008 年被中华人民共和国文化部非物质文
化遗产司授予"国家级非物质文化遗产伊玛堪传承人"。

　　③ 尤文风：黑龙江省非物质文化遗产"伊玛堪"传承人，国家级赫哲族鱼皮手工艺制品
传承人。

　　④ 尤秀云：佳木斯市级非物质文化遗产"伊玛堪"传承人，现工作于同江市街津口乡邮
局。

　　⑤ 汪立珍：《赫哲族"伊玛堪"歌手的时代特征》，《中央民族大学学报》2014 年第 4 期。

办的，最初是为了纪念赫哲族解放 40 周年，几个赫哲族的代表提出举办一个大型活动的设想，得到了党和政府的支持，第一届被称为"赫哲族首届文体大会"，在 1988 年举办的第二届文体大会上，将其改名为"乌日贡"大会，"乌日贡"赫哲语，意为"喜庆吉日"之意。大会最初每三年举办一次，1997 年改为每四年举办一次，由几个民族乡轮流承办。赫哲族已经成功举办了十届，情况见表4—2：

表4—2 　　　　　　　　　赫哲族"乌日贡"大会举办情况

界次	名　　称	时　　间	地　点
1	赫哲族首届文体大会	1985. 6. 28—29	街津口乡
2	赫哲族"乌日贡"大会	1988. 6. 27	街津口乡
3		1991. 6. 26—27	四排乡
4		1994. 6. 23—24	傲其村
5		1997. 6. 20—21	同江市
6		2001. 7. 5	饶河县
7		2005. 6. 21—22	抚远县
8		2009. 6. 7—8	傲其镇
9		2013. 6. 22—23	同江市
10		2017. 6. 16—17	饶河县

每次举办的"乌日贡"大会上，有体育竞技性的活动，主要包括游泳、划船、撒网、拔河、叉草球、射箭等，这几项比赛都与赫哲人的渔猎生活有关。在大会上同时也进行鱼神舞、赫哲族酒歌、鱼叉舞、依玛堪、嫁气阔、萨满舞等富有浓郁民族特色的文艺节目表演，赫哲族的民间说唱文学伊玛堪最受群众喜爱。

乌日贡大会是赫哲族展现和传承自己本民族文化遗产的一个比较有效的平台，赫哲族说唱艺术伊玛堪也是主要展演的内容之一。在前几届的乌日贡大会上，基本都是表演传统的伊玛堪作品，表演者虽然在具体的演出中会有适当的变化，但是不太大，深得观众的喜爱，唱手基本都会选唱长篇大段中的一段。传承人吴宝臣说："我三爷（吴连贵）唱起伊玛堪，一部《满斗莫日根》能唱一两个月，可是，承到现在，我们只会唱其中几个片段，而且比较硬，遗憾。"第七、八届"乌日贡"大会上，吴明新表演的伊玛堪《反抗》《东方赫哲》突破了传统的形式，给人以全新的感觉。相比较传统的形式，其最大的变化是在演唱的内容上，不再是原来歌颂的英雄或萨满之类的神灵，而是赋予了新的内容。《反抗》主要描绘的是一家三口怎样利用自己的智慧战胜日本兵的故事；《东方赫哲》是吴明新老人在第八届"乌日贡"大会上表演的新作品。据吴明新老人自己说这部作品是属于"伊玛堪"性质的"嫁令阔"，也就是"伊玛堪"性质的小调。主要表现在语言上，例如，不仅有赫哲语的演唱，还带有汉语的表演，在流传的范围上有了更进一步的扩大，同时也方便与观众的交流。在表演的形式上，也由原来的艺人单独演唱，变为集体性的表演，服饰上不再单一，更加鲜艳明丽，舞台效果较好。"旧瓶装新酒"的形式，也是在当下一种有效的传承。时代赋予的使命，需要保护原有的文化遗产，但传承的形式，在具体的语境下可以适当调整。

为了扩大伊玛堪的传承渠道，从 2008 年开始，吴明新开始设立传习所，也是在这一年，吴明新被评为"中国非物质文化遗产赫哲族伊玛堪国家级代表性传承人"。最初他自掏腰包，租用场地，购买了设备，免费招收学员。第一批共招生 17 名学生，除了个别的汉族及朝鲜族学员外，大多数都是赫哲族。年龄结构差距也是相当大，从几岁到六十几岁都有，教学的难度可想而知。"吴明新创办的伊玛堪传习所是赫哲族第一个正规伊玛堪传习所，标志着赫哲族伊玛堪说唱社会传承工作正式开始。"[1]

之所以说当代伊玛堪传习所的建立，是社会传承工作的开始，是由于原来的伊玛堪传承基本以家庭即"父传子、老传少"的传承为主。从上述提到的几代有代表性的伊玛堪传承人的个人学艺经历中就可以看到这一点。

例如伊玛堪省级传承人尤文兰、尤文凤是亲姐妹，出生于黑龙江省同江市八叉乡，她们是著名的唱手尤连贵的外孙女，母亲尤翠玉也是当地比较有名的唱手。尤文兰的二叔尤志贤是位翻译家，也会唱赫哲族的伊玛堪。2007 年，尤文兰开始传习伊玛堪的说唱，还是以家庭的传承为

---

[1] 侯儒：《赫哲族"伊玛堪"说唱家族式传承口述史研究——以吴氏家族为个案》，《佳木斯大学社会科学学报》2017 年第 1 期。

主，她的儿媳妇、孙媳妇、外孙女都跟她学习。

2010 年，尤文兰被评为省级传承人，同年 3 月同江市街津口"伊玛堪"说唱传习所建立，尤文兰正式走上了社会传承"伊玛堪"说唱的道路。她将"伊玛堪"分为说和唱两部分，从基础开始教。先教"说"部分的赫哲语，句子中的重点单词和语法单独教，再教"唱"部分的曲调，单词语法曲调都掌握后，再学"伊玛堪"规定教材。她告诉学员一定要养成赫哲语的语言习惯，注意该有的语气用传统语调语气说唱出来的"伊玛堪"才有"味道"。①

在吴明新的积极努力下，黑龙江非物质文化遗产中心于 2009 年 3 月在佳木斯市的郊区建立了伊玛堪传习所，这个传习所无论规模还是设备，比第一个传习所要好很多。在第一个传习所的实践摸索过程中，吴明新也有了一些经验，所以这个传习所的学习效果也较为显著。部分学员都会一些对话及简单的伊玛堪片段。在赫哲族举办的乌日贡大会及一些表演伊玛堪的活动中，获得了第一名的好成绩，有力地扩大了伊玛堪的传承。伊玛堪日渐受到各界的重视以后，三江地区的很多地方都设立了传习所，而且为了促进学员来学习的积极性，还给学员费用，20—50 元不等。很多学员就抱着来一次讲习所就能有点儿收入的态度来学习，可想而知，如果有一天不能保证发放学习费用的时候，会出现什么样的情况。

这些带有表演性及竞技性的场合，也是伊玛堪展演空间发生转移的结果。曾经的伊玛堪演唱都在部族间或者家庭间，大家围坐一起，娱乐性占据较大的作用，如今多在具有观赏性的场合表演。此外，随着时代的发展，传承人也在对其进行多方调试，以此适应社会的需要。例如传统的伊玛堪在传习所的教学中讲唱，带有新内容的伊玛堪就在竞技或者表演时候来讲唱。而且，新一代的传承人更懂得借助传媒的力量，使其影响面扩大化。例如胡艺就把学员加在微信的朋友圈里，不但可以互相学习，还能及时纠正问题。同时，胡艺积极配合政府等要求或组织跟伊玛堪有关的演出，扩大其影响力。传承人学历及各方素质的提升有利于伊玛堪的传承，前几代的传承人，文化水平都不是很高，受过学校专业

---

① 参见唐李《他们因"伊玛堪"而闪耀》，《黑龙江日报》2017 年 6 月 17 日。

训练的人几乎不存在，所幸新一代的传承人具备了。就因为具备较高的文化素养并受过专业的训练，胡艺的教学方法也有一定的创新。比如在授课的时候胡艺发现，"很多学员特别是年纪大的学员对纯拼音文字的学习方法不适应，不自觉地总用汉语拼音标注伊玛堪发音。胡艺及时予以纠正，耐心帮助学员使用纯拼音文字。这些方式方法在过去传习中想不到也看不到，教学方式得到了创新发展，为伊玛堪的传承起到有利作用。郊区赫哲族伊玛堪说唱传习所学员对纯拼音文字更加认可和熟悉，运用该学习方法后，能够准确掌握赫哲语发音和迅速记忆学习内容，成绩有很大提高。学员现可拼读大量伊玛堪，完整学习了《希特莫日根》的第一章节至第四章节，数名学员可完全掌握四章全部内容，其他学员可掌握部分片段。胡艺把伊玛堪说唱文化资本逐渐转换为另一种资本，从而进行伊玛堪说唱的保护和传承"①。

（三）鄂伦春族摩苏昆的处境与保护

鄂伦春族是我国人数较少的少数民族之一，在 2000 年的人口普查中，其人口数为八千余人。作为本民族的长篇说唱艺术摩苏昆，其传承地域主要为黑龙江省黑河市逊克县及大兴安岭地区呼玛县。一些从事专业研究的学者曾做个调研，如今在摩苏昆的主要传承地，对本民族语言及摩苏昆概念的理解不尽相同，甚至相当模糊，没有几个人能说唱长篇的摩苏昆，寥寥几人可以说几个片段。

目前会说唱摩苏昆的人越来越少，所以传承人的保护亟须解决。联合国的《保护非物质文化遗产公约》中把密切联系活态文化精神的形式归纳为五个方面：口头传说和表述，包括作为非物质文化遗产媒介的语言；表演艺术；社会风俗、礼仪、节庆；有关自然界和宇宙的知识和实践；传统的手工艺技能。我们可以看到，上述列举的所有方面都与传承人的活动方式、传承手段、传承条件、传承内容和传承结果息息相关。所以说，无形文化遗产保护最主要的是保护载体，即传承人。传承人是非物质文化遗产保护中最关键性的因素，非物质文化遗产作为活态文化，其精粹是与该项目代表性的传承人联结在一起的，因此对项目传承人的

---

① 侯儒：《赫哲族"伊玛堪"说唱家族式传承口述史研究——以吴氏家族为个案》，《佳木斯大学社会科学学报》2017 年第 1 期。

保护应该是保护工作的重点要以传承人为核心主体，通过传授培训以及宣传，使非物质文化遗产项目得到传承、传承人的地位得到尊重。① 而且，非遗的传承与保护中，一个比较突出的问题是，传承人年事已高，如果不及时抢救，会留下很多遗憾。莫宝凤传承人经常会参加鄂伦春族的一些重要活动，只要有时间，还给鄂伦春族的孩子们说唱"摩苏昆"，她希望更多的鄂伦春人能掌握这些民间文学艺术。莫宝凤说："由于鄂伦春族没有文字，我的说唱又局限于民间，许多作品没得到及时记录和保留。我年纪大了，记忆力减退，一些说唱作品被逐渐遗忘，感觉非常遗憾。盼望着有传承人把这些宝贵的说唱作品继续传承下去。"2006 年，鄂伦春族的摩苏昆被国务院列为国家首批非物质文化遗产名录，其传承也得到社会的重视。2010 年，哈尔滨师范大学音乐学院举办了多场关于"黑龙江流域非物质文化遗产"项目传承报告会。摩苏昆的传承人"关金芳、莫宝凤、莫桂珍鄂伦春族民歌演唱会"引起了广大师生的关注，他们用歌唱及表演的方式，形象而又生动地再现了这门古老的艺术，也使得摩苏昆实现了通过学习教育在校园中的传承。学校教育"不仅要担负传递本国主体民族优秀传统文化的功能，而且也要担负起传递本国少数民族优秀传统文化的功能，担负起传承世界其他民族优秀传统文化的功能"②。此外，"对于学校教育来说，传承本国各少数民族文化的功能，应该主要体现在传承该地区的少数民族非物质文化上，从文化趋同化的视角来看，区域文化要走向世界，不仅要以开放的心态面对其他文化的进入，而且要主动向外界展示自己真实的面貌，要在人类的评判和取舍中获得文化认同，在不断融合的世界文化中呈现文化的多样性"③。

2013 年 6 月 22 日，在黑龙江省黑河市瑷珲区群众艺术馆的排练厅里，为庆祝这里的鄂伦春族定居六十周年以及准备 2013 年第五届黑龙江省少数民族艺术会演，来自十里八乡的鄂伦春族群众正在紧张地排练鄂伦春族的婚俗幽默歌。随着传承人的离世，会说唱摩苏昆的人寥寥无几，

① 王文章：《非物质文化遗概论》，教育科学出版社 2008 年版，第 261—262 页。
② 滕星、苏红：《多元文化社会与多元一体文化教育》，《民族教育研究》1997 年第 1 期。
③ 曾丽春：《少数民族非物质文化遗产的教育传承研究——以云南省为例》，民族出版社 2010 年版，第 158 页。

当地的政府与研究机构意识到摩苏昆保护的重要性与迫切性，黑龙江省的非遗保护中心于 2007 年、2008 年举办了两期摩苏昆培训班。两期培训班共培养了 20 余名摩苏昆说唱人员，并且都留下了宝贵的影像资料，"在提供理论和学术支持的基础上，一方面为当地党委和政府提供有价值、可操作、见实效的研究成果，一方面为传承人提供政策待遇、学习条件、交流机会和经费支持等，以充分发挥当地的民间文艺资源优势与调动民间文艺家的潜能。从 2015 年，莫桂茹等几位摩苏昆歌者便开始到专门的录音棚录民歌，截至考察当日，莫桂茹介绍说她已经录了 2358 个单词，23 本教材，50 个民族故事。这无疑与当地相关部门的支持是分不开的"①。

目前，摩苏昆的主要传承主体主要有：孟淑珍，摩苏昆的发掘、搜集和抢救人，为摩苏昆的保护做出了突出的贡献。1951 年出生于黑龙江省奇克（今逊克县城），民族名字叫马哈伊尔·淑珍。她的父亲孟德林多才多艺，本民族的歌谣、歌唱、萨满调，基本上都会唱，孟淑珍从小就是听着这些歌曲长大的。1979 年，作为鄂伦春族的代表，她有幸见到了赫哲族的吴连贵、锡伯族的高凤阁两位老人，还见到了一些其他少数民族的歌手，意识到自己本民族的故事和歌曲应该被挖掘和弘扬。此后，她逐渐走上了整理与保护鄂伦春民间文学的道路，并取得了较显著的成绩。

莫宝凤，2008 年 1 月，国家文化部中国非物质文化遗产保护中心正式批准莫宝凤为第二批国家级非物质文化遗产传承人。鄂伦春族最出色的女歌手，摩苏昆讲唱家，民族名字为莫拉互·该娜汗②，1934 年春出生于沾河流域额尔皮河畔，从小就爱听故事、唱歌。她讲述的摩苏昆作品主要有《鹿的传说》《英雄格帕欠》《雅林觉罕和额勒黑汗》《英雄格帕欠》《雅林觉罕和额勒黑汗》等。

李水花，鄂伦春族著名的女唱手、鄂伦春族说唱的重要传承人，1922 年生，逊克县新鄂鄂伦春民族乡新鄂村猎民。她年少的时候就受鄂

---

① 张丽：《让传统民俗"活"在当下——中国民协赴黑龙江考察鄂伦春族民俗文化纪实》，《人民政协报》2017 年 2 月 13 日。

② 该娜汗：疯丫头的意思。

伦春族传统文化的影响，能歌善舞，讲唱能力极强。她的说唱故事都是从老人们那里学来的，主要讲唱的摩苏昆有《双飞鸟的传说》《格帕欠莫日根》《双飞鸟的传说》等。

此外，近几年举办的传习所中前来学习的学员，不但了解了什么是摩苏昆，还有了保护、传承本民族的语言的意识。孟淑卿就是其中的一位，她出生于 1942 年，现居于大兴安岭地区呼玛县白银纳乡，原白银纳乡乡长。参加完培训班后，她慢慢入门，而且勾起了儿时家人说唱摩苏昆的记忆，孟淑卿经常放"摩苏昆"录音听，并琢磨其中所蕴含的丰富语言、多彩的故事情节以及离奇的想象，她说："'摩苏昆'就是从生活当中出来的，没有生活就没有'摩苏昆'。现在'摩苏昆'把整个历史给反映出来了，又在咱们眼前似的。"① 业余时间，她还用鄂伦春语讲给晚辈听，不但让孩子学会了鄂伦春语，对摩苏昆也是一种有效的传承。

摩苏昆是鄂伦春族的民间长篇叙事诗，部分作品被称为史诗。由于其内容丰富、博大，承载着鄂伦春族的民族精神和厚重的民族历史，对认识北方渔猎民族的社会、经济、文化、宗教艺术及风俗都有重要的作用。

对民族口传文学的保护，关系到民族文化的未来。"我国文化遗产蕴含着中华各个民族特有的精神价值、思维方式、想象力，体现着中华民族的生命力和创造力，是各民族智慧的结晶，也是全人类文明的瑰宝。我们对文化遗产这种'精神家园'的守护是对一个民族灵魂的保护，它是一场没有终点，而且必须每个人都要竭尽全力的接力赛。"② 此外，对三个北方少数民族的口传文学的深入研究，会给我们带来启示和反思，中国文学史历来都是汉族文学史鲜见少数民族文学在其中的位置，随着开放与多元文化格局的到来，少数民族史定会成为中国文学史的一部分。

---

① 娜敏、杜坚栋：《"摩苏昆"传承状况研究》，《北方民族大学学报》2012 年第 3 期。
② 孟慧英：《试论少数民族文化遗产的特点》，《民族遗产》2008 年第 1 期。

第 五 章

满族说部传承模式在当代的
演变及探索

满族说部作为口耳相传的艺术形式，其传承方式经历了从口头传承、文本传承到多元化传承的演变。尤其在当代，对其传承模式的探讨，十分必要，这有利于满族说部在当代的传承与延续。

第一节　满族说部从口头传承、文本传承
到多元化传承的演变

满族说部，属于我国北方满族及其女真先民传袭古老的民间口承艺术遗产。其最初的形式是讲唱的，依靠口耳相传。在满族特殊的节日里，由"阖族德高望重的玛法、妈妈、萨满或氏族中指定的讲唱人，焚香洗漱毕开场，届时常辅以器拉起、哈勒马刀、洪乌、手鼓和口弦琴伴奏，族众按辈分依序围坐聆听，时有翩舞助兴"①。

一　口头传承阶段

满族说部最初依靠口耳相传，富育光先生曾回忆童年时期听老人咏唱"乌勒本"的情景："众人围坐四周，鸦雀无声，此时唯有咏唱者微闭着双眼，左手执鹿皮小抓鼓，右手执带东珠彩穗的狍尾鞭，一边轻轻地忽急忽缓地敲着，一边口里吟咏着满语民间固有的长调旋律，非常优美、

---

① 富育光：《满族说部的传承与保护》，《社会科学战线》2007 年第 5 期。

悦耳、动听，令人心醉，百听不厌。"① 他还记得当初讲唱《恩切布库》的是氏族中德高望重的萨满和诸位奶奶、玛法，"并有七八位年轻美貌的萨里甘居，脚蹬金丝白底寸子鞋，身穿彩蝶翩飞的红绸旗袍，脖围白绢丝长彩带，手拿小花香扇，头戴镶有金色菊花、缀有红绒长珠穗的京头，翩翩起舞，倍增《恩切布库》之诱人美妙之处，使人陶醉"②。可以想见，咏唱"乌勒本"也是一门表演艺术，只不过其传承的方式依靠口头传承，它面对的是观众，讲唱者必须把握好讲述的节奏和情感，同时这也是掌控好观众情绪的过程。因为往昔在满族中讲唱说部，都是在各种节庆或者祭祀的余兴，而且篇幅较长，有的甚至连讲数月。由此可见，如果说部的传承人只是单纯、刻板的平铺直叙，不考虑与观众的互动或感受，不可能达到好的效果。而且，满族说部是"讲史""颂根子"，这里必须有讲述者对本家族和民族的挚爱之情，才能打动听众。据满族说部的整理者荆文礼先生回忆，富育光先生在讲述《飞啸三巧传奇》时，就是怀着虔诚、真挚和深厚的感情来讲述的，"每当富育光先生讲到穆哈连、图泰、巧珍、巧兰、巧云这些英雄壮烈牺牲和不幸遭遇时，他的情感随着故事的波澜起伏而变化，时而眼含热泪，声音嘶哑，时而痛哭不止，泣不成声……我虽然不是满族，缺少那份民族情怀，但受富育光先生那种爱憎分明、疾恶如仇的精神感染，仿佛也融入故事情节之中，边流着热泪，边记录整理"③。伊朗阿的族人在整理《雪山罕王传》的时候，也是边听边哭，边记录，他们被先人的功绩深深地打动着。傅英仁在讲述《萨布素将军传》的时候，其情感与萨布素完全融入一体，他会随着萨布素的经历或悲或喜，听者也备受感染。

传讲人为了练就吸引观众的本领，必须勤学苦练。富育光曾回忆，杨青山大爷就是这样的人，他没日没夜地琢磨如何才能讲好"乌勒本"，所以他下的功夫最多，取得的成效也最大。他讲的故事如同行云流水，

---

① 富育光讲述，荆文礼整理：《苏木妈妈·创世神话与传说》，吉林人民出版社2009年版，第1页。

② 王慧新：《〈恩切布库〉传承概述》，富育光讲述，王慧新整理：《恩切布库》，吉林人民出版社2009年版，第1页。

③ 荆文礼：《飞啸三巧传奇·后记》，载富育光讲述，荆文礼记录整理《飞啸三巧传奇》（下），吉林人民出版社2007年版，第766页。

学什么像什么，能让人哭、让人笑、让人的双眼和身心随他讲述的语言及表情、动作而动，所以杨青山的故事最抓人，也最有名气。而前来听故事的听众也不仅是本民族或者本姓氏的人群，也有其他民族的观众，所以讲述的技巧是十分重要的，这些都与故事的讲述者有极大的关联。杨青山老人常说："讲古，那可是大学问，非得知道一些能打人的故事才行，随机应变，见景生情，总让听故事的人跟着我的嘴在想在转，感觉好奇、听也听不够的那种滋味。"① 比如，在讲述长篇说部故事的中间，安插"故事岔子"，就是讲唱的技巧。这些"故事岔子"也都是讲唱者事先安排好的，可长可短，自由灵活的节奏完全由讲述者来把握，这样的安排，不但可以调节一下单调的情绪，还能增添不少乐趣，"故事岔子"的安排尽量与说部的内容有些关联，这样讲起来可以相辅相成，互相推进，也能起到推波助澜的作用。"口语文学则可说是双线的交通（two ways communicaiton），作者或传诵者不但可以随时感到听者的反应，而且可以借这些反应而改变传诵方式与内容。爱斯基摩人的传说讲述者，经常会在讲述过程中受到听众的抗议，而不得不改变内容以适合当时的需要，台湾高山族中若干族群有时也有类似的现象出现，口语文学的这种'应变'能力，确比书写文学更能发挥'文学'的作用。"②

二　文本传承形式的发展

关于满族说部文本的传承，主要包括两类：一类是早期出现的各种手抄本及记录本；另一类是最近几年出现的，被作为"满族口头遗产传统说部丛书"大量出版的印刷本。印刷本流传范围越发广泛，同时也是民族文化的爱好者及研究者参考的重要资料。

（一）手抄本及记录本时期

关于满族说部的手抄本或者记录本究竟起源于何时，我们并不能从现有的文字资料中找到具体的时间，但是依据一些相关记载，还是可以找到一些线索。例如，满族说部从内容上被大致分为四类，其中的第一

---

① 富育光：《满族说部"故事岔子"及其传承概述》，富育光讲述，荆文礼整理《苏木妈妈·创世神话与传说》，吉林人民出版社 2009 年版，第 121—122 页。

② 李亦园：《从文化看文学》，《中国比较文学》1998 年第 2 期。

种类型，即"窝车库乌勒本"，俗称"神龛上的故事"，是由氏族的萨满讲述，并世代传承下来的萨满神话和萨满祖师们的非凡事迹。"窝车库乌勒本"主要珍藏在萨满的记忆与一些重要的神谕和萨满遗稿中，如黑水女真人的创世神话《天宫大战》、东海萨满创世史诗《乌布西奔妈妈》、瑷珲地区流传的《音姜萨满》（《尼山萨满》）、《西林大萨满》等。①

可见，神龛上的故事，最初被保存在萨满神谕和萨满的遗稿中。对于萨满神谕，著名的萨满文化研究专家、满族说部的重要研究者及传承人，富育光先生曾做出过仔细的分析与论述：

满族萨满神谕，满语称为"满朱依萨满恩都力笔特葛"，汉译就是"满族萨满神书"。在长期民间口语流传中，叫法很多，如萨满"特葛本子"，实际仍是满汉兼语的复合称谓。又叫"神本子""神书"等。也有尊称"萨满它拉尼"的，汉译就是"萨满经"②。

富育光先生还曾在其他文章中做了进一步的解释："所谓'萨满神谕'，说通俗了就是萨满祭祀时即兴咏唱的神歌，包括本氏族千百年来代代萨满传诵下来各种散文体祭祀章程、禁忌、卜筮，以及大量生动形象感人的韵文体祭歌。这是北方先民生存经验和智慧结晶，是世代萨满的盖世绝唱，囊括了萨满文化对宇宙自然界所有有惠或有害于人的诸种自然现象——萨满所谓的神灵形态、个性、嗜好、喜怒、好恶的生动刻画，追述它们的形成和特点以及它们的非凡职责和能力。这就是萨满神歌关于神的传记，也就是神龛上的故事。全由萨满用本民族语言口耳相传，像满族古老的《天宫大战》一样神奇生动，是像荷马史诗般的非物质文化遗产，富有永恒的传世魅力。"③

而且神谕最初的形式，还是以口传为主的。满族著名文化老人富希陆先生，由于爱好本民族文化，经常接触一些本族的萨满，聆听他们讲述了一些萨满故事等，他曾表示用文字记述下来的意愿，但是萨满坚决

---

① 谷长春：《〈满族口头遗产——传统说部丛书〉总序》，《社会科学战线》2006年第6期。

② 富育光：《萨满神谕的原始社会功能及其人文科学价值》，载张学慧、王彦达主编《富育光文集》（上），吉林人民出版社2017年版，第114页。

③ 富育光：《论萨满神谕的抢救与研究》，载张学慧、王彦达主编《富育光文集》（上），吉林人民出版社2017年版，第122页。

不允许，因为萨满认为这是对神意的亵渎，口传才是神规。但是随着时间的推移，神谕的传承方式不仅限于口头传承，又出现了文字传承的形式。根据研究者常年的田野调查发现：

> 满族较早的神谕本子当在乾隆朝，它们是在黑龙江省边远偏僻地区被发掘的，其中多记载宗教祭祀规程，该时期神本为数不多。雍咸以后至光绪神本大增，特别是民国年间更加繁盛。究其根源头绪众多，其中满汉长期共同生活，满语渐弃是重要原因。满族神谕均以满语口传，在萨满教顽强的传统中，以满语请神、颂神是一强大支柱，时至今日，凡满族家祭、野祭无不以满语祝祀。然而在满语日衰的形势下，为了保持宗教传统的纯洁，人们创造了记录神谕的满族神本子，并由各族姓权威的文化人萨满世代相承。现所见满语神本有以满文书者，也有以汉字标音代替满字音者，也有满文句后释以汉意者。在这个意义上说，满族神本子是萨满教信仰受到汉文化的强烈冲击后，不得不采取的一种求生途径。①

即使出现了神谕的文字形式，即神本子，但是神本子与神谕还是不能完全等同。因为神本子在祭祀的器物、礼规等方面，记载的比较详细，但是在精神信仰方面，仅仅记录了一个大概，更确切地说，记录了一个提纲似的东西，这时期的神本子其实是对口传神谕的一个有力的提示。满族往昔对萨满的选择，除了要具备一些非凡的能力，还要有"金子一般的嘴"，即讲述才能，族众才会心服口服。对本氏族的一些历史及神话传说，萨满能滔滔不绝地讲述几天几夜，没有惊人的记忆力是不能完成的。而如果不靠萨满的口传心授，仅仅依靠大致的提纲，很难跟萨满讲述的一样，这就需要下一代的萨满也同样具备较好的记忆力和讲述能力。随着萨满的故去，神本子也被带走。据常年从事田野考察的学者介绍，他们发现的一些萨满神本子，有不少是在萨满的墓葬中发现的，这就是一个明证。

满族说部的手抄本或者记录本形式比较复杂，上述提到的"神本子"

---

① 富育光、卉卉：《满族的神谕》，《民族文学研究》1989 年第 3 期。

就是提要本，提要本也可以算作手抄本的一种，提要本仅仅是讲唱的提纲，内容和篇幅都比较短小比如"窝车库乌勒本"就以提要本的形式出现，只是作为萨满讲唱的一个辅助和依据，更丰富、具体的内容，全凭萨满的睿智金口滔滔不绝地来讲述，这时期的提要本多是用满语来记述"神龛上的故事"。

此外，还有以纯满文形式出现的手抄本，比如 1908 年、1909 年和 1913 年，俄国人 A. B. 戈列宾尼西科富在黑龙江内游历，先获得四个手抄本，根据搜集的地点，将其分别命名为"齐齐哈尔本""瑷珲一本""瑷珲二本""海参崴本"，而且都为满文记载的版本。1908 年搜集到的"齐齐哈尔本"封面上还有用满文印有的"光绪三十三年合约尼山萨满一本。""瑷珲一本""瑷珲二本"是 1909 年从当地满族人手中德新格手中得来的。1913 年又在海参崴的满族人德克登额手里得到一种满文的抄本，即"海参崴本"，不但篇幅长，内容也相对完整，也是世界上比较流行的版本。

后来随着满语的式微，为了保存洋洋大篇的说部故事，传承人就把说部故事写成一个提纲保存，以此作为讲唱的依据。例如，据满族著名文化老人富希陆回忆说，《萨大人传》最开始都是口耳相传，没有固定的讲唱本。"直到清末，为了讲唱有所依据，流传方便，就由族众会写满文的人，将内容简要地记载毛头纸上，大体上是一个故事一个纲。然后再将记述故事提纲的毛头纸用纸捻的绳而穿在一起，汇集装订成册。平时把神本，即'萨宁姑乌勒本'的故事提纲存放在族中专用的木匣子里，供在西炕的神龛上，同族谱和萨满祭祀用的神器供在一起。"①

除了《萨大人传》外，傅英仁先生讲述的《萨布素将军传》又名《老将军八十一件事》，其家族中就保留了写在同治三年（1864）的呈文纸上的讲述提纲，提纲是汉语写成的，当时没有回目，也是传下来老将军的八十一件事，故事提纲就是为了将来家族人讲起来方便、便于记忆。满族说部的这些提要本是早期的情况，后来在特殊时期，也出现了满族说部的提要本即提纲性的文字。在伪满时期，讲唱说部受到限制，傅永利让傅英仁把故事整理出来，告诉他一定传下去，傅英仁花了五六年的

---

① 富育光讲述，于敏记录整理：《萨大人传》（上），吉林人民出版社 2007 年版，第 2 页。

时间，做了第一次整理。1957年又进行过第二次整理，但是都没保住。

据傅英仁先生回忆，在1957年的时候，大部分的材料都被烧掉了，包括他夜以继日整理的《萨大人传》，详细的材料不便于保存，于是就把它变成简单的提纲，傅英仁把提纲收藏起来，这样就保存了下来。

满族说部的手抄本比较特殊，不仅是用满语或者汉字记录的简单提要，也有内容相对完整的手抄整理本。《女真谱评》的撰写者傅延华，是光绪年间的落地秀才，一直生活在民间，类似一位蒲松龄式的人物。因为对本民族的族源传说和英雄故事感兴趣，平时刻意收集整理成文，还附上自己的评价，起名叫《女真谱评》。这个手抄本是用毛笔写的，共十册，记录了整个女真的发展史。正如马名超先生所言：

> 作为黑龙江本地人民口头文学的直接记录，出现最早的还是有文字原住民族中相沿传承的一些民间钞本、萨满神卷乃至家族宗谱之类的手写文本，这些民间自制的记录，大抵成文于晚清或稍迟的一段时间里。《女真谱评》就是清末一位满洲族未第秀才的"叙祖手记"，内中保存着众多不见经传的金氏族完颜氏一族对抗辽朝的轶闻逸话，应被视为稀有珍藏……宁安十二部族的原始神话和《两代罕王传》、《萨布素将军》、《红罗女三打契丹》等，在当地满洲族人中也都有也都有汉语文传抄，其所涉及地域十分广阔，而且不乏北方民族历史大迁徙中的"携来之物"民间文学从长期单一的口头传播，到口传与记录相并行（初期仍以口传为大量的），这是北方民族文化史的一大突进。这一人民口头创作文字采集的开端，首先是在个别文化较发达的民族（诸如满洲族）与地区（例如双城堡、宁古塔那样的古老城区），由那些率先掌握文字工具的民族群众或其他文人自发地进行的。尽管此类采集线索不多，但在保存民间文学的原生面貌和探讨其底蕴上，却至关紧要。这样一些历史文献（也包括部分域外的）和民间钞本中直接、间接的文字著录，应该是本地区民族民间文学采集史的先导。①

---

① 马名超：《黑龙江民族民间文学采集史及其文化层次概观》，《马名超民俗文化论集》，黑龙江人民出版社1997年版，第317页。

民国年间，富察氏家族伊朗阿将军的长子德连曾和族人一起追忆过《雪山罕王传》的故事，并全文复录了下来。因为当年伊朗阿将军用桦皮记录的满语手稿被焚毁，当时复录的书稿用茅头纸抄录装订而成，因为民国年间社会上汉文通行，满语使用甚少，所以当时的记录主要以汉字为住，兼有少量的满文，这个抄本全书就是满汉文字混合记录的。日伪时期，书稿再次被焚毁。1948—1954年，富希陆先生即伊朗阿的孙子，他记住祖上的遗训，闲暇之余追忆该说部故事，最将残稿放置长女住处保存。我们见到的满族说部出版的版本，就是根据残稿整理出来的。正是这些文字的记载，成为日后满族说部整理的重要依据。

1. 依据记录的整理本

《碧血龙江传》是该说部的传承人，赵东升先生的祖父崇禄，根据自身的经历及所见所闻，自编自讲的说部故事。崇禄于1955年夏去世，在其生前赵东升就记录过该说部的内容，依据记录开始整理。并把初稿写在废弃的公文背面，32开双页共四本。时间大约在20世纪50年代。

2. 口述记录本

除了较早的神龛上的故事用满语简要记录，只是大概记述一个简要提纲外，后来民间文学的采录者及收集者也对讲述的说部故事有意识地进行记录。无论是简单的记述提纲还是详细的记载故事内容，主要依据还是讲述人口述进行记录。在20世纪80年代之前，因为电子录音设备、影音设备还没有完全普及，所以满族说部基本都是以口述记录为主。《天宫大战》《乌布西奔妈妈》都是采录者根据传承人的口述进行记录的。富育光先生传承富察氏家族的说部《萨大人传》，就是其父亲于1980年在病榻前传讲给富育光，富育光一边听一边逐字记录的。老人家讲一阵儿歇一阵儿，前后进行了三十多天。

这些文字本的形成，有着特殊的原因，既有满语式微，出于对本民族文化的保存的需要，不得已采取的一种必要措施，也是出于对家族文化的使命感。可以说，民族文化人士对家族与民族的热爱，使得他们竭尽全力保护本民族的文化，无论是满语记录，还是汉语记录或者根据录音整理，都是如此。尤其是在一些特殊的历史条件下，我们根据传承人回忆，整理的完整稿本不能再继续留存，他们都用提纲或者提要的形式，用汉语记录下来，就是怕家族或者民族的历史故事被遗忘。可以说，没有民族文化人士的保护与积极行动，我们目前不可能见到如此浩繁的众多书部文本。说部传承人以及民族文化人士是满族说部真正的保护与承继者。赵东升先生的祖父每当跟他提起家族的历史或者说部故事的时候，都告诉他一定要牢记，不能当耳旁风，这种一代代传承下来的家族使命感，也许早已融化在血液里。

手抄本及记录本时期，并非与口传彻底绝缘，在相当长的时期内，是口传与文字并行。

(二) 印刷本的出现

2002 年，经吉林省人民政府批准，省文化厅成立了吉林省中国满族传统说部艺术集成编委会，积极开展抢救、保护满族说部的工作，得到了相关部门的大力支持。2003 年，满族说部被批准为全国艺术科学"十五"规划国家课题；2004 年被文化部列为中国民族民间文化保护工程试点项目；2006 年被国务院批准为第一批国家级非物质文化遗产名录。2007 年以来，"满族口头遗产传统说部丛书"陆续出版，目前已经出版了三批，其中第一批丛书出版十部；第二批丛书出版十五部；第三批丛书出版十一部，还有第四批正待印刷。

满族说部在以丛书的面貌出现之前，有些已经以单行本的各种形式印刷过。例如，有的散落在民间故事集中，有的出现在民间故事或者神话中，例如傅英仁的《东海窝集传》就曾以独立的故事形式发行过。

这些以印刷体出现的满族说部丛书的出版，具有特殊的意义，它标志着以从口耳相传到口述与记录并存，再到以印刷体固定的过程。印刷体的出现，也是说部文本被固定化的过程，大多数读者目前只能依据出版的印刷文本来进行研究或者阅读。它一方面极大地扩大了说部传承的范围，使其固定化；另一方面也影响了科研工作者的判断与分析，因为我们无法从印刷体的文本中知晓来源于口头传统的说部，究竟原来是什么样子，经历了哪些变化。"印刷术促进了一种封闭空间的感觉，这种感觉是：文本里的东西已经定论，业已完成。它影响文学创作，也影响分析性的科学研究或科学工作。"①

---

① ［美］沃尔特·翁:《口语文化与书面文化:语词的技术化》，何道宽译，北京大学出版社 2008 年版，第 100 页。

2011 年，吉林省成立了满族说部学会，吉林省社会科学院民族所是该学会的独立法人。学会的主要工作是组织学术考察，抢救满族文化；与该领域相关研究机构、院校间进行广泛交流合作；定期召开学术会议，组织编辑研究丛书；建立资源信息库，即广泛搜集、整理与满族说部相关联的文化资源，建立信息资源库，为满族说部研究奠定坚实的信息基础，实现信息资源的共享。几年来，满族说部学会积极努力，定期出版满族说部通讯，通讯中每期设立几个栏目，大致包括学会信息、学术研究、学会活动等几个方面，而且还出版了两套论文集，推出了满族说部研究丛书，即《满族说部概论》《满族说部文本研究》《满族说部的英雄母体研究》《满族说部口头传统研究》，尤其值得提出的是，该研究丛书还获得了国家出版资助的殊荣。而这些相关研究成果的取得，都与满族说部遗产丛书的出版有着密切的关系。"在声音世界的滥觞之地，语词是人类活跃的交流工具。印刷术把语词从声音世界里迁移出来，送进一个视觉平面，并利用视觉空间来管理知识，促使人把自己内心有意识或无意识的资源想象为类似物体的、无个性的、极端中性的东西。"[1] 就是这些目前印刷的"中性的东西"，即整理本，成为研究者参考的重要范本，但是也有人提出异议。为了使得研究者有所依凭，有人建议应该有两个版本，即科学本和整理本。科学本用于研究的需要，整理本是供大家阅读的需要。

满族说部从口头传承，到以各种手抄本的形式存在，直至以印刷体形式固定下来，中间经过了许多的变化，"而且书写文学一旦印刷出版，就完全定型而不易有所变化了。口语文学的作品，即使是一个人的创作，也要经过不同人的传诵，一旦经过不同人的传诵，就会因为个人的身份地位以及传诵的情境而有改变，这样因时因地的改变正好是发挥文学功效最好的方法，所以说口头文学最能适合大众的需要。从这一角度而言，口头文学是一种活的传统，而书写文学则是固定的作品；口语文学是一种多形式的存在，书写文学则是单形式的存在"[2]。

---

[1]　[美] 沃尔特·翁：《口语文化与书面文化：语词的技术化》，何道宽译，北京大学出版社 2008 年版，第 45 页。

[2]　李亦园：《从文化看文学》，《中国比较文学》1998 年第 2 期。

从口传到文本离不开传承人的努力，富育光先生就是其中一位重要传承人，对于富育光先生在萨满文化及满语的口传文学方面做出的杰出贡献，中央民族大学汪立珍教授说："他是人人皆知的学术泰斗，堪称当代中国的'荷马'，时至今日，富老师他记录、搜集整理的满族、鄂温克族、鄂伦春族、赫哲等北方满通古斯民族的萨满教口碑资料及录像，据个人统计达到数百万字。搜集整理数百篇神话和传说，出版了近十余部的满族说部，总成果应该是上千万字。尤其是近年，富老师对满族说部的传承，不仅填补了满族长篇一项空白，也为我国又增添了一份有益的文化形式。"①

三　多元化传承方式并行

进入 21 世纪，满族说部的传承方式早已发生了较大的改变，出现了多元化传承并行的方式。例如，媒介的传承开始彰显出其强大的影响力。报纸、电视、网络、光碟等传播速度加快，让更多的人越来越了解满族说部的情况。笔者曾做过统计，关于满族说部丛书出版的发布会或者学术研讨会，许多报纸都第一时间报道。2014 年，吉林电视台拍摄了一组纪录片《天地长白》，专门摄制了几集关于满族说部的专题片，影响很大。传承人、研究者等利用电视这个媒介平台，把这一古老的民族文化艺术，向世人介绍。此外，还特地为国家级满族剪纸传承人关云德以及著名作曲家朱赫做了专题片，一个依靠剪纸艺术传承说部，一个利用交响乐的形式弘扬满族文化。朱赫的交响乐《乌布西奔之歌》，以满族说部中著名的萨满史诗《乌布西奔妈妈》为取材的依据而制作的，引起了较大的反响。网络的传播，是如今最普通最迅捷的方式，以 2017 年 12 月 24 日的统计日期为例，输入词条"满族说部"，在百度的搜索引擎中为68400 条。

另外，面对满族说部已经失去了曾经的讲唱场合与环境，列入国家非遗保护名录的满族说部，在保护过程中，按照文化部门的要求，阶段性的录制了传承人的资料与图片。满族说部也在尝试用情景剧、歌舞剧、

---

① 根据汪立珍教授在 2017 年 11 月 21 日《萨满文化和口传文学学术研讨会》上的发言录音整理而成。

动漫等形式在舞台上演出。

第二节　满族说部在当代的保护与传承方式

2006年，满族说部被列为国家级非物质文化遗产保护名录，2009年被国家非物质文化遗产专家委员会评为优秀保护项目，要使其得到持续性的保护，必须探索多种方式的传承。除了萨满传承、家族传承等传统口传传承方式的延续，满语传承的部分恢复，还有当代的汉文文本传承，并且要进行教育传承和其他新型社会传承方式的探索。此外，利用互联网、动漫、旅游解说词等新的传播方式进行开发性传承，也是一种新的传承方式的创新和尝试。

目前，满族说部传统传承模式发生了危机，亟须为其在当代的保护与传承，做出探索性的建构与尝试。

一　满语传承面临危机

在语言传承上，满族说部最初用满语讲述，这可以从现已出版的两批满族说部丛书的相关介绍中，得到较为详细的印证。《尼山萨满》较早时期就是用纯满语讲述的。据富育光先生回忆，"我少年时代在家乡，听过满族吴扎拉氏八十多岁高龄的托呼保太爷爷，讲唱满语《尼姜萨满》……《尼姜萨满》就是民间启蒙教科书。早年，瑷珲和大五家子满族人都有老习惯，逢年遇节、婚嫁、祭礼等喜庆吉日，大小车辆接迎南北四屯的亲朋，欢聚一炕听唱说部故事。满族说部故事，长短段子名目繁多，老少随意点换，说唱人击鼓开篇，但常常都少不掉《尼姜萨满》"[①]。不仅是《尼山萨满》用满语讲唱，"乌勒本"过去的讲述形式都是如此。满语言的逐渐式微与本民族的历史境遇紧密相连。清中叶后期，使用汉语的满人逐渐增多而且运用得比较熟练，满族人逐渐掌握了汉语，还涌现出一些具有较高水平的用汉语写作的作家，例如曹雪芹、文康等。但这不意味满族在使用与运用汉语的过程中完全失去了其本民族的个性特征，究其实质，它是满汉文化结合的优秀典范。满族说部也一样，虽

---

① 荆文礼、富育光汇编：《尼山萨满传》（上），吉林人民出版社2007年版，第8页。

然来自民间，但极具本民族的特色与个性。但是到了辛亥革命以后，"严格禁止用满语教学。从此以后，满语只局限在家庭生活中继续使用，并且一点一点地让位给汉语"。"在吉林省和盛京，汉语的影响一直很大。在 20 世纪前半叶，满语的运用已经明显衰微，而在宁古塔地区这一满族人本来的范围内，人们几乎完全不再使用满语。"①

中华人民共和国成立后，满语也没有像其他少数民族语言一样，被列为国家保护的范畴，因此，满语成为已经逝去的语言，被人们所遗忘。但是，满族说部中有大量的满语言存在，即使是汉文本，大量的音译满文随处可见，有人名、地名还有一些习惯用语等。在出版的文本中，几乎所有说部的引子里，都有大量的满语词汇，哈哈济（满语儿子）、沙里甘居（满语姑娘）、妈妈（满语奶奶）、玛法（满语爷爷）、阿沙（满语嫂子）、朱伯西（满语讲故事的人）、翁姑玛法（满语远世祖）等。也有一些地名，松阿里乌拉（松花江、天河）、呼兰哈达（烟筒山）。可见，满族常用的民族语言是满族说部的基础。可是，在历史的演变过程中，满语基本被遗失。"在人类生存的历史上，满语的失传是人类的一个悲剧，这样一个重要的民族，这样一个丰富的语种，突然失传了，这是我们人类生存史上的悲哀，当然有它自身的原因，是种复杂的结果，因此今天能使用满语来讲述说部将具有极其珍贵的价值。"② 满族说部中保留了少量的满语文本，比如《尼山萨满》《乌布西奔妈妈》的部分章节，还有满族说部的部分满语提纲，整个清代，保存满语提纲现象较为普遍。

笔者拟提如下几点建设性的意见和思考。

（一）恢复纯满语的讲述

无论从目前及未来的研究上，还是满族说部的保护与传承上看，恢复满族说部的满语讲述是个迫切的问题。除了已经保存的少量的满文文本及提纲，尽快利用现有的材料对汉字记音本进行复原也是一个可以尝试的路径，而且已有学术界人士尝试先行。从事满语教学多年的王硕曾

① ［俄］史禄国：《满族的社会组织——满族氏族组织·引言》，商务印书馆 1997 年版，第 12 页。

② 曹保明记录整理：《乌丙安教授对说部的指导意见》，载周伟杰主编《抢救满族说部纪实》，吉林人民出版社 2009 年版，第 68 页。

在"2013 年满族文化与满族说部学术研讨会"上的发言中指出，选拔满族说部传承人其中主要一条："要抓紧满语不放松，牢牢树立满语是满族说部的根这一思想，对传承人进行满语文教育，可以采取集训的方式进行培养，在具有了初步的语言功底的基础上，结合满族说部的文本进行专题讲授，围绕满族说部讲唱进行教学，让满语文教学为满族说部服务。"

由于满族说部的传统传承方式已经发生了较大的改变，在本家族内遴选传承人变得不太现实。所以，在传承人的选择上，可以根据实际的需要，在社会上选拔一些对满语及满族文化感兴趣的爱好者，作为未来的培养对象。近几年来，有一批执着奔走在满语教学与满族文化研究方面的热情人士，他们多是满族的年轻人，通过各种渠道传承本民族的语言，在满族自治县或者大学讲堂，或民间免费、义务地开办满语学习班，并已经取得了很大的成效。现如今，已经有越来越多人爱好和喜爱满语。满语得到良好的传承，对于传承满族说部来说，是件有益的事情。在掌握满语言的基础上，用满语传讲说部，变为可能。据吉林省社会科学院民族所所长朱立春先生介绍：满族说部重要传承人富育光先生打算把自己家传的部分说部本子，传给如今能用满语较为自如表达的满语言研究者、爱好者王硕，这也是活态传承说部的一个确实可行的举措。

以被广泛传讲的《尼山萨满》为例，可以恢复纯满语的讲述，能突出鲜明的民族特色。近年来，吉林省文化厅在组织人员翻译满文记述说部的同时，还录制了满族老人用流利的满语讲述《尼山萨满》的录音和录像。在满语几乎绝迹的今天，这些音像资料是非常宝贵的，价值较高。在恢复满语讲唱部分说部的同时，这些满语的资料可作为参考的对象。

（二）满汉合璧的方式，也是一种选择

用纯满语讲述说部，是对早期传统说部的复原，但是毕竟目前懂满语的人数量较少，因此受众面和影响力较为有限。考虑到今天的现实状况，在力争保证说部相对原汁原味的情况下，满汉合璧的方式也是必然。主要用汉语讲述夹带满语的词汇，受众面和传播面的会更为广泛。如今出版的说部丛书文本，就是汉语讲述为主，其中大量的满语词汇随处可见，因为有讲述者和整理者的标注，并不影响文本的阅读和理解。相反，还是保证满族说部民族特色的一个标志。因此，讲述说部，满汉合璧也是必然的选择。

二　开拓满族说部新的传播空间

（一）静态的保护已经初见成效

满族说部静态的保护，很大一个部分就是把口耳相传的内容形成文字，付诸印刷，即变为固定文本的过程。由于口传文化有其自身的独特性，其中一个重要特点就是口语化比较明显，而且在讲唱到高潮的时候可以根据气氛和现场的需要随意发挥，书面文字毕竟与口语不同，尽管一再提倡尽量保持原汁原味的记录，但是不能否认，整理者也是对其进行二度创作的过程。形成文字后的满族说部更易于保存，便于学者的研究。为此吉林省文化厅于2003年7月成立了专门的满族说部档案室，有专门的人士负责管理。档案室的载体比较丰富，包括纸录音带、录像带、光盘、照片等实体物件。其中不乏一些满族姓氏的家族世代传承下来的满文手稿原件、传承人用满语流利讲述满族说部的录像，及整理者搜集记录的手稿等。当然，陆续出版的满族说部系列丛书也在其中。档案室也可以看作一个小型的收藏馆，有助于满族说部静态的保护。

（二）动态保护的形式

动态的保护就是满族说部的活态展演形式，就目前来看已经取得初见成效的成果，就是吉林市满族博物馆对满族说部的活态展演，而且，此博物馆还力争做到表演的常态化，这也完成了满族说部从家族传承到社会传承的转换。

传统满族说部，基本上是以具有血缘关系为主的传承，可以是家族中的一支或以家庭内部直系传承为主，因此，保留了说部传承的单一性和承继性。因为，家族中的直系成员或者较有血缘关系的成员，比较了解本家族内发生过的重大的历史事件和人物，而且又生活在传讲本家族或者氏族说部的范围内，耳濡目染，形成几代的传承人。随着时代的发展，传统的以家族范围为主的传承说部的形式，渐渐转为社会传承，师传也是社会传承的一种。

以著名萨满学研究专家、说部重要的传承人富育光先生为例，他本人一共掌握了十几部满族说部，有的是家传的如《萨大人传》《飞啸三巧传奇》等，有的来源于其父富希陆记录整理、他人说唱后来传给富育光的，如《东海沉冤录》《雪妃娘娘和包鲁嘎汗》《天宫大战》等。还有富育光先生后来搜集的满族说部，主要有《乌布西奔妈妈》《鳌拜巴图鲁》《松水凤楼传》《两世罕王传》《苏木妈妈》等。从富育光先生掌握说部的情况，可以看出，满族说部既有家族内的也有家族外的，而且，《飞啸三巧传奇》《萨大人传》等说部也在本家族外传讲，可见影响的广泛，由此看出，说部的传承向社会传承转换的过程。

现如今的说部，基本都以丛书的形式保留，形成了固态的、纸质的保护形式，比较稳定，随时供人了解、研究及查阅。可是，满族说部在当代社会让更多的人了解和熟识，必须发挥动态的传承。说部最初就是讲唱结合的形式，动态的传承与静态的保护要结合一体，也要把曾经家族、氏族的说部提升为中华文化大的高度来进行传承与传播，让其受众面更大、更为广泛，影响也更为深远。这也是动态传承的一个重要作用。

为了达到这个目的，吉林市满族博物馆还一度对满族说部的讲解员进行培训，让满族说部融入博物馆的展览内容中。吉林市满族博物馆实物较多，从各式的生产生活用具到各个时期的武器及器具，一一呈现，展现了满族先民的渔猎生产生活及征战的各个侧面。而且还有造型精美的艺术品及复原的生活场景，使人容易进入满族的情境中。更为主要的，作为满族说部的活态展演空间，它的院落就是满汉融合的古建筑风格，即原来的王百川大院，一个封闭式的四合院，原来是二进院落，1932年修建，坐北朝南，很多布局的细节处都显示着满族的特色。"吉林满族陈列室"内，其中的雕塑人物是一家老少三代人，从环境到家具等细节上都是满族的文化要素。在这样的氛围中，讲唱说部极其容易得到认同，有种身临其境的现场感。据吉林市满族博物馆副馆长何新生介绍：吉林市满族博物馆加挂两块牌子，一个是"吉林市满族非物质文化遗产保护传承基地"；一个是"吉林市国家级非物质文化遗产保护传承基地"。因此，吉林市满族博物馆除了以静态的展览为主，还对满族说部、满族舞蹈等进行了活态的保护传承活动。

从演讲的形式上看，现有白话式的《布库里雍顺》、《白花公主》、《狼母鹰师》，有评书风格的《皇权之争》、《踏查长白山》，有满族传统曲艺单弦、岔曲《合欢路》，有用满语讲述的《尼山萨满》，有家族传承的满语窝车库给孙乌勒本，还有展厅现场演唱的小歌舞定场歌《雪妃娘娘与包鲁嘎汗》。①

用满语讲唱说部，是最有特色的表演形式。吉林市满族博物馆还专门请来打牲乌拉满族锡克特里哈拉萨满传承人石文尧根据《五辈太爷掌劈狐狸精》的故事，编撰了给孙乌勒本《五辈太爷掌劈狐狸精》。由于石氏家族的萨满文化传承历史久远，有世界萨满文化研究的"活化石"之誉，石文尧作为其家族的萨满和萨满文化的研究学者，亲自演出，就具有了比较重要的意义。而且这个故事是典型的"窝车库乌勒本"，在石氏家族流传几百年，主要表现五辈太爷智斗狐狸精的故事，采取"给孙乌勒本"的表演形式进行表演，把讲唱歌舞合为一体，让观众体验到较为原始的说部表演，印象比较深刻。

除此之外，借鉴评书的形式展演满族说部，突出表演的技巧性和观赏性，容易吸引观众。

这些新的表演形式，把观众引入到一个新的、陌生的情景中，在满族文化浓郁的氛围里，了解和感受到了传统说部的魅力，形象感极大的增强。

（三）满族说部的传承采取静态保护和动态传承共同促进的原则

自 2002 年吉林省中国满族传统艺术集成委员会成立以来，吉林省文化厅组织人力对传承人的说部进行整理、记录，同时对传承人的讲述进行录音和摄像。此外，还收集到传承人的手稿和讲述提纲等大量的文字资料。对于这些珍贵的文化遗产，文化厅专门设立资料室，由专人归档立卷，进行保护。而且，文化厅计划在未来的几年内筹备满族传统说部陈列馆，陈列馆的内容大致包括与满族说部相关的历代文献资料、文学艺术作品，以及与满族说部相关的神话、传说、历史故事等，还包括与说部相关的影音资料。陈列馆的展出，既可以宣传满族说部的历史，也可以提高全民对满族说部的认识，有利于满族说部作为非遗的保护和传

---

① 何新生、王明辉：《论满族说部常态化展演与满族博物馆的软实力提升——从吉林市满族博物馆谈起》，载邵汉明主编《满族古老记忆的当代解读——满族传统说部论集》（第一辑），长春出版社 2012 年版，第 314 页。

承。除了官方的努力与运作，民间文化的传承人也在孜孜以求，不断努力，为传承与传播满族说部做着自己的贡献。满族著名剪纸艺术家关云德用自己灵巧的双手，亲自剪出一幅《天宫大战》上百位女神的群像，栩栩如生，让人过目不忘。2013 年 4 月 17 日，在北京召开的"多元文化视野下的满族说部"研讨会间隙，展出了剪纸长卷，与会学者连连赞叹，关云德先生说，他的小孙女也在家里课余时间和他学习剪纸，包括剪出各种说部中人物的画像，这也是对满族说部的传承与推广的一种方式。

满族说部在当代的传承，重要的是传承人的作用，所以传承人的保护和培养至关重要。没有传承人就没有今天的满族说部。对传承人的保护与培养，是继承与发展满族说部的主要问题，就目前的资料统计，满族说部的传承人都是 65 岁以上的老人。这与老年人的经历和地位有关，他们拥有自然而然的话语权威，人们很自然地将老人看作历史的见证人，"愈是久远的历史则愈具有权威和权力。但这种权威与权力的基础，则来自其文化上对于祖先、起源、老人等概念所赋予的价值"[1]。因此，对特定年龄的传承人的保护就要有具体的针对性，主要是解决老人们的后顾之忧，例如基本的生活和医疗费用等问题。对未来的传承人培养，应在满族或者满族姓氏家族内，选择一些具有此方面特质且对本民族文化热爱的传承人，通过举办学习班的方式，把说部传承给下一代。

（四）纳入民俗

满族说部艺术的形成与播演，历史久远，它源自于满族讲古的习俗与沃土中。据《金史》卷六十六记载："女真既未有文字，亦未尝有记录，固祖宗事皆不载，宗翰好访问女真老人，多得祖宗遗事。……天会六年（1128），诏书求访祖宗遗事，以备国史。命与耶律迪越掌之，等采摭遗言旧事，自始祖以下十帝，综为三卷。"可见，自古女真就有讲古的习俗。此外，讲唱满族说部并不是娱乐和消遣，而是被全族视为家规祖训，带有神圣的宗教色彩，这与满族崇拜的萨满教观念息息相关。对氏族英雄和神祇的歌颂，就是源于萨满教英雄崇拜的主题，满族说部就是对萨满教祖先崇拜的弘扬与发展。所以，每次在讲唱说部的时候，就常常选在比较隆重的场合，尤其是在祭礼、庆功、寿诞、氏族会盟等家庭

---

[1]　黄应贵：《时间、历史与记忆》，《广西民族学院学报》2002 年第 3 期。

比较重要的节日中，氏族成员按辈分围坐，聆听说部。这种讲唱说部的场合，在民俗上被称之为"民俗场"。民间口传文学的传承不能离开民俗场，而传承人的培育也最好在这个场域里进行。

对其成因，有研究者①做出过论证，大致如下：

首先，这与民间文学的特性与功能密切相关。民间文学是一种口头叙事文学，其载体是口头语言和肢体语言。它不像书面文学可以在书房里由个人独立创作完成，可以在私密空间里独自阅读欣赏，民间文学必须在"二人在场"的公共空间里完成，共时地既要有"创作者"（讲唱人），又要有听（观）众，否则，就不能完成民间文学"文本"的演述过程。

其次，民间文学的传承人（故事家、歌手、说书艺人）都是在民俗场的长期讲唱过程中逐渐成长、成熟的。传承人的成长是一个自然而然、循序渐进的过程。民间文学传承人的养成，没有一套固定、规范的教与学的模式，是在实践中成长的，通常都是在"听"的过程中慢慢学会，在"练"的过程中逐渐成熟，在"争（竞争）"的过程中脱颖而出的。

最后，民俗场的存在与否，决定了民间文学作品的命运，也决定了是否能够不断出现新的传承人。

作为民间文学的满族说部，最初的讲唱及传承人的培养的确是在民俗场中进行的，"每岁春秋，恭听祖宗'乌勒本'，勿堕锐志"②。"'乌勒本'颂己事，不言外姓哈喇轶闻趣话，盖因祭规如此。凡所唱述情节，与神案谱牒同样至尊，亨俎奠，春秋列入阖族祭仪之中。"③

满族说部国家级传承人富育光先生曾回忆自己年幼的时候，跟随在奶奶身边学习"乌勒本"，童年的时候，奶奶常常向弟子们说一句古谚："事事留心皆学问"，还告诫大家要"长记性"。所以，富育光从小就跟随大人们在年节前后四处学说"乌勒本"，处处留心、观察，认真磨炼精

① 郑土有：《民俗场：民间文学类非遗活态保护的核心问题》，《长江大学学报》（社会科学版）2017年第3期。

② 富察希陆·伯严撰，富育光、富艳华整理：《瑷珲十里长江俗记》，学苑出版社2018年版，第55页。

③ 同上书，第55页。

气神。

现如今，随着时代的发展，说部早已失去了当初的讲唱环境，在重要的节日讲唱说部已经变得不太可能。可是，作为非物质文化遗产保护与传承的一个事项，说部传承人在重要节日，针对家族中有意要着重培养的年轻人，"讲述满族说部，把它纳入民俗文化，使之成为民俗中的重要内容，也是传承说部的一种举措"①。

三　满族说部的传承与学校教育相结合

2006 年 5 月，满族说部被国务院批准为第一批国家级非物质文化遗产名录，满族说部走进校园，是非遗传承与学校教育结合的手段，也是为了使其得到更好的、可持续的保护与传承的举措。吉林市电子信息学院近几年来就陆续开展了非物质文化遗产进校园的活动，为此，成立了专门的教研室和成果展览间，还出版了"非物质文化遗产进校园活动集锦"。其中非遗的种类主要集中在满族的非物质文化遗产方面，比如剪纸、珍珠球、满族的猎鹰文化，单鼓传承、满族说部的传承等方面。2012 年 5 月 25 日，吉林省满族说部学会的部分成员参加了吉林电子信息职业技术学院"满族说部与非遗传承教学基地"揭牌仪式，观摩了"满族说部进校园"的成果演出，传承满族说部也是非遗教研室的重要教学内容之一。观摩会后，"满族口头遗产传统说部丛书"荆文礼先生做了一首诗，表达了自己感受：

《贺满族说部进校园》②

松花江畔百花艳，满族说部进校园。

你说萨公③他讲女④，乌春⑤单鼓舞蹁跹。

讲坛盛咏乌勒本⑥，英雄大专代代传。

---

① 邵丽坤：《满族说部需要多元化传承》，《光明日报》2015 年 10 月 7 日。
② 参见《满族说部学会通讯》2012 年第 3 期。
③ 萨公，即清朝康熙年间第一任黑龙江将军萨布素。
④ 女，指满族说部《红罗女》。
⑤ 乌春，满语，即歌的意思。
⑥ 乌勒本，满语，汉译为传、家传的意思，清末改称为说部。

　　吉林市职业电子信息学院把满族说部的传承带进校园，并在传承方式上做了新的有益尝试。其中包括满族说部与高职高专的教学课程相结合，把旅游系的两门课程《吉林导游》《东北三省实用导游词精选》作为实验课程。在《东北三省实用导游词精选》中，将《萨大人传》《雪妃娘娘和包鲁嘎汗》《尼山萨满》《红罗女》等满族说部经典的内容融入其中，既丰富了学生的导游内容，也可以将说部传讲给学生。

　　此外，满族说部与高职高专的实习、实训相结合。旅游系的领导从2006 年开始，一直同东三省的各大景区建立合作，同时建立了实习、实训基地。学生在牡丹江市的镜泊湖及长白山等景区实习的时候，面向游客讲述满族说部中的《红罗女》《奉旨拓乌拉》《萨大人传》内容，使说部通过讲解员迈向了对外传播的重要一步。

　　满族说部通过学校教育的活态传承，除了在职业院校进行实践外，还在乌拉街的满族小学和伊通满族自治县小学，向学生讲述精彩的说部片段，让学校的满族孩子了解祖先的历史，热爱本民族的文化，并已取得了良好的成效。

　　满族说部进校园也是非遗保护与传承一个十分有效的路径与选择。不仅仅满族说部，锡伯族著名故事家何钧佑先生口述家族传承的历史故事，目前已经结集出版，沈阳市也开启了非遗进校园的活动，其中一项主要内容就是把何钧佑及其家族传承的锡伯族民间故事开展了校园传承活动，还编写了适合学校里学生阅读的教材《锡伯族民间故事》。同时，针对不同年级学生的接受特点，以多种方式学习编写的教材，全面开展锡伯族民间故事的校园传承工作。正如此活动进校园的讲述稿中所言："今天，我们从何钧佑讲述的这些具有深厚历史文化底蕴的故事中，选取适宜学生阅读和理解的篇目，让孩子们一边进入那部落时代的历史画卷，一边领悟如何做一名正直勇敢的人，并能潜移默化地了解我国古代北方少数民族的生活习俗和信仰，这是一件一举多得，功在当代、立在千秋的伟大事业。"[1]

---

[1]　国家级非物质文化遗产保护项目"'锡伯族民间故事'进校园"讲话稿。

四 传播媒介的多样化选择

向云驹的《人类口头和非物质文化遗产》是国内最早关于非物质文化遗产的著作，书中指出"传承性与传播性"是非遗的本质特点，"民间文化的传承是其历时性的延续，传播则是共时性或空间上的传布"①。"口头和非物质遗产的传承与传播是合二而一的。离开了传承，这种遗产就无以传播，也无以存世。活的传承，是这种遗产得以保存的最大保障。"②传播也是非物质文化遗产保护的一项措施，有效的传播对非遗的传承意义重大。我们依据文化传播学的观点："文化是传播的文化，传播是文化的传播。没有文化的传播和没有传播的文化是不存在的。"③ 所以，从这个角度来看，非遗的传承本质上也是一种有效的传播。

满族说部无论是家族式的传承，还是社会的传承都凸显着人类口头非物质文化遗产的本质特征。因此，满族说部的当代传承研究就包含了传统的、现代的两大方面。文学（文本）和表演两大属性，静与动的两大传承保护方式方法。而当代传承方式的建构，说到底就是传统传承基础上的传播，传播中的传承。即有家族式的传统传承，也有当代的传播方式。传播是传承手段的多样化，方式的多元化。多元化的传承与传播构建了满族说部当代的传承体系。由于社会历史、文化、科技的局限，其传承的方式和手段产生了变异和提升，从家族扩展为社会，从口传心授到现代科技的运用。

为此，媒介的多样化选择可以扩大传播面和受众面。现代社会中，大众媒介的作用越来越显著，从报纸、媒体、电视、网络到一切现代的信息平台，无孔不入地渗透到我们的社会生活里。

我们要充分利用好媒介在非遗传播中的有效作用，因势利导。为此，已有研究者做出了总结："1. 大众传播媒介凭借先进的传媒手段和传播技术，能够跨越时间和空间的限制，对于扩大非物质文化的传承范围、延长非物质文化的传承时间、丰富非物质文化的传承内涵，所起的作用是

---

① 向云驹：《人类口头和非物质文化遗产》，宁夏人民教育出版社2006年版，第53页。
② 同上书，第55页。
③ 周鸿铎主编：《文化传播学》，中国纺织出版社2005年版，第18页。

人际传播所望尘莫及的；2. 一种文化要获得发展，必须是将文化的传承和积累相结合。通过大众传播媒介，非物质文化遗产在内容上得到了传承，在工艺上有创新，在观念上受到了重视，在文化的积累上，也获得了扬弃和吸收；3. 大众传媒通过宣传、报道、评论、舆论监督的方式，引发了社会公众和政府职能部门对非物质文化遗产的关注和重视。"① 比如，满族说部的发现、搜集、整理与研讨会的召开，和媒体的宣传密切相关。但是，"在大众传媒话语权的笼罩下，非物质文化遗产呈现出简单、空洞和变异的趋势。无疑，这样的结果并非保护者的初衷，也越出了媒体本身的预期，更不是公众所希望获得的信息"②。所以，在实际的操作中，要根据实际，立体的、多侧面、全方位地对非物质文化遗产进行展演，满族说部也不例外。

比如，可以选择满族说部中的有代表性的故事，让有表现力的传承人借鉴评书的方式在电视中播讲，或将有影响的满族说部改变成电影、电视剧，以扩大其影响力。为了推进满族说部的保护、传承和传播，贯彻落实《中华人民共和国非物质文化遗产法》，吉林省文化厅与吉林动漫集团开展了系列动漫图书《满族说部经典文化故事》的编辑出版工作，将从现有满族说部系列丛书当中精选具有代表性的优秀民间故事，用定格动画的方式制作动漫图书，面向全国公开发行，作为吉林省非遗保护工作宣传和展示的重要载体。而且，吉林省满族说部学会副会长，还筹备与相关部门合作，把满族说部的精彩作品用动漫的形式来演示。除此之外，互联网、博客、录像、微信等现代网络平台，也是迅捷、便利的传播途径。吉林满族网与满族文化网两个网站以传播满族文化为主，但是也关注满族说部的研究与相关情况。如果，能持续长期的通过网络传播说部及展演的内容，不失为一个大面积扩充影响力的渠道。

利用评书或者情景剧的模式来传播说部，也是新的尝试。尤其是评书的形式，需要表演者面对观众来进行表演，如何把说部的文字版本变为适合评书的讲、演形式，需要更换表达的方式。我们见到的满族说部

① 刘诗迪：《从昆曲的成功传播看中国精神文化产的传承——非物质文化遗产传承中的媒介的力量》，《消费导刊》2008 年第 10 期。

② 刘壮、谭宏：《传媒在非物质文化保护中的作用》，《新闻爱好者》2007 年第 12 期。

出版的文本，是经过搜集、整理，最终形成文字的版本，与面对观众的
讲述本，肯定有许多不同。文字具有平面化的特点，没有讲述起来那么
丰富和立体。安紫波在师从富育光先生传承说部的过程中，有过比较深
刻的体会。他认为必须注意说部的"情、景、形"的统一，也就是要把
握住人物的思想、性格、形象、言词等的分寸，才能形成较为精彩的说
唱乌勒本。下面这段就是《乌布西奔妈妈》中《乌布西奔阿里魔窟"舞
斗"》选段的文字版：

　　　　乌布逊在乌布西奔慧谋麾策下，
　　　　同棘手女魔比武争强。
　　　　在九十堆熊熊篝火
　　　　笼罩的海岛岸上，
　　　　女魔纹身裸体，得意扬扬，
　　　　双手抱着一条条东海银枪鱼，
　　　　大口啃嚼尾翅扇翘着的大鱼膛，
　　　　鱼血涂抹，肩发纵抖，
　　　　袒露肥臀胖乳，
　　　　垫脚跳着纹身彩舞。
　　　　忽而旋转，
　　　　忽而顿足
　　　　忽而跳跃，
　　　　忽而蹲附，
　　　　腰肢柔软，犹如蜗牛踊蠕，
　　　　颈项仰俯，犹如天鹅信步。
　　　　众魔女击手雀跃，
　　　　鸣唱相合，
　　　　品声若鱼，
　　　　不解其义，
　　　　蛮野无度。
　　　　狂酣中，一声惊天鼓，
　　　　震住了全岛自鸣得意的众魔女，

随着天鹅的鸣叫，

神鼓的铿锵，

九彩神绸，

九彩花瓣，

九彩神羽，

漫天飞降。

乌布西奔身穿东珠的披肩，

银雕的斗篷，

白色天鹅绒长裙，

飞鼠皮的金黄彩袖，

锦鸡绒编织的围腰，

鲸、鲨、虎、熊、豹、獾、狼、猞、狐、蟒、貉脊梁皮

绣制成拖地的神群彩带，

带梢镶嵌着骨哨，

银光闪闪的鱼鳞皮制成的彩裤，

镶嵌着六百小螺铃，

脚穿貂绒编织的彩靴，

头戴九纹鸟羽绒编织的百条辫帽，

中间三只木雕金鸟展翅昂首，

鸟嘴珠粒伴随乌布西奔神鼓和舞步嘟嘟鸣响，

乌布西奔在神鼓声中盘旋作舞，

她是神母所生，神母所有，

神燕精魂，神燕精魄，

自幼享有神授的玉脂肤肌。

鼓声中，她默请来

风神为她吹拂神服，

云神为她翩然助舞，

鹰神为她振翼飞旋，

日神使她金光夺目，

海神伴起四海银涛飞浪，

地神派来林涛在她头顶上鸣唱，

银丝鹊、九纹雀、黄蜜雀、小蜂雀、白袍雀，

不知惊吓，不怕晃动，

落满降神痴舞的乌布西奔身上。

魔女与岛上众众世代从未见过，

如痴如醉的神舞，目瞪口呆……①

经过富育光先生整理的这段文字，极其具有说唱长诗的节奏感与韵律美，而且富育光先生不但具有传统文化的深厚功底，还深受家学文化的濡养、民族文化的熏陶，他整理的"窝车库乌勒本"带有较强的个人特色。安紫波②与师父商量，在保持内容不变的情况下，改成适合表演的文字形式：

（话说）在阿里魔窟的女魔王和众魔女们，通过她们诡异的舞蹈和"欧欧"奇异的声音，还真把乌布逊部登岛而来的男男女女们迷惑了，一个个像石雕一样，给钉在那儿了。女魔王和众魔女们，她们是看在眼里、喜在心上，自认为胜券在握之际。突然，听到一声惊天动地的皮鼓之声，"咚——！"

就这一声皮鼓，震得女魔王和众魔女不由得激激灵灵打了一个冷战，"啊——！？"

乌布西奔就在她们惊悚未定之际，随着一声声天鹅的鸣叫，神鼓的铿锵"啊……！咚……！"只见乌布西奔妈妈迈着轻盈的舞步，闪转腾挪间，转动着身上的九彩神网、九彩花爪辫、九彩神羽，就来到女魔王和众魔女们面前。

女魔王和众魔女不由得抬头仔细观看。乌布西奔上身穿披着东珠串就编织而成的披肩和银雕的披甲，下身着银色天鹅绒的长裙，腰间系着飞鼠皮的金黄彩釉和锦鸡绒编成的围腰，在左边打着蝴蝶扣。用鲸、鲨、虎、熊、豹、獾、狼、狐、蟒、貂、貊等百兽的脊梁皮绣制成曳地的神

---

① 鲁连坤讲述，富育光译注整理：《乌布西本妈妈》，吉林人民出版社 2007 年版，第 93—95 页。

② 安紫波：富察氏家族乌勒本第十五代传承人，被富育光先生收为徒弟，业余时间跟随富先生传承说部。

裙彩带，附于神裙的外面。在神裙彩带每个带梢的部位上，还镶嵌着一个个做工非常精致的骨哨；在神裙的里面，内穿一条用鱼鳞皮制成的彩裤。在彩裤的上面还镶嵌着六百个小巧玲珑的小锣铃。每个小锣玲里都有一粒光滑圆润、滴溜圆乱转的小石头。脚上蹬着一双貂绒编织的彩靴，头上戴着九纹羽鸟绒编织的百条辫帽，辫帽正中间有三只木雕的金鸟，是展翅昂首。每只金鸟突出的尖嘴，呈现微张状态。它们嘴面都含着一颗银光光闪闪的珠粒。这些珠粒和小锣铃里的石头，那都是又白又亮的鲸鱼眼珠，千年蛤蜊里的东珠，百年大海里海浪反复打磨的白岩石，可以说它们是凝聚天地之灵气，日月之精华。

它们随着乌布西奔妈妈优美的舞姿和出神入化的舞步，"嘟嘟……！哈哈……！"由鼓声、铃声、舞步声混合成一曲世间难寻的天籁之音，沁人心魄，让在场的所有人都自觉不自觉地随之舞动。

乌布西奔妈妈，真乃是神母所生，神母所育，神鸟精魄，神燕精魂。她自幼就享有神授的玉脂肌肤，是白里透红，红里透白，犹如刚刚剥开的一个带着热度的鸡蛋，是那样的娇嫩、那样的清白诱人。随着一声声神鼓韵律的节拍，乌布西奔默然间就请来了：风神为她吹拂神服，云神为她翩然助舞，鹰神为她振翅飞旋，日神使她金光四射，海神为她伴起四海银涛飞浪，地神派来林涛在她头顶上鸣唱，银丝雀、九纹雀、黄蜜雀、小蜂雀、白袍雀。它们不但不知惊吓、不怕晃动，反而全部落满降神痴舞的乌布西奔的身上，它们又犹如一道道五彩华丽的彩虹，随舞飘动，这真是人随风动，风随舞转，恰似风送彩云升。

"太漂亮了！"女魔王和岛上族众世代从未见过如此如醉如痴的神舞，惊艳得人们目瞪口呆、瞠目结舌。随着乌布西奔优美的神调，悄然间又在上演着一个惊天动地的奇迹。①

通过整理本与适合表演的文字本的对比，可以看出，整理的文字本具有可读性，尤其是诗体长诗，带有自身的节奏与规则，在舞台上演出的版本可视性较强，带有场景性的立体感。

用情景剧的形式传播说部，这是多元传承传播满族说部的需要和尝

---

① 安紫波：《浅谈传统评书与满族说部的语言技法》，《满族说部学会通讯》2017年第1期。

试。满族说部情境剧是新生事物，是在传统曲艺表演基础上与戏剧演绎相结合的艺术表演形式新探索。它以朱伯西（讲述人）为代表的曲艺平面"讲说"与"戏剧"人物立体表演的二者合璧，构成了满族说部情境剧的基本特征。这样的改编也需要对台词进行改编，适合舞台演出之外，以根据满族说部《雪妃娘娘和包鲁嘎汗》改编的情景剧《狼母鹰师》为例：

全剧中对现代多媒体技术的 LED 大屏幕的运用。它不仅起着传统戏剧中天幕的作用，而是在单位时间内获取更多信息的绝好载体。我们都做了相关内容的提示文字。如尾声处的主题歌：

> 晶莹的水蔚蓝的天，
> 一代传奇包鲁嘎汗。
> 狼母鹰师教你技能和果敢，
> 开创了生的奇迹世人赞叹。
> 啊！雪妃娘娘包鲁嘎汗，
> 腾格里保佑你平安排除万难。
> 黑水号子咏唱你们的披肝沥胆
> 图拉柱铭刻英名永世流传。
> 在这段歌中大屏幕画面切换：

1. 柳树林的远景，渐渐推近小孩穿柳编的围腰特写。
2. 狼母、鹰师各自场戏代表性镜头的回放。
3. 成人的包鲁嘎砸死了罪恶的德钦部大小王爷父子俩的镜头。
4. 包鲁嘎站在两块石头上，两只手各扳住一头牛的牛角让大伙拿着鞭子赶牛，牛被打得嗷嗷直叫，拼命地挣，包鲁嘎站在中间把牛角使劲一拽，把牛角都快扳碎了。牛痛得直叫，却一动也动不了。
5. 包鲁嘎称"汗"特写定格。

本来这段画面的切换是为说明歌词服务的。但反过来看，歌词又是大屏幕画面的情境歌、情境歌词。①

---

① 何钧宇、何新生：《论满族说部情景剧的编创》，2016 满族说部学会研讨会论文。

对满族说部的文本进行多种实验，以其适合多元传承发展的需要。"满族口头遗产传统说部丛书编委会"副主编，同时也是满族说部重要的整理者荆文礼先生，对《乌布西奔妈妈》进行了改编，将其改为六幕舞剧的形式。具体分为：创世的歌、天降哑女、哑女乌布西奔英姿、乌布林大玛发、战海岛女魔、找啊，找太阳的歌。由于是舞剧，主要依靠布景、肢体动作等来表达情感及内容，所以语言较少。

〔幕启：黑沉沉的舞台，凄静而恐惧。微弱的灯光渐显，世界一片混沌，模糊一团。大自然的声响，如林涛、风啸、兽的搏杀、禽的悲鸣……充满了原始、野性的抗争。
〔突然天降白冰，冰厚如山。一道闪电划破夜空，随着一声雷鸣，一只金色的巨鹰从天而唳，鹰爪抱着一颗白如明镜的鸟蛋，在冰川上盘旋数周后，将鸟蛋抛地，顿时发出耀眼的光芒。光芒将冰山融化，水声汩汩，喷起一堆堆的水泡银珠……①

整个舞剧在这样的背景下开始了，还把舞台分为几个表演区，依靠舞台的显隐呈现画面。不得不承认，将讲说部改为适合舞台表演情景剧或舞剧等形式，也是其传承方式的一种探索，这样的方式更直观、更有感染力。

而且，为了进一步扩大满族说部的影响，把满族说部传播得更远，甚至让外国人了解我们民族灿烂的文化，著名留法学者、青年作曲家朱赫先生，曾在北京音乐堂专门为萨满《史诗》举办大型的音乐会，奥地利著名指挥家指挥，旅美钢琴家任舒曼任钢琴演奏，著名男低音歌唱家阎峰担任演唱，引起了很大的轰动。

除此之外，《乌布西奔妈妈》在 20 世纪 90 年代就被翻译成韩文，最近几年，《乌布西奔妈妈》还被翻译成英文版本，2012 年由长春出版社出

---

① 荆文礼：《乌布西奔妈妈（六场舞剧）》，《戏剧文学》2012 年第 7 期。

版，译者吴松林。这些翻译本，都将进一步推动满族说部的传播，扩大其影响力。

当然，满族说部向更高的层次推进与传播，让更多的人增加了解，学者的作用功不可没。他们在专业化视角的基础上，深入浅出，可以相对自如地对说部提出一些建设性的策略和意见，有的已经取得了显著成效。随着满族说部文本第一批、第二批、第三批的陆续出版，学术研究队伍也在不断壮大。而且关于满族说部研究的选题，连续几年获得国家社科基金立项，也有专门的研究满族说部的著作问世。2011 年 8 月 9 日，在吉林省社会科学院成立了满族说部学会，该学会盛况空前，全国乃至海外人士应邀参加，大家从多元、广阔的视角，纷纷阐释了对满族说部的看法，此次交流获得了圆满的成功，会议收集出版的论文集《满族古老记忆的当代解读——满族传统说部论集》，目前最具影响力的该领域研究者的力作及新近成果都收录其中，影响较大。不仅如此，在学术研讨阶段，吉林省社会科学院还邀请专业的表演人员展演满族说部，其中有吉林市的安紫波表演的《萨布素》、吉林市群众艺术馆孙霞飞表演的《雪妃娘娘和包鲁嘎汗》、吉林市文化局孙忠志表演的《奉旨拓乌拉》，以及满族歌手宋熙东用满语讲述的《萨大人传》中的片段。而且，学者还于会后到伊通满族自治县考察，欣赏满族特色的歌曲表演，也有根据满族说部内容排练出来的节目。该艺术团还到全国的各大城市演出过，都曾引起过不小的轰动。学会还定期出版《满族说部学会通讯》，虽然是以内刊的形式出版，但是其报道的内容在该领域内相对迅捷、快速，大体上包括学会工作、学术活动、学术研究、学术信息几类，其中，即将出版的部分满族说部的采录情况，初次在此会刊中刊发，可以让学者迅速、及时、相对全面地掌握本领域的研究动态。

另外，由吉林省社会科学院、长春市图书馆主办的"关东文化讲坛"连续几次把满族说部作为主讲的内容。学者的努力、宣传也是传承说部的方式。

文化是一种创造也是一种选择，对优秀文化的保护与传承，就是留住了历史与文化的根脉。满族说部传统的传承与展演空间发生了改变，在当代的保护与传承中，可以说这个体系，是传统传承基础上的传播，传播中的传承。即有家族式的传统传承方式，又有现代传播式的传承。传播是传承手段的多样化、方式的多元化。多元化的传承与传播构建了满族说部当代的传承体系。

参考文献

一 论文类

富育光、于幼雁：《满族萨满教女神神话探析》，《社会科学战线》1985年第4期。

富育光、王宏刚：《论满族民间文学的传承方式》，《民族文学研究》1986年第5期。

禹宏：《从传承方式表现内容看满族神话的民族特色——与华夏神话比较》，《民族文学研究》1990年第2期。

郭淑云：《满族古文化探考》，《满族研究》1991年第3期。

罗绮：《满族神话的民族特点》，《满族研究》1993年第1期。

杨治经：《阿布卡赫赫化身创世与盘古开天辟地——满—通古斯语族民族与汉族化生型宇宙起源神话比较》，《黑龙江民族丛刊》1996年第3期。

孟慧英：《满—通古斯语族民族神话》，《满族研究》1996年第3期。

富育光：《满族传统说部艺术——"乌勒本"研考》，《民族文学研究》1999年第3期。

王宏刚、苑利：《满族说部：一宗亟待抢救的民族文学遗产》，《民族文学研究》2000年第2期。

裴立扬：《萨满教是北方民族古神话的重要载体》，《黑龙江民族丛刊》2001年第4期。

富育光：《再论满族传统说部艺术"乌勒本"》，《东北史地》2003年第1期。

荆文礼：《萨满文化与满族传统说部》，《民间文化论坛》2004年第5期。

孙莹：《"满族说部"档案室数字化管理初探》，《兰台内外》2005年第6

期。

王卓：《论清代满族文人文学与民间文学的分野》，《社会科学战线》2005
　　年第 3 期。

吕萍：《论满族说部中的历史文化遗存》，《黑龙江民族丛刊》2006 年第
　　6 期。

谷长春：《满族口头遗产——传统说部丛书·总序》，《社会科学战线》
　　2006 年第 6 期。

张雪飞：《满族女神神话与满族母权神话》，《聊城大学学报》2006 年第
　　6 期。

郎樱：《萨满与口承文化——萨满文化在口承史诗中的遗存》，《学术探
　　索》2006 年第 3 期。

富育光：《满族说部的传承与保护》，《社会科学战线》2007 年第 5 期。

王宏刚：《田野调查视野中的满族说部》，《社会科学战线》2007 年第
　　5 期。

富育光：《满族说部调查（一）》，《社会科学战线》2007 年第 3 期。

富育光：《满族说部调查（二）》，《社会科学战线》2007 年第 4 期。

周惠泉：《满族说部与人类口传文化》，《社会科学战线》2007 年第 4 期。

吴雨：《"满族说部研究"座谈会纪要》，《社会科学战线》2007 年第
　　4 期。

高荷红：《满族传统说唱艺术"说部"的重现——以对"富育光"等知
　　识型传承人的调查为基础》，《民族文学研究》2007 年第 2 期。

赵东升：《我的家族与满族说部》，《社会科学战线》2008 年第 2 期。

高荷红：《满族说部搜集史初探》，《满语研究》2008 年第 2 期。

高荷红：《满族说部历史上的传承圈研究》，《社会科学战线》2008 年第
　　7 期。

谷颖：《满族说部〈恩切布库〉的文化解读》，《满族研究》2008 年第
　　3 期。

周惠泉、孙黎：《满族说部的历史渊源与传承保护》，《古典文化知识》
　　2008 年第 5 期。

周惠泉：《满族说部的主要价值与丰富内涵》，《文史知识》2008 年第
　　1 期。

周惠泉：《说部渊源的历史追寻与金代文学的深入研究》，《文学评论》
2008 年第 2 期。

周惠泉：《金代文学与女真族文学历史发展探析》，《江苏大学学报》2008
年第 2 期。

周惠泉：《论满族说部》，《民族文学研究》2009 年第 1 期。

戴光宇：《乌布西奔妈妈满语文本及其文学价值》，《民族文学研究》2009
年第 1 期。

高荷红：《满族"窝车库乌勒本"辨析》，《民族文学研究》2009 年第
1 期。

高荷红：《满族说部的文本化》，《满族研究》2009 年第 2 期。

曹保明：《满族说部的非物质文化遗产性》，《文艺争鸣》2009 年第
11 期。

鲍明、高玉侠：《奥都妈妈与奥丁神的比较》，《沈阳师范大学学报》2012
年第 2 期。

高荷红：《"窝车库乌勒本"与满族文化关系研究》，《满族研究》2013 年
第 3 期。

高荷红：《满族说部文本及其传承情况研究——第一批出版的"满族口头
遗产传统说部丛书"介绍》，《内蒙古大学艺术学院学报》2009 年第
2 期。

谷颖：《满族说部〈恩切布库〉与〈乌布西奔妈妈〉比较研究》，《古籍
整理研究学刊》2009 年第 6 期。

吕萍：《民族兴盛的历史画卷——评满族说部〈雪妃娘娘和包鲁嘎汗〉》，
《满族研究》2009 年第 4 期。

吕萍：《满族说部刍议》，中国少数民族文学 60 年学术研讨会会议手册，
会议时间 2009 年 8 月 15 日。

曹保明：《满族说部的非物质文化遗产性》，《文艺争鸣》2009 年第
11 期。

高荷红：《满族"窝车库乌勒本"辨析》，《民族文学研究》2009 年第
1 期。

谷长春：《"乌勒本"中的白山黑水》，《中国文化报》2009 年 8 月 23 日。

周惠泉：《论金代女真族口传长篇叙事文学的发现在文学史上的意义》，

《江苏大学学报》2009 年第 1 期。

吕萍：《满族说部之佳作——〈雪妃娘娘和包鲁嘎汗〉》，《社会科学战线》2009 年第 8 期。

江帆：《论满族说部的生成与播演》，《西北民族研究》2010 年第 4 期。

高荷红：《关于当代满族说部传承人的调查》，《黑龙江民族丛刊》2010 年第 2 期。

杨春风：《从"满族说部"看母系社会的形成、发展与解体》，《社会科学战线》2010 年第 9 期。

隋丽：《满族文化源头的性别叙事——以〈天宫大战〉、〈东海窝集传〉为例》，《满族研究》2010 年第 3 期。

谷颖：《满族说部〈西林安班玛发〉史诗性辨析》，《中南大学学报》2010 年第 4 期。

杨春风：《满族说部中的肃慎族系婚俗》，《东北史地》2010 年第 5 期。

苏静：《满族说部"收服英雄"母题研究》，《东北史地》2010 年第 5 期。

谷颖、王春强：《神话与满族说部的关系研究》，《2010 年中国艺术人类学论坛暨国际学术会议——非物质文化遗产保护与艺术人类学研究论文集》2010 年 11 月 5 日。

谷颖：《满族神话载体——说部研究》，《长春师范学院学报》2010 年第 9 期。

朱立春：《北方民族原始文化的守护者——著名人类学、民族学家富育光先生访谈录》，《东北史地》2010 年第 3 期。

汤景泰：《满族及其先民的传统传播方式》，《西北民族大学学报》2010 年第 2 期。

周惠泉：《有金一代：辉煌的历史与灿烂的文化》，《江苏大学学报》2010 年第 2 期。

何晓薇：《满族传统文化变迁情况调查》，《满族研究》2010 年第 4 期。

关纪新：《文脉贯古今　源头活水来——满族说部的文化价值不宜低估》，《东北史地》2011 年第 5 期。

何新生：《满族说部的活态展演》，《东北史地》2011 年第 3 期。

杨春风、邵丽坤：《"满族说部学会成立暨首届满族说部学术研讨会"综述》，《社会科学战线》2011 年第 10 期。

杨晶石：《满族民间非物质文化原生资源保存现状及对策研究》，《图书馆学研究》2011 年 22 期。

郭淑云、谷颖：《满族说部〈乌布西奔妈妈〉的文学性解读》，《民族文学研究》2011 年第 1 期。

郑向东：《满族说部选评》，《东北史地》2011 年第 4 期。

谷颖：《满族萨满神话的民族性研究》，《长春师范学院学报》2011 年第 5 期。

江帆：《满族说部叙事的隐性主题与文本意义——以〈雪妃娘娘和包鲁嘎汗〉为例》，《民族文学研究》2012 年第 4 期。

朱立春、富育光：《满族说部的传承与保护》，《社会科学战线》2012 年第 5 期。

隋丽：《满族说部复仇主题的文化阐释——满族说部叙事类型透视之一》，《民族文学研究》2012 年第 4 期。

王卓：《满族说部的称谓与性质》，《社会科学战线》2012 年第 5 期。

齐海英、齐晨：《比较视阈中的满族说部与鄂伦春、赫哲、达斡尔族说唱艺术》，《满族研究》2012 年第 3 期。

江帆：《满族说部对历史本文的激活与重释——以〈雪妃娘娘和包鲁嘎汗〉为例》，《社会科学战线》2012 年第 5 期。

王卓：《满族说部的分类标准与分类方式》，《东北史地》2012 年第 2 期。

张丽红：《满族说部中的萨满女神创世模式研究》，《华夏文化论坛》2012 年第 2 期。

高荷红：《满族说部"窝车库乌勒本"研究——从天庭秩序到人间秩序的确立》，《东北史地》2012 年第 3 期。

贺萍、殷宝怡：《满族说部〈雪妃娘娘和包鲁嘎汗〉的文学性解读》，《吉林广播电视大学学报》2012 年第 9 期。

高荷红：《"窝车库乌勒本"叙事特征研究》，《民族文学研究》2012 年第 4 期。

富育光：《满族传统说部〈松水凤楼传〉的流传于采录》，《东北史地》2012 年第 5 期。

王砚天：《〈红罗女〉版本与满族审美意识形态建设轨迹》，《满族研究》2012 年第 2 期。

张志刚、常芳：《东北少数民族文化典籍的英译与研究》，《内蒙古大学学报》2012 年第 4 期。

谷颖：《满族民族起源神话研究》，《东北史地》2012 年第 4 期。

高荷红：《东北亚的五种长篇叙事传统比较研究》，《黑龙江社会科学》2012 年第 4 期。

金晓辉：《〈伊利亚特〉与〈西林安班玛发〉英雄特征比较》，《短篇小说（原创版）》2012 年第 8 期。

鲍明、高玉侠：《奥都妈妈与奥丁神的比较》，《沈阳师范大学学报》2012 年第 2 期。

孙浩宇、刘钊：《满族说部是满汉文化融合的结晶——以〈金世宗走国〉为例》，《民族文学研究》2013 年第 1 期。

詹娜、江帆：《满族说部传承人的文化特旨与叙事指向》，《西北民族研究》2013 年第 2 期。

高荷红：《〈天宫大战〉中的神与神话》，《东北史地》2013 年第 4 期。

王卓：《称谓之辩"满族说部"与"乌勒本"》，《黑龙江社会科学》2013 年第 6 期。

杨峰：《满族说部中的猎鹰文化记忆》，《黑龙江社会科学》2013 年第 6 期。

于春英：《满族说部〈恩切布库〉中的满族习俗研究》，《黑龙江社会科学》2013 年第 6 期。

杨春风：《〈天宫大战〉与中原神话、希伯来神话对比研究》，《黑龙江社会科学》2013 年第 6 期。

姜小莉：《满族说部中的历史记忆》，《吉林师范大学学报》2013 年第 5 期。

何岩：《"多元文化视野下的满族说部"研讨会综述》，《东北史地》2013 年第 5 期。

谢忆梅、金丽莹：《"满族说部"的口头艺术与文本艺术的比较》，《满族研究》2013 年第 4 期。

刘艳杰：《中国少数民族文化典籍英译研究——以满族说部之创世神话〈天宫大战〉英译为例》，《大连民族学院学报》2013 年第 4 期。

富育光：《满族说部的传承与采录——〈鳌拜巴图鲁〉、〈傅恒大学士与窦尔敦〉、〈扎呼泰妈妈〉》，《东北史地》2013 年第 2 期。

张丽红：《女神神话的移位——满族"说部"女神崇拜叙事的演化轨迹》，《文化遗产》2013 年第 4 期。

邵丽坤：《〈天宫大战〉与〈恩切布库〉之比较研究》，《古籍整理研究学刊》2013 年第 5 期。

高荷红：《"窝车库乌勒本"与满族文化关系研究》，《满族研究》2013 年第 3 期。

刘洪光、张丽红：《〈天宫大战〉中创世女神的文化意蕴》，《佳木斯教育学院学报》2013 年第 3 期。

吕萍：《满族说部与满族民俗——以萨布素系列说部故事为例》，《民族文学研究》2013 年第 2 期。

贺萍、李吉光：《东方的女普罗米修斯——论满族女神拖亚拉哈》，《长春师范学院学报》2013 年第 4 期。

汪立珍：《"你坐在那儿，我为你讲述"——满族说部传承人富育光讲述传承说部的家族性》，《民族文学研究》2014 年第 1 期。

王卓：《论创世题材满族说部的文本关系》，《民族文学研究》2014 年第 1 期。

裴玉昌、关迪：《满族说部高职校园传承方式的探索》2014 年第 3 期。

王彦人：《满族说部〈萨大人传〉和〈萨布素将军传〉比较研究》，《满族研究》2014 年第 2 期。

邵丽坤：《满族说部与赫哲族伊玛堪之比较研究》，《满语研究》2014 年第 1 期。

邵丽坤：《论满族说部传承的危机及其在当代的建构》，《满族研究》2014 年第 1 期。

于洋：《史禄国民俗观及其对满族说部研究的启示》，《满语研究》2014 年第 1 期。

张丽红、赫亚红：《满族说部女性传奇故事的文化解读》，《吉林师范大学学报》2014 年第 5 期。

郭淑云：《从〈乌布西奔妈妈〉看东海女真人的部落战争》，《西北民族研究》2014 年第 2 期。

高荷红：《满族萨满史诗"窝车库乌勒本"研究》，《民族艺术》2014 年第 5 期。

谷颖：《西林安班玛发》，《满族研究》2014 年第 2 期。

邵丽坤：《传统满族说部的传承特征及其传承体系》，《通化师范学院学报》2015 年第 7 期。

高荷红：《国家话语与代表性传承人的认定——以满族说部为例》，《民族文学研究》2015 年第 4 期。

郭淑云：《〈乌布西奔妈妈〉的史诗特点》，《民族文学研究》2015 年第 1 期。

杨春风：《满族神话、史诗形成时期初探》，《社会科学战线》2015 年第 6 期。

贺萍、李吉光：《满族说部中女神的崇高魅力》，《长春师范大学学报》2015 年第 7 期。

高荷红：《从记忆到文本：满族说部的形成、发展和定型》，《西北民族研究》2016 年第 4 期。

邵丽坤：《满族说部的传承模式及其历史演变》，《社会科学战线》2016 年第 6 期。

陈英慧：《从满族说部看满族战争的法文化》，《黑龙江民族丛刊》2016 年第 1 期。

高荷红：《记忆·书写：满族说部的传承》，《贵州民族大学学报》2016 年第 5 期。

高荷红：《在家族的边界之内：基于穆昆组织的满族说部传承》，《民族文学研究》2016 年第 4 期。

孙汉杰：《满族说部数字化网站设计研究》，《黑龙江科学》2016 年第 22 期。

王倩：《东北满族说部数字多感化交互展示与传播方式研究》，《黑龙江科技信息》2016 年第 36 期。

邵丽坤：《满族说部与伊玛堪、摩苏昆之比较研究——从文化背景及现实处境谈起》，《通化师范学院学报》2016 年第 9 期。

高荷红：《傅英仁讲述的神与神话》2016 年第 1 期。

高荷红：《满族说部的地域及家族传承》，《贵州民族大学学报》2017 年第 4 期。

郭晓婷、冷纪平：《构建满族共同文化回忆——论满族说部的意义和价值》，《大连民族大学学报》2017 年第 6 期。

张丽红：《女神失落的悲剧——满族近代口传小说〈飞啸三巧传〉的整体性阐释》，《玉溪师范学院学报》2017 年第 6 期。

郭淑梅：《萨布素事迹的口述传承与满族家训的“活化石”——以富育光〈萨大人传〉为例》，《黑龙江社会科学》2017 年第 5 期。

　　博士论文：

高荷红：《满族说部传承研究》，中国社会科学院，2008 年。

谷颖：《满族萨满神话研究》，东北师范大学，2010 年。

张丽红：《满族说部之女神研究》，吉林大学，2014 年。

李莉：《神话谱系演化与古代社会变迁——中国北方满—通古斯语族神话研究》，吉林大学，2014 年。

　　硕士论文：

孙志鹏：《萨布素研究——满族说部与文献史料之比较》，长春师范学院，2012 年。

吴迪：《满族先民海洋文化的历史记忆——满族史诗乌布西奔妈妈的历史地理学研究》，中国海洋大学，2012 年。

郝全越：《吉林市地域特色的高职校园文化建设分析——以非物质文化遗产保护传承为视角》，吉林大学，2012 年。

刘宸宇：《我国满族说部保护文化的政策研究》，沈阳师范大学，2016 年。

二　报纸类

江山：《抢救满族民间说部艺术》，《今日信息报》2004 年 8 月 26 日。

孟凌云：《“满族说部”——民间文化活化石》，《吉林日报》2005 年 7 月 2 日。

张静：《抢救满族说部见成效》，《人民日报》2005 年 7 月 21 日。

孟凌云：《让文化遗产彰显历史价值——满族说部集成阶段性成果鉴定暨研讨会在京召开》，《吉林日报》2005 年 7 月 14 日。

徐涟：《满族传统说部保护取得阶段性成果》，《中国文化报》2005 年 7 月 16 日。

俞灵、赵志研：《满族传统“说部”：讲述先人的故事》，《中国民族报》

2005 年 7 月 22 日。

周惠泉：《满族说部与人类口头非物质文化遗产》，《中华读书报》2006
年 4 月 26 日。

宋莉：《满族说部：北方民族的史诗》，《长春日报》2006 年 3 月 16 日。

马铭潞：《说说满族说部艺术》，《人民日报海外版》2007 年 1 月 23 日。

谷长春：《满族说部断想》，《曲艺》2007 年。

曹保明：《注重东北口述文化》，《吉林日报》2007 年 4 月 26 日。

吉林省文化厅：《吉林：满族说部保护见成效》，《中国文化报》2007 年 7
月 27 日。

曹保明：《满族说部与海洋文化》，《吉林日报》2011 年 8 月 25 日。

高菲：《守护说部——我省抢救保护满族说部纪实》，《吉林日报》2010
年 12 月 17 日。

谷颖：《满族神话载体——说部研究》，《长春师范学院学报》2010 年第
9 期。

曹保明：《满族说部：东北地域文化的硕果》，《吉林日报》2010 年 10 月
28 日。

高菲：《保护文化瑰宝——抢救出版〈满族说部〉工作表彰会召开》，
《吉林日报》2010 年 12 月 11 日。

高菲：《满族说部"活"起来》，《吉林日报》2010 年 7 月 21 日。

曹保明：《满族说部与海洋文化》，《吉林日报》2011 年 8 月 25 日。

高菲：《吉林省满族说部学会成立》，《吉林日报》2011 年 8 月 10 日。

刘厚生：《〈满族说部〉中明辽东总兵李成梁》，《吉林日报》2011 年 9 月
15 日。

郝欣、曾江：《满族说部研究扎实推进》，《中国社会科学报》2013 年 10
月 21 日。

江帆：《"满族说部"研究断想》，《中国社会科学报》2013 年 4 月 3 日。

谷长春：《宏大的叙事口述的历史——写在满族说部抢救工程收官之际》，
《东北风副刊》2015 年 3 月 12 日。

邵丽坤：《满族说部需要多元化传承》，《光明日报》2015 年 10 月 7 日。

袁华杰、赵徐州、曾江：《完善满族说部研究学科建设》，《中国社会科学
报》2016 年 12 月 30 日。

赵徐州、曾江：《尊重历史讲好满族说部——访满族说部国家级传承人、吉林省文史馆馆员富育光》，《中国社会科学报》2016 年 12 月 30 日。

赵徐州、曾江：《开展满族说部整体研究——访中国社会科学院民族文学研究所副研究员高荷红》，《中国社会科学报》2016 年 12 月 30 日。

赵徐州、曾江：《满族说部："北方民族生活的百科全书"》，《中国社会科学报》2016 年 12 月 30 日。

赵徐州、曾江：《栉风沐雨坚持不懈》，《中国社会科学报》2016 年 12 月 30 日。

邵丽坤：《创新满族说部的传承与发展》，《中国社会科学报》2016 年 12 月 30 日。

赵徐州、袁华杰：《多元传播满族说部文化》，《中国社会科学报》2016 年 12 月 30 日。

曹保明：《满族说部遗产的新发现》，《吉林日报·东北风》2017 年 10 月 26 日。

三 著作类

富育光：《萨满教与神话》，辽宁大学出版社 1990 年版。

高荷红：《满族说部传承研究》，中国社会科学出版社 2010 年版。

王卓：《清代东北满族文学研究》，吉林文史出版社 2013 年版。

杨春风：《满族说部与东北历史文化》，吉林文史出版社 2013 年版。

郭淑云：《乌布西奔妈妈研究》，中国社会科学出版社 2013 年版。

王宏刚、金基浩：《满族民俗文化论》，吉林人民出版社 1991 年版。

邵汉明主编：《满族古老记忆的当代解读——满族传统说部论集（第一辑）》，长春出版社 2012 年版。

刘信君等主编：《满族传统说部论集（第二辑）》，长春出版社 2016 年版。

富育光主编：《金子一样的嘴——满族传统说部文集》，学苑出版社 2009 年版。

张丽红：《满族女神神话研究》，中国社会科学出版社 2016 年版。

张学慧、王彦达主编：《富育光文集（上、下）》，吉林人民出版社 2017 年版。

周维杰主编，荆文礼副主编：《抢救满族说部纪实》中，吉林人民出版社

2009 年版。

［俄］史禄国：《北方通古斯的社会组织》，内蒙古人民出版社 1985 年版。

张其卓：《满族三老人故事集》，春风文艺出版社 1984 年版。

衣俊卿、傅道彬主编：《黑龙江伊玛堪》，黑龙江人民出版社 2011 年版。

乌丙安：《神秘的萨满世界》，上海三联书店 1989 年版。

中国民间文艺研究会黑龙江分会：《黑龙江民间文学》（第 2 集），黑龙江
大学印刷厂 1981 年版。

孟淑珍译著：《黑龙江摩苏昆》，黑龙江人民出版社 2009 年版。

孟慧英：《萨满英雄之歌——伊玛堪研究》，社会科学文献出版社 1998
年版。

潜明兹：《中国少数民族英雄史诗》，中国国际广播出版社 2011 年版。

郭淑云：《原始活态文化——萨满教文化透视》，上海人民出版社 2001
年版。

向云驹：《人类口头和非物质文化遗产》，宁夏人民教育出版社 2006
年版。

［美］沃尔特·翁：《口语文化与书面文化：语词的技术化》，何道宽译，
北京大学出版社 2008 年版。

后　　记

　　国家社科基金青年项目"满族说部的当代传承研究"基本完成，书稿主要由主持人独立撰写。当然，项目的顺利进行离不开课题组成员的辛勤付出与努力。课题组成员分工明确，前期查阅了大量的相关资料，多次对传承人进行了田野考察活动，财物报销工作也细致、明确。

　　书稿基本以最新的学术动态为参照依据，例如，截至2017年10月末，满族说部已经出版了三批文本，所以该书稿引用的文献大多来源于三批已经出版的文本。此外，2017年12月25日，文化部公布的第五批国家级传承人的名单中，满族说部传承人赵东升先生名列其中，笔者也及时地做了相应地调整和补充。作为"复合型传承人"，满族说部国家级传承人富育光先生与赵东升先生是当代传承人的典型代表。满族说部的研究综述也截止到2017年。

　　在本项目研究的几年里，负责人先后在《社会科学战线》《光明日报》《中国社会科学报》《满族研究》《满语研究》等报刊和CSSCI杂志发表多篇相关学术论文，其中有的论文还获得了各级各类奖励，这对项目负责人既是肯定也是一种鼓励。此外还有吉林省社科联、吉林省社会科学院重大课题的子项目以及吉林省社会科学院的基地委托项目的作为本研究成果的支撑。

　　另外，项目组成员也有一定的中期成果。而且，项目负责人与课题组成员都是吉林省满族学会的会员，长期参与学会通讯的编辑工作，这对及时掌握满族说部的研究动态具有重要的作用。

　　项目结束后，深感尚有不足。满族说部最初用满语讲唱和传承，虽然在当代失去了纯满语讲述的特点，但文本中大量的满语词汇随处可见，而且，有的传承人还录制了满语的光碟和磁带。尽管项目负责人与课题组成员长期以来坚持满语的学习，但是与熟练地阅读满文文献与翻译满语讲述的说部，还是有一段距离，需要继续努力学习。

　　对于课题组成员来说，项目的结束只是一个暂时的终点，真正的学术研究永远在路上！